Elena und Michela Martignoni

Borgia

Die Verschwörung

Elena & Michela
MARTIGNONI

BORGIA

DIE VERSCHWÖRUNG

Historischer Roman

Aus dem Italienischen von
Ingrid Exo und Christine Heinzius

GOLDMANN

Die Originalausgabe erschien 2005 unter dem Titel »Requiem per il giovane Borgia« bei Carte Scoperte, Mailand, und 2007 bei TEA DUE, Mailand, und 2018 zusammen mit den Borgia-Romanen »Autunno rosso porpora« und »Vortice di inganni« bei Garzanti, Mailand.

Dieses Buch ist auch als E-Book erhältlich.

Verlagsgruppe Random House FSC® N001967

1. Auflage
Deutschsprachige Erstausgabe September 2019

Gestaltung des Umschlags und der Umschlaginnenseiten: UNO Werbeagentur München
Umschlagfoto: © gettyimages/ZU_09
FinePic®, München
Redaktion: Kerstin von Dobschütz
BH · Herstellung: kw
Satz: Vornehm Mediengestaltung GmbH, München
Druck und Einband: CPI books GmbH, Leck
Printed in the Czech Republic
ISBN 978-3-442-48961-9
www.goldmann-verlag.de

Besuchen Sie den Goldmann Verlag im Netz

Für Sergio Altieri

Stammbaum

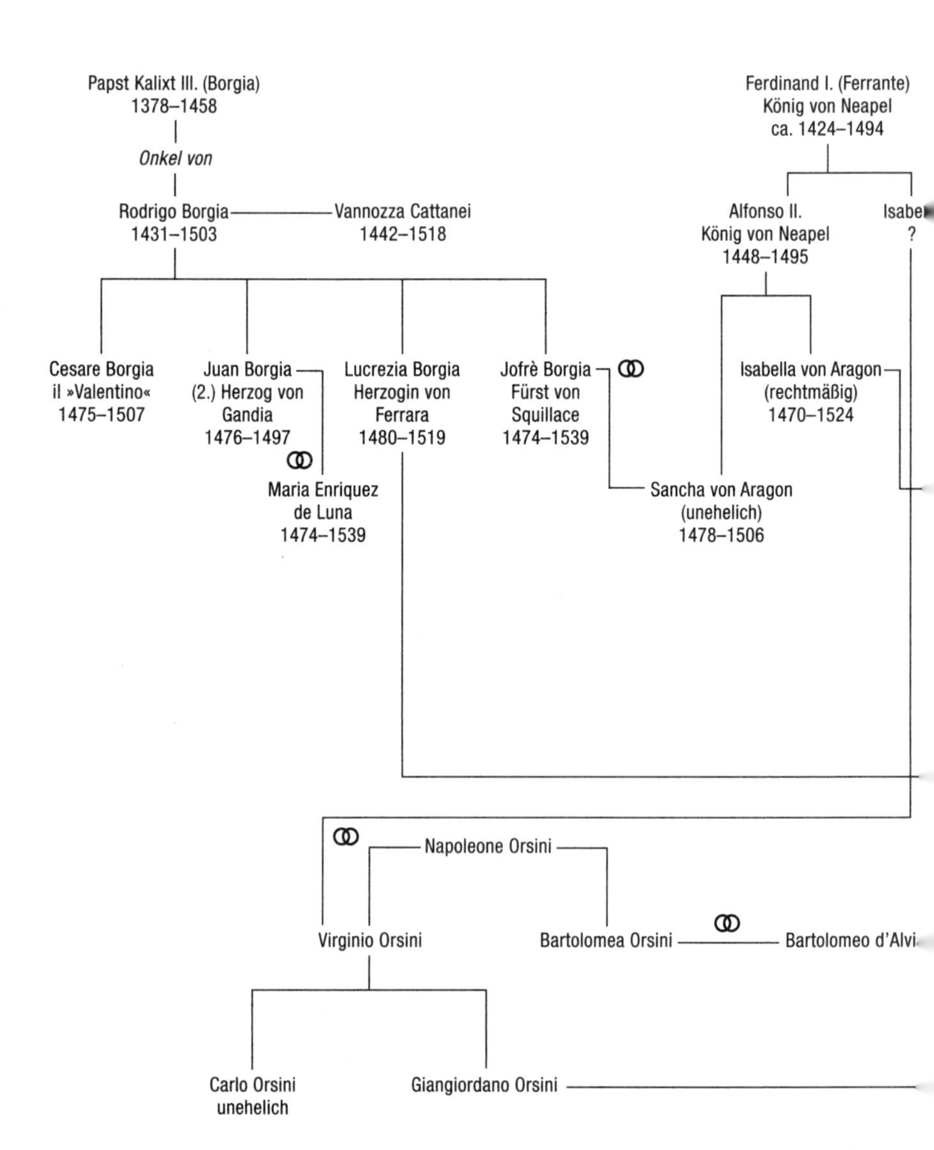

Papst Kalixt III. (Borgia)
1378–1458
Onkel von
Rodrigo Borgia
1431–1503
Vannozza Cattanei
1442–1518
Ferdinand I. (Ferrante)
König von Neapel
ca. 1424–1494
Alfonso II.
König von Neapel
1448–1495
Isabe
?
Cesare Borgia
il »Valentino«
1475–1507
Juan Borgia
(2.) Herzog von
Gandia
1476–1497
Lucrezia Borgia
Herzogin von
Ferrara
1480–1519
Jofrè Borgia
Fürst von
Squillace
1474–1539
Isabella von Aragon
(rechtmäßig)
1470–1524
Maria Enriquez
de Luna
1474–1539
Sancha von Aragon
(unehelich)
1478–1506
Napoleone Orsini
Virginio Orsini
Bartolomea Orsini
Bartolomeo d'Alvi
Carlo Orsini
unehelich
Giangiordano Orsini

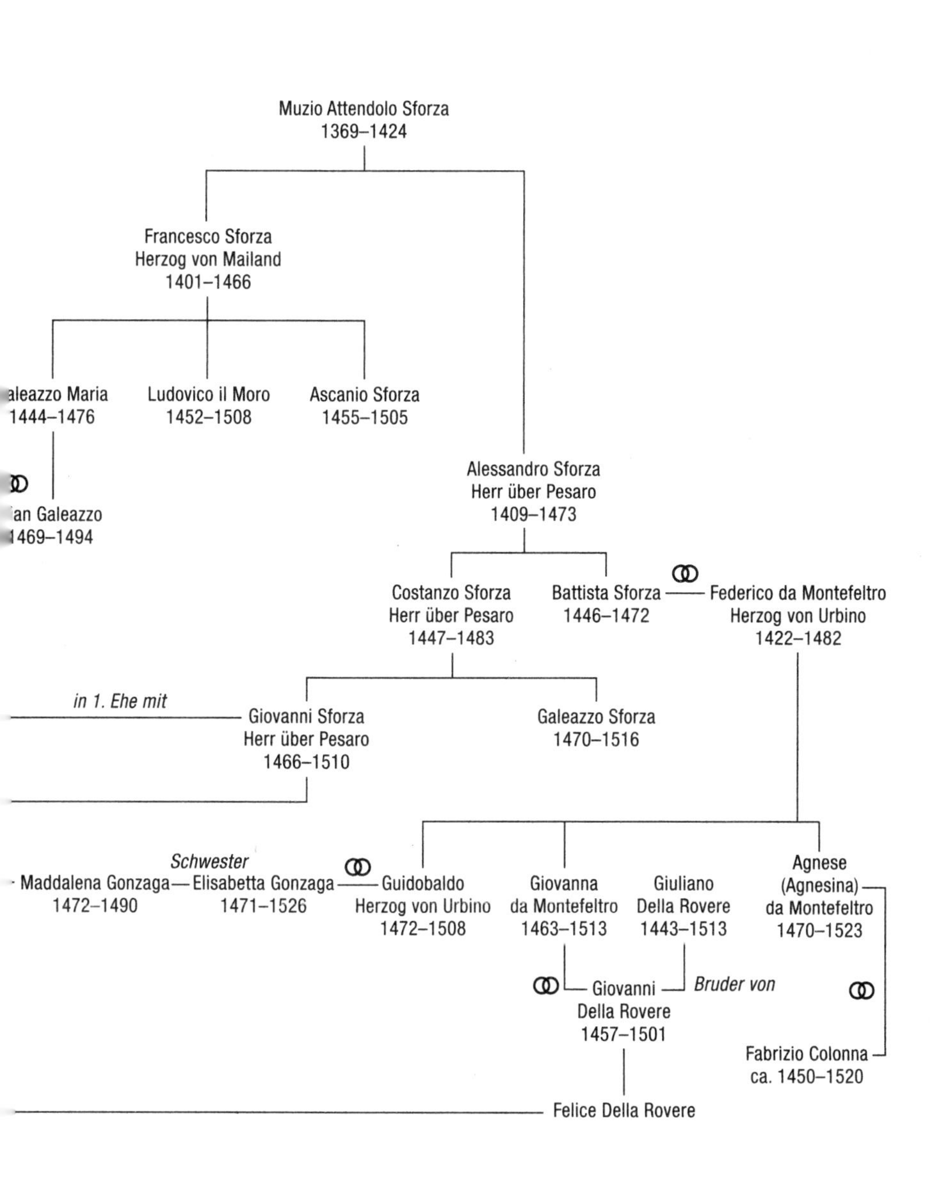
Muzio Attendolo Sforza
1369–1424
Francesco Sforza
Herzog von Mailand
1401–1466
aleazzo Maria
1444–1476
Ludovico il Moro
1452–1508
Ascanio Sforza
1455–1505
an Galeazzo
469–1494
Alessandro Sforza
Herr über Pesaro
1409–1473
Costanzo Sforza
Herr über Pesaro
1447–1483
Battista Sforza
1446–1472
Federico da Montefeltro
Herzog von Urbino
1422–1482
in 1. Ehe mit
Giovanni Sforza
Herr über Pesaro
1466–1510
Galeazzo Sforza
1470–1516
Schwester
Maddalena Gonzaga
1472–1490
Elisabetta Gonzaga
1471–1526
Guidobaldo
Herzog von Urbino
1472–1508
Giovanna
da Montefeltro
1463–1513
Giuliano
Della Rovere
1443–1513
Agnese
(Agnesina)
da Montefeltro
1470–1523
Giovanni
Della Rovere
1457–1501
Bruder von
Fabrizio Colonna
ca. 1450–1520
Felice Della Rovere

Niemand liebte das Leben so wie die Menschen der italienischen Renaissance, doch es war auch niemand so überzeugt von der Schwäche und Anfälligkeit des menschlichen Daseins.

Clemente Fusero

Die wichtigsten Personen der Handlung

Rodrigo Borgia (1431–1503)
Papst Alexander VI.
Vannozza Cattanei (1442–1518)
Mutter von Lucrezia und Rodrigo Borgias Söhnen
Cesare Borgia, il Valentino (1475–1507)
Sohn von Rodrigo Borgia
Juan Borgia (1476/78?–1497), Kardinal von Valenza,
Herzog von Gandia
Sohn von Rodrigo Borgia
Lucrezia Borgia (1480–1519)
Tochter von Rodrigo, Schwester von Cesare, Juan und Jofrè , Ehefrau von Giovanni di Pesaro
Jofrè (Goffredo) Borgia (1481/82–1516/1517?)
Sohn von Rodrigo Borgia
Sancha von Aragon (1478–1506)
Ehefrau von Jofrè Borgia
Giovanni Sforza, lo Sforzino (1466–1510)
Ehemann von Lucrezia Borgia, Herr über Pesaro
Ascanio Sforza (1455–1505)
Cousin von Giovanni Sforza, Kardinal
Guidobaldo di Montefeltro (1472–1508)
Ehemann von Elisabetta Gonzaga, Herzog von Urbino

Antonio Pico (1463–1494)
Graf della Mirandola
Ginevra (?–?)
Tochter des Grafen della Mirandola
Donna Anna
Ginevras Gesellschaftsdame
Giuliano della Rovere (1443–1513)
Kardinal in S. Pietro in Vincoli
Uberto Roncaglini
Kardinal
Lorenzo Calvi
Kardinal
Gherardo Ravelli
Kardinal
Giovanni Marradès
Kammerherr des Papstes
Don Jinés Fira
Juan Borgias Sekretär
Virginio Orsini (1434–1497)
Bruder von Bartolomea Orsini
Bartolomeo D'Alviano (1455–1515)
Heerführer (Condottiere)
Bartolomea Orsini (1494–1512)
Ehefrau von Bartolomeo D'Alviano
Carlo Orsini
Unehelicher Sohn von Virginio Orsini
Giangiordano Orsini
Rechtmäßiger Sohn von Virginio Orsini
Fabrizio Colonna (1450–1520)
Heerführer (Condottiere) aus römischem Adelshaus
Vitellozzo Vitelli (um 1458–1502)
Heerführer (Condottiere)

Kardinal Lonati
Päpstlicher Legat
Elisabetta Gonzaga (1471–1526)
Ehefrau von Guidobaldo di Urbino
Giovanni Andrea Bravo
Höfling
Ludovico Sforza (il Moro) (1452–1508)
Herr über Mailand
Galeazzo Sforza (1470–1519)
Bruder von Giovanni Sforza (1466–1510)
Stefano Taverna
Botschafter von Ludovico Sforza
Marino Caracciolo
Sekretär von Ascanio Sforza
Pedro Jofrès Freund
Jaches Ginevras Verlobter
Baron Gianani Römischer Adeliger
Ippolito, Jacopo, Mario, Andrea
Söhne des Barons Gianani
Isabella Ehefrau von Ippolito
Michele Corella – genannt Micheletto
Rechte Hand von Cesare Borgia
Alonço Reitknecht Juan Borgias
Neco Mordkomplize

Prolog

Der Mann auf dem weißen Pferd verharrte auf dem Kiesbett des Tibers. Er ließ den Blick über die verlassenen Ufer schweifen, über die Lastkähne, die ganz in der Nähe festgemacht hatten, das schlammige Wasser des Flusses, das vom Vollmond nur schwach beleuchtet wurde. Zwei schwere Glockenschläge waren zu hören. Der Mann zügelte den unruhig stampfenden Schimmel, warf einen letzten Blick auf den Tiber und gab ihm dann entschlossen die Sporen.

1.
Rodrigos Ängste

Privatgemächer von Rodrigo Borgia, Papst Alexander VI.
Donnerstag, den 15. Juni 1497, eine Stunde vor Sonnenaufgang

Schreiend umklammerte Rodrigo Borgia den Stumpf des Großmastes.

Das Schiff versank mit zerfetzten Segeln in den Wellen und tauchte anschließend wieder auf, dabei hatte es sich beinahe vollständig um die eigene Achse gedreht. Eine noch heftigere Welle brach sich auf der Brücke.

Ehe Rodrigo auf die nassen Planken des Decks stürzte, sah er, wie der Steuermann und seine Kameraden in den Fluten versanken. Er versuchte, irgendwo Halt zu finden, doch er rutschte durch die Reling ins Meer. Während er in den Wogen um sein Leben rang, sah er, wie das Schiff, das jetzt weit entfernt in den Himmel ragte, ins Meer zurückfiel und in einem Strudel verschwand. Die Kräfte verließen ihn, er schloss die Augen und überließ sich der fernen Stimme, die ihn in den Abgrund hinabzog.

Er schreckte aus dem Schlaf hoch und setzte sich auf. Rasch ging er zum Fenster und schob mit einer entschiedenen Handbewegung die schweren Vorhänge beiseite.

Nichts, nur der Mond.

Beruhige dich, sagte er sich, *es war nur ein Albtraum.*

Mit Nachdruck läutete er mit der silbernen Handglocke und befahl dem herbeigeeilten Kleriker, seinen Kammerherrn zu holen.

Wenige Minuten später war Giovanni Marradès bei ihm, fürsorglich und beflissen wie immer.

»Fühlt Ihr Euch nicht wohl, Heiligkeit?«

Der Pontifex sah ihn aus müden Augen an und sagte leise: »Ich möchte beichten, setzt Euch neben mich.«

Der Kammerherr legte sich die Stola um, bekreuzigte sich und senkte, zum Zuhören bereit, den Kopf.

»Mich quält immer noch derselbe Albtraum. Vor zwanzig Jahren hat mich Gott vor dem Ertrinken gerettet – und wie habe ich es ihm vergolten? Meine Sünden drücken mich schwer, das Fegefeuer scheint mir greifbare Wirklichkeit.«

Marradès schaute kurz auf.

Von diesen männlichen und sinnlichen Zügen ging eine große Faszination aus. Der Ausdruck der lebhaften schwarzen Augen wechselte ständig von Zerknirschung zu Schmeichelei, von streng zu leidenschaftlich, von flehend zu gebieterisch. Um zu bekommen, was er wollte, war Rodrigo Borgia jedes Mittel recht, und er gab nicht so schnell klein bei. So kannte alle Welt Alexander den VI., aber nun hatte Marradès einen verängstigten alten Mann vor sich.

»Heiligkeit, es ist die Pflicht der Gläubigen, gegen die Sünde anzukämpfen«, sagte er milde.

Rodrigo umklammerte die Hand des Beichtvaters.

»Ich fürchte Gottes Urteil.«

»Gott wird gerecht über uns urteilen, wir müssen an ihn glauben und auf seine Vergebung hoffen.«

»Glauben … Mein Glaube ist nicht fest genug.« Die Stimme wurde zum Flüstern. »Glaubst du, ein Mann wie ich hat es verdient, Papst zu sein?«

Marradès schwieg und entzog seine Hand langsam der des Papstes.

»Meinst du, mit Glauben allein könne man die Kirche leiten?«, polterte Borgia. »Die Kirche braucht Macht! Was wäre der Papst ohne Ländereien, ohne Geld, ohne Einfluss? Er wäre bloß ein Werkzeug in den Händen der Mächtigen. In den vergangenen fünf Jahren habe ich mit allen Mitteln versucht, dieser Gefahr zu entgehen. Erinnert Ihr Euch noch an Coelestin V.? Er war ohne Zweifel ein Mann von großem Glauben, doch war er ausgesprochen schwach. Erst nach jahrelangen Prüfungen und Abhandlungen, Schismen und Konzilen war der Papst als absolute Autorität etabliert. Er allein repräsentiert die Kirche Gottes. Dies müssen die römischen Patrizier ein für alle Mal anerkennen.«

»Heiligkeit, Ihr habt doch gerade erst einen Friedensvertrag mit den Orsini abgeschlossen«, wandte Marradès ein.

»Frieden?« Rodrigo erhob sich. »Nein, es ist noch nicht vorbei! Seit vielen Jahren spielen sie sich als Herren im Kirchenstaat auf, sie denken, sie kämen auch weiter in den Genuss der Vorrechte, die sie meinen Vorgängern abgerungen haben, doch da irren sie sich. Sie haben mich hintergangen, das vergesse ich nicht. Als Frankreichs Karl VIII. mit seinen Söldnern die italienische Halbinsel verwüstete, haben sie es mir überlassen, Rom mit meinen spanischen Männern zu verteidigen, während sie sich ihm zu Füßen warfen – um schließlich auch ihn zu verraten! Die Italiener sind treulose Gesellen.«

Marradès nickte. Der Pontifex nahm unterdessen einen goldenen Kelch vom Schreibtisch.

»Dies ist ein Geschenk von meinem Sohn Juan«, sagte Rodrigo stolz, »er ist sehr wertvoll.«

Marradès nickte anerkennend, doch insgeheim dachte er an Savonarolas Ausspruch aus einer seiner Flammreden: »In den Anfängen der Kirche waren die Kelche aus Holz und die Prälaten Gold wert; heute hat die Kirche hölzerne Prälaten und goldene Kelche!« Und er musste zugeben, dass der Mönch zumindest in dieser Hinsicht nicht ganz unrecht gehabt hatte.

»Man hat mich der Simonie beschuldigt«, fuhr der Papst fort und setzte den Kelch behutsam ab. »Aber die Almosen reichen nun mal nicht. Es ist unumgänglich, Ämter zu verkaufen. Geld gegen Macht – so war es schon lange vor meiner Wahl. Du schaust so vorwurfsvoll, Marradès! Verdamme mich ruhig, doch hör mich erst zu Ende an.«

Fügsam senkte der Kammerherr den Blick.

»Ich gebe zu, dass ich in den ersten Tagen des Konklaves tat, was in meiner Macht stand, um auf den Thron zu kommen. Ich kaufte jede verfügbare Stimme, ich versprach mehr, als ich halten konnte, denn nur so konnte ich Papst werden. Hand aufs Herz, war ich wirklich der Einzige, der so handelte?«

Marradès hielt dem fragenden Blick des Papstes stand.

»Es ist der Heilige Geist, der die Kardinäle bei der Wahl des Pontifex leitet.«

An Rodrigos Miene konnte Marradès erkennen, dass ihm seine Antwort gefiel.

»Welche Sünde hält man mir noch vor? Ah, die Wollust natürlich! Sagt man mir irgendwelche neuen Abenteuer nach?«

Der Kammerherr antwortete nicht.

»Sollen sie doch reden! Willst du die Wahrheit hören? Ja, hier und da hatte ich was mit einer Kurtisane – nicht rot werden, du bist schließlich auch ein Mann. Eine Fleischeslust wie das Verlangen nach einem guten Wein. Nach Giulia habe ich meinem Herzen verboten, sich nochmals zu verlieben. Es war heftige Leidenschaft. Sie war jung und schön, und ich konnte sie haben.«

Marradès erinnerte sich noch an Rodrigos letzte schmerzliche Leidenschaft, diesen Alterswahn, um genau zu sein. Für Giulia Farnese hatte der Papst alle Vernunft fahren lassen.

»Ich hatte in meinem Leben viele Frauen. Aber nur eine war mir wichtig: Vannozza. Ich war Kardinal, als ich sie kennenlernte, ich kann mich noch daran erinnern, wie ihr blondes Haar in der Sonne leuchtete. Ich begehrte nicht nur ihren Körper, ich wollte, dass sie mich liebt. Und ich habe sie geliebt, so sehr! Dieses Gefühl hat mein Handeln bestimmt.«

Marradès seufzte. Er nahm einem Papst die Beichte ab, der über sich sprach wie über einen weltlichen Herrscher, einen Betrüger, wie von einem Sklaven seiner Sinne, und doch konnte er in ihm nicht den Sünder sehen und so scharf über ihn urteilen, wie er es verdient hätte. Er erlag der durchtriebenen Faszination von Borgia.

»Es stimmt, ich habe das kanonische Gesetz übertreten, aber ich habe mich von meinem Herzen dazu verleiten lassen. Habe ich die Kirche deshalb vielleicht weniger geliebt? Verurteilt mich für die Sünden des Fleisches, aber nicht für das, was mich mit Vannozza verband. Sie hat mir ein unschätzbares Geschenk gemacht – meine vier Kinder Cesare, Juan, Lucrezia und Jofrè. Schon ihren Namen auszusprechen macht mich glücklich. Juan ist ein echter Spanier, schön und hitzig, Cesare ist von imposanter Statur und überlegenem Geist.

Lucrezia? Ein Engel! Und Jofrè gleicht nun, da er zum Mann herangewachsen ist, seinen Geschwistern ebenso sehr wie mir, findest du nicht?«

Das Lächeln des Beichtvaters war den Umständen angemessen. Es kursierten zweifelhafte Gerüchte darüber, wer der Vater von Jofrè war. Madonna Vannozza war während ihrer Beziehung mit dem Papst dreimal verheiratet, alle Ehemänner waren vom Pontifex selbst ausgesucht worden, sie waren vertrauenswürdig und von gleichem Schlag, doch man konnte sich nie wirklich sicher sein …

»Für sie werde ich alles tun, was in meiner Macht steht«, fuhr Rodrigo fort. »Wenn sie in meiner Nähe sind, fühle ich mich unbesiegbar. Die heiligen Männer der Kurie beschuldigen mich des Nepotismus, aber das ist für einen Papst politische Notwendigkeit – zu lange haben die römischen Familien die Kirche wie ihr Eigentum behandelt. Und wem kann ich als Fremder schon trauen, außer meinem eigen Fleisch und Blut?«

Einige Augenblicke lang schwieg er gedankenverloren, dann sagte er: »Ich bin diese Verleumdungen leid, ich habe es satt, dass Savonarola von seiner Kanzel herabdröhnt, alle Übel dieser Welt gingen von Rom und von mir aus.«

»Er ist es, der den Gehorsam verweigert«, erwiderte Marradès mit Nachdruck. »Jede Eurer Forderungen war absolut berechtigt. Ihr habt Euch ihm gegenüber immer äußerst korrekt verhalten.«

»Diese Predigten eines Besessenen kümmern mich nicht. Es ist die Rechtmäßigkeit meiner Wahl, die er nicht antasten darf, es ist diese meine Kirche, die ich vor der Häresie bewahren muss.«

»Anscheinend hat ihn nicht einmal die Exkommunikation zum Einlenken veranlasst.«

»Im Augenblick werde ich nichts unternehmen. Er wird sich selbst zugrunde richten, das fühle ich. Florenz gefällt es nicht, von seinen Anhängern gelenkt zu werden. Wenn der Moment gekommen ist, werde ich ihn mitsamt seiner Ketzerei mit Feuer tilgen, und von seiner erbärmlichen Kutte wird nichts als ein Häufchen Asche bleiben.«

»Ganz recht, Heiliger Vater, die Ketzerei zu bekämpfen gehört zu Euren Aufgaben ...«

Der Kammerherr unterbrach sich. Der Blick des Papstes verriet erneut Angst und Schrecken.

»Die Hölle, die Savonarola erwartet, wartet auch auf mich!«, schrie Rodrigo aufgewühlt. »Ich habe Angst vor meiner Skrupellosigkeit, ich habe Angst vor mir selbst. Auch ich werde für alle Ewigkeit brennen, denn meine Sünden sind mein wahres Wesen!«

Der Kammerherr wandte sich ab, überwältigt von dieser scharfsichtigen Selbsteinschätzung. Es war die Wahrheit. In seiner Position konnte er dem jedoch nicht zustimmen und versuchte daher, das Thema zu wechseln.

»Heiligkeit, Gott sieht mit Wohlwollen auf Spanien, dessen großer Sohn Ihr seid. Es ist ein denkwürdiger Augenblick für unser Vaterland. Unsere Herrscher, die Katholischen Majestäten, herrschen nun auch über Westindien. Die Seelen jener Landstriche warten nur darauf, ihren Hirten und die wahren Lehren kennenzulernen.«

»Es gelingt mir nicht, an diese fernen Länder zu denken. Mein Blick geht nicht über diese Hügel hinaus. Wer nach Rom kommt, läuft Gefahr, im Schlamm des Tibers zu versinken. Dabei sollte ich wie Christoph Kolumbus meinen Horizont erweitern und neue Welten entdecken. Ich müsste weit fort, doch fort von mir. Kennt Ihr den Weg, auf dem Ihr dem eigenen Geist entkommen könnt, Marradès?«

»Nein, Heiligkeit.«

Die beiden Männer saßen eine Weile gedankenversunken in der Stille, die diese Worte hinterlassen hatten. Der Kammerherr stand schließlich auf und sagte: »Der Tag bricht an, Heiliger Vater. Ich konnte Eure Not nicht lindern, aber im Namen des Vaters, des Sohnes und des Heiligen Geistes spreche ich Euch los von Euren Sünden. Ich erlege Euch keine Buße auf, die Qualen dieser Nacht waren Strafe genug.«

Sie schlugen beide das Kreuz.

Der Papst sah Marradès nach, wie er die schwere Tür hinter sich schloss. Er senkte das Haupt und begann leise zu beten.

Nach der Messe erschien Don Jinés Fira im Zimmer des Papstes. Nachdem er sich hinabgebeugt hatte, um den Ring des Papstes zu küssen, stieß er hastig hervor: »Ich wollte Euch keinesfalls stören, Heiligkeit, aber Don Juan ist seit gestern Abend nicht zurückgekehrt. Seine Männer machen sich Sorgen nach den Überfällen der letzten Tage.«

Rodrigo verspürte einen Stich im Herzen.

»Ist er in Begleitung seiner Eskorte?«

»Nein, Heiligkeit, gestern Abend hat der Herzog nur Alonço bei sich behalten.«

»Er hat sich nur in Begleitung eines einzigen Mannes auf den Weg nach Rom gemacht?«

Die Miene des Papstes verfinsterte sich.

»Ja, das heißt, mit zwei Männern.«

»Drückt Euch klarer aus.«

»Gestern Abend hat der Herzog mit Madonna Vannozza, dem Kardinal von Valenza, dem Fürst von Squillace, dem Kardinal Lançol und anderen Freunden zu Abend gegessen. Nach dem Bankett begab er sich mit seinen Brüdern und der

Eskorte zum Vatikan, doch beim Palazzo della Cancelleria hat er sich von den anderen verabschiedet. Er hatte Alonço bei sich und lud einen Mann auf sein Maultier.«

»Einen Mann?« Rodrigo runzelte die Stirn.

»Keiner weiß, um wen es sich handelt, Heiliger Vater, er trug stets eine Maske vorm Gesicht und hinkt.«

»Ihr habt ihn schon einmal gesehen?«

»Ja, einmal, als er zu Don Juan wollte.«

»Ohne sich auszuweisen?« Der Papst sah Don Fira tadelnd an.

»Ich wollte ihn gerade fragen, wer er sei, doch da kam der Herzog hinzu und hat ihn gleich in sein Arbeitszimmer mitgenommen.«

Der Pontifex reagierte verärgert. »Wie ist es möglich, dass ein Unbekannter den Palast betritt? Der Kommandant der Wache wird mir für diese Unvorsichtigkeit Rede und Antwort stehen.«

»Man kann nicht wirklich von einem Unbekannten sprechen. Der Kommandant hat mir berichtet, dass er und Don Juan seit etwa einem Monat unzertrennlich sind. Der Herzog hat all seine Diener darüber in Kenntnis gesetzt, dass für diesen Mann die Türen stets offen stehen.«

»Ein Freund also?«

»Er verschafft ihm amouröse Treffen.«

Rodrigos Züge entspannten sich.

»Das hätte ich mir denken können. Es geht um eine Frau.«

»Das denke ich auch, weil …« Don Fira unterbrach sich erneut. »Heiligkeit, ich weiß nicht, ob ich Euch auch berichten sollte, dass …«

»Ihr seid der Privatsekretär meines Sohnes und sollt mir von allem berichten, was mit meinem Sohn zu tun hat, ganz gleich, wie unbedeutend es ist!«

»Vor ein paar Tagen suchte ich ein Dokument auf dem Schreibtisch des Herzogs, und mein Blick fiel auf einen Brief, den Don Juan mir nicht zur Überprüfung gegeben hatte. Es war ein Liebesbrief von seiner eigenen Hand.«

»An wen war er gerichtet?«

»Das weiß ich nicht, Heiligkeit, ich habe ihn nicht in Ruhe lesen können, denn Don Juan ist plötzlich zurückgekommen – doch war er gewiss nicht an seine Gemahlin, die Herzogin, gerichtet. Es ging um ein heimliches Treffen in einer dieser Nächte und endete mit einem Liebesgedicht.«

»Also ist er wohl bei dieser Frau?«

»Vielleicht, Heiligkeit, doch verstehe ich nicht, wieso er seine Eskorte fortgeschickt hat.«

»Er wird wahrscheinlich vorgehabt haben, die ganze Nacht bei ihr zu bleiben.«

»Er hätte Alonço schicken können, uns Bescheid zu geben«, wagte Don Fira anzumerken.

Rodrigo schwieg einen Moment lang nachdenklich, dann sagte er: »Ja, das hätte er wirklich tun sollen. Wisst Ihr wenigstens, in welche Gegend der Stadt er sich begeben hat?«

»Nein, das letzte Mal wurde er am Palazzo della Cancelleria gesehen.«

»Geht zum Kommandanten der Eskorte und gebt ihm die Anweisung, Juan zu suchen. Er wird wissen, wo. Geht und haltet mich auf dem Laufenden.«

Don Fira verbeugte sich und empfing im Hinausgehen einen hastigen Segen.

Rodrigo seufzte und schüttelte den Kopf.

Bei Nacht war Rom gefährlich, Juan fühlte sich zu sicher. Dieser unvorsichtige Sohn mit seinem ausschweifenden Lebenswandel war sein Leben.

In dessen schwarzen Augen sah er den Widerschein der spanischen Sonne und den Traum von den Borgia als einer Königsdynastie. Schon einmal hatte das Schicksal diesen Wunschtraum zunichtegemacht. Sein erster Sohn Pedro Luis, hervorgegangen aus einer Jugendliebe und aufgewachsen am spanischen Hof, war gestorben, kurz nachdem Rodrigo Papst geworden war. Alles, was ihm zugedacht gewesen war, war nun an Juan übergegangen: das Herzogtum von Gandia, die Gunst des spanischen Herrscherhauses und sogar die Verlobte Maria Enriquez, die Tochter eines Cousins von König Ferdinand. Um sein Herzogtum in Besitz zu nehmen und um Maria Enriquez zu heiraten, hatte Juan drei Jahre zuvor seinen Wohnsitz nach Spanien verlegt. Maria hatte in dieser Zeit bereits einen männlichen Erben geboren, und wenige Wochen nach Juans Rückkehr nach Rom kam noch ein Mädchen zur Welt.

Während der Jahre, in denen Juan fort war, war es ihm so vorgekommen, als seien auch Sorglosigkeit und Lebensfreude mit ihm gegangen.

Und wo war er jetzt?

Bei dem Gedanken, dass die Jugend sich nicht um die Sorgen der Älteren kümmert, seufzte er nochmals.

Auch er hatte als junger Kardinal dem ausschweifenden Leben gefrönt und nichts auf die Bedenken seines Onkels, Papst Kalixt III., gegeben.

Er dachte an den Tag zurück, an dem der alte Pontifex gestorben war. Alle hatten ihn im Stich gelassen. Dieselben Verwandten, die er in jeglicher Hinsicht begünstigt hatte, waren geflohen, während das Volk ihre Paläste plünderte und die Orsini durch die Stadt zogen und überall die päpstlichen Wappen zerstörten. Nur er, Rodrigo, hatte ihn nicht verlassen. Er war bis zum Schluss bei ihm geblieben, dankbar für alles, was er von ihm erhalten hatte.

Und wer würde wohl an seiner Seite sein, wenn seine Zeit gekommen war?

Seine Gedanken kehrten zu Juanito zurück.

Don Fira hatte ihn daran erinnert, dass er vor ein paar Tagen erst überfallen worden war, ein maskierter Irrer hatte sich plötzlich auf seine Eskorte gestürzt. Nur ganz knapp war Juan nicht verletzt worden; man hatte jenen Mann weder gefasst noch erkannt.

Und wenn er es wieder versucht haben sollte? Sein Herz schlug schneller. Die Stadt war in ständigem Aufruhr, der Hunger machte die Diebe kühn, Hass und Machtgier führten zu Verrat.

Nein! Er versuchte, seine Angst zu bezwingen. Juanito war nicht in Gefahr, er war bestimmt bei einer Frau!

Ohne jedes Verantwortungsgefühl verbrachte er viel zu viel Zeit bei den Dirnen. Er konnte es verstehen, Juan war jung und im Vollbesitz seiner Kräfte, doch dieses Mal würde er ihm das nicht verzeihen. Er würde ihn nicht einmal empfangen, um sich die üblichen Ausreden und sein unverschämtes Gelächter anzuhören. Doch es ist das Privileg der Kinder, dass man ihnen vergibt. Rodrigo lächelte traurig; er würde seine Sorgen ihm gegenüber niemals zugeben, aber er würde ihn zwingen, ein paar Tage im Palast zu bleiben. Es gab wichtige Familienangelegenheiten zu besprechen. Zunächst war da Lucrezias Ehe, die auf sein Betreiben vor zehn Tagen im Kloster San Sisto geschlossen worden war, und sie wollte das Kloster nicht verlassen, bis das Geschwätz wegen ihrer Eheprobleme aufgehört hätte. Gut, die Ehe mit Giovanni Sforza war kein so glücklicher Einfall gewesen, oder richtiger: Er war es nun nicht mehr, da er ein Bündnis mit dem Haus Aragon brauchte, um das spanische Königspaar zufriedenzustellen. Die Ehe musste schnellstens annulliert werden.

Er rief seine Kleriker, ihm beim Ankleiden zu helfen.

Es war bereits Nachmittag, als Giovanni Marradès den Kommandanten der Wache in die Gemächer des Pontifex führte. »Heiligkeit«, sagte der Offizier atemlos, »wir haben Alonço gefunden, er wurde beim Brunnen auf der Piazza Giudea niedergestochen. Eine jüdische Kaufmannsfamilie hat ihm geholfen, doch er ist kurz darauf gestorben.«

Rodrigo sprang auf; die Fragen, die ihn bedrängten, drohten ihn zu ersticken.

»Wer war das? Und wo ist Juan? Hat er von Juan gesprochen?«

»Die Juden konnten uns nichts sagen. Alonço war bereits ohne Bewusstsein, als sie ihn gefunden haben.«

»Ich hatte Euch befohlen, meinen Sohn zu beschützen, Euch niemals von ihm zu trennen, und Ihr habt ihn alleingelassen, nachts!«

Der Kommandant senkte den Blick, und Rodrigo ließ sich auf den Sitz zurückfallen. Seine eindrucksvolle Gestalt wirkte in dem Brokatmantel wie geschrumpft.

In diesem Augenblick traten Cesare Borgia und Giovanni Borgia Lançol ein. Der Papst musterte die beiden jungen Kardinäle eingehend.

»Juan war gestern Abend mit euch zusammen. Er wird euch doch wohl gesagt haben, wo er hinwollte!«

»Bis zum Palazzo della Cancelleria war er bei uns«, sagte Lançol. »Dann haben wir uns getrennt.«

Der Papst schlug auf die Armlehne seines Sessels. »Cesare! Dein Bruder ist unauffindbar, und Alonço wurde getötet. Hilf mir, ich bin verzweifelt!«

In Cesares undurchdringlichen Augen suchte der Papst vergeblich nach einer Antwort.

Stattdessen erwiderte der etwas redseligere Lançol: »Als der Hinkefuß zum Bankett kam, wurde Juan sehr unruhig und war ganz versessen darauf zu gehen.«

»Wer ist dieser Kuppler? Nicht einmal ihr kennt ihn?«

»Ich habe ihn nicht gefragt, und er hat ihn mir nicht vorgestellt«, gab Cesare zur Antwort.

Rodrigo wandte sich erneut an den Kommandanten der Wache. »Aber wenigstens Ihr werdet doch etwas wissen!«

»Heiligkeit, ich habe mich überall erkundigt. Er muss aus Rom sein, aber ich konnte nicht herausbekommen, wer er ist.«

»Ihr seid einfach unfähig. Und du, Cesare, wieso hast du deinen Bruder alleingelassen?«

Der Herr über Valenza hielt dem flammenden Blick seines Vaters stand und antwortete nicht.

»Dieser Mann, den niemand kennt, ist also zu Madonna Vannozza gekommen, um mit Juan zu sprechen«, wiederholte Rodrigo an Lançol gewandt.

»Ja, dann ist er gegangen, und wir haben ihn bei der Cancelleria wiedergesehen. Er wartete auf Juan und ist dann mit ihm und Alonço weiter.«

Rodrigo, der immer zorniger wurde, wollte keine weiteren Erklärungen hören.

»Wie habt ihr ihn in der Gegend der Orsini alleinlassen können?«

»Er war ausgelassener Stimmung, Ihr wisst doch, wie Juan ist!«

In diesem Moment traten zwei Offiziere ein.

»Heiligkeit, man hat den Maulesel des Herzogs wiedergefunden!«, rief einer der beiden. »Zwischen dem Palast des Grafen della Mirandola und dem des Kardinals von Parma, mit abgeschnittenen Zügeln und Blutspuren.«

»Wenn ihm etwas passiert ist, lasse ich Euch hängen!«, schrie Rodrigo rot vor Wut. »Wir verlieren wertvolle Zeit. Befragt diese Kaufleute noch einmal, fragt alle Leute aus, durchkämmt ganz Rom! Findet Juan und diesen maskierten Hinkefuß, oder ich werde euch exkommunizieren. Dann werdet ihr in Verdammnis sterben, alle – alle miteinander!«

Mit einem Wimmern sank er auf seinem Sitz zusammen und vergrub den Kopf in den Händen.

Während sich die Wachoffiziere zurückzogen, ihnen voran Cesare und Lançol, scharten sich Marradès und einige andere Kardinäle um den Pontifex, doch er schickte sie fort und schloss sich in seinem Gemach ein.

Rodrigo versuchte, seine Gedanken zu ordnen, doch die Sorge drückte ihn nieder. Er beschloss, dass ihm etwas frische Luft guttun würde, und begab sich zum Verbindungsgang zwischen seinen Gemächern und der Engelsburg.

Im rötlichen Licht des Sonnenuntergangs sahen die ockerfarbenen Häuser sehr herrschaftlich aus. Er kam sich vor wie der Herr über Rom, Herrscher über die Seelen der Welt.

Niemand kann meinem Sohn etwas antun. Ich verfüge über mächtige Waffen, die Exkommunikation, die ewige Verdammnis, dachte er hochmütig, um sich zu beruhigen.

Er stellte sich vor, wie eine Horde spanische Garden jeden Winkel der Stadt durchsuchen und Angst und Schrecken verbreiten würde. Er sah die entsetzen Gesichter derer vor sich, die nichts wussten und sich unschuldig erklärten, und die derjenigen, die Bescheid wussten, aber schwiegen. Häuser und Läden würden eilig geschlossen, während die Orsini, Colonna, Savelli in ihren befestigten Palästen sich an seinem Leid erfreuten.

Ganz plötzlich bröckelte seine vermeintliche Sicherheit.

Seine Macht war nichts wert: Der Tod suchte alle heim, Kaiser wie Bettler.

Rodrigo stürzte zu Boden, in den Staub.

Voller Verzweiflung weinte er hemmungslos und ohne Rücksicht auf die Etikette.

11.
Eine Leiche im Tiber

Rom
Freitag, 16. Juni 1497

Wie jeden Morgen war der Hafen von Ripetta erfüllt von der Ankunft und Abfahrt voll beladener Schiffe und vom Geschrei der Schiffer und Schauerleute, die sich lautstarke Befehle zuriefen. An jenem Freitag kamen zum üblichen Betrieb noch die spanischen Garden hinzu, die drohend das Ufer des Tibers abgingen.

Während er Holz von seinem Kahn lud, beobachtete ein slawischer Schiffer, wie die Schergen des Papstes einen Mann befragten und dabei übel mit ihm umsprangen.

»Was wollen die?«, fragte er seinen Nachbarn und warf einen verächtlichen Blick auf die Katalanen.

»Sie suchen nach einem Sohn des Papstes, der seit Mittwochnacht verschwunden ist. Seither hat man nichts mehr gehört. Sie glauben, er sei im Fluss gelandet – wenn man mich fragt, hat jemand dafür gesorgt!«

»Mittwochnacht, sagst du? Ich war hier, ich habe mich ums Holz gekümmert. Wer weiß, ob er das war.«

»Was hast du gesehen?«, fragte er den Gefährten neugierig.

»Ich hab da hinten Männer rauskommen sehen.« Er zeigte auf die Gasse, die am Krankenhaus von San Giacomo vorbeiführte.

»Wie viele?«

»Sprich leise, ich will nicht, dass die Garden mich hören.«

»Was sollen die schon hören! Komm schon, erzähl!«

Der Slawe trat näher an den Freund heran und begann mit leiser Stimme: »Es war gegen zwei Uhr, das weiß ich noch genau, denn ich war sehr müde, aber ich musste auf das Holz aufpassen, durfte nicht einschlafen. Also habe ich auf jeden Glockenschlag geachtet. Zwei Männer kamen zum Ufer herab und schauten sich dabei um. Es war Vollmond, daher konnte ich sie gut sehen. Es war dort, wo die Dunggrube ist.« Er drehte sich zu Santa Maria del Popolo um. »Es kamen noch zwei weitere zu Fuß und einer auf einem weißen Pferd. Quer über dessen Rücken lag ein Toter. Er war in einen dunklen Mantel gewickelt, Arme und Beine hingen herab.«

»Was haben sie dann gemacht?«

»Zwei blieben oben und haben die Straße im Blick behalten, die anderen haben den Leichnam genommen und ihn ins Wasser geworfen.«

»Und dann?«

»Ich habe gehört, wie der mit dem Pferd gefragt hat, ob er auch ganz untergegangen ist. Sie haben gesagt ja, aber der Mantel schwamm noch oben. Er drehte sich im Kreis, denn an der Stelle sind Strudel, also haben sie so lange Steine daraufgeworfen, bis er unterging, dann sind sie fortgegangen.«

»Das war gefährlich! Wenn sie dich gesehen hätten, hätten sie dir den Garaus machen können!«

»Nein, ich hatte mich gut versteckt.«

»Sag das den Garden, vielleicht war es wirklich der Sohn des Papstes. Sie haben dem, der etwas weiß, Geld versprochen.«

»Nein, ich mische mich nicht in die Angelegenheiten anderer Leute ein. Ich will keinen Ärger. Ich hab Hunderte so enden sehen, und ich bin deswegen nicht herumgelaufen und hab es weitererzählt. Und außerdem … Wer immer es war, liegt nun auf dem Grund des Tibers.«

»Sag es ihnen, dieses Mal lohnt es sich, schau, da kommen sie.«

Er machte den Garden, die näher kamen, ein Zeichen. Der Schiffer konnte ihn nicht davon abhalten.

Die päpstlichen Garden versprachen demjenigen, der sich in den Fluss stürzte und Beweise herauszog, zehn Dukaten.

Reihenweise stürzten sich Männer in die trüben Fluten des Tibers und fischten darin mit Netzen und improvisiertem Gerät herum. Mittags barg ihn ein Fährmann aus dem Unrat des Flusses. Er hatte von seinem Kahn aus einen dunklen Fleck auf dem Grund des Flusses ausgemacht, war getaucht und hatte einen Mantel gefunden. Nicht weit davon entfernt hatte sich die Leiche in einem Gewirr aus Zweigen und Algen verfangen. Man brachte den Körper an Land und säuberte ihn grob vom Schlamm. Er war noch bekleidet, die Sporen waren nach wie vor an seinen Stiefeln, und an seinem Gürtel hing eine Börse mit dreißig Dukaten, ein kostbarer Dolch und Handschuhe. Er war nicht ausgeraubt worden.

Rücken, Beine und Kopf waren gezeichnet von acht fürchterlichen Messerstichen. Der tödliche Neunte hatte ihm die Gurgel aufgeschlitzt.

Ein junger Soldat sah seinen Vorgesetzten zögerlich an.

»Hauptmann, ist das wirklich der Herzog von Gandia?«

»Ja, er ist es.«

Gardisten, Neugierige und Fischer starrten auf den Leichnam am Flussufer.

»Wie alt war er?«

»Zwanzig, vielleicht einundzwanzig.«

Der Kommandant warf einen letzten Blick auf die Leiche und sagte: »Rasch, tragt ihn auf das Boot und bringt ihn zur Engelsburg. Ich werde dem Papst Bescheid geben.«

Einer der Schauermänner hatte das Geschehen verfolgt und raunte seinem Nachbarn zu: »Der Bastard hat sich das Bad im Dreck wirklich verdient.«

»Und der Papst ist wieder zum Fischer geworden, ganz wie der heilige Petrus …«

»… und hat seinen Sohn herausgefischt!«, höhnten sie flüsternd.

»Verdammte Spanier! Die würde ich am liebsten alle zurückschicken, aber so zugerichtet wie der da!«, rief ein anderer aus und wischte sich den Schweiß von der Stirn.

»Spanier oder Franzosen, für mich sind die da oben alle gleich. Quetschen uns arme Schlucker aus bis aufs Blut.«

Mit einem Kopfschütteln lud er wieder schwere Kisten ab. Ungesehen von allen anderen gab es noch jemanden, der alles beobachtete. Er wartete, bis der Leichnam auf das kleine Boot geladen war, dann ging er zu seinem weißen Pferd und verschwand in der Menge.

In der Engelsburg

»Oh, Herr, warum tust Du mir das an? Warum?«

Rodrigo klammerte sich an die Brüstung, um nicht zu stürzen. Vor mehr als einer Stunde hatte er den Vatikan verlassen und sich in die Engelsburg begeben. Dort stand er am offenen Fenster mit Blick auf den Tiber, seine Augen brannten vor Wut und Tränen.

»Heiligkeit, Ihr müsst jetzt stark sein«, sagte der Kammerherr und versuchte, ihn aufzurichten. »Nehmt wenigstens einen Schluck Wasser, Ihr habt schon seit Stunden nichts gegessen oder getrunken.«

»Nein, ich kann nicht, ich kann ihn jetzt nicht sehen«, flüsterte er, »geh du, Marradès. Sag ihnen, sie sollen ihn behandeln, als sei es der Körper Christi. Geh!«

Der kalte und kahle Raum wurde von ein paar Fackeln an den Wänden beleuchtet.

Zu beiden Seiten schwenkten zwei Kleriker Weihrauch, und ein dritter bereitete die Gewänder für das Begräbnis vor. Die Flammen der Kerzen, die auf dem Tisch standen, warfen gelbliches Licht auf den dort liegenden Körper.

Bernardino Guttieri, der Zeremonienmeister, tauchte den Lappen erneut in das Kupferbecken. Aus dieser Schlammkruste musste er ein Gesicht herauswaschen, das nicht mehr zum Leben erweckt werden würde. Die Stirn des Herzogs war hoch und breit.

Wer weiß, welche Gedanken sich bei seinem letzten Atemzug dahinter verborgen hatten, überlegte Bernardino, während er einen Klumpen geronnenen Bluts aus der dichten Augenbraue löste.

Vorsichtig strich er über die gerade und stolze Nase. Auf den Wangen musste er länger verweilen, denn der Schlamm im kurzen Bart war eingetrocknet – ein bisschen noch, und ja, da war er wieder, schwarz und seidig glänzend.

Er säuberte die blassen Lippen und betrachtete das Gesicht in andächtigem Schweigen. Trotz des langen Liegens im

Fluss war er nicht entstellt, der Herzog von Gandia war noch immer unglaublich schön.

Er begann ihn zu entkleiden. Mit einem Messer schnitt er das Wams auf und befreite den breiten Brustkorb vom blut- und schlammbedeckten Hemd, dann zog er ihm Stiefel und Strumpfhosen aus. Welche Qual, diese violetten Schnittwunden zu sehen!

Bernardino reinigte ihn vollständig und rieb ihn mit duftenden Essenzen ein. Wie viele Male hatte dieser junge Mann, Sklave seiner Sinne, sich mit Bädern und Düften auf Liebesspiele vorbereitet? Wie viele Frauen hatten ihn in ebendieser Pose betrachtet: nackt, reglos und von ihren Zärtlichkeiten ermattet?

Der Zeremonienmeister bekreuzigte sich und versuchte, diese unkeuschen Gedanken aus seinem Geist zu verbannen. In Juans Antlitz war keine Spur mehr von Eitelkeit und Arroganz.

Bernardino strich ihm mit der Hand über die Wangen; niemals hätte er geglaubt, dass er dies einmal tun würde.

Er zog ihm die Uniform eines Generalkapitäns der Kirche an, ausstaffiert mit allen Herrschaftszeichen und mit Edelsteinen geschmückt. Er bedeckte den entstellten Hals mit einer weißen Schärpe und gürtete ihn mit einem kostbaren Schwert. Er gab ihm die Standarte der päpstlichen Garde zur Seite, und in die Hand legte er ihm den Kommandostab. Seine Aufgabe war erfüllt: Der Herzog von Gandia war für die Beerdigung hergerichtet, geschmückt mit allen Insignien seiner irdischen Macht.

Gott wären all diese Fahnen und Kokarden wohl gleichgültig, dachte der Geistliche. Es war die nackte Seele, die Er zu sich nehmen würde, vielleicht wurde gerade in diesem Moment bereits Sein Urteil über diese Seele gesprochen.

Bernardino schauerte. Um Juans Seele zu retten, waren viele Gebete nötig. Ein letztes Mal betrachtete er das reglose Gesicht und bat den Allmächtigen um Gnade.

Mit zwanzig Jahren zu sterben ohne Aussicht auf Erlösung war schon Strafe genug.

Er segnete den Leichnam und zog sich in Stille zurück.

Alexander VI. platzte in den Raum und kniete neben dem Aufgebahrten nieder. Er nahm Juans eiskalte Hand in seine und wagte es, ihn anzusehen.

Der Gesichtsausdruck war so heiter, wie er es im Leben nie gewesen war. Wie schön er war und so jung … Rodrigo lächelte unter Tränen. In seiner Erinnerung würde er es immer bleiben. Auch der Sohn Gottes war jung gewesen, als er starb.

Die Grausamkeit dieses Wortes traf ihn mitten ins Herz. Juanito war tot, ums Leben gebracht mit einundzwanzig Jahren! Er schrie seinen Namen, doch diese Lippen konnten ihm nicht mehr antworten, und mit diesen Augen, die für immer geschlossen waren, würde er weder seine Kinder, sein Weib noch Spanien wiedersehen. Die eiskalte Hand würde niemals ein königliches Zepter umfassen … Er spürte, wie man ihn von der Hand löste und ihn nach draußen geleitete, während er immer noch Juans Namen schrie.

Im Vorzimmer zu seinen Gemächern fand Rodrigo eine schwarz verschleierte Dame vor. Obwohl er vor Verzweiflung ganz durcheinander war, erkannte er Vannozza. Er wäre am liebsten auf sie zugestürzt, um sie zu umarmen, sie um Verzeihung zu bitten, dass er Juan nicht beschützt hatte, aber ihm fehlte die nötige Kraft.

Vannozza hob den Schleier; in ihrem Blick lag keinerlei Groll, nur unermesslicher Schmerz. Ohne etwas zu sagen, blieb sie vor ihm stehen und nahm ihn vor aller Augen in die Arme.

Rodrigo klammerte sich schluchzend an sie, doch Vannozza löste sich bald aus der Umarmung und eilte zum Aufbahrungszimmer. Sie beugte sich über den Sohn, der so fern von ihr gelebt und den sie dennoch um nichts weniger geliebt hatte, streifte sein Antlitz mit den Lippen und flüsterte unter verzweifelten Tränen seinen Namen.

Neun Uhr abends

Hundertzwanzig Fackelträger gingen dem offenen Sarg auf seinem Weg aus der Engelsburg voran; ihm folgten die Familie des Papstes, die Prälaten des Palastes, die päpstlichen Knappen. Ein ungeordneter Haufen Spanier drängte neugierig heran. Rodrigo war abwesend, er verfolgte den Trauerzug von der Burg aus. Als sein verzweifelter Aufschrei zu hören war, richteten sich viele Blicke mitfühlend zu seinem Fenster.

Als auch die letzte Fackel außer Sichtweite war, zog der Papst sich in seine Räume zurück und fiel weinend vor einem Holzkreuz auf die Knie.

»Oh Herr, mein Gott, ich bin Dein unwürdiger Diener, nicht wert, dies weiße Gewand zu tragen. Du hast mir Deine Macht gezeigt, mit der Du mein Herz erschüttert hast. Ich werde mich ändern, ich schwöre es, ich werde mich ändern! Ich werde Deine Kirche von allem Bösen säubern und vom Laster. Doch gib mir meinen Sohn zurück, oh Herr! Lass mich noch einmal mit ihm sprechen.« Einige Minuten lang verharrte er mit gesenktem Haupt. Dann stand er, einem seiner überraschenden Impulse folgend, auf und trat ans Fenster.

Ja, Gott hatte ihn gestraft für seine Sünden, doch mochte er auch die göttliche Strafe akzeptieren, so konnte er demjenigen nicht vergeben, der seinen Sohn getötet hatte.

Gottes Botschaft rührte an seine Seele, die Tat des Mörders an seine Ehre.

Er sah den Fluss, wie er gelblich und schnell dahinströmend Richtung Meer floss. Der ewige Fluss, das ewige Leben.

Wer hatte es getan?

Diebe? Straßenräuber, von seinen Edelsteinen und seinem Geld angelockt? Nein. Edelsteine und Geld waren nicht angerührt worden, ein Zeichen, dass die Meuchelmörder gut bezahlt worden und ihrem Auftraggeber treu ergeben waren.

Vielleicht wollten sie ihn, den mächtigen Vater, strafen und hatten sich seiner Gefühle bedient, indem sie ihm die Hoffnung auf eine glorreiche Zukunft für die Borgia nahmen.

Er versuchte, die Wut zu bezwingen, die in ihm aufstieg, Hass und Verzweiflung sollten ihn nicht blind machen; er brauchte einen klaren Verstand.

Er konnte nicht die Ursache für den Tod seines Sohnes sein, Juan wurde wegen seiner Talente, seines hohen Amtes und seiner Macht beneidet. Er hatte viele Feinde.

Oder war eine Frau der Grund?

Don Fira hatte von einem ominösen Liebesabenteuer gesprochen. Ein eifersüchtiger Ehemann oder ein argwöhnischer Vater hätten ihn gut und gerne töten können.

Wer also war diese Frau? Vielleicht jemand aus ihrer Familie? Juan verstand sich gut mit Sancia, der Ehefrau von Jofrè, doch auch Cesare hatte sich von dieser kleinen neapolitanischen Dirne einwickeln lassen. Drei Brüder und eine einzige Geliebte …

Lucrezia? Ihr Ehemann Giovannino verdächtigte sie eines Techtelmechtels mit Juan, völlig absurd, doch er hatte sich darauf versteift. Er war ein Sforza, und seine Familie verachtete Juan. Kardinal Ascanio Sforza, der den Hals nie voll genug bekommen konnte, fand ständig Vorwände, ihm Steine in den Weg zu legen, und sein mächtiger Mailänder Bruder Ludovico hielt ihm dabei den Rücken frei.

Auch dem römischen Adel war er verhasst, den Orsini ganz besonders. Nach einem Krieg, der zu viel Geld und zu viel Blut gekostet hatte, hing ihr Groll gewissermaßen über der ganzen Stadt.

Ganz erschlagen von der Vielzahl der Vermutungen, barg Rodrigo den Kopf zwischen seinen Händen. So viele Spuren, denen man nachgehen konnte, zahllose Verdachtsmomente und kein einziger Beweis.

Sein Blick war auf den Tiber gerichtet, auf die pulsierende Lebensader dieser Stadt, die ihn so hasste, die er hingegen innig liebte.

Seine dunklen Augen suchten den Fluss ab, die Paläste und die Kirchen Roms, den letzten Winkel wollten sie erforschen.

Irgendwo dort war der Schuldige.

III.
Der Krieg

Neapel, Castel dell'Ovo
8. November 1496

Virginio Orsini drehte sich auf der harten Pritsche um.

Das unablässige Geräusch der Wellen, die sich an den Klippen am Fuß der Festung brachen, gönnte ihm keinen Augenblick der Ruhe. Seine Tage als Gefangener schleppten sich zwischen Einsamkeit und Untätigkeit dahin. Ihm blieb nur eine bittere Gewissheit: Diese Qual wäre bald vorüber.

Mit seinem Tod.

Nur wenige überlebten die neapolitanischen Gefängnisse der Aragon, und er schmachtete schon zwei Jahre in dieser Zelle.

Er hatte eine Aragon geheiratet und war Generalkapitän des neapolitanischen Heeres gewesen, doch als Karl VIII. von Valois sich die Halbinsel hinunterbewegte, um sich das Königreich Neapel zu holen, hatte er ihm die Tore von Burg Bracciano weit geöffnet. Aus Angst, aufseiten der Verlierer zu stehen und Land und Privilegien einzubüßen, hatte er Amt und Familie im Stich gelassen. Eine fatale Entscheidung, die seine Verurteilung besiegelt hatte.

Als Karl VIII. mit seinem von Ausschweifungen und Krankheiten aufgeriebenen Heer Neapel in großer Hast verlassen hatte, hatte er sich ergeben und war gefangen genommen worden. Seine Söhne Giangiordano und Carlo und seinen Schwager Bartolomeo D'Alviano, die in den Abruzzen kämpften, hatte dasselbe Schicksal ereilt.

Carlo und D'Alviano war es umgehend gelungen, aus dem Gefängnis zu fliehen. Daraufhin war die Überwachung strenger geworden, und für ihn und Giangiordano war eine Flucht in weite Ferne gerückt, desgleichen die Aussicht, über eine Freilassung zu verhandeln.

Seine neapolitanischen Besitztümer waren an Fabrizio Colonna, seinen schlimmsten Feind, gegangen, und Borgia, der gleich doppelt mit der Dynastie der Aragon verbunden war, hatte ihn als Rebellen und Banditen bezeichnet, ihn exkommuniziert und schließlich all seine Güter eingezogen.

Der neue König von Neapel war bereit, die ganze Sache zu vergessen, doch Borgia nicht.

Virginio biss beim Gedanken an seinen Palast in Tagliacozzo mit seinen großzügigen, reich geschmückten Sälen, seiner Loggia mit Blick auf den Monte Velino, die stillen Innenhöfe, die Kapelle mit ihren Fresken, wütend die Zähne zusammen.

Er richtete sich auf seiner Pritsche auf und schaute durch eine schmale Scharte auf einen kleinen Streifen bleigrauen Himmels.

Der Gedanke an Rodrigo brachte fast immer sein Blut zum Kochen.

Glühender Hass entzweite die Familien der Orsini und der Borgia, seit vor fünfzig Jahren ein Borgia als Kalixt III. Papst geworden war.

Drei Jahre lang hatten die Römer die raffgierige Horde

seiner spanischen Verwandtschaft in der Stadt ertragen, die Privilegien, Ehren, Ämter und Reichtümer an sich brachten. Beim Tod von Kalixt III. war die Rache an seiner Familie unerbittlich gewesen, und jene Katalanen, denen es nicht gelungen war, sich in Sicherheit zu bringen, tränkten die Straßen Roms mit ihrem verdorbenen Blut.

Der Einzige, der sich nicht aus dem Staub gemacht hatte, war Rodrigo. Er hatte erkannt, dass die einzige Rettung darin bestand, seinen Palast dem Volk zur Plünderung zu überlassen. So hatte er das Blutbad unversehrt überstanden.

Allzu oft hatte Virginio seinen Groll bezwingen und Kompromisse mit diesem gerissenen und verschlagenen Mann eingehen müssen, aber nun forderte Rodrigo Borgia sein Leben.

Er kam sich vor wie das kleine Insekt, das er an der Zimmerdecke sah: gefangen in einem Spinnennetz, darauf wartend, dass die Spinne ihm den Garaus machte.

In den letzten Monaten fragte er sich immer, wenn er den Löffel in die Suppe tauchte, ob dies wohl das Letzte sei, was er tun würde. Ein paar Tage lang hatte er jegliche Nahrung verweigert, aber er konnte nicht ewig so weitermachen.

Plötzlich öffnete sich die Tür der Zelle, und der Wächter trat ein, der ihm das Essen brachte.

Virginio setzte sich auf und betrachtete ihn mit Abscheu.

»Exzellenz, was macht Ihr für ein Gesicht! Dabei solltet Ihr Euch freuen, wenn Ihr mich seht. Ich bringe Euch etwas zu essen und«, er näherte sich vertraulich flüsternd, »heute auch noch einen Brief.«

»Gib her, rasch!« Orsinis Augen funkelten.

»Na, na, nicht so stürmisch! Alles hat seinen Preis!«

»Ich habe kein Geld mehr, das bisschen, das ich noch hatte, hast du mir schon abgeknöpft, und außerdem wirst du schon

Geld von demjenigen bekommen haben, der dir den Brief gegeben hat.«

»Eure Familie kann bezahlen.«

»Ekelhafter Aasgeier!«

Virginio stürzte sich auf den Mann und packte ihn am Kragen. Erschrocken sah der Wächter ihn an. Virginio lockerte den Griff und ließ die Arme sinken, die da draußen waren zu viele und er zu schwach.

»Das nennt sich Dankbarkeit!« Der Gefängniswärter rieb sich die Kehle. »Ich bin der einzige Freund, den Ihr habt, ist das nicht klar?«

»Ich weiß nicht, was mich davon abgehalten hat, dich zu erwürgen.«

»Exzellenz, ich habe Euch in der Hand.«

»Wenn ich hier eines Tages rauskomme …«

»Falls Ihr hier herauskommt.«

Der Wächter verzog mitleidig das Gesicht, wühlte in den schmuddeligen Taschen seiner Uniform und zog einen Brief heraus, den er dem Gefangenen aushändigte.

»Nehmt, ich vertraue Euch.«

Virginio öffnete ihn hastig und mit zitternden Händen, stellte sich für besseres Licht an die vergitterte Scharte und las begierig.

Castello di Bracciano, 27. Oktober 1496
Teuerster Bruder,
wolle Gott, dass du bei guter Gesundheit bist und die Gefangenschaft nicht zu hart ist.
Verzeih mir, dass ich mich nicht mit langen Vorreden aufhalte, doch ich habe wenig Zeit, und die Nachrichten, die ich für dich habe, sind dringend und wichtig.
Zunächst die guten Neuigkeiten: Frankreich ist uns immer noch

wohlgesinnt und mit uns verbündet. Dein Sohn Carlo verhandelt dort deine Freilassung. Gib die Hoffnung nicht auf, er wird bald mit Männern und Geld zurückkehren, um uns zu unterstützen.

Bartolomeo, der hier in Bracciano an meiner Seite ist, bittet mich, dich seiner vollkommenen Unterstützung zu versichern. Doch nun leider die schlechten Nachrichten.

Der Papst hat gestern ein Konsistorium einberufen, in welchem offiziell beschlossen wurde, Krieg gegen unsere Familie zu führen. Er hat seinen Sohn, Juan di Gandia, zum Generalkapitän der päpstlichen Milizen ernannt und Kardinal Bernardino Lonati zu seinem Legaten. Dann sind der Papst und alle Kardinäle zu St. Peter gegangen, um mit einem Hochamt ihre unheilvollen Beschlüsse feierlich abzusegnen. Man hat mir berichtet, dass der Borgia ganz außer sich war vor Freude, seinen Lieblingssohn wie einen echten Soldaten gekleidet zu sehen, doch macht ihn seine Liebe nicht so blind zu glauben, Gandia käme allein zurecht. Er hat ihm Guidobaldo di Urbino zur Seite gestellt, und der nichtswürdige Fabrizio Colonna hat sich nicht bitten lassen, sich ihnen anzuschließen, gut bezahlt, versteht sich.

Bewaffnet und jubelnd zogen sie auf die Piazza und schworen unserer Familie den Tod.

Wenn du diesen Brief erhältst, sind sie vielleicht schon hier in Bracciano, aber keine Angst, wir werden uns zu wehren wissen und unseren Namen verteidigen. Wir bauen gerade eine Festung zur Verteidigung der Siedlung, rekrutieren die Bauern und sammeln Pferde, Lebensmittel und Munition. Der Kampf wird hart werden, doch wir haben keine Angst vor der Niederlage! Wir müssen nur so lange durchhalten, bis Carlo mit der Verstärkung eintrifft. Auf unseren Türmen weht Frankreichs Banner, und unser Schlachtruf ist stets »Frankreich!« Doch ich will mich nicht länger damit aufhalten, liebster Bruder, auch wenn wir deine

Abwesenheit nun mehr denn je spüren und wir deiner Führung bedürften.
Verzweifle nicht, wir werden alles nur Erdenkliche tun, um dich wieder bei uns zu haben.
Deine Schwester Bartolomea

Virginio steckte das Blatt in seine Jacke.

»Bring mir sofort Papier, eine Feder und Tinte. Derjenige, der diesen Brief gebracht hat, wartet auf Antwort, nicht wahr?«

»Ja, aber heute geht das nicht mehr. Es sei denn, Ihr würdet schreiben, dass ich dafür entlohnt werden soll.«

»Man wird dich schon bezahlen! Setz dich in Bewegung!«

»Esst jetzt.«

Virginio schüttete den Inhalt der Schüssel auf den Boden.

»So, ich habe gegessen, also geh und hol mir Papier!«

Er drehte sich um und ließ sich wieder auf die Pritsche fallen.

Endlich Krieg! Vielleicht gab es für ihn noch eine Aussicht auf Rettung, er musste Bartolomea schreiben, bevor es zu spät war.

Rocca di Anguillara
27. November 1496

Ein prasselndes Feuer wärmte den großen Saal der Rocca di Anguillara.

Guidobaldo di Montefeltro saß am Kamin und schob das Schwert, das er gerade poliert hatte, in die verzierte Lederscheide zurück.

Für ihn hatte diese Waffe seines Vaters großen Wert, sie bedeutete ihm viel. Während er über den Griff strich, ging ihm durch den Kopf, dass es nicht leicht war, es zu führen und den Platz seines Vaters als Regent von Urbino einzunehmen, ebenso wenig, wie dem ständigen Vergleich mit ihm ausgesetzt zu sein. Es kam vor, dass er sich zum ungestörten Nachdenken ins Arbeitszimmer des Vaters flüchtete und sich dort lang in dessen Porträt vertiefte. Federicos charakteristisches Profil war Ausdruck von Kraft und Entschlossenheit eines verdienten Anführers und geschickten Politikers; Haut und Haar hatten einen dunklen Ton. Er verfügte nicht über diese Gaben, allein die Liebe zu Kunst und Kultur verband ihn mit dem großen Montefeltro. Sein Äußeres war blass wie das seiner Mutter Battista Sforza; von ihr hatte er auch die feinen Züge und die sanften grauen Augen.

Das trockene Knistern eines Scheites riss ihn aus seinen Gedanken. Er kam sich vor wie ein Schiff mit großen Segeln auf einem Meer ohne Wind, eines, dem noch nie eine freundliche Brise geweht hatte.

Seit einem Monat kämpfte er nun bei den päpstlichen Truppen; Borgia selbst hatte ihn einberufen, Juan im Kampf gegen die Orsini zur Seite zu stehen.

Er beobachtete ihn, wie er auf einer Bank lag und seinen Dolch in die Luft warf, wo er sich drei-, viermal drehte, dann fing er ihn auf, bevor er sich ihm in die Brust bohrte. Ein sinnloses, gefährliches Spiel, das ihm leicht von der Hand ging. Das militärische Leben hingegen war nichts für ihn, die Unbequemlichkeiten des Feldlagers, das ständige Weiterziehen und die tagtäglichen Risiken machten ihm schlechte Laune. Es war der Papst, der aus ihm einen Heerführer machen wollte, während Juan wer weiß was dafür gegeben hätte, in Rom bleiben zu können und sich in den Freudenhäusern oder Spielhöllen zu vergnügen.

Guidobaldo seufzte. Er wäre auch lieber in Urbino bei Elisabetta, doch dieser Auftrag war genau im richtigen Augenblick gekommen: Er brauchte ständig Geld, und in jemandes Sold in den Krieg zu ziehen war für ihn die einzige Möglichkeit, seine mageren Kassen aufzufüllen.

Sein Blick fiel auf Kardinal Bernardino Lonati, der müde und fröstelnd am Kamin saß. Der päpstliche Legat war ein Mann von gesundem Menschenverstand, deshalb hatte der Papst ihn bei dieser Unternehmung dabeihaben wollen.

Er hatte gehorcht, um Kardinal Ascanio Sforza zufriedenzustellen, seinen Freund und Gönner, der seit jeher ein Feind der Orsini war.

Im hinteren Teil des Saales hatten Fabrizio und Muzio Colonna, Gian Piero Gonzaga und andere junge Offiziere einen Spieltisch aufgestellt. Sie waren nicht aus politischen oder weltanschaulichen Gründen hier, sondern weil der Papst gut zahlte.

Fabrizio war der älteste und erfahrenste Soldat unter ihnen, Guidobaldo kannte ihn gut – vor acht Jahren hatte sich Colonna in seine Schwester Agnesina verliebt und sie sofort geheiratet. Er war ein tatkräftiger Mann, der sich seiner militärischen Fähigkeiten durchaus bewusst war. Er verlangte eine äußerst hohe Entlohnung, und keiner der Mächtigen scheute sich, sie zu zahlen. Auch wenn die Colonna immer schon Ghibellinen waren, standen sie doch noch nie in einem guten Verhältnis zum Papsttum; Borgia hatte ihn im Vertrauen auf seine strategischen Fähigkeiten als Befehlshaber in diesem Krieg haben wollen und wegen der Tatsache, dass er die Orsini herabgesetzt sehen wollte. Fabrizio, der stets auf der Suche nach neuen Verdienstmöglichkeiten war, hatte sofort angenommen. Und Juan, der für seine Ausstrahlung empfänglich war, hielt ihn für einen Freund.

Es müssen viele Entscheidungen getroffen werden … und die da denken nur ans Spiel, schoss es Guidobaldo durch den Kopf.

Plötzlich war deutlich die Stimme von Juan im Saal zu hören.

»Das war verdammt einfach, bei Gott! Die Orsini sind elende Feiglinge. Innerhalb eines Monats haben wir beinahe all ihre Festungen eingenommen. Kardinal, habt Ihr dem Heiligen Vater von unseren triumphalen Erfolgen berichtet?«

Lonati würdigte ihn kaum eines Blickes und sagte knapp: »Ich schicke jeden Tag einen Kurier zu Seiner Heiligkeit, um ihn zu informieren.«

»Ich hätte nicht gedacht, dass auch Anguillara sich sofort ergeben würde.«

Guidobaldo wandte ein: »Das war absehbar, die Bewohner des Ortes standen nie hinter Virginio, daher haben sie sich kampflos ergeben.«

Juan richtete sich zum Sitzen auf. »Sie wollten diesen Mistkerl loswerden, und das ist ihnen gelungen. Und während er nun im Gefängnis verfault, holen wir uns zurück, was uns gehört. Dass Anguillara und Cerveteri nun der Kirche gehören, ist unser Verdienst!«

Er stand auf und ging zu Lonati.

»Kardinal, Ihr habt ja gar nichts gesagt, als man Euch die Schlüssel zur Burg übergeben hat. Stocksteif habt Ihr dagestanden …« Er ahmte ihn übertrieben nach und brach in schallendes Gelächter aus, in das die anderen einfielen.

Der Kardinal lächelte dünn.

»Es war eine willkommene Überraschung. Gott allein weiß, wie sehr sich meine müden Knochen eine Nacht im Trockenen gewünscht haben. Ich habe noch nie einen so verregneten Herbst erlebt. Bei der Gelegenheit, wenn Ihr erlaubt – es ist schon spät, und ich würde nun gern schlafen gehen. Seit wir aufgebrochen sind, träume ich von einem richtigen Bett.«

»Aber nein, Kardinal, es ist doch noch früh.« Guidobaldo forderte ihn mit einer entschiedenen Geste auf, sich wieder hinzusetzen. »Unsere Unterhaltung hat gerade erst begonnen, und Eure Anwesenheit ist unverzichtbar.«

»Ihr wollt doch nicht etwa heute Abend noch eine Versammlung abhalten?«, fragte Lonati beunruhigt.

»Wir dürfen keine Zeit verlieren, der Krieg hat gerade erst begonnen, und wir müssen noch einen Plan fassen.«

Guidobaldo sah Juans flammenden Blick auf sich gerichtet, und das verhieß ein Donnerwetter.

»Wir müssen einen Plan fassen ...« Juan ahmte Guidobaldo nach und betonte seinen kleinen Sprachfehler. Er näherte sich ihm drohend. »Ich entscheide hier, wie und wo Versammlungen einberufen werden!«

»Ich habe den Kardinal lediglich gebeten ...«

Juan fluchte auf Katalanisch. »Halt dich da raus!«, schimpfte er. »Ich habe das Kommando über diesen Feldzug!«

Fabrizio Colonna kam vom Spieltisch herbeigestürzt und hielt Guidobaldo gerade noch am Arm zurück, während Kardinal Lonati sich zwischen die jungen Männer stellte.

»Signori, wir sind alle müde. Wir sollten Ruhe bewahren. Und wenn Ihr etwas zu sagen habt, Montefeltro, tut es rasch.«

Guidobaldo und Juan warfen sich finstere Blicke zu, Fabrizio Colonna gab Guidobaldo einen freundschaftlichen Klaps auf die Schulter.

»Guido, wir sind doch alle Waffenbrüder. Juan hat das begriffen und ist bereit, das gerade zu vergessen, ist es nicht so?«

Juan zuckte bloß mit den Schultern.

»Fahr fort«, drängte Colonna, »wir hören dir zu.«

»Anguillara ist die neunte Burg, die wir den Orsini abnehmen. Bisher haben sie uns alles machen lassen, das ist ihre Strategie. Sie weigern sich zu kämpfen, um ihre Kräfte zu schonen. Trevignano und Bracciano sind ihre stärksten Stützpunkte. Der See dient der Verteidigung der beiden Burgen, mit Booten tauschen sie untereinander Männer, Waffen und Lebensmittel aus. Wir hingegen warten immer noch auf die Boote, die Seine Heiligkeit uns versprochen hat.«

Guidobaldos Blick richtete sich auf Juan.

»Seine Heiligkeit hält Seine Versprechen stets, die Boote werden kommen!«, antwortete Gandia verärgert. »Kardinal, schickt sofort ein Schreiben nach Rom.«

Lonati nickte. Die lauten Stimmen verschlimmerten seine Kopfschmerzen.

»Die Boote sind wichtig, aber machen wir uns nichts vor, sie werden nicht reichen.«

Guidobaldo kam nicht dazu, den Satz zu beenden. Juan fuhr herum, warf den Dolch nach ihm und schrie: »Du bringst Unglück!«

Die Waffe streifte das Gesicht von Montefeltro und bohrte sich in einen Holzbalken, wo sie zitternd stecken blieb.

Guidobaldo rührte sich nicht. Er wusste, dass Juan ihn nicht verfehlt hätte, wenn er ihn hätte treffen wollen. Es war reine Wichtigtuerei eines Angebers.

Der junge Borgia zog den Dolch aus dem Balken und trat vor Guidobaldo.

»Auf wessen Seite stehst du?«

»Ich bitte Euch ...« Mit brüchiger Stimme versuchte Kardinal Lonati, ihn zu beruhigen.

»Mischt Euch nicht ein! Das ist eine Angelegenheit zwischen uns beiden«, befahl ihm Juan und wandte sich erneut drohend zu Montefeltro um.

»Also los, antworte! Auf wessen Seite stehst du?«

Guidobaldo biss die Zähne zusammen, es fiel ihm immer schwerer, nicht auf diese Provokationen zu reagieren. Juan konnte sich dank der päpstlichen Rückendeckung seiner Lieblingsbeschäftigung hingeben: der Provokation.

Fabrizio Colonna baute sich vor Juan auf. »Lasst uns dem Rat des Kardinals folgen und zu Bett gehen. Morgen sind wir besserer Stimmung, da werden wir fortfahren.«

»Ich verlange zunächst eine Entschuldigung!« Borgia hielt nach wie vor den Dolch in der Hand.

»Ich gebe mein Bestes, um diesen Krieg zu gewinnen«, sagte Guidobaldo ruhig und sah ihm fest in die Augen. »Tut mir leid, wenn du das nicht begreifen kannst.«

»Wir wollen alle gewinnen.« Colonna packte Juan fest am Arm. »Unsere Ansichten mögen verschieden sein, aber wir kämpfen alle für dieselbe Sache.«

Borgia befreite sich aus dem Griff, steckte den Dolch wieder ein und verließ ohne ein weiteres Wort den Saal.

Nach und nach gingen alle. Nur Guidobaldo schaute noch ein paar Momente lang zu, wie der Scheit im großen Kamin langsam zerfiel. Im seinem Inneren loderte immer noch rote Glut.

Castello di Bracciano
November 1496

»Kommt sofort da runter!«, befahl Bartolomea Orsini.

Der Maler betrachtete sie vom Gerüst herab.

»Meine Dame, ich werde niemals mit der Arbeit fertig werden, die Baron Virginio in Auftrag gegeben hat, wenn ich ständig unterbrochen werde. Euer Bruder hat mich gebeten, diese Kassettendecke auszumalen, aber Ihr …«

»Im Augenblick besteht Eure Arbeit darin, Eure Haut zu retten, werter Maestro, Eure und die aller anderen! Ich brauche jeden Mann, um den Bau der Bastion zu beenden!«

»Ich bin Künstler, kein Maurer. Und erst recht kein Soldat. Ich wüsste nicht, wie ich Euch helfen kann.«

»Ich hätte nicht gedacht, dass es auf der Welt einen solchen Dummkopf gibt! Was sollen wir mit Euren Fresken anfangen, wenn sie uns alle umgebracht haben? Ich habe keine Zeit zu verlieren. Kommt sofort herunter! Eure Helfer sind schon an der Arbeit. Der einzige Feigling hier seid Ihr. Ich hoffe, Ihr schämt Euch.«

Zornig schlug Bartolomea auf die Streben ein, die das Gerüst stützten.

»Herrin, so falle ich hinunter!«

»Genug! Noch ein Wort und ich schmeiße Euch aus der Burg, so werdet Ihr gleich zur Beute des päpstlichen Heeres. Lasst Euch doch vom Papst bezahlen!«

Eilig legte der verärgerte Maler die Pinsel beiseite und wischte sich die Hände an der Schürze ab. Dann stieg er hinab.

»Sagt mir, was ich tun soll.«

»Geht schleunigst zur Bastion und schaut, welche Aufgabe der Vorarbeiter der Maurer für Euch hat.«

Was für ein Teufelsweib, dachte der Maestro, während er sie gleichermaßen verdrießlich wie bewundernd ansah. *Wenn man sie überhaupt ein Weib nennen kann!*

Tatsächlich kümmerte sich Bartolomea nicht um ihr Äußeres; sie war groß, brünett, von kräftiger Statur und gekleidet wie ein Soldat. Als der Krieg ausgebrochen war, hatte sie ihr Geschmeide verkauft und aus ihren Kleidern Kutten und Übergewänder für die Soldaten machen lassen.

Da Virginio in Neapel gefangen war, lagen die Verteidigung von Bracciano und das Schicksal der Orsini allein in ihren Händen und denen ihres Mannes, Bartolomeo D'Alviano.

In monatelanger unermüdlicher Arbeit hatten sie die Verteidigungsanlagen befestigt. Sie hatten vor der Umfassungsmauer eine Bastion errichtet, um die Siedlung im Inneren zu schützen. Sie hatten eine ganze Reihe von Bauern der umliegenden Gegend rekrutiert und ausgebildet, die sich, angespornt von D'Alvianos flammenden Reden, kampfbereit fühlten wie alte Kämpen.

Bartolomea war besorgt, doch das durfte sie nicht zeigen. Die Soldaten mussten bei Laune gehalten werden, sie sollten sich unbesiegbar fühlen. Das päpstliche Heer hatte bereits viele ihrer Burgen eingenommen, doch eine echte Schlacht hatte es noch nicht gegeben. Es war kein Geheimnis, dass die Truppen des Papstes schlecht geführt wurden, und sie war sich sicher, dass Juan den Prüfungen eines Krieges nicht gewachsen war. Zwar war sein Heer gut bewaffnet, doch bestand es fast vollständig aus Söldnern, für die es nicht die Veranlassung gab, etwas zu verteidigen. Dennoch konnten all diese Überlegungen sie nicht beruhigen oder ihr die Sorge um den gefangenen Virginio nehmen. Sie stieg die schmale Treppe zum Wehrgang hinauf.

Die Oberfläche des fast kreisförmigen, düster grauen Sees zu ihren Füßen kräuselte ein eisiger Westwind. Im Hintergrund waren die Sabiner Berge zu sehen, Burg Trevignano ragte im Westen auf und die Burg von Anguillara schützte ihn, verborgen hinter einem Vorgebirge, im Osten. Nach Norden hin war der See Braccianos natürliche Abwehr, niemand würde es wagen, von dort aus anzugreifen. Die übrigen Seiten jedoch könnte man mit Kanonen unter Beschuss nehmen und zerstören, die Feinde könnten in die Burg eindringen und die Siedlung überfallen. Bartolomea durchfuhr ein Schauder. Diese Vorstellung war der Schrecken ihrer Nächte. Sie zog ein gefaltetes Blatt Papier aus der Tasche und las es angstvoll ein weiteres Mal.

Castel dell'Ovo
8. November 1496

Liebe Schwester,
du kannst dir nicht vorstellen, welch ein Trost mir deine Worte waren! Ich werde noch verrückt hier drin, wo ich nichts für unsere Sache tun kann. Ich habe nur wenig Papier, um dir zu antworten, aber schreibe mir unbedingt, ich muss auf dem Laufenden bleiben!
Sorge dafür, dass der Wärter, der unsere Mittelsperson ist, bezahlt wird; leider müssen wir seine Erpressung erdulden, ich fand keinen anderen Weg, mit dir in Verbindung zu bleiben.
Ich vertraue D'Alviano das Kommando an, ich weiß, dass ich seiner Erfahrung vertrauen kann. Versucht, Bracciano zu halten, bis Carlo aus Frankreich mit der Verstärkung da ist. Die Burg darf nicht fallen!
Schwester, ich weiß, dass mein Leben in Gefahr ist. Denkt daran: Ich erfreue mich guter Gesundheit, und solltest du hören, ich sei gestorben, dann haben sie mich umgebracht. Du weißt, wer uns zerstören will, und du kennst seine Methoden. Schenke also seinen Lügen keinen Glauben, und räche mich, wenn mir etwas zustoßen sollte!

Mehr als einmal hast du gezeigt, dass du eine echte Orsini bist und zu mir stehst.
Darum schwöre mir Rache, Bartolomea. Schwöre mir, dass ihr die Ruchlosen vernichten werdet, die es wagen, uns Rom streitig zu machen und das, was unser ist. Jeder Borgia, jeder Spanier, soll diesen Frevel mit seinem Blut bezahlen!
Unter ihnen können sich die glücklich schätzen, die in der Schlacht zu Tode kommen.
Schwöre mir, dass der Papst bereuen wird, Juan di Gandia in die Welt gesetzt und ihn auf unsere Kosten groß gemacht zu haben.
Schwöre mir, dass du nicht eher ruhen wirst, bis kein Borgia mehr römische Luft atmet.
Dein Bruder Virginio

Bartolomea drängte ihre Tränen zurück und drückte das zerknitterte Stück Papier an ihre Brust.

Es hatte zwischen ihr und Virginio nie vollkommenes Einvernehmen gegeben; beide hatten das unruhige, reizbare und ehrgeizige Naturell der Orsini, und es gab zwischen ihnen häufig Meinungsverschiedenheiten. Jetzt jedoch kämpften sie für die Ehre der Familie, ein gemeinsames Gut.

Der Anblick eines herannahenden Trupps, der von ihrem Mann angeführt wurde, riss sie aus ihren Gedanken.

Sie schob den Brief in die Tasche zurück und begab sich in ihre Gemächer.

Sie stellte das Kohlebecken neben das Bett, auf dem D'Alviano lag; mit einem nassen Lappen fuhr Bartolomea zunächst über seinen Hals und die Arme, dann über die Brust. Dabei hielt sie sich an jeder Narbe auf, die ihn entstellte. Sie kannte jede einzelne dieser Wunden und wusste, in welchem Kampf sie ihm zugefügt worden waren.

Schön war er nicht; er war klein und hinkte. Er hatte schwarze Haare, die ihm wirr und störrisch vom Kopf abstanden und die kleinen, doch lebhaften grauen Augen bedeckten. Sein wohlgeformter Mund wies mit leichtem Schwung nach oben; er zeigte gern sein anziehendes Lächeln, wodurch das vernarbte Gesicht etwas Gewinnendes bekam.

D'Alviano ließ einen Seufzer hören, während Bartolomea mit ihrer Massage fortfuhr. Es machte ihr Freude, die Müdigkeit ihres Mannes auf diese Weise zu lindern. Angesichts der Härte und des Ernstes, mit dem sie in der Gegenwart anderer miteinander sprachen, hätte niemand vermutet, dass sie solch eine zärtliche Beziehung zueinander hatten.

Bartolomeo genoss die Liebkosung des lauwarmen Tuchs an seinen schmalen Flanken und den kräftigen Schenkeln eines Ritters. Alle Mühen und angesammelte Spannung des Tages lösten sich. Mit einer raschen Bewegung packte er das Handgelenk seiner Frau.

»Komm her.«

Er fasste sie um die Taille und zog sie zu sich aufs Bett, öffnete ihre Bluse und entblößte die Brust. Er beugte sich vor und knabberte zart an ihren Brustwarzen.

Bartolomea hatte schon darauf gewartet. Es brauchte nicht viel, um ihn zu entflammen. Er küsste sie auf den Hals und zog ihr dabei die Hosen bis zu den Knien herab.

»Ich mag deinen Geruch … So mag ich es, ohne Parfüm, ohne Unterröcke. Lass dich anfassen, du bist so schön weich.«

Er liebkoste sie mit rauen Händen, öffnete ihre Schenkel und umspielte behutsam ihr Geschlecht.

Bartolomea stöhnte auf und bog sich ihm entgegen.

Bartolomeo schaute ihr in die glänzenden Augen und legte sich auf sie.

»An deinem Blick sehe ich, dass du mich willst – jetzt und für immer.«

Er küsste sie zwischen den Brüsten. Sie lachte und zog ihn kraftvoll an sich.

Als er in sie eindrang, überließ sich Bartolomea ganz der Lust, und alle Sorgen waren verflogen.

Befriedigt rollte sich D'Alviano auf die Seite und lächelte.

Bartolomea strich ihm zärtlich übers verschwitzte Gesicht und flüsterte ihm zu: »Wenn der Krieg erst einmal aus ist …«

Ein kräftiges Klopfen an der Tür unterbrach ihre Worte.

»Ich hatte befohlen, mich ein paar Stunden in Ruhe zu lassen.«

»Ich sehe mal nach, worum es geht«, sagte Bartolomea und richtete ihre Kleider.

Draußen wartete ein Offizier in Begleitung einer ihrer Spione. Der Mann verneigte sich und sagte etwas in aufgeregtem Ton. Bartolomea erbleichte und befahl ihm, draußen zu warten.

Schnell kehrte sie in den Raum zurück und sagte mit zitternder Stimme: »Bartolomeo, einer unserer Informanten behauptet, der Papst schicke seinen Leuten Boote. Sie transportieren sie auf Karren nach Anguillara. Damit können sie den See überqueren und uns auch von dieser Seite aus angreifen. O mein Gott, das ist das Ende!«

D'Alviano sprang aus dem Bett und zog sich an. Die Bestürzung, die aus dem Blick seiner Frau sprach, überraschte und verletzte ihn. »Seit wann hast du Angst?«, fuhr er sie drohend an. »Diese verdammten Boote werden von nirgendwoher kommen, denn vorher werde ich sie verbrennen. Wo ist der Informant? Ich will mit ihm sprechen«, schrie er und rannte aus dem Raum, ohne auf Bartolomea zu warten.

Der Abend war bereits angebrochen, und es war sehr kalt.

Hinter einem pflanzenbewachsenen Erdwall verborgen wartete D'Alviano, zu Pferd, mit hundert Soldaten. Die Späher hatten ihn schon lange im Voraus über den Weg informiert, den die Karren nahmen, und so hatte er den günstigsten Ort für die Aufstellung wählen können.

Von Weitem war ein Geräusch zu hören.

»Haltet Euch bereit.« Bartolomeo sprach ganz leise und zügelte das Pferd. »Wir stürzen uns auf die Eskorte, es soll ein Überraschungsangriff sein. Sie sind erst vor Kurzem aufgebrochen und noch nicht alarmiert.«

»Jetzt, Kommandant?« Die Stimme des Offiziers neben ihm zitterte vor Anspannung.

»Nein, sie müssen wirklich direkt hier zu unseren Füßen sein. Bereitet die brennenden Fackeln vor und wartet auf meine Befehle.«

Der lange und schwerfällige Geleitzug kam langsam voran, begleitet von vielen Männern zu Pferd.

D'Alviano erkannte Troilo Savelli, den Befehlshaber des Kommandos. Es war ihm anzumerken, dass ihm unbehaglich war, denn er blickte sich unruhig um und rutschte nervös im Sattel hin und her.

Sobald die Karren den Fuß des Hügels erreichten, stieß Bartolomeo einen Schrei aus und stürzte sich, gefolgt von seinen Leuten, auf die Eskorte.

Savelli hatte nicht einmal mehr die Zeit, die Reihen zu schließen und Befehle zu erteilen. Fast alle Soldaten ergriffen blindlings die Flucht, mitten im Durcheinander scheuender Pferde.

Da warf Bartolomeo eine brennende Fackel in ein Boot, die anderen taten es ihm nach.

Wie ein riesiger Scheiterhaufen brannten die Boote und erleuchteten die Finsternis.

Während die Flammen sich ausbreiteten, wies D'Alviano seine Männer auf die Begleitpferde des Konvois hin, die erschrocken umhergaloppierten.

»Schnell, fangt sie ein und holt auch die Karren, die noch in Ordnung sind.«

Dann hob er einen Arm und brüllte: »Rückzug!«

Mit Schwung drehte er sich um, doch die dunkle Gestalt von Troilo Savelli versperrte ihm den Weg. Sein Kopf war unbedeckt, die langen Haare zerzaust.

»Zuerst musst du gegen mich kämpfen!«, rief er aus, sprang vom Pferd und zog das Schwert.

Er will am Boden kämpfen, um seine körperliche Überlegenheit zu nutzen und mich vor allen zu demütigen, dachte D'Alviano und stieg seinerseits vom Pferd. Unerschrocken ergriff er das Schwert, entschlossen, Haut und Ehre teuer zu verkaufen.

Die Soldaten hatten in der Zwischenzeit ein Spalier gebildet und erhellten die Lichtung mit ihren Fackeln.

Savelli verlor keine Zeit und stürmte ihm entgegen. Er war fast eine Spanne größer, breit, stark und entschlossen, ihn zu töten. Bartolomeo wich dem Angriff seitlich aus, geriet aber aus dem Gleichgewicht und fiel hin. Der andere war sofort über ihm und führte seinen Schlag beidhändig und mit ganzer Kraft aus.

D'Alviano wich aus, indem er sich wegrollte, und während der Gegner ihm erneut entgegenkam, richtete er sich, an einen Baum gestützt, wieder auf und machte sich bereit zum Angriff. Die beiden Schwerter prallten einige Male heftig aufeinander. Die Männer standen so dicht voreinander, dass sie sich berühren konnten, und keuchten vor Anstrengung.

»Ich bring dich um, du bist von den Orsini gekauft«, schleuderte ihm Savelli ins Gesicht. D'Alviano stieß ihn zurück, brachte ihn ins Taumeln und stürzte sich dann auf ihn. Savelli wich rückwärts aus, um sich zu schützen, doch ließ er dabei seine Flanke ungedeckt. Schnell stieß Bartolomeo das Schwert in die ungeschützte Stelle. Die spitze Klinge drang durch die Lederrüstung und riss das Fleisch auf.

Mit einem wütenden Aufschrei fiel Savelli auf die Knie und hielt sich die Seite mit der linken Hand. Mit letzter Kraft hob er das Schwert in der Absicht, den entscheidenden Schlag abzuwehren. D'Alviano jedoch blieb vor ihm stehen und steckte die Waffe wieder in die Scheide.

»Ich habe deine Herausforderung angenommen, aber lebendig bist du mir lieber. Das verschafft mir die Gelegenheit, dich zu meinen Füßen kriechen zu sehen.«

»Das werde ich dir heimzahlen«, flüsterte Savelli. Er biss vor Schmerz die Zähne zusammen. Dann sank er auf den Boden und versuchte, mit der Hand die Wunde zu verschließen, aus der das Blut in Strömen floss.

D'Alviano war bereits in den Sattel gesprungen und galoppierte nach Bracciano.

Rocca di Anguillara
29. November 1496

Die Türen zum Saal wurden weit aufgerissen.

Herein stürmte ein Offizier, atemlos gefolgt von einem Mann, der recht mitgenommen aussah.

»Hauptmann, D'Alviano hat kurz hinter Rom die Karren mit den Booten abgefangen und in Brand gesteckt!«, schrie er und weckte damit Juan, der vor dem Kamin eingenickt war.

Fabrizio Colonna und die Übrigen traten auf den Offizier zu, der auf den Mann neben sich wies. Ihm war es gelungen, dem Brand zu entkommen, und er war bis hierher galoppiert, um die Nachricht vom Überfall zu überbringen. Von Fragen der Anwesenden bedrängt, schilderte er kurz, was geschehen war.

Kaum war er wieder gegangen, setzten sich alle an den Tisch und diskutierten die Ereignisse.

Kardinal Lonati nahm ebenfalls missmutig Platz.

»Wieso haben sie uns nicht über den Aufbruch der Boote informiert? Wir hätten dem Geleitzug entgegengehen können.«

Colonna schüttelte den Kopf.

»Auf der Seeseite liegen die Befestigungsmauern von Bracciano nahezu in Trümmern, von dort wären wir leicht hineingekommen.«

Juan Borgia war außer sich und beschimpfte D'Alviano.

»Savelli wusste, dass diese Unternehmung schwierig werden würde«, mischte sich Guidobaldo ein. »Er hatte Seine Heiligkeit um mehr Männer gebeten.«

»Unnötig, jetzt noch darüber zu diskutieren. Wir dürfen nicht länger warten, damit würden wir Carlo Orsini und Vitelli nur mehr Zeit geben, mit weiterer Verstärkung aus Frankreich anzurücken.«

Die Männer redeten lautstark und alle gleichzeitig.

Lonati versuchte erneut, für Ruhe zu sorgen.

»Signori, ich bitte Euch, schreit nicht alle durcheinander, lasst uns vernünftig sein.«

»Ein wirklich hässlicher Schlag!«, räumte Gonzaga ein. »Hätten wir den See unter unsere Kontrolle gebracht, hätten wir sie an der Versorgung mit Nachschub und Soldaten hindern können.«

»Wir werden noch nicht einmal über weitere Artillerie verfügen. Die Truppen, die heute aus Neapel kamen, waren die letzten«, bestätigte Muzio Colonna.

»Das reicht!« Guidobaldos Stimme sorgte für Stille im Saal.

»Wie kannst du es wagen, mir den Mund zu verbieten!«, herrschte Juan ihn zornig an. »Für wen hältst du dich?«

Er wollte auf Guidobaldo losgehen, doch Fabrizio Colonna kam ihm zuvor und hielt ihn mit aller Kraft zurück.

»Der Papst hat mich gerufen, weil du es niemals allein mit den Orsini hättest aufnehmen können«, sagte Montefeltro eisig.

»Juan, hör zu!« Colonna schüttelte ihn heftig. »Es nützt doch nichts, miteinander zu streiten. Es ist sinnlose Zeitverschwendung!«

»Die wirkliche Auseinandersetzung kommt erst noch«, fuhr Guidobaldo fort. »D'Alviano ist ein harter Knochen. Du hast ihn noch nicht im Feld erlebt. Ich kann dir versichern, dass er in kritischen Momenten das Beste aus seinen Männern herausholt, und du musst mit dem Widerstand der Bewohner rechnen, die kämpfen werden, um sich zu retten.«

Alle schwiegen.

Juan wirkte geistesabwesend. Guidobaldo wusste, was für ein Opportunist er war. Er würde aufhören, ihn zu provozieren, weil er seine Hilfe bitter nötig hatte, aber sobald der Krieg zu Ende war, würde er ihm alles heimzahlen.

»Gut, Montefeltro, machen wir dem eine Ende.« Juan brachte tatsächlich ein scheinheiliges Lächeln zustande. »Also, was machen wir ohne die Boote? Fabrizio, was meinst du?«

»Wir müssen einen neuen Plan aushecken, aber vielleicht sind die Orsini gar nicht so stark, wie es den Anschein hat. Sie hatten Glück, doch wir sollten sie nicht überschätzen. Wenn man bedenkt, dass Savelli nicht mal ein einziges Boot retten konnte …«

Juan ließ ihn den Satz nicht beenden. »Du kämpfst hier

nicht mit Savelli! Dass ihr Römer aber auch nie eure persönlichen Kleinkriege außen vor lassen könnt!«

Dann wandte er sich mit einem Ausdruck, der wohl freundschaftlich sein sollte, erneut an Guidobaldo. »Was sollen wir tun?«

Kardinal Lonati ergriff das Wort.

»Lasst uns eine Einigung erreichen. Ist der Kampf für uns hart, ist er es für sie nicht minder. Verhandlungen nutzen auch ihnen.«

»Haltet Ihr mich für einen Feigling?«, schrie Juan. »Ich werde Seine Heiligkeit bitten, mir neue Boote zu schicken, und diesmal werden sie ankommen!«

»Wir teilen das Heer auf – mit einem Teil greifen wir Trevignano an, mit dem anderen halten wir D'Alviano beschäftigt und lassen weitere Garnisonen das Land besetzen, das uns schon gehört«, schlug Colonna vor.

»Sich aufzuteilen bedeutet eine Schwächung«, stellte Guidobaldo fest. »Seht ihr denn nicht, dass sie sich sammeln? Wir müssen die Angriffe verdoppeln, um Trevignano möglichst schnell einzunehmen. Wir greifen an und zeigen, dass wir nichts an Kampfgeist eingebüßt haben und stärker sind als sie. An diesem Punkt können wir unmöglich verhandeln, Kardinal. D'Alviano ist stark, aber wir brauchen ihn nicht zu fürchten, im Gegenteil, wir sollten ihn umgehend angreifen.«

Juan brachte das laute Stimmengewirr und heillose Durcheinander von Meinungen zum Schweigen. »Wir haben hier zu viele Ansichten und zu viele Anführer. Jetzt entscheide ich!«

Einen Augenblick lang war nur das Knistern der Scheite im Kamin zu hören.

Dann sagte Borgia in entschiedenem Ton: »Morgen verlagern wir uns nach Trevignano, und sobald wir so weit sind, greifen wir an. Macht euch bereit!«

Castello di Trevignano
3. Dezember 1496

Der Tag versprach kalt und grau zu werden.

Von den Hügeln wehte ein eisiger Wind, begleitet von Regengüssen. Der Angriff auf Trevignano hatte im Morgengrauen begonnen. Die Belagerten verteidigten sich von den Mauern herab mit Pfeilen, Steinen, Hohn und Spott.

Guidobaldo und die anderen Offiziere versuchten, die Provokationen zu ignorieren und ihre Leute anzuspornen, während Juan wie rasend zwischen seinen Leuten umherritt und sie mit Beschimpfungen antrieb. Auf diese Weise lud er den Groll bei ihnen ab, den die Beleidigungen der Orsini in ihm bewirkt hatten.

»Macht sie nieder! Tötet sie alle! Vorwärts, ihr Mistkerle, vorwärts, bewegt euch oder ich lasse euch aufknüpfen!«

Schließlich gab die Mauer, alt und ohne Böschung, an verschiedenen Stellen nach, und Guidobaldo drang, gefolgt von seinen Soldaten, in den großen Burghof ein.

Während er die letzte Verteidigung der Feinde bezwang, sah Montefeltro, wie Juan von seinem Pferd rutschte, weil es sich, von einer Lanze durchbohrt, aufbäumte. Da er in den Steigbügeln festhing, wurde Juan einige Meter in wildem Galopp mitgeschleift, bis das Pferd schließlich sterbend zusammenbrach.

Guidobaldo war von zu vielen Feinden umstellt, er konnte nicht zu ihm gelangen. Er versuchte, durch Schreie auf sich aufmerksam zu machen, doch Juan bemerkte ihn nicht. Er sah, wie er aus dem Matsch aufstand und mit offenem Visier, ohne Schwert und Schild, davonging.

Montefeltro stieg vom Pferd, schlug sich mit dem Schwert den Weg zu ihm frei und schob ihn, als er ihn erreicht hatte, beiseite, doch eine weitere Welle von Soldaten trennte sie erneut.

Juan merkte von alldem nichts. Er taumelte mit verwirrtem Blick zwischen Toten und Verletzten hindurch und schien die Gefahr, in der er sich befand, gar nicht zu bemerken. Vielleicht versuchte er, zu Fabrizio Colonna zu gelangen, der gerade ganz in seiner Nähe auf dem Pferd vorbeigekommen war, doch er stolperte bei jedem Schritt.

Wieder gelang es Guidobaldo, sich durch die Männer hindurchzukämpfen, und als er an Juans Seite war, drückte er ihn gerade noch rechtzeitig gegen die Mauer, ehe es von oben aus der Burg Steine hagelte.

»Wir haben Trevignano eingenommen!«, schrie er ihm zu und schüttelte ihn kräftig. »Übernimm du wieder das Kommando. Wir müssen die Männer jetzt nach Bracciano bringen.«

Juan reagierte nicht, und Guidobaldo blieb nichts anderes übrig, als ihn Alonço zu übergeben, dem Reitknecht, der sie gerade mit dem aufgelesenen Schwert und Schild des Borgia erreichte, und ihm aufzutragen, ihn weit fortzubringen. Er kehrte zu seinem Pferd zurück und lenkte es ins Innere der Burg, um die Truppen zu sammeln.

Castello di Bracciano
5. Dezember 1496

Im Schein der Flammen stellte Bartolomeo D'Alviano den Feuerbock zurück. »Ich werde einen Ausfall nach Rom machen«, sagte er mit der gewohnten Entschlossenheit.

Bartolomea sah ihn beunruhigt an und streckte die Hände zum Feuer, um sie zu wärmen. Es herrschte eine große Kälte in diesen dunklen und regnerischen Tagen Anfang Dezember.

»Es ist gefährlich.«

»Das nehme ich in Kauf. Gestern gab es Unruhen in der Stadt. Unsere Fraktion hat auf sich aufmerksam gemacht. Wir müssen dem Papst beweisen, dass wir Widerstand leisten und die Lage wieder in den Griff bekommen werden.«

D'Alviano hatte den bestimmten Ton, den er den Soldaten gegenüber anschlug. Nutzlos zu widersprechen: Die Entscheidung war bereits gefallen, dachte Bartolomea und zog den Pelzmantel enger um sich.

Sie schätzte seine Treue gegenüber den Orsini, aber sie wusste auch, dass er in die Schlacht zog, weil er den Krieg liebte und weil er es hasste zu verlieren. Er würde sich lieber töten lassen als nachzugeben. Vor zwanzig Jahren, zu Beginn seiner Laufbahn, kämpfte er im Sold des Papstes und des Königs von Neapel gegen die Orsini, die mit Florenz verbündet waren. Die lange Freundschaft, die ihn schon seit Jugendtagen mit Virginio verband, hatte ihn nicht daran gehindert, sich gegen ihn zu verbünden. Politik und persönliche Interessen hatten sie gegeneinander antreten lassen, aber das war eine alte Geschichte.

Bartolomea fuhr sich mit der Hand durch das zerraufte Haar. Viele Zweifel überfielen sie in diesen schwierigen

Tagen, doch sie war nicht allein – er verstand sie und unterstützte sie. Im Grunde war es leicht, ihn zu lieben.

»Unser Trumpf ist die Überraschung«, fuhr D'Alviano mit vor Aufregung glänzenden Augen fort. »Sie rechnen nicht mit uns! Ich habe den Ausfall erst vor wenigen Stunden beschlossen, und die Späher hatten keine Zeit, jemandem davon zu berichten. Ich stelle mir vor, wie der Papst am Fenster steht und wir uns vor St. Peter herumtreiben!«

Ein verächtliches Grinsen huschte über sein Gesicht.

»Hast du schon die Patrouille zusammengestellt, die dir folgen soll?« In Bartolomeas Stimme lag ein leichtes Beben.

»Ja, etwa siebzig Soldaten alles in allem, ich will die Burg nicht ganz ohne Schutz lassen.«

D'Alviano lächelte, als er die Besorgnis im Blick seiner Frau sah. Bartolomea lebte wie ein Soldat, sie ertrug die Unannehmlichkeiten des Krieges klaglos, sie war in der Lage Befehle zu erteilen und sich Respekt zu verschaffen, aber er wusste, wie sehr sie unter ihren Männerkleidern doch eine Frau war.

Er erhob sich und nahm ihre kalten und rauen Hände in seine.

»Keine Angst«, sagte er sanft, »ein Heer aus Söldnern, angeführt von einem Taugenichts, wird es kaum schaffen, Bracciano einzunehmen. Virginio hat die Burg so befestigt, dass sie jeglichem Angriff standhalten kann. Nun komm, es ist spät, gehen wir schlafen. Ich will im Morgengrauen aufbrechen.«

Er legte ihr einen Arm um die Taille und zog sie zu sich heran.

»Ich kontrolliere noch den Wachdienst, dann komme ich«, versprach er und küsste sie auf den Hals.

Bartolomea wickelte den Mantel eng um sich und legte sich aufs Bett.

Im ersten Morgengrauen saß Bartolomeo D'Alviano im Sattel. Die schneidende Kälte kroch ihm in die Knochen, doch die Vorfreude auf das bevorstehende Abenteuer ließ ihm warm ums Herz werden. Nach einem prüfenden Blick auf die Umgebung hatten die Wachen oben auf dem Wehrgang Zeichen gegeben, dass der Weg frei war.

D'Alviano und seine Leute verließen die Burg und preschten über die herabgelassene Zugbrücke hinaus in die römische Landschaft. Die Hufe der Pferde warfen große, dunkle Erdklumpen auf. Sie ritten zwei Stunden lang durch menschenleere Gegenden, sie mieden die einschlägigen Wege.

Ein lästiger Sprühregen fiel ohne Unterlass, und aus den feuchten Feldern stieg ein leichter Nebel. Um der Genugtuung willen, den Papst und seine Getreuen in Angst und Schrecken zu versetzen, setzte Bartolomeo das Leben vieler Soldaten aufs Spiel, aber auch das gehörte zum Krieg.

Er glaubte nicht allein an die Dinge, die man durch Kraft und Gewalt erreichte – Schlachten konnte man auch gewinnen, indem man die Gewissheiten derer untergrub, die sich für unbesiegbar hielten.

In der Nähe von Monte Mario hob er den Arm, um die Patrouille zum Stehen zu bringen. Ein feiner Nebel umgab den Wald, der sie von der Stadt trennte.

Er befahl seinen Leuten, mit Umsicht in das Wäldchen vorzudringen. Wie ein trügerischer Schleier ließ der Nebel die Umrisse der Bäume verschwimmen, dämpfte die Geräusche und verwandelte Mensch und Tier in unwirkliche Gestalten.

Bartolomeo spürte ein gewisses Unbehagen. Es war eine Vorahnung, und oft schon war es seine Rettung gewesen, dass er darauf gehört hatte. In der Ferne hörte er bellende Hunde, aufgeregte Stimmen und das Geräusch von Hufen. Zwischen den kahlen Bäumen machte er einige Jäger zu Pferd aus.

D'Alviano erkannte einen von ihn.

Cesare Borgia.

Ganz in Schwarz saß der Sohn des Papstes auf einem Rotfuchs und verlor keine Zeit; schnell kehrte er um und entfernte sich in Richtung der Stadt.

Bartolomeo trieb sein Pferd an und jagte der unverhofften Beute nach. Wenn einem solch eine Geisel in die Hände fiel, ließ sich der Ausgang des Krieges beeinflussen, denn der Papst wäre gezwungen zu verhandeln, dachte er, während er seinen Männern zuschrie, sie sollten den Borgia einkreisen. Doch Cesare ahnte, was sie vorhatten, und fand immer einen Weg, ihnen auszuweichen.

Bartolomeo war gezwungen anzuhalten, um zu Atem zu kommen. Keuchend und schweißbedeckt beugte er sich über den Hals seines Pferdes.

Als er den Blick hob, sah er den fliehenden Cesare, der durch die letzten Bäume des Wäldchens davonschoss, ehe er sich in wildem Galopp in die vor ihm liegende Ebene stürzte.

Er würde ihn nicht zu fassen bekommen, diesen Teufel! Das Bild, wie Cesare sich im Nebel auflöste, prägte sich ihm als schmerzliche Erinnerung an einen unerfüllten Traum ein.

»Jetzt müssen wir uns beeilen« rief er, seine Wut bezwingend, »denn dieser Bastard wird bestimmt Alarm schlagen. Wir sind hier, um zu zeigen, dass wir vor dem Papst und seinem verdammten Heer keine Angst haben. Nur kein Zartgefühl! Denkt an unsere Losung: ›Frankreich! Frankreich!‹«

In Rom ritten sie im Galopp durch die Straßen und verbreiteten Angst und Schrecken unter den Menschen, die entsetzt das Weite suchten. Sobald sie bei St. Peter angekommen waren, stürzten sie sich auf die päpstlichen Garden und entfachten ein wildes Handgemenge, bei dem es Tote und Verletzte gab.

D'Alviano schaute kurz hinauf zu den Fenstern des Vatikans, und es schien ihm, als sähe er dort den Papst, umgeben von ein paar Kardinälen.

In der Hoffnung, von ihm bemerkt zu werden, reckte er die Faust in dessen Richtung, dann rief er seine Leute zu sich. Der kurze Wintertag neigte sich dem Ende zu, und er musste die Stadt so schnell wie möglich verlassen.

Die Rückkehr war schweigsam. Die Soldaten träumten von einem warmen Essen und einem Strohsack, auf den sie sich betten konnten, während D'Alviano seinen Gedanken nachhing.

Obwohl der Sohn des Papstes ihm entkommen war, hatte sich der Ausfall doch gelohnt. Allerdings konnte er sich nicht jeden Tag solch ein Bravourstück ausdenken. Sie brauchten dringend die Verstärkung von Carlo Orsini.

Marseille
12. Dezember 1496

Carlo Orsini und Vitellozzo Vitelli ritten nun schon viele Meilen nebeneinander her. Sie waren in aller Eile aufgebrochen, unmittelbar nachdem man ihnen gesagt hatte, dass ihre Verstärkung von entscheidender Bedeutung im Krieg gegen den Papst war.

In Marseille wartete ein Schiff auf sie, und wenn sie erst einmal in Italien waren, würden sie geeignete Männer ausbilden und sich dann mit den Milizen von D'Alviano vereinen.

Vitelli sah Carlo Orsini zweifelnd an.

»Wird das Geld des Königs von Frankreich denn reichen?«

Carlo Orsini schüttelte mit Nachdruck den dunklen Lockenkopf.

»Wenn es nicht reicht, lass ich mir mehr geben, das Leben meines Vaters steht auf dem Spiel.«

In den Monaten, die er am Hof Karls VIII. von Valois verbracht hatte, hatte er sich auf jede nur erdenkliche Weise für die Sache seiner Familie eingesetzt, um konkrete Hilfe zu erfahren, nicht nur Versprechen. Dem König von Frankreich war ungeachtet seines Misserfolgs bei seinem bisherigen Vordringen auf der Halbinsel immer noch sehr daran gelegen, sich in Italien zu engagieren, und er hatte ihm das Geld gegeben. Doch nicht einmal der König hatte eine Freilassung von Virginio erwirken können, der nach Borgias Willen im Gefängnis verschmachtete, ging es Carlo durch den Sinn.

»Wie gut sind denn deine Soldaten?«, fragte er Vitelli.

»Im Nahkampf sind sie schneller und aufgeweckter als die deutschen Söldner. Ich habe ein hübsches Sümmchen dafür ausgegeben, sie mit besser gepanzerten Rüstungen, mit extra langen Piken und spitzeren Schwertern auszustatten.«

In Vitellozzos Blick lag Zufriedenheit. Er mochte den Krieg. Es war ein blutiges und befriedigendes Geschäft. Der Herr über Città di Castello war Heerführer gegen Bezahlung und aus Leidenschaft, und er machte seine Sache gut.

»Wie viele sind es?«

»Alles in allem zweihundert, aber ich denke, ich kann mit weiteren eintausendachthundert Fußsoldaten rechnen.«

»Wollen wir es hoffen. Ich werde noch weitere in Perugia und Todi rekrutieren müssen.«

In diesem Augenblick erreichte sie ein atemloser Reiter. Carlo ließ die Patrouille anhalten.

»Hauptmann Orsini«, sagte der Mann keuchend, »ich bin gerade im Hafen von Marseille an Land gegangen. Ich überbringe die Nachricht, dass Trevignano in die Hand der Kirche gefallen ist.«

Orsini fluchte.
»Wo steht das Heer des Papstes?«, fragte Vitellozzo.
»Als ich aufbrach, wollte sich der Herzog von Gandia gerade nach Bracciano verlagern. Inzwischen wird er bei der Burg angekommen sein.«
Wir müssen uns beeilen, dachte Carlo, D'Alviano wird sich nicht ewig halten können.

Castello di Bracciano
15. Dezember 1496

Von der Burg herab warf Bartolomeo D'Alviano einen Blick auf die Ebene, wo das Heer des Papstes seit Tagen lagerte.
Mit fachkundigem Blick schätzte er die Zahl der schweren Artillerie und der Sturmböcke und stellte dabei fest, dass das Feldlager an der richtigen Stelle aufgeschlagen worden war und dass auch die Pferde gut geschützt waren. Die Wege, die aus der Siedlung in die Ebene führten, wurden von bewaffneten Patrouillen bewacht, und die Ausgänge der Burg waren verschlossen.
Montefeltro und Colonna waren erfahrene Krieger und hatten vielleicht schon entschieden, an welcher Stelle sie durchbrechen wollten. Es war nur eine Frage von Stunden, sie konnten es schaffen. Er an ihrer Stelle würde es tun.
Er ging zu seiner Frau, die zwei Soldaten half, Essen an die Wachposten auszuteilen.
Bartolomea sah ihn beunruhigt an.
»Man hat mir berichtet, dass Gandia versprochen hat, Deserteuren das Dreifache unseres Soldes zu zahlen.«

Ein junger Soldat sah, die Schüssel in der Hand, die Frau mit großen Augen an.

»Herrin, ich würde Euch niemals im Stich lassen!«

D'Alviano fasste ihn bei den Schultern. »Und wer deiner Kameraden würde es tun?«

Eingeschüchtert drehte sich der junge Mann zu einem Offizier um, der gerade angerannt kam.

»Kommandant, wenn Ihr erlaubt, würde ich gern mit Euch sprechen.«

»Was gibt es? Wollt Ihr zum Feind überlaufen?«

Der Offizier schüttelte den Kopf.

»Nein, Herr, wir hätten eine Idee, wie man Gandia antworten und die Moral der Soldaten anheben könnte. Wir dachten, man könnte einem Maulesel ein Schild um den Hals hängen mit der Aufschrift: ›Lasst mich durch eure Reihen brechen, ich muss mit dem Herzog sprechen!‹ und an den Schwanz eines mit Beschimpfungen. Das könnten wir dem Gandia schicken. Letztlich sprechen ein Maulesel und ein Esel ja doch dieselbe Sprache.«

D'Alviano schaute hinüber zu Bartolomea, die gerade die letzte Schüssel gefüllt hatte und in schallendes Gelächter ausbrach.

»Das scheint mir eine gute Idee zu sein, danke, Soldat. Ich werde gleich mit den anderen sprechen, alle sollen Bescheid wissen. Lasst uns den Maulesel bepacken.«

Zwei Stunden später schob man den ausstaffierten Maulesel unter dem Gelächter der Soldaten durch eine kleine geheime Seitentür hinaus. Früher oder später würde ihn jemand finden und seinem Auftrag zuführen.

Bartolomea und D'Alviano kehrten auf die Zinnen zurück, um nach den Belagerern zu schauen und eine Lösung zu finden.

»Unsere Männer sind loyal.«

»Ich will dir nicht verheimlichen, dass ich Angst vor Fahnenflucht hatte. Stattdessen scheint sogar dieser Unfug mit dem Maulsesel sie an uns zu binden. Doch nun fällt mir nichts mehr ein. Wir brauchen dringend Verstärkung.«

Bartolomea schmiegte sich an ihn.

»Die Angriffe werden heftig sein, aber ich bin jetzt viel zuversichtlicher.«

»Ja, Carlo und Vitellozzo sind nicht mehr weit, und wir müssen standhalten.«

Perugia
15. Januar 1497

»Wie viele Soldaten habt Ihr heute rekrutiert?« Carlo Orsini stand im Feldlager vor seinem Zelt und befragte den Offizier, der vor ihm strammstand.

»Zwanzig, Herr.«

Carlo schrieb die Zahl auf ein Stück Pergament.

»Das sind nicht viele, aber Vitelli erwartet uns in Orte, und ich habe keine Zeit mehr. Ruht Euch jetzt ein paar Stunden aus, dann kommt wieder her, damit wir den Aufbruch organisieren können.«

Nachdem der Offizier gegangen war, ließ sich Carlo müde auf das Feldbett fallen. Alle Knochen taten ihm weh. Seit über einem Monat war er entweder im Sattel oder bildete Soldaten aus, doch seinem Vater ging es im Gefängnis in Neapel bestimmt schlechter. Seine Bewunderung für ihn war grenzenlos, und die Tatsache, dass er sein unehelicher Sohn war, hatte ihn, anders als Giangiordano, seinen rechtmäßigen Sohn, nicht daran gehindert, ihm beizustehen.

Es interessierte ihn nicht, dass man über Virginio Orsini sagte, er sei ein Verräter und ein schlechter Kommandant, der einfach nur unverschämtes Glück habe. Dieses Gerede konnte seiner Wertschätzung für ihn nichts anhaben. Ebenso wenig würde er vergessen, dass er ihm etwas weitaus Größeres vermittelt hatte: die Liebe zu seiner Familie, dem ältesten und vornehmsten Adelsgeschlecht Roms.

Die Orsini, die einzigen, die Rechte auf Rom beanspruchen konnten, wurden nun von einem Söldnerheer unter der Führung eines katalanischen Bastards bedroht! Das war inakzeptabel!

Carlo merkte, wie in ihm der Wunsch wuchs, diesen Krieg zu gewinnen und so seinen eigenen Wert und den seines Vaters unter Beweis zu stellen.

Belagerung von Bracciano
20. Januar 1497

Bei Tagesanbruch war die Belagerung vorbereitet und die Artillerie in Stellung.

Die Männer unter Juans Befehl hatten begonnen, die Mauern der Burg anzugreifen, doch Bracciano stand felsenfest.

Bei unaufhörlichem Regen, der den Boden vollständig in Matsch verwandelte, gebeutelt vom peitschenden Wind gefroren die Soldaten im Feldlager zu Eis.

Die anfängliche Begeisterung schwand dahin. Der Papst hatte versprochen, weitere Söldner zu schicken, achthundert Deutsche, doch noch waren sie nicht eingetroffen.

Mit Blick auf die französischen Fahnen, die herausfordernd auf den Türmen wehten, suchte Guidobaldo nach einer Lösung. Es war an ihm, sich etwas einfallen zu lassen, denn Juans einzige Idee hatte in einem missglückten Bestechungsversuch bestanden, auf den die Antwort ein Maulesel gewesen war, den man mit Beleidigungen ausstaffiert hatte.

Bei der Erinnerung an die Beleidigungen schüttelte sich Montefeltro vor Scham. Er war nicht länger bereit, so etwas zu ertragen.

Entschieden machte er sich auf den Weg zu Juans Zelt, schob die Wachen beiseite und trat ein.

Der Borgia war nicht allein. Muzio Colonna war bei ihm, ein paar schlafende junge Offiziere und einige Dirnen. Am Abend zuvor hatten sie so viel getrunken, dass sie nicht mehr imstande gewesen waren, in ihre eigenen Unterkünfte zurückzukehren.

Guidobaldo weckte sie schroff und fegte dabei Becher, Karten und Essensreste zu Boden.

Der halb nackte Muzio stand taumelnd auf und blickte ihn verwundert an. »Was ist los?«

»Wenn etwas geschehen wäre, hättet Ihr das nicht mitbekommen!«

Juan schob die Hure beiseite, die auf ihm lag, und setzte sich auf dem Feldbett auf.

»Was willst du?«

»Lass dich in diesem Zustand nicht bei deinen Männern blicken!«, rief Guidobaldo aus, ohne einen Hehl aus seiner eigenen Abscheu zu machen.

Drohend trat Juan auf ihn zu.

»Na, na, na – nicht übertreiben! Lonati ist nicht hier, um mich daran zu hindern.«

»Ich muss nicht Kardinal Lonati Rede und Antwort stehen,

sondern dem Papst. Ich werde ihm sagen, dass wir Bracciano nicht eingenommen haben, weil du zu betrunken warst, um den Angriff zu befehligen.«

Juan stieß ihn vor die Brust. »Lass Seine Heiligkeit aus dem Spiel und verzieh dich!«

Guidobaldo stieß ihn zurück. »Nein, ich bin hier, um zu kämpfen, und das solltest du auch!«

»Hör mal, Montefeltro, du machst mir wirklich keinen Spaß. Und das vor den Männern, die ein bisschen Zerstreuung brauchen, um in der Schlacht ihr Bestes geben zu können. Warum schließt du dich uns nicht an? Bist du dir zu fein für die Dirnen? So vornehm und rein, wie du bist? Oder bist du dazu zu … unschuldig?«

Juan grinste und deutete eine obszöne Geste an.

Guidobaldo zuckte zusammen und wurde bleich. Er fasste sich und antwortete: »Könnt Ihr nur so beweisen, dass Ihr Männer seid?«

Er sah ihn streng an.

»Wir befinden uns im Krieg. Habt Ihr das vergessen?«, sagte er mit lauterer Stimme.

Muzio Colonna nahm einen Krug Wasser und schüttete ihn sich über den Kopf. Nach und nach standen auch die anderen auf und zogen sich an.

»In einer halben Stunde seid Ihr hier raus, bereit zum Angriff.«

Ehe er das Zelt verließ, drehte er sich zu Juan um und sagte barsch: »Du auch. Und dieses Mal siehst du gefälligst nicht bloß feige und wie angewurzelt zu, wie wir Krieg führen.«

Verblüffung und Wut zuckten durch Gandias Blick.

»Hinaus mit euch Dirnen!«, befahl er und zog sich endgültig an.

Die vier Frauen suchten hastig ihre Kleider zusammen und verließen das Zelt. In seiner Rechten hatte der Borgia plötzlich einen Dolch.

»Das zahle ich dir heim, Montefeltro.«

»Benimm dich wie ein Mann, Juan«, erwiderte Guidobaldo und zuckte nicht mit der Wimper.

»Du traust dich nicht zu kämpfen, wie? Du redest und redest, aber dann machst du dir in die Hosen. Na los, Montefeltro, zeig allen, wer von uns der Mann ist!«

Colonna versuchte, sich zwischen die beiden zu stellen. »Juan, beherrsch dich!«

Der Borgia schob ihn beiseite.

Guidobaldo blieb stehen; er hatte keine Angst, aber er wollte sich auch nicht mit Gandia anlegen – noch nicht. Er war entschlossen, an diesem Tag den Angriff auf die Burg zu führen und die Schlacht zu gewinnen. Die Wut bezähmend sagte er: »Keine Angst, der Moment kommt schon noch. Heute nehmen wir Bracciano ein.«

Er wandte ihm den Rücken zu und verließ erhobenen Hauptes das Zelt, während Colonna gerade noch rechtzeitig Juans Arm mit der Waffe blockierte.

Castello di Bracciano
20. Januar 1497

Mit ihren fünf mächtigen grauen Türmen hob sich die Burg von Bracciano majestätisch vor dem wolkenverhangenen Morgenhimmel ab.

Diese Bollwerke hätten auf jeden Angreifer abschreckende Wirkung haben sollen, stattdessen tobte der Ansturm der

Papsttreuen seit dem frühen Morgen. Es war ein Überraschungsangriff gewesen, innerhalb kürzester Zeit hatten sie die Siedlung in der Burg erobert. Der Erfolg hatte ihnen Auftrieb gegeben, und Bartolomeo hatte mit ansehen müssen, wie seine Verteidigungslinien zusammenbrachen.

Die letzte Attacke war besonders heftig gewesen.

Beim Anblick der Fahnen auf dem Kirchturm beschloss D'Alviano, mit einer handverlesenen Truppe vorzurücken. Zu allem bereit spornte er seine Leute mit wildem Eifer an.

»Vorwärts, stürmt voran! Los, ihr Feiglinge, dachtet ihr, wir würden nicht mehr angreifen? Wenn die euch nicht umbringen, werd ich es tun! Vorwärts! Zeigt diesen widerlichen Söldnern, mit wem sie es zu tun haben! Eure Freiheit steht auf dem Spiel!«

Derartig angespornt wurden noch einmal alle Reserven seiner Männer geweckt, und sie stürmten mit letzter Kraft gegen die Angreifer. Eine Gruppe erreichte die Standarten der Kirchentruppen. Die Angst, den eigenen Untergang zu erleben und ihrem Anführer eine Niederlage eingestehen zu müssen, mobilisierte ihren Widerstand.

D'Alviano ließ sein Schwert über dem Kopf kreisen und schrie aus vollem Hals: »Macht sie fertig! Los, vorwärts! Werft sie in den Graben! Verfolgt die Hurensöhne!«

Bartolomea lief wie von Sinnen von einem Ende der Burg zum andern. Schließlich erblickte sie ihren Mann an der Spitze eines Trupps Soldaten.

»Ich habe dich gesucht«, sagte sie atemlos.

D'Alviano bemerkte ihre Erschütterung, vielleicht hatte sie das Schlimmste befürchtet.

Er gab seinen Männern einige Anweisungen und betrat mit ihr das Innere der Burg.

»Mach dir keine Sorgen, der Angriff wurde zurückgeschlagen«, sagte er in beruhigendem Tonfall. »Carlo und Vitellozzo sind ganz in der Nähe, sie verfügen über hervorragende Streitkräfte. Wir müssen nur noch ein paar Tage durchhalten.«

Im Halbdunkel des Ganges, in dem sie sich befanden, war Bartolomeas Zustimmung kaum erkennbar.

D'Alviano musterte sie eingehend.

»Ich verstehe nicht, warum du so niedergeschlagen bist.«

Bartolomea brach heftig in Tränen aus; sie übergab ihm ein Stück Papier und schrie: »Sie haben ihn umgebracht, sie haben ihn vergiftet! Sie behaupten, Virginio sei an einer Lungenentzündung gestorben, doch das kann nicht sein! Er hat mir gerade erst geschrieben, es ginge ihm gut. Der war das! Dieser Borgia! Wie ich ihn hasse! Schwör mir, dass du mir seinen Bastard überlässt, schwöre es mir!«

D'Alviano nahm sie in die Arme und spürte, wie er selbst von wütendem Schmerz übermannt wurde.

20. Januar 1497

Ungeduldig scharten sich Guidobaldo und die anderen Offiziere um die Sturmböcke und warteten darauf, in die Burg eindringen zu können. Wenn der Teil der Bastion, der die Siedlung schützte, erst bezwungen war, würden sie sich mit gezückten Waffen in die Bresche werfen.

Guidobaldo spornte die Soldaten an. Das Wortgefecht mit Juan hatte seine Entschlossenheit noch erhöht.

Mitten im Kampf fiel ihm auf, dass auch Gandia sich ins Getümmel geworfen hatte, und er fand, dass es sich gelohnt hatte, ihn vor den anderen bloßzustellen, denn so setzte er sich wenigstens auch mal ein.

Als die Männer der Orsini zum Gegenangriff übergingen und sie aus der Siedlung hinausdrängten, befahlen Juan und Guidobaldo den Rückzug und sammelten sich hastig im Zelt des Borgia. »Wir müssen hier weg, kehren wir um und verteilen die Männer auf die Burgen, die wir schon erobert haben«, schlug Fabrizio Colonna vor, während er eine Wunde am linken Arm versorgen ließ.

»Nein, dadurch würden wir unseren Vorteil einbüßen«, mischte sich Guidobaldo ein und löste seine Schienbeinschoner. »Und der Papst hat nicht die Absicht, längere Zeit Truppen zu unterhalten, das wäre zu kostspielig.«

»Meine Güte, wir hatten schon die Wehrmauer überwunden!«, rief Juan aus, der mit Alonços Hilfe die Rüstung ablegte.

»Carlo und Vitellozzo sind jeweils nur wenige Tagesmärsche von hier entfernt, wenn wir nicht weiterziehen, nehmen sie uns in die Zange. Wir müssen ihnen mit dem gesamten Heer entgegenziehen, um zu verhindern, dass sie sich vereinen«, schloss Guidobaldo und wischte sich den Schweiß von der Stirn.

Kardinal Lonati sah ihn betrübt an. Er hatte den ganzen Tag Verletzte aufgesucht, um ihr Leiden zu lindern, er hatte die Augen vieler Soldaten geschlossen und allzu viele Tote ausgesegnet.

»Auch im Krieg muss man vermitteln. Mein Gott, Ihr habt nicht gesehen, wie viel Blut da war!«

»Wir sind im Krieg, Kardinal!«

»Ja, aber den werden wir nicht gewinnen. Der Tod obsiegt, Gott ist uns nicht länger gewogen. Glaubt mir, Guidobaldo.«

»Wie kann es sein, dass Gott nicht aufseiten des Heeres seiner Kirche ist? Pass auf, Juan, wir können jetzt nicht weiterziehen. Wir müssen die Verwundeten versorgen und den Transport der Artillerie vorbereiten, doch morgen Nacht könnten wir in aller Heimlichkeit aufbrechen. Die Vorhut soll das Gelände erkunden und den Weg markieren. Ich habe mir die Karten der Gegend angesehen: Wir müssen die Berge von Sutri und Capranica überqueren, am Ufer des Vicosees entlang und über die Hügel zwischen Capena und Viterbo. In drei Tagen müssten wir in der Ebene von Soriano sein. Was meinst du?«

Juan schwieg. Aus dem Griff seiner Angst gelöst hatte er Gefallen am aufregenden Gefühl des Kämpfens gefunden.

»Ja, ziehen wir den Schweinehunden entgegen!«, befahl er und verließ eilig das Zelt.

21. Januar 1497

»Sie haben die Belagerung eingestellt!«

D'Alviano führte seine Frau zum Fenster.

»Sieh nur!«, rief er und wies auf die verlassene Ebene.

»Sie müssen das Feldlager in der Nacht abgebrochen haben«, murmelte die Dame des Hauses überrascht.

Ein Meldereiter kam eilig auf sie zu.

»Kommandant, ich komme aus Ronciglione. Das päpstliche Heer zieht mit der gesamten Artillerie in die Senke von Sutri.«

»Natürlich, sie ziehen nach Norden, Carlo und Vitellozzo entgegen. Wenn sie hier auf Carlo gewartet hätten, hätten sie sich zwischen zwei Fronten befunden. Es wird zur Schlacht kommen, und das wird die entscheidende sein! Ich muss sie einholen.«

D'Alviano wandte sich mit leuchtenden Augen zu seiner Frau um, doch sein Enthusiasmus erlosch augenblicklich.

Ihr Gesicht war wie versteinert.

»Nein. Du hast schon mehr getan, als überhaupt von dir verlangt wurde«, sagte sie scharf. »Dort ist auch noch ein Orsini, der unsere Ehre verteidigen kann. Dein Platz ist hier bei mir!«

»Meine Unterstützung ist unverzichtbar!«, schrie Bartolomeo. »Ich kenne die Kampfstärke der Feinde, aber ich habe keine Vorstellung, wie viele Männer Carlo zusammengebracht haben mag. Noch ist die Schlacht nicht gewonnen.«

»Du musst bleiben! Schick deine besten Männer. Wie soll ich mich alleine verteidigen, wenn die Schlacht einen schlechten Ausgang nimmt?«

Seufzend ließ D'Alviano die Arme sinken. Bartolomea hatte recht. Sollte Carlo verlieren, würde das Heer von Gandia sofort zurückkehren, um Bracciano in Besitz zu nehmen.

Ebene von Soriano
24. Januar 1497

Von einer Anhöhe aus sah Guidobaldo Fabrizio Colonna, der die erste Kompanie befehligte, wie er die Fliehenden beschimpfte und sie zum Gegenangriff anspornte. Vergebliche Mühe, denn seine vom Gewaltmarsch erschöpften Männer hatte dieser Überraschungsangriff zu Tode erschrocken; sie achteten nicht auf ihn.

Also ritt Guidobaldo im Galopp hinab und stürzte sich in den Kampf. Er versuchte, die Kavallerie, die schon im Rückzug begriffen war, wieder nach vorn zu drängen, doch ohne Erfolg. Auch viele seiner Leute waren von Panik erfasst geflohen und hatten ihn inmitten der Feinde alleingelassen. Die schrien auf ihn ein, er solle sich ergeben.

»Niemals! Niemals!«, wiederholte er immer wieder, das Schwert seines Vaters in der Hand. Unterstützt durch die Gewandtheit seines Pferdes versuchte er, sich in diesem Durcheinander aus Männern, Waffen und Geschrei zu verteidigen.

Plötzlich spürte er eine intensive Hitze in der Seite und gleich darauf heftigen Schmerz. Er ließ die Zügel los, während sein aufgeschrecktes Pferd gegen einen Fels prallte, stürzte und ihn unter sich begrub. Erdrückt vom Gewicht des Tieres bekam Guido keine Luft mehr. Er begriff, dass er von einem Arkebusenschuss getroffen worden war. Er biss die Zähne zusammen, doch der Schmerz war so unerträglich, dass ihm ein Schrei entfuhr. Er glaubte zu sterben und fiel in Ohnmacht. Als er wieder zu sich kam, bemerkte er, dass ihn jemand befreit hatte und ihm Helm und Rüstung abnahm.

»Wer bist du?«, fragte er ihn und wollte sich aufrichten. Aber ein stechender Schmerz bohrte sich in seine Seite, und er blutete.

»Ich heiße Battista Tosi, Herr. Stützt euch auf mich.«

Guidobaldo verstand.

Er war ein Gefangener, und dieser Mann war nur deshalb so um ihn bemüht, weil seine Ergreifung ihm eine schöne Prämie einbringen würde. Er stützte sich auf seine Schultern und wurde erneut ohnmächtig.

Irgendwann erwachte er wie aus einem unendlich langen Traum.

Battista Tosi war immer noch bei ihm und verband ihm die Wunde. »Die Krankenträger werden gleich da sein, und dann wird man Euch versorgen. Bewegt Euch nicht, ich kümmere mich um Euch.«

»Die Schlacht …«

»Die Schlacht ist vorüber. Der Herzog von Gandia ist geflohen.« Battista Tosi grinste amüsiert. »Ein Schnitt an der Lippe, ein Kratzer bloß, und er war wie der Wind auf und davon! Wir haben gewonnen, Ihr werdet beizeiten erfahren, wie. Macht Euch jetzt keine Gedanken darum, Ihr seid schon schlimm genug dran.«

Guidobaldo wurde heiß.

Juan! Dieser verfluchte Kerl hatte alles ruiniert. Und war sofort davongelaufen, der Angsthase!

Vom Schmerz geschwächt und entmutigt sackte er in sich zusammen.

Castello di Bracciano
24. Januar 1497

In der Hoffnung, einen Boten zu sehen, war Bartolomea stundenlang auf dem Wehrgang auf und ab gelaufen und hatte die Landschaft abgesucht. Der peitschende Regen, der den ganzen Tag lang angehalten hatte, hatte nachgelassen, Dunkelheit lag über allem. Müde und durchgefroren zog sie sich ans Feuer in ihrem Gemach zurück.

Als sie draußen eilige Schritte hörte, sprang sie auf. Die Tür wurde aufgerissen, und Bartolomeo trat mit einem Boten ein.

»Wir haben gewonnen!«

Bartolomea warf sich ihrem Mann in die Arme.

»Wie sollte es anders sein! Erzähl mir alles von Anfang an.« Sie setzte sich wieder und wies dem Soldaten einen Schemel an ihrer Seite. Der Bote begann zu erzählen.

»Wir sind in der Ebene bei Soriano aufeinandergetroffen, am Eingang eines langen und engen, von Wäldern umgebenen Tals. Da sie offenkundig Mühe hatten anzugreifen, hatten die Anführer der päpstlichen Truppen beschlossen, die Artillerie nach vorn zu ziehen und den deutschen Söldnern, die als Letzte hinzugekommen waren, Zeit zu lassen, ihre Stellung zu beziehen. Das wäre unser Ende gewesen, wenn Juan Borgia nicht die Kavallerie zurückgezogen hätte. Ich kann Euch nicht sagen wieso, vielleicht wollte er die Flanken der Infanterie stärken, die offen und ungeschützt waren, doch unsere Leute haben dieses Manöver für einen Rückzug gehalten und wieder Mut gefasst. Fabrizio Colonna trieb unterdessen seine Leute zu ungestümen, aber kopflosen Attacken an. Auf diese Weise ist es Vitelli gelungen, seine Reihen neu zu ordnen und die Infanterie durch die Kavallerie zu stärken. Wir waren gerade dabei, den Angriff zurückzudrängen, als der Herzog von Gandia seine letzte Karte ausspielte: Er gab den Kanonen Feuerbefehl. Doch die Artillerie war nicht imstande zu zielen, die Kugeln flogen über unsere Köpfe hinweg, ohne Schaden anzurichten. Wir trafen erneut aufeinander – Kavallerie gegen Kavallerie –, während Vitellis Infanterie Dutzende Söldner aufspießte. An diesem Punkt hat das Heer des Papstes die Flucht ergriffen, und so war der Sieg unser! Sie haben durch uns fünfhundert Mann verloren, als Tote oder Verletzte. Wir haben sogar Guidobaldo da Montefeltro verletzt und gefangen genommen.«

»Juan Borgia lebt?« Bartolomea stellte endlich die Frage, die sie schon von Anfang an hatte stellen wollen.

»Er wurde verletzt, eigentlich nur ein Kratzer im Gesicht,

aber das genügte, ihn die Beine in die Hand nehmen zu lassen.«

Bartolomea senkte den Blick, um ihre Enttäuschung zu verbergen, während D'Alviano sagte: »Gut gemacht, Soldat! Nun geh dich stärken!«

»Danke, Herr, aber ich muss sofort nach Rom. Vitelli hat mir noch einen anderen Auftrag gegeben. Ich soll mit Kreide auf die Mauern von Rom schreiben: *›Wer ein Heer auf der Flucht entdeckt, wird gebeten, es zum Herzog von Gandia zurückzubringen.‹«*

»Dann geh!«, rief D'Alviano belustigt aus und schüttelte die Hand des jungen Mannes, der vor Freude rot wurde.

»Und nun?«, fragte Bartolomea, als sie allein waren.

»Jetzt warten wir ab, was der Papst als Nächstes tut. Nun wird er sich seine Beleidigungen verkneifen und verhandeln müssen. Er ist zu geizig, einen neuen Anlauf zu machen, und selbst, wenn er es versuchen sollte, wird er doch erst das Heer neu aufstellen müssen. So werden wir genug Zeit haben, unsere Burgen wieder aufzubauen und zu Kräften zu kommen. Du wirst sehen, das wird nicht schwierig sein, besonders, wenn er das Kommando seinem Sohn überlässt. Ich muss sofort aufbrechen und mich mit den anderen treffen. Wir werden sie verfolgen, bis sie in alle Winde verstreut sind. Die Burg bleibt in deinen Händen, ich könnte sie in keine besseren legen.« D'Alviano umarmte sie fest und flüsterte: »Wenn alles vorbei ist, werde ich mich ein bisschen um dich kümmern müssen.«

Rocca di Soriano
15. April 1497

Er wurde vom Befehlsgeschrei der Soldaten beim Wachwechsel im Burghof geweckt. Es war früher Nachmittag, und die Sonne stand hoch am klaren Frühlingshimmel.

Guidobaldo rückte die Kissen in seinem Rücken zurecht und streckte die Beine aus. Schlafen bedeutete, das Vergangene vergessen zu können und nicht jede Minute in der Gegenwart sein zu müssen. Es war eine Illusion, die eine gewisse Erleichterung verschaffte, die jedoch eine große Leere und Schwermut hinterließ, die allmählich in Traurigkeit ausklang.

Er schaute sich um. Der Raum war groß und behaglich, doch vor den Fenstern waren Gitter. Er war nun seit drei Monaten gefangen und wusste nicht, was die Zukunft bringen würde.

Er griff zum Gebetbuch, um im Vertrauen auf Gott die Kraft zum Durchhalten zu finden.

Das Quietschen des Türriegels unterbrach seine Lektüre.

Es war Carlo Orsini in Begleitung eines Offiziers; er trat an sein Bett und sagte in seiner gewohnt schroffen Art: »Herr Herzog, ich überbringe Euch hiermit die Nachricht, auf die Ihr so lange gewartet habt. Man hat das Lösegeld für Euch bezahlt.«

»Dem Herrn sei Dank, dass der Papst endlich meinem Bittgesuch stattgegeben hat!«, rief Guidobaldo aus, sprang auf die Füße und vergaß dabei völlig seine Wunde, die nach wie vor nicht verheilt war.

»Nein. Der Papst hat sich nicht im Geringsten um Euch gekümmert. Die geforderte Summe wurde uns durch einen Vertrauensmann Eurer Gemahlin, der Herzogin, ausgehändigt.«

Guidobaldo war wie versteinert.

Carlo sah ihn mit dem stechenden Blick seiner kleinen Augen durchdringend an.

»Ja, Eure Gemahlin hat das Lösegeld bezahlt. Der Papst hat keinen Finger gerührt. Glaubt Ihr, Seine Heiligkeit hätte vierzigtausend Dukaten für Eure Freilassung herausgerückt? Das hatte er nie vor. Habt Ihr immer noch nicht begriffen, aus welchem Holz die Borgia sind?«

Verächtlich verzog Carlo das Gesicht und schwieg, doch da Montefeltro nichts dazu sagte, setzte er nach. »Der Heilige Vater vergibt denen, die ihn enttäuschen, nicht, und als Ihr seinen Krieg verloren habt, habt Ihr ihn enttäuscht. Er hat Euch bestraft – indem er Euch vergessen hat. In unserem Geschäft muss man mit Untreue rechnen.«

Guidobaldo sah ihn fassungslos an. Der Sohn eines schamlosen Verräters erzählte ihm etwas von Treue!

Er kannte die Orsini gut, ungestüme Männer, so wild wie die Bären, nach denen sie benannt waren, geeint durch gemeinsame Interessen und bereit, alles zu tun, was ihre säkularen Privilegien sicherte. Er musste jedoch zugeben, dass sie sich in diesen drei Monaten sehr gesprächsbereit gezeigt hatten und bereit gewesen waren, viele seiner Bitten zu erfüllen.

Dieses Verhalten hatte ihn überrascht. Er hätte eine schlechtere Behandlung erwartet, aber vielleicht fanden der Ruf seines Vaters und der seines Hauses immer noch Anerkennung und Respekt.

»Da habt Ihr recht, es wundert einen nicht«, ließ sich Guidobaldo schließlich vernehmen. »Es ist kein Geheimnis, wie geizig der Papst ist, und die Summe, die Ihr für meine Freilassung verlangt habt, ist sehr hoch.«

Plötzlich erinnerte er sich an etwas, dem er bisher keine Bedeutung beigemessen hatte.

Vor einiger Zeit hatte der recht redselige Arzt, der seine Wunden versorgte, ihm unter anderem berichtet, dass Borgia für die Rückgabe der Burgen an die Orsini vierzigtausend Dukaten verlangt hatte. Wenn er jetzt das, was ihm Carlo gesagt hatte, mit dem zusammenbrachte, was ihm der Arzt erzählt hatte, wurde ihm der wahre Grund für die großzügige Behandlung klar, die man ihm hatte angedeihen lassen: Ohne sein Geld hätten die Orsini die vierzigtausend Dukaten aus eigener Tasche bezahlen müssen, und derart bankrott, wie sie durch den Krieg waren, hätten sie nicht gewusst, woher sie sie nehmen sollten. Sie hatten ihn nur deshalb gut behandelt, weil sie ihm das Geld abknöpfen wollten, und nicht aus Respekt vor seinem Haus!

»Also zahle ich für die Rückgabe der Burgen, die ich von Euch erobert habe«, bemerkte Guido.

Carlo zuckte vor Verwunderung ein wenig zusammen.

»Ich sehe, dass Ihr gut informiert seid, und es ist ja auch kein Geheimnis. Wie Ihr seht, seid Ihr für uns von großem Wert, was Ihr von Euren Verbündeten wiederum nicht sagen könnt. Wie dem auch sei, nun seid Ihr frei.«

Was er zu sagen hatte, war gesagt, trotzdem blieb Carlo noch. Vielleicht suchte er nach einer Möglichkeit, sich ritterlich zu verabschieden.

Guidobaldo bemerkte seine Verlegenheit. Ihm ging durch den Sinn, dass der Krieg seine eigenen Regeln hatte und er es den Orsini nicht vorwerfen konnte, dass sie aus seiner Gefangennahme ihren Vorteil ziehen und ein üppiges Lösegeld bekommen wollten.

»Das ist wahr, und ich kann sagen, dass ich von meinen Feinden besser behandelt wurde als von meinen Verbündeten«, gab er zu und streckte ihm die Rechte entgegen.

»Keiner weiß Euren Mut mehr zu schätzen als wir. Ihr habt

redlich gekämpft, und ich schätze Eure Offenheit. Bis zum nächsten Mal! Wer weiß, vielleicht stehen wir dann auf derselben Seite.«

Carlo gab ihm die Hand, ohne ihm in die Augen zu sehen, und begab sich raschen Schritts zur Tür, die er dieses Mal nicht schloss.

Guidobaldo setzte sich mit schmerzverzerrtem Gesicht auf. Die Wunde an der Flanke machte ihm immer weniger zu schaffen, doch die Stiche an den Beinen quälten ihn noch. Er wandte sich an den Offizier, der etwas abseits seine Befehle erwartete.

»Schickt einen Boten mit dem Brief, den ich Euch gleich gebe, nach Urbino. Ich will so bald wie möglich aufbrechen, bereitet meine Abreise vor, so schnell es geht.«

Als der Offizier gegangen war, warf sich Guidobaldo aufs Bett und lächelte zum ersten Mal seit Monaten.

IV.
Die Orsini

In ein strenges schwarzes Kleid gezwängt saß Bartolomea Orsini gedankenverloren am Fenster zum See.

Zwei Stachel saßen ihr im Herzen. Der erste war der Mord an Virginio. Noch immer trug sie den letzten Brief des Bruders am Herzen und hatte weder seine Worte noch sein schreckliches Ende vergessen.

Der andere Stachel war Rodrigo. Auch wenn er besiegt worden war – und über die Unfähigkeit seines Sohnes hatte man überall gelacht –, gab er sich noch nicht im Geringsten geschlagen … Juan lebte noch.

Sie erinnerte sich noch gut, wie der junge Gandia in den triumphalen Tagen seiner Rückkehr aus Spanien pompös gekleidet durch die Straßen Roms geritten war und davon träumte, sich mit den Ländereien, die er den Baronen abgenommen hatte, ein Reich aufzubauen.

Das allein genügte schon, um ihn zu hassen, doch sie hatte noch einen anderen Grund. Ein alter Höfling hatte ihr berichtet, dass Juan während eines Empfangs über sie gelacht und sie beleidigt hatte, indem er behauptet hatte, dass nur ein Monster wie D'Alviano mit einer Frau ins Bett gehen konnte, die so wenig Weibliches an sich hatte.

Sie wusste, dass sie nicht schön war. Es war für sie nicht

leicht, in einem so üppigen Körper und mit einem so harten Gesicht zu leben oder zu akzeptieren, dass alle ihre Klugheit und ihr sicheres Auftreten schätzten, aber niemand sie als Frau wahrnahm.

Der Einzige, der sie begehrenswert fand, war Bartolomeo, und ihm konnte sie von diesen hässlichen Bemerkungen bestimmt nicht berichten. Es hätte ihn verletzt ... Nein, das stimmte nicht, ihr Mann hätte darüber gelacht. Das Urteil anderer zählte für ihn nicht. Er hätte gesagt, dass Gandia sein Urteil nicht über ihre Persönlichkeit abgegeben habe, sondern nur über ihr Äußeres, was aber eine Frage des Schicksals war und keine von Verdienst.

Ohne Zweifel hätte er ihr geraten, darüberzustehen und sich nicht wegen solcher Kleinigkeiten zu grämen.

Doch Bartolomeo dachte wie ein Mann und konnte nicht verstehen, wieso die beleidigenden Worte des jungen Borgia sie immer noch quälten.

Jäh stand sie von ihrem kalten steinernen Sitz auf, um ihre Familie zu empfangen.

Begleitet von ihrer Eskorte betraten die Orsini Bracciano. Bartolomea hatte nur Carlo umarmt und ihm etwas ins Ohr geflüstert.

D'Alviano hatte die Szene aufmerksam beobachtet. Seit dem Tag der Schlacht von Soriano lächelte seine Frau nicht mehr, und er wusste nicht, warum. Der Krieg war gewonnen, und sie hatten außer Anguillara und Cerveteri all ihre Burgen zurück. Um sie zurückzubekommen, hatten sie eine hübsche Summe berappen müssen, aber man hatte Giangiordano aus Castel dell'Ovo freigelassen, und der Papst hatte ihre Privilegien wieder hergestellt.

Für Bartolomeo, der nicht nachtragend war, hatte sich die

Angelegenheit aufs Beste erledigt, doch er hatte sich von dem Gedanken an heitere Gesellschaften an seinem Hof verabschieden müssen, denn seine Frau hatte noch eine Rechnung offen.

Sie hatte ihre soldateske Kleidung gegen Trauerkleidung eingetauscht und behauptete, nur darauf zu warten, aus Anlass des feierlichen Begräbnisses ihres Bruders ihre Angehörigen zu treffen. An diesem Abend würde die Familie das Geschehene besprechen und Vereinbarungen für die Zukunft treffen. Am Tag darauf würde die Beerdigung sein.

D'Alviano schob seine Gedanken beiseite und folgte Bartolomea und Carlo, die schweigend die Freitreppe hinaufgingen.

Nach dem Bankett kamen die Orsini im Sala dei Trofei zusammen. Giangiordano, der durch die Gefangenschaft immer noch blass und mager war, ergriff das Wort.

»Ich bin glücklich, wieder bei euch zu sein, und dass ich hier bin, verdanke ich eurem Mut. Ich hätte gerne an eurer Seite gekämpft, stattdessen wusste ich kaum, was in diesem Krieg gerade geschah.« Er senkte den Blick. »Ich wusste noch nicht einmal, wie es um meinen Vater stand, der sich nur wenige Zellen weiter befand.«

In der Stille, die folgte, war Virginios Gegenwart geradezu greifbar.

Giulio Orsini lächelte ihm zu.

»Du wurdest im Kampf für unsere Ehre gefangen genommen.«

Mit schneidender Stimme meldete sich Bartolomea zu Wort. »Mehr als jeder andere von uns hast du das Recht, Rache zu üben! Morgen tragen wir Virginio zu Grabe, und ich frage euch – könnt ihr das vergessen? Könnt ihr euch mit dem zufriedengeben, was sie uns zugestanden haben? Wir haben dafür bezahlt, unsere Burgen wiederzubekommen. Wir haben unser Eigentum zweimal erworben!«

Rache! Das war das Gift, das sie zerfraß!, dachte Bartolomeo.

»Wir hätten die vierzigtausend Dukaten nicht bezahlen sollen!«, rief Paolo Orsini aus.

»Auch für uns war es besser, Frieden zu schließen«, sagte D'Alviano und erhob sich. »Bracciano wurde zwei Monate lang belagert. Wir waren am Ende unserer Kräfte.«

Giulio Orsini sah ihn verdrossen an. »Wir hätten das nicht akzeptieren sollen. Wir hätten den Papst noch ein wenig zappeln lassen und ihn dann in die Enge treiben sollen. Er hätte sogar die Mitra aufs Spiel gesetzt, um den Krieg fortzuführen und uns eine entscheidende Lektion zu erteilen. Diese Lösung hat für uns alle einen üblen Beigeschmack.«

»Am Ende aber hat er eingewilligt. Nicht nur das, das ganze Land hat hinter seinem Rücken über ihn gelacht«, stellte D'Alviano fest, der den Ton dieser Unterhaltung zu dämpfen versuchte, da sie eine unerfreuliche Wendung genommen hatte.

»Ja, aber jetzt ist er schon wieder bereit weiterzumachen!«, polterte Bartolomea. »Habt ihr gehört? Es ist ihm gelungen, die letzten Franzosen aus Ostia zu vertreiben.«

D'Alviano breitete die Arme aus. »In Ostia hatte Gonzalo de Cordova das Kommando, nicht Juan! Gegen einen Kommandanten wie diesen wäre der Krieg noch härter geworden. Dies ist ein weiterer Grund, den Frieden zu festigen.«

Carlo Orsini verzog verächtlich das Gesicht. »Ich habe keine Angst vor Gonzalo und auch nicht vor dem König von Spanien.«

»Du solltest ihn nicht unterschätzen!«

»Wir sind heute nicht hier, um über Krieg, Strategien oder Kommandanten zu diskutieren, sondern über Politik.«

D'Alviano behielt für sich, was er zu sagen hatte. Carlo hatte sich klar ausgedrückt: Er hatte ihm nahegelegt, sich rauszuhalten. Er wäre gern aufgestanden und gegangen, aber er ließ es, weil Bartolomea ihn mit Blicken bat, bei ihr zu bleiben.

»Was wird der Borgia als Nächstes tun?«, fragte Giangiordano.

»Nur Dummköpfe können sich einbilden, dass dieser Frieden halten wird«, meldete sich Giulio Orsini zu Wort und trommelte nervös mit den Fingern auf dem Tisch. »Wir können dem Borgia nicht trauen, er hat sogar Montefeltro hintergangen. Seine Frau hat alles verkaufen müssen, um ihn bei uns auszulösen.«

»Und der Papst hat alles seinem Bastard geschenkt, damit er es verspielen kann!«, schrie Paolo Orsini rot vor Wut.

Giulio Orsini mischte sich mit tiefer und verhaltener Stimme ein. »Zumindest gibt uns dieser Frieden, ob er nun richtig ist oder nicht, die Zeit nachzudenken, und das haben wir nötig, nach diesen furchtbaren Jahren. Man kann sagen, dass die größte Gefahr erst einmal vorbei ist, aber wir müssen dennoch auf der Hut sein und unser Bündnis mit Frankreich festigen.«

»Unsere Familie muss zu der werden, die sie einmal war, und wieder von Rom Besitz ergreifen. Ich ertrage diese Untergangsstimmung nicht!«, rief Bartolomea entschieden aus.

Carlo hieb mit der Faust auf den Tisch. »Auch der Borgia wird nicht ewig leben. Früher oder später muss auch er dran glauben!«

Bartolomea erhob sich. »Er ist ein harter Brocken, der hält noch Jahre durch!«

»Wir hätten die richtigen Verbindungen im Vatikan, um …«, Kardinal Giovanbattista unterbrach sich und sah die Dame des Hauses fragend an, »aber du hast etwas anderes im Sinn.«

Bartolomea warf einen zornigen Blick in die Runde.

»Seid ihr alle zu Muttersöhnchen verkommen? Ich will keine Bündnisse und auch keinen Krieg.«

Langsam ging sie um den Tisch herum.

Die Männer folgten schweigend den fließenden Bewegungen ihrer schwarzen Kleider. Einige Augenblicke lang waren nur ihre Schritte zu hören.

Dann blieb Bartolomea unvermittelt stehen. In ihrem Blick lag eine Spur Grausamkeit.

»Ich will, dass der Papst stirbt, so wie er meinen Bruder hat sterben lassen!«

D'Alviano sprang auf. »Den Papst umbringen?«

»Ich habe nicht gesagt, ihn töten, ich habe gesagt: Ich will, dass er stirbt! Seine Feinde besiegt man nicht nur im Krieg oder mit dem Dolch! Es gibt noch andere Möglichkeiten, einen Mann zu vernichten. Indem man seinen Sohn tötet beispielsweise. Seinen Lieblingssohn: Juan.«

»Das Blut eines Borgia für das Blut meines Vaters«, sagte Giangiordano mehr zu sich.

»Warum ausgerechnet Gandia? Unfähig wie er ist, haben wir nichts zu befürchten, solange der Papst ihn als einen seiner Kommandanten behält«, meldete sich D'Alviano zu Wort. Im Stillen dachte er, dass er hundertmal lieber in die Schlacht zog, als es mit einer solchen Zusammenkunft von Vipern zu tun zu haben.

Bartolomea zog ein Blatt Papier aus dem Mieder und zeigte es allen. »Dies ist der letzte Brief, den mir Virginio aus Neapel geschrieben hat: *Schwört mir, dass der Papst weinen wird, dass er bereuen wird, Juan di Gandia in die Welt gesetzt und ihn auf unsere*

Kosten groß gemacht zu haben! Schwört mir, dass ihr keine Ruhe geben werdet, solange noch ein Borgia die Luft Roms atmet! Solange dies nicht gerächt ist, will ich keine Orsini mehr sein!«

»Und ich werde keine Ruhe haben, bis er dafür bezahlt hat«, schrie Carlo.

»Ja, Tod den Spaniern!«, erklang es wie aus einem Mund.

D'Alviano sah sie entsetzt an. »Juan zu töten ist auch nicht leichter, als den Papst zu töten! Er wird pausenlos bewacht.«

»Das ist wahr, aber er hat mehrere Schwachstellen, und wir haben Männer, die imstande sind, ihn in eine Falle zu locken.«

Die anderen stimmten zu, und Bartolomea lächelte seit Tagen zum ersten Mal.

»Jetzt kenne ich euch wieder! Wir brauchen einen Plan, wie wir ihn in die Enge treiben – das überlasse ich euch.«

Unter bewunderungsvollen Blicken begab sie sich zur Tür.

D'Alviano trat zu ihr und legte den Arm um sie, dabei sah er ihr tief in die Augen.

»Dies ist eine furchtbare Entscheidung – denk noch einmal darüber nach.«

»Du hast geschworen, mir beizustehen.«

»Das habe ich immer getan und werde es auch weiterhin tun, aber du willst einen Mord begehen!«

Fast wütend befreite sich Bartolomea aus der Umarmung ihres Mannes.

»Und wurde mein Bruder nicht ermordet? Ich kann seinen letzten Willen nicht ignorieren.«

Bartolomeo sah sie beunruhigt an. »Denk noch einmal darüber nach.«

Kopfschüttelnd verließ sie den Raum.

D'Alviano kehrte zu den diskutierenden Männern im Saal zurück.

Er trat zu Giovanbattista Orsini.

»Kardinal, wollt Ihr zulassen, dass sie eine solche Torheit begehen?«

»Es wurde bereits beschlossen, meine Meinung ist daher unwichtig.«

»Ihr habt schon andere schwierige Situationen gerettet.«

»Ruhig Blut, D'Alviano, macht Euch keine Sorgen!«

Er bedachte ihn mit einem vielsagenden Blick und verließ eilig den Saal.

Bartolomeo ging zu Carlo und fasste ihn beim Arm.

»Bartolomea ist nicht bei sich, sie weiß nicht, was sie sagt. Lasst uns versuchen, sie zur Vernunft zu bringen.«

»Mir erschien sie keineswegs verrückt, im Gegenteil, mir erschien sie äußerst klar.«

D'Alviano wandte sich an den ältesten der Orsini und hoffte, bei ihm Unterstützung zu finden.

»Giulio, lass uns die Dinge wie Ehrenmänner regeln!«

»Gerade weil wir das sind, muss unsere Ehre verteidigt werden.«

»Und eine Verhandlungslösung? Virginio und Rodrigo ist das früher schon einmal gelungen.«

»Virginio ist tot! Warum schließt du dich uns nicht an? Du hast Hunderte Männer getötet, einer mehr sollte da dein Gewissen nicht belasten.«

»Ich habe sie in der Schlacht getötet«, erwiderte D'Alviano mit fester Stimme.

»Du argumentierst hier die ganze Zeit wie ein Soldat, aber dies ist eine politische Angelegenheit. Die Borgia haben eine Grenze überschritten, und wir werden sie bestrafen. Derzeit sind sie noch zu stark, und wir müssen die Dinge so nehmen, wie sie nun einmal gerade sind. Aber sobald wir können, werden wir sie hinwegfegen.« Giulio wechselte einen Blick mit Carlo, der ihm zustimmte.

D'Alviano verstummte. Er hatte nichts mehr zu erwidern, und seine Worte waren offenbar nutzlos. Mit finsterer Miene verließ er den Saal und begab sich in seine Gemächer.

Milde Morgensonne beschien wärmend die Beisetzung von Virginio Orsini. Während die Soldaten schweigend am Sarg vorbeizogen, spielten Trompeten und Flöten Militärmärsche, und die Einwohner der Siedlung drängten sich in die Kirche Santa Maria Novella, um ihrem Herrn die letzte Ehre zu erweisen.

Nach dem Gottesdienst wurde der Sarg in den Sarkophag gesenkt und dieser mit einem schweren Marmordeckel verschlossen. Alle Orsini, die dicht um das Grabmal standen, legten die Rechte auf den Stein und sahen sich schweigend in die Augen. Dann verließen sie einer nach dem anderen die Kirche.

Nur Bartolomea blieb im schummrigen Kerzenlicht der Kapelle zurück. Sie kniete vor dem Grab, die Stirn an den Marmor gelehnt. D'Alviano legte ihr eine Hand auf die Schulter. Bartolomea fuhr herum, Trauer und Wahn waren ihr ins Gesicht geschrieben. Bartolomeo half ihr auf und nahm sie fest in die Arme. Eng an seiner Brust flüsterte sie unter Tränen: »Ich bringe ihn um, ich schwöre, ich bringe ihn um!«

V.
Guidobaldo di Montefeltro

Castello di Urbino
1. Mai 1497

Guidobaldo trat auf die Loggia an der Westfassade hinaus.

Urbino lag in dieser Mainacht in stolzer Vornehmheit zu seinen Füßen.

Der Herzog ließ seinen Blick über die Ziegeldächer der Stadt und die lieblichen Hügel jenseits der Stadtmauern schweifen, die schwach vom Mond beleuchtet wurden.

Die Augen wurden ihm feucht. Seine Heimat war ein Teil von ihm, sie war sein Leben.

Mit schmerzlichem Bedauern stellte er fest, dass er die Risiken einer Verbindung zu den Borgia falsch eingeschätzt und in welche Gefahr er sein Herzogtum damit gebracht hatte. Ein Handstreich des Papstes, und sein Landbesitz wäre enteignet. Und er hatte weder die Macht noch die Mittel der Orsini, um einem solch gierigen Feind gegenüberzutreten.

Ein Gefühl von Einsamkeit und Verzweiflung überkam ihn.

Er warf einen letzten Blick auf die Stadt und ging wieder hinein.

Ein dunkelhaariger Mann mit vielen Falten im Gesicht erwartete ihn vor dem Arbeitszimmer.

»Ich muss mit dir reden. Beim Bankett waren zu viele Leute, und bestimmte Dinge bespricht man besser unter vier Augen.«

Guidobaldo bat ihn einzutreten. Er kannte Giovanni seit Ewigkeiten, er war einer seiner engsten Freunde, ein äußerst geschickter Schwertkämpfer, ein nüchterner und entschlossener Mann. Seine Duelle waren legendär, und er hatte ihn ohne Ansehen der Person, die ihn beleidigt hatte, töten sehen.

»Wir hatten schon Angst, wir würden dich nicht wiedersehen«, begann Giovanni und sah ihn voll Zuneigung an.

»Nun ist ja alles vorbei«, erwiderte Guidobaldo.

Giovanni musterte ihn mit scharfem Blick.

»Vorbei? Nach allem, was du durchgemacht hast? Schon ein geringerer Anlass wäre Grund genug für einen weiteren Krieg!«

»Doch ich bin heute hier – ich stehe in eurer Schuld.«

»Darum geht es nicht. Meinst du, der Schlagabtausch mit dem Papst sollte so ausgehen?«

Röte überzog Guidos blasses Gesicht.

»Ich fühle mich gedemütigt und bin furchtbar wütend, doch das geht vorüber.«

Giovanni legte eine Hand aufs Herz.

»Wir sind immer auf deiner Seite. Dein Schicksal ist unseres.«

Guidobaldo sah ihm tief in die Augen. Dann sagte er: »Ich habe nie an eurer Treue gezweifelt. Du jedoch bist nicht hier, um mir das nochmals zu versichern. Du willst mir etwas anderes sagen, oder irre ich mich?«

»Ich spreche im Namen deiner Untertanen«, betonte Giovanni mit Nachdruck. »Sie fühlen sich bedroht, sie brauchen Sicherheit und eine starke Hand. Dein Vater hätte sich niemals damit abgefunden. Und du solltest das auch nicht tun.«

Guidobaldo senkte den Kopf. »Und ihr, meine teuren Freunde und Ratgeber, was denkt ihr?«

»Wir wollen in Urbino einen Herzog, der sich Respekt zu verschaffen weiß. Es gibt Beleidigungen, die darf man nicht hinnehmen und noch weniger verzeihen. Wir müssen unser Land verteidigen und beweisen, dass du der würdige Herrscher bist. Wir wollen uns nicht als Diener des Papstes fühlen. Denk daran – wenn sie dir heute nicht geben, was dir zusteht, dann werden sie dir morgen auch das noch nehmen, was dein ist.«

Guidobaldo fuhr sich nervös durch die Haare.

»Das ist das, was ich am meisten fürchte, aber was kann ich da machen? Ich kann mich kaum noch aufrecht halten und habe kein bisschen Geld mehr.«

»Wir warten auf deine Befehle, wir haben keine Angst vor den Borgia.«

»Soll ich sie herausfordern?«

»Das meinte ich nicht. Ich habe schon mit anderen darüber gesprochen. Wir denken an ein etwas diskreteres Vorgehen. Du musst nicht persönlich in Erscheinung treten, deine Zustimmung ist vollkommen ausreichend. Um den Rest kümmern wir uns …« Er unterbrach sich und sah Guido nervös an.

Montefeltro war in Gedanken. Er betrachtete die Porträts, die die Wände schmückten: große Männer, die Geschichte geschrieben hatten.

»Wir sprechen noch mal darüber. Ich muss darüber nachdenken. Und jetzt muss ich zu Elisabetta.«

»Vergiss nicht, Guidobaldo, wir alle sind auf deiner Seite.«
Mit einem festen Händedruck verabschiedeten sie sich voneinander.

Elisabetta lag auf dem großen Bett; als sie ihn eintreten hörte, drehte sie sich lächelnd zu ihm um.

Guidobaldo liebte ihr blasses ovales Gesicht, dessen Wangen von zarter Röte überzogen waren, ihre dunklen, unschuldig dreinblickenden Augen und den zierlichen Mund, dessen etwas vorstehende Oberlippe ihr immer einen leicht schmollenden Zug verlieh.

Mit zarter Hand schlug sie das Laken zurück, das ihr als Decke diente. Elisabetta trug eine weiße Tunika mit Stickereien auf der Brust. Der feine Stoff schmiegte sich um ihre Hüften und ließ ihre üppigen Rundungen erahnen. Guidobaldo überlief ein wohliger Schauer, ihm wurde ganz heiß.

Er legte das Schwert ab, entkleidete sich bis aufs Hemd, trat ans Bett und versenkte sein Gesicht in ihrem duftenden Haar. Wie sehr er diesen sanften und leicht verwirrten Blick dieser braunen Augen vermisst hatte! Er küsste sie zart auf den Mund, während seine Hände sie voll Ungeduld liebkosten.

Er schob ihr Nachthemd bis zur Brust hoch, entblößte ihren flachen Bauch und streichelte die glatte Haut ihrer Schenkel.

Unbändige Lust, sie zu besitzen, erfasste ihn. Er legte sich auf sie und versuchte, in sie einzudringen.

Elisabetta umschlang ihn mit den Armen und barg ihr erhitztes Gesicht in seinen Haaren. Guidobaldo spürte, wie sein Herz schneller schlug, doch wieder einmal folgte sein Körper seinem Begehren nicht. Er stand wieder auf; beinahe wütend zog er sie aus. Sie ließ ihn gewähren und schloss die Augen.

Guido beugte sich über ihre üppigen Brüste und küsste sie. Vor Erregung ganz benommen umfasste er kraftvoll ihr Gesäß und zog Elisabetta zu sich heran. Das übermächtige Verlangen, in sie einzudringen, raubte ihm schier den Atem, doch im Schritt rührte sich nichts.

Von kaltem Schweiß bedeckt löste sich Guidobaldo von der Gemahlin. Ärgerlich stieß er sie von sich, drehte ihr den Rücken zu und platzte schließlich heraus: »Himmel, mach doch auch mal was! Du bist kalt wie ein Fisch!«

Elisabetta bedeckte sich hastig und unterdrückte das Schluchzen, das in ihr aufstieg.

Guido schlug die Hände vors Gesicht und schluchzte seinerseits.

»Vergib mir. Es ist allein meine Schuld. Ich bitte dich, vergiss, was ich gerade gesagt habe. Was ist bloß mit mir los?«

Elisabetta rückte an ihn heran. Diese verhinderten Liebesversuche bereiteten ihr großen Schmerz. Sie wäre gern allein gewesen, um zu weinen, stattdessen musste sie ihren Kummer verbergen. Mit einer zärtlichen Geste flüsterte sie ihm zu: »Du bist erschöpft, du brauchst Ruhe.«

Guidobaldo sah sie verzweifelt an und schüttelte den Kopf.

»Nein, wir wissen beide, dass das nicht stimmt. Dieser teuflische Fluch wird mich zeitlebens verfolgen, bis ich nur noch ein Schatten meiner selbst bin.«

Elisabetta wurde von großem Mitleid ergriffen.

Seit Anbeginn ihrer Ehe erduldete sie diese Qual. Nach der Hochzeit hatten sie einige Monate warten müssen, ehe sie die Nacht miteinander verbringen durften, denn Guidos Vormund, sein Onkel Ubaldini hatte mit der Unterstützung der Hofastrologen Mai als den geeigneten Monat für ihre körperliche Vereinigung ermittelt. Guidobaldo hatte diese

Empfehlung ignoriert, ohne zu ahnen, welch ein Albtraum dem folgen würde.

Als die heiß ersehnte Nacht gekommen war, hatte er versucht, Besitz von ihr zu ergreifen, doch er war unerfahren, und sie errötete bei jeder Berührung. Eine Zeit lang hatten sie sich mit verzweifelten Umarmungen zufriedengegeben, doch dann war die Situation unerträglich geworden. Vor lauter Spannung war sie sogar beinahe krank geworden. Nur ihre Amme, einige wenige Hofdamen, die ihr von Mantua gefolgt waren, und die Hofärzte wussten von allem. Guido hatte sie beschworen, mit niemandem über seine Impotenz zu sprechen, denn wenn die Wahrheit durchgesickert wäre, wäre ihre Ehe annulliert worden, und Urbino wäre wieder an die Kirche gefallen. Er versicherte ihr, dass sein Zustand allein durch Hexerei verursacht worden sei, weil ihn jemand so sehr hasste, und eines Tages würde der Bann dank der Gebete, der Behandlungen und einer veränderten Sternenkonstellation gebrochen sein.

So hatte sie den wenigen, die Bescheid wussten, befohlen, für immer zu schweigen, und hatte gelernt, ihn auch so zu lieben.

Guido sah sie voller Bitterkeit an.

»Ich werde jung sterben und muss mich von meinen Illusionen verabschieden …«

Elisabetta streichelte ihn schweigend und dachte bei sich, dass auch ihre Illusionen dahin waren.

»Ich weiß, du wolltest Kinder«, fuhr er fort, »auch ich hätte so gern welche gehabt.«

Er hielt ihre Hände fest in seinen.

Nur mit Mühe hielt Elisabetta ihre Tränen zurück, denn sie hatte nunmehr jede Hoffnung aufgegeben, Mutter zu werden. Sie sah sich altern in einem noch jungen Körper, der weder die Freuden der Liebe noch den Schmerz der Geburt kennengelernt hatte. Sie beneidete die andern Frauen; wenn sie intimste Geheimnisse austauschten, konnte sie nur schweigend zuhören, um ihre jungfräuliche Unschuld zu verheimlichen.

»Ich habe in der Gefangenschaft oft von dir geträumt, ich habe die Rückkehr so ersehnt, doch nun … Mein Gott, warum nur?«

Guidobaldo brach in Tränen aus. Elisabetta blieb nichts anderes übrig, als ihn wie einen kleinen Jungen in den Arm zu nehmen.

»Erzähl mir doch bitte von dem, was du durchgemacht hast«, flüsterte sie ihm zu, »so kann ich dich besser verstehen und dir helfen.«

»Ich habe mit aller Kraft gekämpft, glaub mir, doch ich konnte der Demütigung der Gefangennahme nicht entgehen. Ich war tagelang ohne Bewusstsein, ich hatte Fieber und delirierte. Man gab mir Tee zu trinken, damit ich schlafen konnte und um meine Schmerzen zu lindern. Im Gefängnis will die Zeit einfach nicht vergehen. Ich dachte über meine Fehler nach, grübelte, was wohl aus den anderen geworden sein mochte, an Urbino ohne Regierung … Wenn du wüsstest, in welcher Angst ich gelebt habe. Ich habe mit dir gesprochen, um nicht vor Einsamkeit verrückt zu werden. Ich habe unzählige Eingaben an den Papst gerichtet, und auch wenn mir die Orsini nichts gesagt haben, war ich sicher, dass sie über meine Freilassung verhandelten.«

»Du wusstest nicht, dass Borgia sich weigerte zu zahlen?«

»Ich habe es vor wenigen Tagen von Carlo Orsini erfahren.«

»Also hast du keinen meiner Briefe bekommen! Ich habe dir jeden Tag geschrieben!«

»Das dachte ich mir.«

»Vielleicht war es besser so. Sonst hättest du dich noch mehr gegrämt.«

»Ich quäle mich mit dem Gedanken, was ich hätte tun sollen.«

»Nein!« Elisabetta legte ihm die Hand auf den Mund, um ihn zu unterbrechen.

»Über Vergangenes nachzudenken führt zu nichts. Du musst jetzt erst einmal gesund werden und in die Zukunft schauen. Du wirst sehen, gemeinsam werden wir auch diese Prüfung bestehen.«

Guidobaldo nahm sie fest in die Arme.

»Wer weiß, welche Freuden du dir von unserer Liebe erhofft hast.«

»Ich will immer an deiner Seite sein«, bekräftigte sie mit sanfter Bestimmtheit.

In den ersten Jahren der Ehe jedoch hatte sie oft den Wunsch, diese Stadt und ihr windiges Wetter zu verlassen. So manches Mal rang sie Guidobaldo die Erlaubnis ab, in ihr geliebtes Mantua zurückzukehren, wo sie ihre Liebsten zurückgelassen hatte. Auf den Festen und Vergnügungen am Hofe ihres Bruders Francesco kehrten ihre gute Laune und die Hoffnung zurück, aber die heiteren Unterbrechungen waren von kurzer Dauer. Guidobaldo ertrug keine längeren Abwesenheiten und rief sie nach Urbino zurück, wo er ihr seine Zuneigung mit Geschenken, Theateraufführungen und Damwildjagden in der Umgebung von Fossombrone bewies. Sie war unentbehrlich, und das zu wissen entschädigte sie für die Kinder, die er ihr nicht geben konnte.

»Auch ich habe gelitten«, entfuhr es Elisabetta. »Männer glauben immer, sie würden die Kriege alleine führen und sehen gar nicht, wer Tag für Tag an ihrer Seite kämpft.«

»Verzeih mir, ich hätte dich nicht zwingen sollen, um Hilfe zu betteln. Ich werde dir nie vergessen, was du für mich getan hast.«

»Ich habe es für uns getan, außerdem bist du nicht das einzige Opfer von Borgia, denk nur an Giovannino. Während du in Gefangenschaft warst, schrieb er mir, er habe versucht, mir zu helfen, doch war seine Stellung in Rom schon zu heikel. Wenn Gott meine Schwester Maddalena am Leben gelassen hätte, hätte dein Cousin Lucrezia nicht geheiratet.«

Guidobaldo schwieg ein paar Augenblicke in Gedanken versunken. Elisabetta streichelte ihn zärtlich, doch er schien es gar nicht zu bemerken. Sein Blick bekam einen unheilvollen Glanz.

»Borgia will meinen Tod. Ich bin mir sogar sicher, dass er das schon eingefädelt hat, denn das Lösegeld wird ihm nicht reichen.« Sein Mund verzog sich zu einem schiefen Grinsen. »Er will mein Herzogtum – um es Juan zu geben!«

»Du bist der rechtmäßige Herzog von Urbino«, sagte Elisabetta mit Stolz.

Guido löste sich aus ihrer Umarmung und stand auf.

»Rodrigo Borgia muss zur Hölle fahren!«, schrie er. »Er hat mir alles genommen. Er hat mich und meine Untertanen ausgesaugt, doch jetzt ist Schluss!«

Er griff zum Schwert, das am Bett lehnte, und zog es aus der Scheide. Mit der Waffe in der Hand und wildem Blick begab er sich zur Tür.

»Jetzt will ich das Blut seines Sohnes!«

Elisabetta versuchte, ihn zurückzuhalten. »Guido, komm zu dir!«

Leichenblass und schweißgebadet hielt sich Guidobaldo taumelnd am Türpfosten fest; er senkte das Schwert und ließ es auf den Boden fallen.

»Ich weiß nicht, wie … mir geschieht …«, stammelte er,

während Elisabetta ihn aufrichtete und zum Bett geleitete. »Mein Geist ist völlig verwirrt – woher soll ich die Kraft nehmen weiterzuleben?«

»Ich werde immer an deiner Seite sein, und gemeinsam werden wir von vorn anfangen«, antwortete sie ihm, darum bemüht, ihre Sorge zu verbergen.

»Du wirst mich lieben, auch wenn es mir nicht gelingen sollte … meinen Mann zu stehen?«, flüsterte er bewegt.

Elisabetta nahm ihn fest in die Arme und legte sich neben ihn. Sie hatte damit gerechnet, dass Guidobaldos Rückkehr schwierig werden würde, aber sie hatte sich nicht vorstellen können, *wie* schwierig es sein würde.

In seinem Blick hatte sie einen Hass entdeckt, der umso gefährlicher war, als er einem guten Herzen entsprang. Sie kannte Giovanni und die anderen treuen Urbiner gut, und sie wusste, dass sie nicht bereit waren zu vergeben.

War sie es denn? Sie hatte Guido nicht erzählt, dass der Papst ihr während seiner Gefangenschaft Briefe geschrieben hatte, die ihr Halt und Trost geben sollten. Sie hatte ihm geglaubt, monatelang hatte sie die Falschheit dieser Worte nicht bemerkt. Onkel Ubaldini hatte ihr schließlich die Augen geöffnet; wo Judas Jesus Christus noch für dreißig Silberlinge verkauft hatte, hätte es Borgia schon für neunundzwanzig getan, sagte er. Rodrigo hätte niemals auch nur einen einzigen Dukaten für Guidobaldos Freilassung herausgerückt. Elisabetta hasste ihn für diesen Verrat, und ihr Verlangen nach Rache war noch nicht gestillt.

Sie bekreuzigte sich und betete mit geschlossenen Augen zur Madonna.

Guidobaldo lag neben ihr. Trotz seiner Müdigkeit konnte er nicht einschlafen.

Zu viele Gedanken gingen ihm im Kopf herum. Wie sollte er das geliehene Geld zurückzahlen? Er war ein Mann der Waffen, doch in seinem jetzigen Zustand, fürchtete er, war er nicht einmal imstande, weitere militärische Unternehmungen anzuführen. Wenn er wenigstens Kinder hätte! Die Schmach nagte an ihm.

Wie viele Versuche er auch unternahm, sosehr er Elisabetta auch liebte und begehrte, sein Körper spielte nicht mit.

Auch bei Dirnen hatte er es versucht, doch das waren beschämende Erfahrungen. Er erinnerte sich an eine geheimnisvolle junge Frau, die sich vor vielen Jahren in sein Bett geschlichen hatte. Er hatte nie herausgefunden, wer sie gewesen war, denn sie hatte eine Maske getragen; doch er dachte noch oft an diese Nacht zurück. Sie hatte ihm zugeflüstert, wie schön er sei, wie kraftvoll seine muskulösen Arme seien, dass seine mächtigen Oberschenkel nur so vor Lebenskraft strotzten. Niemand hatte ihm bisher so geschmeichelt. Dann waren ihre Hände forscher geworden und hatten ihm bis dahin unbekannten Genuss bereitet. Doch voller Scham und Gewissensbissen gegenüber Elisabetta hatte er sie unter Verwünschungen fortgejagt. Wer weiß, hätte er damals nachgegeben, hätte der Fluch vielleicht keine Wirkung gehabt. Nunmehr schien es jedoch eingeschrieben in das Buch des Schicksals: Nach ihm würde kein Montefeltro mehr über Urbino herrschen.

In all seinem Scheitern blieb ihm nur die Ehre. Sie hielt ihn aufrecht, aber wie lange noch? Bisher war er stets ein tapferer Soldat gewesen und hatte sich niemals die Hände schmutzig gemacht oder sein Gewissen mit feigen Taten belastet. Giovanni hatte ihm jedoch zu verstehen gegeben, dass er mit Anstand und Redlichkeit dieses Mal weder das Herzogtum retten noch sich die Zuneigung und den Respekt seiner Untertanen bewahren würde. Die Urbiner trauerten Federico nach, denn er hatte sie vor jedem Angriff schützen können – etwas, das sie sich von ihm nicht erwarteten.

Er merkte, dass sich tief in seinem Innern etwas verändert hatte – aus purer Verzweiflung wäre es ihm nun möglich, zur Waffe zu greifen und das Blut von Juan Borgia zu fordern, das er noch wenige Monate zuvor mit seinem eigenen Leib verteidigt hatte.

War es möglich, fragte er sich, dass die menschliche Natur sich in so kurzer Zeit von Grund auf änderte?

Er schloss die Augen, damit der Schlaf ihn wenigstens ein paar Stunden von seinen düsteren Gedanken befreien konnte.

VI.
Die Kardinäle

Frankreich, Carpentras
16. März 1497

Giuliano della Rovere war vierundfünfzig Jahre alt.

Er war von hochgewachsener Statur, über der ein enormer Kopf mit grauen Locken thronte. Das breite Gesicht lief in einem markanten Kinn aus. Seine blauen Augen waren in diesem Augenblick wie gebannt auf ein Blatt Papier vor ihm gerichtet.

> *Gonzalo di Cordova hat Ostia eingenommen. Er landete mit sechshundert Reitern und tausend Fußsoldaten; schon nach wenigen Tagen hat er die Kapitulation erzwungen. Jetzt gibt es in ganz Italien keinen französischen Soldaten mehr. Der Pirat Menaldo Guerra wurde verhaftet und nach Rom gebracht. Der Papst jubelt.*

Der Kardinal starrte einige Augenblicke lang ins Leere.

Der Papst jubelt!

Diese Worte brachten sein Blut in Wallung. Er hieb mit der

Faust auf den Schreibtisch und stieß einen Schrei aus. Er stand auf und las weiter.

Die Eroberung von Ostia hat ihn über die Niederlage von Soriano hinweggetröstet, aber das ist noch nicht alles. Bald schon wird er offiziell mitteilen, dass er beabsichtigt, Euch all Eure Pfründe zu entziehen. Zu diesem Zeitpunkt hat er Euren Bruder Giovanni schon des Amtes des Präfekten von Rom enthoben.

Vor seinem geistigen Auge erschien das Bild der Festung von Ostia und ihren Wachtürmen mit Blick auf die Tibermündung. Die Burg, die er errichten und mit reichen Schätzen ausstatten ließ, war sein unantastbares Refugium. Als er sich nach der Niederlage Karls VIII. freiwillig nach Carpentras zurückgezogen hatte, hatte er sie den Franzosen als letztes Bollwerk auf italienischem Boden überlassen. Der Gedanke, dass Borgia die Schwelle seiner Burg übertreten hatte und nun voller Genugtuung als deren neuer Herr durch die prächtigen Räume wandelte, war ihm unerträglich.

Er verachtete Rodrigo, seit er vor fünfundzwanzig Jahren als junger Franziskanermönch zur Krönung seines Onkels Francesco gekommen war.

Von der hohen Tribüne herab, die vor der Basilika St. Peter errichtet worden war, hatte er die prunkvolle Zeremonie mit der Aufmerksamkeit dessen verfolgt, der damit nicht vertraut ist, aber möglichst schnell lernen will. Zwischen all den roten Talaren, den erschöpften und erhitzten alten Kardinälen, wie den jungen, ehrgeizigen und stolzen, war ihm aufgefallen, mit welcher Ungezwungenheit sich Borgia dort bewegte. Nachdem er die Krone des Heiligen Gregor des Großen auf das Haupt von Sixtus IV. gesetzt hatte, war Rodrigo mit gesenktem Blick wieder in die Reihen der anderen Prälaten zurückgetreten. Mit großer Aufmerksamkeit hatte Giuliano jede seiner Bewegungen beobachtet und sich sogar vorgestellt, mit welch vornehmer Haltung diese Gestalt die päpstlichen Gewänder tragen würde, die so plump um die Schultern seines Onkels lagen. Borgia hatte ihn bemerkt und ihm ein honigsüßes Lächeln geschenkt, das ihn wie eine Beleidigung traf; dann hatte er den Blick gesenkt und einen devoten Gesichtsausdruck angenommen. Was für eine Hinterhältigkeit!, dachte er in Erinnerung an das Sterbelager von Innozenz VIII.

Während der Papst leichenblass seinen letzten Willen stammelte, versuchte Borgia hartnäckig, sich die Engelsburg übertragen zu lassen, um sie der Kontrolle von Giuliano zu entziehen. Der Sterbende wollte sie ihm schon überlassen, als della Rovere herausgeplatzt war: »Heiligkeit, hört nicht auf diesen Katalanen!«

»Stünden wir nicht hier vor unserem Herrn«, hatte Rodrigo geschrien, »würde ich dir zeigen, wer hier der Vizekanzler ist!«

»Wären wir nicht hier, würde ich dir zeigen, dass ich vor dir keine Angst habe!«

Dann sprudelten die schändlichsten, jahrelang zurückgehaltenen Anschuldigungen aus ihnen heraus, und unter diesen Beleidigungen war Innozenz VIII. verschieden.

Giuliano konnte sich einfach nicht an den Gedanken gewöhnen, dass Rodrigo Papst geworden war, während er selbst weiter Kardinal von San Pietro in Vincoli blieb, *Vincula,* wie ihn das Volk nannte.

Auch wenn Borgia ihm Titel und Privilegien zugesichert hatte und noch weitere hinzufügte, hatte er ihn doch gehasst und versucht, ihn zu vernichten. Doch es hatte nichts genützt.

Giuliano machte eine ärgerliche Handbewegung. Nein, er durfte sich nicht damit abfinden, er war zwölf Jahre jünger als Borgia und so robust wie die Eiche, die er im Namen führte, so wie die Leute im spröden Ligurien, aus dem er stammte.

Der Kampf war immer noch nicht entschieden, und je schwerer es wurde, desto mehr packte es ihn. Die Waffen, über die er verfügte, waren gut geschärft.

Er ging zum Fenster und schloss die Vorhänge. Nichts sollte ihn ablenken. Er brauchte äußerste Konzentration.

Zweimaliges leises Klopfen an der Tür ließ ihn wissen, dass sein Kammerdiener eingetreten war.

»Eminenz, ein Bote wünscht Euch zu sehen.«

»Lasst ihn hereinkommen.«

Giuliano setzte sich und legte den Brief zurück.

Der Mann wartete auf der Schwelle.

»Kommt näher.«

»Eminenz, ich habe Euch eine Botschaft zu überbringen. Mein Herr, Kardinal Lorenzo, bittet darum, Euch gemeinsam mit Kardinal Uberto und Kardinal Gherardo treffen zu dürfen. Sie sind bereit, wann immer Ihr es wollt, nach Carpentras zu kommen.«

Giuliano dachte nach. Es musste etwas in der Luft liegen, andernfalls hätten sie nicht ins Auge gefasst, zu ihm nach Frankreich zu kommen.

»Morgen früh gebe ich Euch Antwort«, sagte er entschieden.

Mit einer Verbeugung verließ der Bote das Arbeitszimmer.

Bei Tagesanbruch öffnete Giuliano della Rovere die Fensterläden ein wenig. Die Helligkeit des Schnees schmerzte ihn in den Augen. Hastig schloss er die Läden wieder und läutete nach seinem Kammerdiener, den er bat, das Kaminfeuer anzufachen und den Boten hereinzuführen. Dann trat er ans Lesepult, auf dem eine seltene Ausgabe der *Göttlichen Komödie* lag, in Brokat eingeschlagen und mit silbernen Verschlüssen versehen.

Er begann den Tag immer mit der Lektüre einiger Terzinen dieses wunderbaren Werkes, denn er fand darin Bestätigung für viele seiner Vorstellungen über das Jenseits.

An jenem Morgen wählte er den neunzehnten Gesang aus der Hölle, den über die Simonie.

Hier steckten die Sünder kopfüber und mit brennenden Fußsohlen in einem engen Loch im felsigen Höllengrund. Giuliano lächelte in sich hinein. Es gab eine göttliche Gerechtigkeit, und er hegte keinen Zweifel daran, welches Schicksal Rodrigo erwartete. Und diese Vorstellung gefiel ihm durchaus. Mit lauter Stimme las er:

Euch Hirten meinte der Evangelist,
Als er das Weib, das auf den Wassern sitzet,
Mit Königen auf Erden huren sah,

Die da geboren ward mit sieben Häuptern
Und ihre Stütze fand in den zehn Hörnern
Solange Tugend ihrem Mann gefiel.

Gemacht habt ihr aus Silber und aus Golde
Euch euren Gott; ihr gleicht dem Götzendiener,
Doch betet der nur einen an, ihr hundert.

Was Dante schon vor mehr als einhundertfünfzig Jahren mit Verachtung beschrieben hatte, galt immer noch. Immer noch *hurte* die römische Kirche ungesühnt mit den Mächtigen, und die Prälaten beteten das Geld mehr an als Gott.

Bisweilen plagte ihn sein Gewissen: Er hielt sich sein Machtstreben vor, den Reichtum, auf den er nicht verzichten mochte, und das Leben voller Annehmlichkeiten, das er führte – weit entfernt von der Ordensregel der Franziskaner, der er sich geweiht hatte; die Versuchungen des Fleisches, bezeugt durch die französische Krankheit, die er sich vor Jahren zugezogen hatte und ihn schmerzlich an das gebrochene Gelöbnis der Keuschheit erinnerte.

Zweimaliges Klopfen an der Tür riss ihn aus seinen Gedanken. Kurz darauf stand der Bote vor ihm und wartete auf seine Anweisung.

Der Kardinal machte ein paar Schritte durch den Raum, sah dem Mann direkt ins Gesicht und sagte zu ihm: »Heute könnt Ihr wegen des Schnees nicht aufbrechen, doch kehrt so bald als möglich nach Rom zurück und teilt den Eminenzen mit, dass ich ihren Besuch Mitte April erwarte. Nun gebt gut acht auf das, was ich Euch sage, denn ich werde Euch nichts Schriftliches mitgeben.«

Der Bote neigte den Kopf, bereit, seine Worte zu hören.

Kardinal Uberto Roncaglini
April 1497

Wäre er mit großem Gefolge aus Männern und Pferden gereist und hätte in jeder Stadt die Ehrbezeugungen entgegengenommen, wie es üblich war, hätte Kardinal Uberto das Ziel seiner Reise zu oft erklären müssen. Und er hatte nicht die Absicht, das zu tun. Begleitet von drei seiner treuesten Gefolgsleute hatte er den ersten Teil der Reise von Civitavecchia bis Genua per Schiff unternommen, von dort war er mit einer Kutsche weiter die Küste entlanggereist. An der Riviera war das Klima milder, und das tat ihm gut nach dem strengen Winter, der ihm noch unangenehm in seinen alten Knochen steckte.

Kardinal Uberto hatte schon viele Male den Frühling auf den Winter folgen sehen, doch das Erwachen der Natur hatte ihm nie viel bedeutet. Das Schauspiel, wie sich die Blumen ihren Weg durch die kalte Erde bahnen oder die Bäume ihre zarten Knospen öffnen, interessierte ihn kein bisschen. Nicht einmal als Beleg für die Existenz jenes Schöpfergottes, dem er sein Leben geweiht hatte.

Das einzige Schauspiel, das ihn in Erregung versetzen konnte, war die Versammlung der Kardinäle im Konklave.

Bei dieser Gelegenheit schien seine schlaffe Mimik wieder an Kontur zu gewinnen, die Augen unter den hängenden Lidern erstrahlten in lebendigem Glanz, sein ganzes Wesen belebte sich.

In seiner langen Laufbahn als Kardinal hatte er vielfältige Verbindungen geknüpft, und er verfügte nun, im Alter von siebzig Jahren, über derart profundes Wissen in juristischen und geistlichen Belangen, dass er im Kardinalskollegium als Koryphäe galt.

Er wurde wegen seines wendigen Geistes und seiner unbeugsamen, von menschlichen Empfindungen unangefochtenen Moral oft um Rat gefragt. Für gewöhnlich tat er seine Meinung freimütig kund, aber wenn es ihm angeraten schien zu schweigen, tat er es mit mürrischer und undurchdringlicher Miene, denn seiner Meinung nach existierten alle anderen nur, damit man über sie urteilte, ja, sie sogar verurteilte.

Er hatte so viele Päpste auf dem Kirchenthron gesehen, und nicht einer war ihm des Amtes würdig erschienen.

Rodrigo Borgia wurde schließlich seine bislang größte Verachtung zuteil. Zum ersten Mal in seinem Leben hatte Kardinal Uberto beschlossen, sich nicht mit dem Schmieden von Komplotten zufriedenzugeben, sondern zur Tat zu schreiten, um den Spanier aus dem Weg zu räumen.

So würde es ein weiteres Konklave geben und ihm aufs Neue einen dieser glorreichen Momente bescheren, in dem er seine Stimme einem Kandidaten verkaufte, den er anschließend kritisieren und im Augenblick seiner Wahl aufgeben würde. Auf der Liste seiner Leidenschaften kam nach dem Konklave gleich das Geld: Für ihn war es die Entschädigung für seine niedere Herkunft.

Er stammte aus einer äußerst bescheidenen Sieneser Familie, und so musste er intensiv lernen und sich mühevoll allein durchschlagen, um seine Ambitionen, Kardinal zu werden, zu verwirklichen. Ins Kardinalskollegium hingegen waren viele schlicht dank des Geldes ihrer Familie oder der gefälligen Unterstützung eines päpstlichen Onkels gelangt, so wie es etwa beim elenden Borgia der Fall war.

Kardinal Uberto hatte beschlossen, diese lange und beschwerliche Reise auf sich zu nehmen, um Rodrigos unverschämtem Glück ein für alle Mal ein Ende zu setzen: Die Lösung, die er della Rovere vorschlagen wollte, war die endgültige.

Seine Männer hielten die Pferde an. Kardinal Uberto beugte sich aus der Kutsche, um den Grund zu erfahren.

»Eminenz, wir sind in Sichtweite von Carpentras.«

»Gut, dann beschleunigt das Tempo. Ich will vor Einbruch der Dunkelheit da sein.«

Nach einem unruhigen Schlaf öffnete Kardinal Lorenzo die Augen. Er war nun schon einen Monat lang auf Reisen. Er war die Halbinsel hinaufgeritten, um einige seiner Besitztümer aufzusuchen, und nun hatte er genug vom Reiten und von unbequemen Betten. Er hatte mit den beiden anderen betagten Kardinälen abgesprochen, unterschiedliche Wege zu nehmen, damit nicht der Verdacht aufkommen konnte, es gebe einen Zusammenhang zwischen ihren jeweiligen Ortswechseln.

Er schlug das Laken zur Seite und gähnte.

Das rote Gewand hatte er in Rom gelassen. Er musste keine Messen oder Amtshandlungen abhalten, und es ging ihn auch niemand um Gefälligkeiten an. Er reiste inkognito wie ein Händler in Begleitung seiner Gehilfen.

Er fühlte sich frei, und das machte ihn glücklich.

Die geistliche Laufbahn hatte er auf Betreiben seiner Familie eingeschlagen. Anfangs tat er sich schwer. Er hasste das Lernen und vor allem das Beten, doch dann hatte er erkannt, dass er auch im Priestergewand all seinen Gelüsten und Leidenschaften nachgehen konnte.

Er ließ sich gern verwöhnen und liebte ausgiebige Massagen, die oft in lasziven Spielen endeten, denen er sich mit Genuss hingab. Auch an diesem Morgen befahl er seinen drei Pagen, ihn sorgfältig herzurichten, ihm die weichen kastanienbraunen Haare zu kämmen und seinen schlanken Körper mit duftenden Ölen einzureiben.

Er lächelte einem Diener mit sinnlichen Lippen zu und nahm sich vor, sich für seine zuvorkommende Behandlung erkenntlich zu zeigen.

Auch Andrea Gianani würde er ein kostbares Geschenk

machen. Ihm gefiel dieser junge, widerspenstige Adelige, der sich ihm nicht fügen wollte.

»In welchem Land befinden wir uns?«, fragte er einen der Pagen.

»Wir sind in der Nähe von Marseille, Eminenz.«

»Diesem Wirtshaus nach ist dies ein Land von Ochsentreibern! Ich kann es kaum erwarten, in Carpentras anzukommen, also geht und macht die Pferde fertig. In einer Stunde will ich aufbrechen.«

Kardinal Lorenzo fühlte sich großartig; die Massage und das Bad hatten ihn in beste Stimmung versetzt, und das Abenteuer reizte ihn.

Er war noch nie in Frankeich gewesen, doch er hatte begeisterte Berichte gehört. Seine Erwartungen wurden allerdings durch die Tatsache gedämpft, dass er Karl VIII. kennengelernt hatte, als dieser auf der Reise durch Italien war. Er war ihm dafür, dass er der König eines so faszinierenden Landes war, ein wenig zu hässlich vorgekommen.

Schließlich war er Ästhet. Er empfand schon beim Anblick schöner Dinge körperliches Wohlbehagen. Oft strich er mit seinen gepflegten Händen über einen Gegenstand seiner Bewunderung, wie um die innewohnende Anmut in sich aufzunehmen. Er liebte die Kunst und umgab sich mit Malern und Bildhauern; er machte sie auch anderen Kardinälen abspenstig, indem er üppigen Verdienst versprach.

Von Schönheit umgeben zu sein war für ihn eine Lebensnotwendigkeit – denn er selbst gefiel sich nicht.

Bei seinen fünfunddreißig Jahren war seine Haut noch fest, der Körper geschmeidig, und seine schlanken Beine erlaubten ihm einen eleganten Gang. Doch seine Stirn war zu hoch, die Augen standen zu eng beieinander, und die Zähne waren nicht so gerade, wie er das gern gehabt hätte.

Seine Gedanken wanderten zu einem wahrhaft schönen Mann, so schön wie er bisher noch keinen gesehen hatte: tiefschwarze Augen, ein üppiger und verheißungsvoller Mund mit einem strahlenden Lächeln, breite Schultern, muskulöse Oberschenkel …

Lorenzos Atem ging keuchend, und sein Blick wurde gierig. Er hätte alles dafür getan, um Juan zu bekommen – und wenn er nur einmal seine Lippen berühren dürfte …

Er sah auf eindrucksvolle Art dem jungen Andrea Gianani ähnlich, doch niemand würde je der perfekten Schönheit des Spaniers nahekommen.

Das Gesicht des Kardinals verhärtete sich. Ihn nicht haben zu können war eine Qual, und er hasste es zu leiden.

Er erhob sich, um zu sehen, ob seine Männer so weit waren. Er kam niemals zu spät zu einer Verabredung.

Kardinal Gherardo Ravelli

Die Stunden vergingen, aber der Schlaf wollte nicht kommen.

Kardinal Gherardo Ravelli legte das Gebetbuch auf den Nachttisch.

Über eine Stunde hatte er Psalmen rezitiert und Gleichnisse interpretiert. Nicht genug, dachte er, doch er musste sich ausruhen, sonst hätte er am nächsten Tag nicht genügend Kraft, aufs Pferd zu steigen.

Er schloss die schweren Lider.

Das Ziel seiner Reise war richtig und von wesentlicher Bedeutung für das Wohl der Kirche, doch er fragte sich, ob es richtig gewesen war, sich mit den anderen beiden Purpurträgern zu verbünden.

Er war einer der wenigen, die durch echte Berufung und mit dem lebhaften Wunsch ins Kardinalskollegium gekommen waren, zur Erneuerung der kirchlichen Sitten beizutragen.

Er war sechsundfünfzig Jahre alt, und sein Körper machte einen robusten Eindruck, trotz der beiden Schlaganfälle, die ihn an den Rand des Todes gebracht hatten. Nur mit Mühe hatte er sich davon erholt, doch die rechte Körperhälfte war leicht gelähmt geblieben. Nun hinkte er, und seine Schrift war unsicher. Um Gott zu danken, dass er ihn seinen Auftrag fortsetzen ließ, hatte er sich eisernes Fasten auferlegt. Er wollte dem Himmel und sich selbst beweisen, dass er seine größte Schwäche zu beherrschen wusste: die Völlerei.

Der Anblick eines gedeckten Tisches bereitete ihm eine fast kindliche Freude; er wusste die feinsten Geschmacksnoten zu unterscheiden und zu würdigen, und sein Magen konnte eine erstaunliche Menge an Nahrung aufnehmen. Wie konnte er dem milden Aroma roter Weine, der anregenden Lebhaftigkeit weißer Weine und dem schaumig herben Aroma des Bieres widerstehen?

Doch er konnte sich auch wochenlang in ein Kloster einschließen, nur von Wasser und Brot leben und sich von Gebeten und gelehrter Konversation mit den Mönchen nähren.

Er glaubte fest an Gott, und dem beklagenswerten Drama der Korruption und des Sittenverfalls beizuwohnen, welches das Papsttum derzeit darbot, war für ihn ein Quell steten Kummers.

Für Jesus Christus war kein Platz mehr in der Hauptstadt einer Welt, die von Dirnen und Päderasten beherrscht wurde.

Er, der als Sohn eines italienischen Vaters und einer deutschen Mutter im deutschen Land geboren worden war, fühlte sich als Deutscher. In der kalten Stadt, in der er aufgewachsen war, hatte er die strengen Sitten dieses Landes zu schätzen gelernt, wo die Geistlichen weder Unmoral noch Geldsucht duldeten.

Gherardo seufzte.

Er hatte seine Stimme dem gegenwärtigen Papst gegeben, in der Meinung, dass Rodrigo sich ändern würde, wenn er erst einmal gewählt wäre. Stattdessen hatte der Spanier vor, die Kirche zu seinem eigenen Reich zu machen, nicht zu dem Gottes.

Sein guter Freund Johann Burckard von Straßburg, einer der Zeremonienmeister des Papstes, schüttete ihm oft sein Herz aus und erzählte, wie der Borgia ungeachtet der Tatsache, dass er geschworen hatte, der Kirche treu ergeben zu sein, seine eigenen Regeln aufstellte.

Was galt dem Teufel schon ein Schwur?

Je mehr er darüber nachdachte, desto mehr war er sich sicher, dass es richtig gewesen war, sich auf den Weg zu machen, um della Rovere hinzuzuziehen. Giuliano war anders als Borgia, auch wenn man seine Moral gleichfalls in Zweifel ziehen konnte. Andererseits beging der Großteil der Geistlichen die Sünde der Unzucht. Doch nicht alle stellten ihre Begierden so rückhaltlos zur Schau wie Rodrigo! Was den Glauben und die Hingabe an die Heilige Mutter Kirche betraf, lagen Welten zwischen della Rovere und Borgia.

Auch die Moral der anderen beiden Kardinäle, mit denen er sich verbündet hatte, erstaunte ihn. Uberto war geizig, verbittert vor Hass auf die gesamte Menschheit, und Lorenzo war eher Hedonist als Geistlicher.

An dieser Stelle hielt Ravelli in seinen Gedanken inne. Die Aufgabe zu richten kam allein Gott zu.

Er musste sich darauf beschränken, seinem Gewissen zu

folgen, das lautstark von ihm forderte, Borgias gotteslästerlichem Betragen nicht durch Schweigen zuzustimmen.

Der Tag brach schon fast an. Der Kardinal bekreuzigte sich und erhob sich dann. Er wollte der heiligen Messe beiwohnen, ehe er seine Reise fortsetzte.

Carpentras
15. April 1497

Obwohl es inzwischen Frühling geworden war, wehte ein scharfer Wind vom nahen Berg Ventoux und drang in die Räume des bischöflichen Palastes.

In der Bibliothek, die als privates Arbeitszimmer diente, war der Kamin ausgegangen, und die Kälte war fast noch größer als im Freien.

Giuliano della Rovere saß am Schreibtisch und bot den Besuchern die Stühle vor ihm an.

»Ich bitte Euch, Signori, nehmt Platz. Ich hoffe, die Zimmer, die ich Euch zugedacht habe, sind zu Eurer Zufriedenheit. Ich weiß, dass die Reise, die Ihr unternommen habt, anstrengend war. Ich habe sie selbst schon oft gemacht.«

Er sah, dass Kardinal Calvi den Mantel eng um sich schlang und sich mit verdrießlicher Miene umsah.

»Es ist sehr kalt heute, man sollte besser heizen.«

Er läutete und befahl dem herbeigeeilten Diener, das Feuer im Kamin anzumachen.

»Ich danke Euch, dass Ihr einzeln angereist und ohne Gefolge gekommen seid, so wie ich Euch geraten habe. So wird niemand Verdacht schöpfen.«

»Wir könnten ja bloß gekommen sein, um Euch einen

Besuch abzustatten. Ihr seid Rom lange schon fern geblieben«, sagte Uberto Roncaglini spöttisch.

»Genau den Eindruck wollen wir erwecken, doch Ihr seid nicht nur deshalb hier, oder?«

»Kommen wir gleich zur Sache«, ergriff Lorenzo samt einer graziösen Handbewegung das Wort. »Wir sind ja aus einem bestimmten Grund hier.«

Della Rovere wartete, bis die Diener die Bibliothek verlassen hatten, und sah seine Besucher unterdessen durchdringend an.

»Sagt mir zunächst einmal, wie die Dinge in Rom stehen. Ich weiß, dass die Zeiten schwierig sind, und ich freue mich, mich mit Euch auszutauschen, da ich Euch als unermüdliche Verteidiger unseres Glaubens schätze. Ist es nicht so, Gherardo?«

»Die Kirchen werden verschönert und restauriert, aber Rom leidet, und im Herzen … im Herzen ist es verrottet!«, antwortete Ravelli. »Zu viel Korruption, zu viele Schandtaten!«

Della Rovere erhob sich.

»Nichts Neues also. Aber nochmals, ich denke, Euer Besuch dient noch einem anderen Zweck als dem einstimmigen Klagegesang.«

Uberto ließ sich mit spröder und misstönender Stimme hören: »Wir wollen Rodrigo Borgia beseitigen. Einem wie ihm, der die Kirche wie erobertes Gebiet für seine Bastarde benutzt, muss man einen harten Schlag versetzen. Um das zu erreichen, sind wir bereit, Euch zu unterstützen, da Ihr der geeignetste Kandidat seid, seine Stelle einzunehmen.«

»Ich danke Euch für das Vertrauen, aber wie gedenkt Ihr, ihn zu … beseitigen?«

Lorenzo ließ den Mantel von den Schultern gleiten und schlug die Beine übereinander.

»Ihr könnt innerhalb des Kardinalskollegiums auf zahlreiche Stimmen zählen, und die Unterstützung der Franzosen, der Ihr Euch erfreut, könnte uns nützlich sein.«

»Ich erinnere Euch daran, dass der König von Frankreich und sein Heer bereits versucht haben, Borgia aus Rom zu vertreiben, aber wie Ihr seht, ist er immer noch da.«

»Es war ein Fehler, ihn damals nicht abzusetzen!«, dröhnte Roncaglini. »Nun wissen wir, dass man Rodrigo mit Diplomatie nicht beikommen kann.«

»Und was jetzt? Ich nehme an, Ihr habt Euch darüber bereits unterhalten.«

»Ja, vage«, ergriff Lorenzo wieder das Wort und suchte mit seinem Blick Rückhalt bei den anderen.

»Rodrigo Borgia ist eine Geißel der Kirche, man muss ihn töten«, sagte Uberto ohne jede Gefühlsregung.

Gherardo Ravelli bekreuzigte sich, und mit zum Himmel erhobenem Blick sagte er: »Ein unsinniger und sündiger Vorschlag! Denkt an Eure Seele und …«

»Hebt Euch Eure Predigten für Eure Schäfchen auf«, unterbrach ihn Uberto eisig. »Wenn ich einen Beichtvater brauche, lasse ich es Euch wissen.«

Beschwichtigend hob Giuliano della Rovere die Arme, um die Gemüter zu beruhigen.

»Eminenzen, ich bitte Euch! Kardinal Uberto, Ihr nehmt kein Blatt vor den Mund!«

»Wozu auch? Borgia tut es auch nicht.«

»Uberto hat recht«, bestätigte Lorenzo. »Worte sind bei Rodrigo vergebens.«

Della Rovere hob überrascht die Augenbrauen. »Daher schlagt auch Ihr vor, ihn zu beseitigen?«

»Nein, das wäre zu riskant. Außerdem hat der Papst eine härtere und längere Strafe verdient … Wenn man bedenkt, dass er mit der Kirche umgeht, als sei sie sein Erbbesitz, schlage ich vor, seine Söhne zu eliminieren. Wenn wir die treffen, die ihm am Herzen liegen, werden wir ihn vernichten.«

Della Rovere versuchte, sich nichts anmerken zu lassen. Er war erschüttert von diesen Vorschlägen, aber er wollte der Sache auf den Grund gehen.

»Und mit welchem seiner Söhne wollt Ihr anfangen – dem Kardinal von Valenza?«

»Cesare ist aus demselben faulen Holz wie sein Vater, aber er ist zu schlau und immer auf der Hut. Er ist ein schwieriges Ziel. Der andere hingegen, Juan di Gandia, scheint mir angreifbarer, ungeschützter.«

Lorenzo schloss die Augen.

Vor sich sah er das gefährlich schöne Gesicht von Juan, der seine blendend weißen Zähne zeigte und ihm vor aller Augen ins Gesicht lachte: »Verzieh dich, du Widerling. Wie kannst du es wagen, mich anzufassen. Ich werde dich und Gesindel deinesgleichen hängen lassen.«

»Hört Ihr mir zu?«

Lorenzo zuckte zusammen, als er Ubertos Stimme hörte.

»Ich bin anderer Meinung. Ich würde das Übel direkt bei der Wurzel packen, aber wenn ich Eurer Überlegung folgen sollte, dann gäbe es für mich keinen Zweifel. Es ist besser, Cesare zu töten. Er ist verschlagener und daher gefährlicher.«

»Von mir aus können wir auch beide umbringen, aber Gandia muss sterben«, bekräftigte Lorenzo.

Roncaglini sprang entsetzt auf.

»Ihr habt Euch in blutdürstige Bestien verwandelt! Für Euch hat das heilige Evangelium keine Bedeutung mehr. Habt Ihr vergessen, dass wir Hirten im Namen Christi sind? Der Zorn des Herrn wird über Euch kommen, und seine Rache wird furchtbar sein!«

Mit seinem ausgestreckten Zeigefinger sah er aus wie ein biblischer Prophet.

Della Rovere sprach in besänftigendem Tonfall: »Gherardo, ich bitte Euch, wir reden doch nur darüber!«

»Spart Euch die lächerlichen Prophezeiungen und versucht, vorausschauend zu denken!«, herrschte ihn Uberto an. »Begreift Ihr denn nicht? Wenn della Rovere gewählt wird, wird die Kirche wieder ihrer Vergangenheit würdig sein. Wollt Ihr sie vom Satan befreien oder nicht?«

»Natürlich will ich das, aber ohne Blutvergießen. Dieser Papst ist der Ruin der Christenheit, und ich bin bereit, meinen Teil beizutragen, aber ich kann keinen Mord planen. Ich bin ein Mann Gottes!«

»Dann lasst uns hören, was Ihr vorzuschlagen habt.«

»Ich schlage ein Schisma vor. Ein weiterer Papst, ein neuer Amtssitz und Regeln, wie sie früher galten. Also eine Rückkehr zur Kirche der Kirchenväter.«

Della Rovere seufzte ungeduldig. Kardinal Gherardo war von entwaffnender Naivität, und er hatte sich schon gewundert, dass er dieser Gruppe von Verschwörern angehören würde.

»Für solch ein Vorhaben hättet Ihr zu Savonarola nach Florenz gehen sollen«, erwiderte Uberto trocken.

Kardinal della Rovere wandte sich erneut an Ravelli.

»Meint Ihr, es ist umsetzbar, was Ihr vorschlagt?«

Gherardo senkte errötend den Kopf.

»Glaubt Ihr, Rodrigo hat Angst vor Euch?«, fragte ihn Uberto und verzog abschätzig den Mund. »Die hatte er nicht einmal vor dem König von Frankreich, als der versuchte, ihn abzusetzen! Er zieht einen Kardinal nach dem anderen aus dem Hut, alle aus seiner Verwandtschaft. Und so verfügt er schon über eine große Mehrheit im Kardinalskollegium, dem einzig anerkannten in der katholischen Welt. Möge Gott ihn verfluchen.«

»Ja, Gott verfluche die Spanier!«, pflichtete ihm Lorenzo Calvi ungehalten bei. »Vulgäres Volk, ohne Klasse oder Kultur. Sie schreien herum wie Fischverkäufer und stellen ihren Reichtum ordinär zur Schau wie eine Straßendirne. Von wegen Diener ihrer Kirche!«

Gherardo sah ihn vorwurfsvoll an.

»Ihr solltet Euch lieber um ihre Korruptheit und Gewalttätigkeit kümmern, ihren Mangel an Glauben, statt um ihre auffällige Kleidung!«

»Hört auf, Euch mit Eurer moralischen und religiösen Integrität zu brüsten!«, warf Uberto ein. »Wir wissen alle, dass Ihr bei anderer Gelegenheit weniger fromme Bedenken hattet. Als es darum ging, diese Frauen damals auf den Scheiterhaufen zu bringen, hattet Ihr weniger Skrupel!«

Gherardo suchte japsend nach einer Antwort. Hilfe suchend sah er della Rovere an und sagte schließlich mit zitternder Stimme: »Das waren Hexen, ihnen wurde ordnungsgemäß der Prozess gemacht. Das war kein Mord, das war ein Akt der Säuberung.«

»Ihr habt Euch also nicht gefragt, ob es richtig war, sich an die Stelle Gottes zu setzen!«

»Das waren keine Menschen. Es waren dämonische Kreaturen, gotteslästerliche Ketzerinnen!«

Auf Lorenzos Gesicht erschien ein Grinsen. »Und ist Borgia vielleicht nicht der Satan? Warum macht Ihr solch ein Gewese um eine – wie nanntet Ihr es doch gleich – einen Akt der Säuberung?«

»Wenn wir ihn für einen Häretiker halten, müssen wir ihm erst den Prozess machen.«

»Ihr wisst nicht, was Ihr da sagt.«

»Ich glaube, dass der Teufel mitten unter uns ist, und zwar jetzt. Lasst uns gemeinsam beten, um ihn aus unserem Geist zu verbannen.«

Gherardo schloss die Augen und begann ein Gebet zu murmeln.

Uberto rief missmutig aus: »Hört mit dem Blödsinn auf! Wir müssen uns mit einem echten Problem befassen!«

Stille trat ein.

Vehement hatten die drei Kardinäle ihr giftiges Gedankengut verbreitet. Giuliano della Rovere war beunruhigt. Er musste nachdenken.

»Signori, ich bitte Euch«, meldete er sich entschlossen zu Wort. »Es ist gut, dass jeder seine Gedanken äußert, doch sollte es immer respektvoll geschehen. Im Augenblick ist es mir nicht möglich zu entscheiden, was die richtige Entscheidung ist. Wir werden uns zurückziehen, um uns auszuruhen und nachzudenken. Nach dem Essen können wir unsere Unterhaltung fortsetzen. Möge Gott uns mit seinem Rat zur Seite stehen.«

Kardinal Roncaglini nutzte die Zeit, die der Gastgeber ihnen gegeben hatte, um seine Gedanken zu sortieren, ohne sie jedoch völlig zu verwerfen. Er legte keinen Wert auf sein Äußeres. Seine schlichte, strenge Kleidung wählte er nachlässig aus, und dass sie abgetragen war, war ihm egal.

Auch für das heutige Abendessen, das bestimmt üppig und voller Finessen sein würde, hielt er es nicht für nötig, sich umzuziehen oder auch nur seine wenigen, wirren weißen Haare zu ordnen. Draußen dämmerte es, und hinter den dicken Fensterscheiben konnte man nur den Garten im Innenhof des Palastes sehen.

Selbst wenn man den Ausblick auf ein wundervolles Panorama gehabt hätte, hätte sich der Kardinal nichts daraus gemacht. Der Prior seiner Abtei hatte so oft versucht, ihm das unglaubliche Schauspiel des Sonnenuntergangs über den umliegenden Hügeln näherzubringen, doch Uberto hatte darauf lediglich mit einem lapidaren »schön« reagiert.

Die Zahlen des Klosters zu kontrollieren erregte ihn weit mehr. Der Gedanke, dass seine Pfarrei eines Tages Cesare zugewiesen würde, macht ihn rasend vor Wut. Dieser junge Angeber war unerträglich, doch der Hass, den Uberto für ihn empfand, war nichts im Vergleich zu dem, den er dessen Vater entgegenbrachte.

Er musste della Rovere überreden, Rodrigo Borgia zu beseitigen. Wäre der Spanier erst aus dem Weg geräumt, würde dank ihm und der anderen beiden Prälaten Kardinal Giuliano Papst werden. Mit solch einer Dankesschuld als Unterpfand hätte er für seine Zukunft nichts zu befürchten, dachte Uberto bei sich. Man musste ihn eben nur dafür gewinnen und die Bedenken dieses religiösen Eiferers Gherardo zerstreuen.

Kardinal Lorenzo ließ seinen Lieblingspagen rufen.

»Ich habe wenig Zeit. Ich muss mich entspannen und meine Nerven beruhigen.«

Während die geschickten Hände des jungen Mannes ihn massierten, ging Calvi noch einmal die Argumente durch, die er später anbringen wollte.

In der vorangegangenen Unterredung hatte er die Vorzüge seines Vorschlags nicht darlegen wollen. Es war gut, dass della Rovere sich erst einmal ein Gesamtbild davon machte, wie sie drei dachten. Er wusste jedoch genau, mit welchen Worten er ihn überzeugen könnte.

Gherardo Ravelli ging in seinem Zimmer unruhig auf und ab, unschlüssig, ob er seine Männer rufen und sofort abreisen oder ob er bleiben und versuchen sollte, die anderen von ihrem verbrecherischen Vorhaben abzubringen.

Die Zweifel, die ihn während der Reise gequält hatten, waren zu Gewissheiten geworden: Die beiden anderen Kardinäle waren so ruchlos und machtverliebt, dass sie bereit waren, zu Mördern zu werden.

Er war der Einzige, der noch den wahren Glauben verteidigte. Ihre schändlichen Unterstellungen hatten ihn zutiefst getroffen. Die Beweise gegen die Hexen, die er verurteilt hatte, waren unwiderlegbar gewesen, und er hatte äußerste Gerechtigkeit walten lassen. Das absolute Schweigen seines unbeugsamen Gewissens war der Beleg dafür.

Einen Papst umbringen! Er mochte ein Simonist und sittlich verkommen sein, doch Rodrigo Borgia war vom heiligen Kardinalskollegium gewählt worden. Ihn zu töten war undenkbar.

Den Sohn des Papstes hingegen?

Ein Pontifex sollte gar keine Kinder haben – warum waren die Hirten Christi nur so anfällig und verführbar?

Er wusste, warum Lorenzo den Tod von Juan Borgia wollte. Sein Freund Burckard hatte ihm im Geheimen erzählt, dass der Kardinal in ihn verliebt war. Er folgte ihm überall hin und überschüttete ihn mit Geschenken. Obwohl der Spanier den Grund für diese Aufmerksamkeiten kannte, hat er sie völlig ungeniert entgegengenommen. Dann kam es zu einem sehr peinlichen Zwischenfall. Eines Abends strich Kardinal Lorenzo im Haus eines römischen Adligen mit seiner feinen Hand über Juans Schenkel und ließ sie einen Augenblick länger als zulässig dort liegen.

Enthemmt von zu viel Wein oder vielleicht in einem seiner

gefürchteten Anfälle von Jähzorn hatte er den Kardinal vor allen anderen beschimpft und ihn wegen seiner weibischen Art lächerlich gemacht, Lorenzos Gefühle verhöhnt und eine tiefe Abscheu vor Leuten wie ihm bekundet. Am Tag darauf hatten seine Wachen die Eskorte des Kardinals angegriffen; einige Männer waren blutig geschlagen, entblößt und auf obszöne Weise mit Exkrementen besudelt worden.

Gherardo verurteilte Homosexualität. Zwar war es ein leider unausrottbares und allgegenwärtiges Übel in der Kirche, doch hielt er es für unangebracht, Kardinal Lorenzos persönlichen Racheakt zu unterstützen. Jetzt abzureisen wäre wiederum feige. Er musste bleiben.

Um seine Kirche zu reformieren, müsste er sich mit Männern von anderem moralischen Format verbünden. Den Italienern durfte man nicht trauen!

»Ausgezeichnetes Essen, Eminenz!«

Lorenzo lehnte sich hochzufrieden zurück, die anderen beiden stimmten wortlos zu.

Uberto hatte wenig gegessen und das ohne großes Interesse. Gherardo hingegen hatte von allen Köstlichkeiten probiert, wenn auch nicht in dem Umfang, wie er es unter anderen Umständen getan hätte. Die Gedanken, die ihn quälten, hatten ihn daran gehindert, diese weltlichen Sinnesfreuden voll und ganz zu genießen; er würde sie anschließend ohnehin bereuen und sich dafür bestrafen.

»Danke, Signori«, sagte della Rovere und verzog den Mund zu einem Lächeln. »Doch der Abend ist noch nicht vorüber. Wir wollen unsere Unterhaltung fortsetzen.«

Er erhob sich und ging voraus in den Salon. Die drei Kardinäle nahmen Platz und sahen sich voller Bewunderung um.

An den Wänden hingen zahlreiche Jagdtrophäen, die an

die Unternehmungen des Kardinals erinnerten. Orientalische Teppiche bedeckten einen Großteil des Bodens, das spärliche Mobiliar war erlesen.

»Wie Ihr bemerkt habt«, begann della Rovere, »habe ich Euch heute lieber erst einmal zugehört, und ich gestehe, dass mich einige Eurer Vorschläge irritiert haben.«

»Es wurden schwerwiegende Dinge gesagt, die unseren Glauben beleidigt haben«, unterbrach ihn Gherardo.

»Gerade Euer Vorschlag, mein lieber Gherardo, hat mir besonders Grund zum Nachdenken gegeben. Ein neues Schisma wäre purer Wahnsinn. Teilung bedeutet Untergang, mein Freund. Seid Euch der gefährlichen Einflüsse bestimmter Prediger bewusst, die sich bereits im Bereich der Häresie bewegen. Das Problem besteht nicht in der Einheit der Kirche, sondern in bestimmten Personen, die nur ihre eigenen Interessen verfolgen.«

»Also befürwortet auch Ihr die Beseitigung des Papstes?«, fragte Gherardo betroffen.

»Ich habe meine Meinung noch nicht geäußert.«

Uberto sah Ravelli grimmig an.

»Es hat Euch niemand gezwungen, sich uns anzuschließen.«

»Wir können uns nicht an Gottes Stelle setzen, versteht Ihr das nicht?«, beharrte Kardinal Gherardo.

»Doch wir können auch nicht zulassen, dass dies ein anderer tut«, schaltete della Rovere sich ein.

»Beruhigt Euch, auch mir gefällt der Gedanke nicht, den Papst zu ermorden. Es ist ein Wagnis, das zu unserem Nachteil sein könnte. Ein gewaltsamer und vorzeitiger Tod könnte aus ihm einen Märtyrer machen, und Letzteres hat er nicht verdient. Nein, meine Herren, ich kann dem nicht zustimmen.«

»Gott sei Dank, wenigstens Ihr habt den Verstand nicht verloren«, rief Gherardo erleichtert aus.

»Und mein Vorschlag?«, fragte Calvi im Aufstehen.

Della Rovere antwortete nicht.

»Juan Borgia ist weder Papst noch fromm«, fuhr Lorenzo fort und bewegte sich anmutig durch den Raum. »Wenn wir ihn leben lassen würden, würde er sich nach und nach allen Landbesitz der Kirche aneignen. Sein Tod hingegen wäre ein vernichtender Schlag für seinen Vater. Rodrigo selbst zu beseitigen hieße ihn der Mühsal der Welt zu entreißen, doch seinen Lieblingssohn zu töten würde bedeuten, ihn vorzeitig in die Hölle zu schicken. Und ist es nicht das, was wir alle wollen?«

»Genug!«, schrie Gherardo. »Ihr wollt seinen Tod aus ganz anderen Gründen!«

Diese Worte waren ihm herausgerutscht, und er bereute sie sofort.

Lorenzo blieb vor Gherardo stehen, der verlegen auf den Boden sah.

»Erzählt mir von diesen Gründen! Oder würde Euer heiliger Mund dadurch beschmutzt? Ihr spielt auf die Gefühle an, die ich für Juan Borgia hatte, und auf die Tatsache, dass er dies falsch verstanden und mich gedemütigt hat?«

Die Kardinäle nahmen diese Enthüllung schweigend zur Kenntnis.

»Vor einem katastrophalen Absturz hat mich bewahrt, dass ich die Zeichen Satans an ihm erkannt habe. Er ist der Grund für den Untergang der Kirche Roms, und deshalb muss er beseitigt werden!«

Lorenzo trat ans Fenster, wo er einige Augenblicke in Gedanken versunken stehen blieb.

Della Rovere brach das Schweigen. »Ich will nicht weiter in persönliche Belange vordringen, doch ich wiederhole: Dem Mord an einem Pontifex werde ich niemals zustimmen.

Was alles andere betrifft, so habe ich nichts gehört, so weiß ich nichts und so werde ich auch nichts sagen.«

»Wie Pilatus also.« Ubertos Augen waren zu messerscharfen Schlitzen verengt. »Unsere Reise war also vergebens. Ich dachte, Ihr wäret wagemutiger.«

Della Rovere warf ihm einen eisigen Blick zu.

»Niemand hat um Eure Meinung zu meiner Person gebeten, und Mut zeigt sich nicht in Taten wie diesen.«

Gherardo jubelte innerlich. Die Unterredung würde ergebnislos enden.

»Unser Handeln sollte nicht von Hass oder Neid bestimmt werden«, sagte er, jedes einzelne Wort betonend, »sondern von gesundem Menschenverstand und dem Glauben an Gott. Überdenkt meinen Vorschlag. In meinem Land gibt es zahlreiche Männer, die nur auf ein Zeichen warten. Seht doch – es ist ein Prozess der Erneuerung der christlichen Werte im Gange.«

»Hört auf damit, Gherardo!«, knurrte Uberto. »Seiner Eminenz steht es frei, darüber zu denken, wie er es für richtig hält, und offenkundig hat er es nicht eilig, Papst zu werden. Er braucht weder uns noch unsere Stimme!« Dann, an della Rovere gewandt, fuhr er in sarkastischem Ton fort: »Ihr wisst bestimmt, dass Rodrigo das Leben in Eurer Burg in Ostia genießt.«

»Keine Sorge, ich bin bestens informiert.«

»Euer Groll muss von daher tief sitzen, anders ist es nicht zu erklären, dass Ihr seine großzügigen Angebote, sich zu verbünden, immer mit Verachtung abgelehnt habt.«

»Wollt Ihr damit sagen, hätte er Euch diese Angebote gemacht, wäret Ihr nicht hier?«

Uberto kniff verärgert die Lippen zusammen, denn della Rovere hatte den Nagel auf den Kopf getroffen. Schließlich sagte er: »Jeder Mann hat seinen Preis, und Eurer muss sehr hoch sein. Als guter Ligurier gebt Ihr ungern Geld aus, wenn Ihr ohne eigene Anstrengung von den Früchten der Arbeit anderer profitieren könnt!«

Della Rovere musste sich sehr beherrschen, um Uberto nicht hinauszuwerfen. Er nahm all seinen guten Willen zusammen und bemühte sich, die Kardinäle in gemessenem Ton zu verabschieden.

»Signori, die Tatsache, dass Ihr es als notwendig erachtet habt, Euch mit mir zu treffen, bedeutet, dass keiner von seinem eigenen Vorschlag völlig überzeugt ist. Wenn wir von den bisherigen Ereignissen ausgehen, sage ich den Sturz Borgias und den Untergang seiner Gefolgsleute voraus, aber vielleicht ist die Zeit dafür noch nicht reif. In mir werdet Ihr immer einen aufgeschlossenen Zuhörer haben. Wenn Ihr jetzt erlaubt …«

Mit einer Handbewegung forderte er sie auf, den Salon zu verlassen.

Lorenzo federte mit seinem geschmeidigen Gang als Erster davon. Ihm folgte Uberto, der nur knapp mit dem Kopf nickte, während Gherardo mit gerötetem Gesicht della Roveres kalte Hand ergriff, der seine fest in beide Hände nahm.

Wieder allein versuchte della Rovere, seine Gedanken zu ordnen. Im Verlauf der langen Diskussion war er ein paarmal versucht gewesen, dem Tötungsvorhaben zuzustimmen.

Ein Leben ohne Rodrigo Borgia hätte nicht nur für ihn, sondern auch für den Katholizismus zahlreiche Vorteile. Mochte Rovere auch die Schwächen der katholischen Kirche erkennen, so musste er doch gestehen, dass seine Liebe durchaus auch der Kirche galt und er den aufrichtigen Wunsch hatte, sie stark zu machen und von fremden Begehrlichkeiten fernzuhalten.

Er war sich sicher, über die notwendigen Fähigkeiten zu verfügen, um Papst zu werden. Er konnte sich jedoch nicht in den feindseligen Chor dieser drei Persönlichkeiten einreihen, die, so unterschiedlich sie auch sein mochten, sich in der eingeschränkten Zielsetzung doch dermaßen einig waren! Er hatte versprochen, sie anzuhören, und das hatte er getan, aber sich in tollkühne Unternehmungen mit unsicherem Ausgang hineinziehen zu lassen, war noch etwas ganz anderes. Lediglich Lorenzo Calvis Idee war nicht ganz so abwegig ... Sie zeugte von psychologischem Scharfsinn, der nicht zu unterschätzen war.

Er begab sich zu Bett, einer einfachen Pritsche. Er hatte diesen strengen Klosterbrauch nicht aufgegeben. Von Müdigkeit überwältigt glitt er schnell in einen traumlosen Schlaf.

Rom
7. Juni 1497

Majestätisch hielt Alexander VI. Einzug ins Konsistorium.

Im überfüllten Saal verstummte das Stimmengewirr, und die Kardinäle nahmen ihre Plätze wieder ein. Rodrigo blickte voll Wohlgefallen auf die Flut roter Roben vor sich.

Das Konsistorium, die Kardinalsvollversammlung, begann. Nachdem die feierlichen Floskeln gesprochen und einige Fragen von geringerer Bedeutung geklärt worden waren, erläuterte der Papst den Grund, aus dem er die Versammlung der Purpurträger einberufen hatte.

»Werte Brüder, wir haben die Absicht, die Stadt Benevento zum Herzogtum zu erheben, und es ist unser Wunsch, dafür Euer Einverständnis zu erhalten.«

Viele verstohlene Blicke wurden im Saal ausgetauscht, doch kein Laut war zu hören.

Rodrigo Borgia ließ seinen Blick über die verblüfften und stummen Gesichter der Kardinäle schweifen, dann fuhr er fort.

»Eure Zustimmung ist mir eine außerordentlich große Freude. Nun wollen wir Euch unsere Pläne darlegen. Zum neu geschaffenen Herzogtum Benevento gehören die Städte Terracina und Pontecorvo mit ihren Grafschaften und Ländereien. Es ist ein recht großes Herrschaftsgebiet, das in zuverlässige Hände gelegt werden soll. Daher haben wir beschlossen, den Erbtitel des Herzogs von Benevento dem edlen Giovanni Borgia, Herzog von Gandia, zu verleihen.«

Bei diesen Worten erhob sich der alte Kardinal Piccolomini und richtete den mageren Zeigefinger auf den Pontifex.

»Ich erhebe Einwand gegen diese Entscheidung, Heiligkeit! Diese Ländereien gehören der Kirche, wir können sie nicht säkularisieren und vererblich machen.«

Einige Augenblicke lang sah Rodrigo Borgia diesen wagemutigen Mann verblüfft an. Als er wieder zu seiner üblichen Gelassenheit zurückgefunden hatte, erforschte er die Blicke der übrigen Anwesenden.

Niemand wagte es, sich zu Wort zu melden.

Kardinal Gherardo Ravelli jedoch beschloss, Piccolomini beizupflichten. Als er gerade aufstehen wollte, schloss sich die Hand von Uberto Roncaglini wie ein Schraubstock um sein Knie und hinderte ihn daran.

Gherardo wandte sich Uberto zu, der jedoch starrte ausdruckslos geradeaus, und so verbannte Gherardo seinen Wunsch nach Rebellion seufzend in die Tiefen seiner Seele.

Während Piccolomini die anderen Kardinäle mit Nachdruck aufforderte zu widersprechen, trat der spanische Botschafter vor, fiel vor dem Papst auf die Knie und sagte: »Heiliger Vater, im Namen seiner Majestät, König Ferdinando, den ich vertrete, beschwöre ich Euch, nicht die Güter der Kirche zu veräußern! Tut das nicht, Heiligkeit!«

Alexander VI. bemühte sich um Beherrschung.

»Es handelt sich ja nicht um eine Veräußerung. In der Vergangenheit wurden diese Ländereien bereits an Privatleute verkauft. Ist es da nicht auch für den König von Spanien besser, wenn sie in der Hand eines Spaniers von Rang bleiben, der große Verbundenheit zur Heiligen Mutter Kirche zeigt?«

»Ich glaube, man sollte kein schlechtes Beispiel geben, Heiligkeit.«

Das war zu viel. Rodrigo Borgia sprang von seinem Thron auf.

Seine stattliche Statur überragte den Botschafter, der noch auf Knien lag. Er schleuderte dem Repräsentanten des Königs von Spanien zwei Worte entgegen, die das Konsistorium augenblicklich beendeten.

»Steh auf!«

Das Geräusch der Schritte des Botschafters, die sich auf dem Gang entfernten, war der einzige Kommentar, der zu hören war.

Kardinal Lorenzo Calvi wartete mit Ungeduld darauf, dass der Saal sich leerte. Viele Kardinäle hatten ihn bereits verlassen, einige bestürzt, andere verwirrt, wieder andere gleichgültig oder zumindest imstande, ihre Empfindungen zu verbergen.

Ascanio Sforza rannte ihn beinahe um und lief, ohne sich zu entschuldigen, davon. Lonati folgte ihm, kreidebleich und nach ihm rufend. Endlich sah Lorenzo die beiden, auf die er wartete, herauskommen und forderte sie auf, ihm unauffällig zu folgen. Bestimmte Dinge in den Gängen des Vatikans zu besprechen kam einem Selbstmord gleich. Überall waren Ohren, die noch Geflüstertes aufschnappten, und Münder, die stets bereit waren, etwas weiterzutragen, nur um irgendeinen Vorteil daraus zu ziehen. Gherardo zog mehr als sonst das rechte Bein nach. Sein massiger Körperbau stach gegen den hageren Uberto, der neben ihm ging, ab.

»Ich wollte etwas sagen. Wieso habt Ihr mich davon abgehalten?«

»Seid nicht kindisch. Was hättet Ihr denn Geistreicheres gesagt als Piccolomini? Vergesst nicht, dass Ihr mit uns verbündet seid, nicht mit ihm. Ihr habt doch gesehen, welche Auswirkung die Worte des spanischen Botschafters hatten? Ich habe nur verhindert, dass sich die Aufmerksamkeit zu sehr auf Euch konzentrierte. Ihr solltet mir dankbar sein.«

Calvi, der hinzugekommen war, flüsterte ihnen von der Seite zu: »Schell, wir dürfen nicht zusammen gesehen werden!«

Nachdem er sich vergewissert hatte, dass sich niemand für sie interessierte, bog er rasch in einen Gang ab und betrat, gefolgt von den anderen beiden, die Sakristei.

Gherardo sah sich nervös um.

»Ist es nicht unklug, sich gerade hier zu besprechen?«

»Guter Gott, wir müssen uns ja nicht lange unterhalten!«, rief Uberto ungeduldig aus.

»Habt Ihr gesehen, wie weit sich Rodrigo vorwagt?«, sagte Kardinal Lorenzo und schwenkte seine zarten Hände durch die Luft.

»Das sind also die Ereignisse, von denen della Rovere sprach. Er hatte recht, manchmal geschehen unvorhergesehene Dinge, um der Unentschlossenheit ein Ende zu bereiten. Oder was meint Ihr?«

Gherardo bekreuzigte sich rasch.

»Er ist ein Diener Satans! Wir werden ihn nicht aufhalten können.«

»Doch, wir können schon etwas tun. Heute habt Ihr die Bestätigung dafür erhalten, dass die Liebe zu seinem Sohn ihn um den Verstand bringt. Nur wenn man ihn des Objekts seiner Verehrung beraubt, wird Borgia begreifen, dass bestimmte Regeln nicht gebrochen werden dürfen, ohne die Strafe Gottes zu riskieren.«

»Ich will mich nicht schuldig machen an einem …«

»Sprecht es nicht aus!«, unterbrach ihn Lorenzo barsch und trat dicht an ihn heran.

»Indem wir die Welt und die Kirche von einer solchen Geißel befreien, werden wir zu Werkzeugen Gottes«, fuhr er mit säuselnder Stimme fort. »Der Herr bedient sich unserer Hände, um die Sünder zu bestrafen und seine Kirche triumphieren zu lassen. Dank dieser schmerzlichen Prüfung wird der Papst aufwachen und die Täuschung überwinden, er stünde über den Menschen und Gott. Er wird zum wahren Glauben zurückfinden können!«

Gherardo sah ihn verwundert an. »Haltet Ihr das für möglich?«

»Überlegt doch mal! Einen einzigen unwürdigen Menschen beseitigen, um das gesamte Volk Christi zu retten! Wenn die Borgia unserer Religion, den moralischen Werten und uns, die wir daran glauben, den Krieg erklärt haben, müssen wir uns verteidigen. Wir werden in den Kampf ziehen gegen ihre Gewaltherrschaft und ihren Mangel an Glauben. Unsere Verteidigung ist mehr als gerechtfertigt!«

»Einen Feind im Krieg zu schlagen, ist keine Sünde«, flüsterte Gherardo.

Uberto hörte der Unterhaltung der beiden ungerührt zu.

Er lachte sich ins Fäustchen, dass der besessene Halb-Deutsche dabei war, sich von Lorenzos gewitzter römischer Eloquenz einfangen zu lassen. Er beschloss, sich einzumischen.

»Ich bin nicht so alt geworden, um mich zu einer Marionette in der Hand der Spanier degradieren zu lassen. Ich habe meine Meinung dazu, wie Borgia aufzuhalten sei, nicht geändert, aber nach allem, was heute geschehen ist, halte ich es für geboten, auch die Saat dieses Unwürdigen auszurotten.« Mit einem Blick direkt in die Augen Lorenzos schloss er: »Zum Wohl der Kirche, versteht sich!«

»Della Rovere sagen wir nichts davon?«

»Er hat uns bereits vor zwei Monaten seine Meinung mitgeteilt. Er wird uns nicht verraten, aber von einem Bündnis mit uns kann keine Rede sein. Das Entscheidende ist, dass er schweigt, und das wird er tun, verlasst Euch darauf. Jetzt ist es besser, diesen Ort zu verlassen, um keinen Verdacht zu erregen. Bis bald.«

Calvi huschte rasch durch die Tür und verschwand.

Er war sehr zufrieden mit seiner Taktik. Gherardo zu überzeugen war weniger schwierig als gedacht. Er hatte seine *ars oratoria* zum Einsatz gebracht, und der heilige Mann war überzeugt, er könne zum Paladin der Kirche werden, oder etwas schlichter: Er hatte ihm die Rechtfertigung geliefert, mit der er sein Gewissen zum Schweigen bringen konnte. Auch Uberto hatte keine Schwierigkeiten gemacht; wenn es darum ging, jemandem etwas Böses anzutun, war er immer einverstanden.

Er hatte seiner Auffassung zum Triumph verholfen. Aber tief im Innern spürte er, dass etwas noch ungelöst war.

Als er die Basilika verließ, sah er von Weitem Juan, der sich mit seiner Eskorte höchst selbstbewusst zum Vatikan begab.

Es genügte, dass dieser Borgia in seine Nähe kam, damit er von Verlangen ergriffen wurde.

Wenn Juan tot wäre, gäbe es allerdings keine Hoffnung mehr, dass er vielleicht eines Tages …

Als er ihn im Palast verschwinden sah, kam es ihm vor, als sei die Welt öde und leer.

Uberto verließ feierlichen Schrittes die Sakristei. Er hatte seine Zustimmung gewiss nicht wegen der gewieften Rhetorik von Lorenzo gegeben – so etwas konnte nur schlichte Gemüter wie Gherardo beeinflussen. Was ihn überzeugt hatte, war vielmehr die Notwendigkeit, Rodrigo zu schlagen, ehe er seine Macht festigen konnte. Ihn quälte jedoch der Gedanke, sich in einen aussichtslosen Kampf zu stürzen.

Was, wenn Gherardo vor lauter religiösen Skrupeln geredet hatte? Wenn sie entdeckt worden waren? Zu scheitern hieße alles zu verlieren, wofür er gekämpft, Schweiß vergossen, gelitten hatte. Das hieße, wieder in die Bedeutungslosigkeit zurückgestoßen zu werden, noch ehe er die Früchte all seiner Opfer und Mühen ernten konnte. Er beschloss, noch einmal gründlich darüber nachzudenken, eher er endgültig zusagte.

Gherardo begab sich auf direktem Weg in die Kirche. Ein bohrender Kopfschmerz vernebelte seine Gedanken. Er kniete vor dem Kruzifix am Altar nieder und versuchte zu beten. Vom Grunde seiner Seele schrie eine Stimme, dass Mord die schlimmste aller Sünden sei. Lorenzo glaubte, ihn eingewickelt und überzeugt zu haben, doch dem war nicht so.

Und was war von Uberto zu halten? Es war bekannt, dass er alle und jeden hasste, insbesondere diejenigen, die ihm, wie Rodrigo, Privilegien und Vermögen entzogen hatten.

Hatte er etwa bloß zwei Mörder unterstützt?

Mit Grauen stellte er sich die Rache des Papstes vor, sollten sie entdeckt werden. Er dachte daran, dass seine Glaubwürdigkeit als rechtschaffener, den Grundsätzen des Glaubens ergebener Mensch unwiederbringlich zerstört wäre. Und selbst wenn das nicht einträte, wäre da doch immer noch sein anklagendes Gewissen.

Lang und inbrünstig musste er beten. Gott würde ihm den rechten Weg weisen.

VII.
Giovanni Sforza

Rom
23. März 1497

Giovannino Sforza richtete sein schwarzsamtenes Wams.

Sorgfältig strich er die Falten der weiten Ärmel glatt, schloss die Manschetten mit zwei großen Perlen und rückte den goldenen Gürtel zurecht, der um seine Taille lag.

Er öffnete ein Schmuckkästchen, in dem einige Ketten verwahrt wurden, nahm eine goldene heraus und legte sie sich um den Hals. Sie hob sich von der dunklen Farbe des Wamses ab und verlieh dem Gesamtbild dezente Eleganz.

Während ein Page ihm den lockigen Bart mit einem Beinkamm ordnete und die blonden, bis zu den Schultern reichenden Haare kämmte, besah sich Giovanni zufrieden im Spiegel. Er war ein schöner Mann und sah jünger aus als seine dreiunddreißig Jahre. Er war von schmaler Statur, wohlproportioniert, nur die Nase in seinem länglichen Gesicht war ein wenig adlerartig – das Erbe der Sforza.

Man nannte ihn »Sforzino«, denn er war unehelich und gehörte einer Nebenlinie der Familie an. Er war seit vierzehn

Jahren Graf von Cotignola und Herr über Pesaro, er lebte in Rom in einem herrlichen Palast bei Santa Maria in Portico, direkt am Vatikan, und empfand sich keineswegs als provinziell.

Den Sforza war sehr an einer Verbindung mit den Borgia gelegen, und man hatte ihn auserkoren, Lucrezia zu ehelichen. Das war ihm anfangs als ein großes Glück erschienen. Doch seit einiger Zeit offenbarte diese Beziehung ihre unangenehmen Seiten.

Mit einer barschen Handbewegung schickte er den Pagen fort.

Seine Einkünfte reichten nicht, um mit dieser Familie mitzuhalten, so war er gezwungen, Schulden zu machen und Geld oder Schmuck zu leihen.

Auch die getriebene und ziselierte Kette, die er vor vier Jahren bei seiner Hochzeit getragen hatte, gehörte nicht ihm, sondern seinem Freund Francesco Gonzaga.

Juan hatte sie sofort erkannt; er hatte sie in die Hand genommen und gewogen, als wollte er den Wert schätzen. Dann hatte er mit einem ironischen Lächeln vor allen verkündet, wem sie gehörte.

Von diesem Augenblick an hatte Giovannino ihn gehasst.

Er erinnerte sich, wie er seine Schwester zum Altar geführt hatte; wie ein Sultan aus dem Orient war er in ein langes goldenes und reich mit Perlen besticktes Gewand gekleidet, auf der Brust blitze eine Kette mit Rubinen, und in der Mitte des kompliziert gewickelten Turbans prangte ein großer Edelstein.

Giovanni warf eine große Locke nach hinten, die ihm ins Gesicht gefallen war, und richtete den Dolch an seiner linken Seite. Dann überprüfte er die Hände – sie waren wirklich perfekt gepflegt. Kleine, zierliche Hände, eher für den

Müßiggang geschaffen als für Waffen. Er war wirklich nicht zum Soldaten berufen.

Während des letzten Krieges verlangten die Sforza von ihm Informationen über die Feldzüge der Spanier, aber die Borgia, die ihn der Spionage verdächtigten, hatten ihn abseits gehalten. Als er sich darüber beklagte, hatte Rodrigo ihm knapp geantwortet, er solle sich nicht einmischen und auf seinem Posten bleiben.

Doch sein Posten – welcher war das denn?

Seine Stellung im Vatikan wurde immer unsicherer, und seit Monaten schon begegneten die Borgia ihm feindselig.

Er entschied sich für Handschuhe aus schwarzer Seide und streifte sie vorsichtig über. Es war besser, die Hände stets zu schützen. Vor wenigen Tagen hatte er ein vergiftetes Geschenk erhalten, nur sein Misstrauen hatte ihn gerettet. Er hatte keine Beweise, aber eine innere Stimme hatte ihm zugeflüstert, dass dies eine Warnung der Familie von Mördern war, in die er eingeheiratet hatte.

Als er hörte, wie die Tür aufging, schreckte er hoch. Instinktiv griff er nach dem Dolch und drehte sich jäh um, bereit zum Angriff. Vor ihm stand sein Diener Giacomino und sah ihn mit weit aufgerissenen Augen an.

»Verdammter Dummkopf! Kannst du nicht anklopfen? Wo warst du überhaupt so lange?«, schrie er ihn an und steckte die Waffe weg.

»Herr, ich muss mit Euch sprechen!«

»Dann sprich!«

»Ihr seid in Gefahr! Ihr müsst fliehen!«

»Erzähl, was weißt du?«

»Eure Gemahlin hat mich in ihr Zimmer rufen lassen und mir aufgetragen, hinter einem Wandschirm versteckt zu warten. Kurz darauf kam Cesare Borgia herein und fing an, über

Euch zu sprechen. Er versuchte, die Dame Lucrezia davon zu überzeugen … verzeiht, Herr Graf, es ist nicht leicht, Euch von dem zu berichten, was ich gehört habe …« Der Diener blickte verlegen drein.

»Nun mach schon!«

»Er sagte, Ihr seiet nicht länger nützlich und müsstet auf die ein oder andere Weise … verschwinden.«

Sforza wurde totenbleich. Er musste sich am Schreibtisch abstützen, um das Zittern unter Kontrolle zu bekommen.

»Nachdem der Kardinal gegangen war, sagte die Dame Lucrezia zu mir: ›Hast du gehört? Lauf und sag es ihm!‹«

»Lucrezia hat … dir aufgetragen, mich … zu warnen?« Er geriet beim Sprechen ins Stocken. »Ist da sonst noch was?«

»Nur das, was ich Euch schon gesagt habe.«

»Ich will jedes einzelne Wort hören. Begreifst du nicht, dass mein Leben auf dem Spiel steht?«

»Der Kardinal von Valenza sagte noch, dass Ihr ein Feigling seid und ein Spion Eurer Cousins. Dass Ihr kein guter Ehemann seid und dass es zum Wohle Madonna Lucrezias und dem aller Borgia besser ist, wenn Ihr …« Giacomino unterbrach sich.

Giovanni bedeutete ihm weiterzumachen, und als er sah, dass der Diener zögerte, kreischte er: »Wenn ich tot wäre? Hat er tot gesagt?«

»Nein, Herr, das hat er nicht gesagt, aber das war es, was er meinte.«

Giovannino spürte, wie die Hitze in ihm aufstieg.

Cesare sagte nie, was er dachte oder vorhatte, aber seine vagen Anspielungen reichten denen, die ihn kannten, aus, und er kannte ihn inzwischen gut genug.

»Ihr dürft nicht hierbleiben, Herr Graf, kehrt nach Pesaro zurück!«

»Ja, gleich morgen. Heute verlasse ich das Haus nicht mehr. Halte alle von meinen Gemächern fern und teile ihnen mit, dass ich niemanden sehen will, weil ich krank bin. Jetzt lass mich allein, aber bleib in der Nähe. Ich werde dich gleich wieder rufen. Ich muss kurz nachdenken. Und Giacomino, dass das klar ist: Kein Wort zu niemandem!«

Es war eher eine inständige Bitte als ein Befehl.

Sforza ließ sich in einen Sessel fallen. Nun war es an dem, was er seit Monaten befürchtete: Sie hatten beschlossen, ihn umzulegen!

Er musste mit Ascanio sprechen, an Ludovico schreiben – nein, zuerst musste er aus Rom fliehen. Seine Cousins würden alles dafür tun, ihn zum Bleiben zu überreden, nur um ihre verdammten politischen Ränke nicht zu gefährden!

Zum Teufel mit der Politik! Sein Leben war ihm weit mehr wert. Er nahm den Hut ab und wischte sich den kalten Schweiß von der Stirn.

Wieso hatte Lucrezia ihn gewarnt? Wieso dieser Akt der Barmherzigkeit von diesem reizlosen, kleinen Mädchen? Vielleicht war diese großherzige Geste ja eine Falle …

Giovanni zog sich den Mantel, den Schmuck und die Kleider aus, die er mit solch großer Sorgfalt angelegt hatte. Er legte sich aufs Bett, um der Entschuldigung, die er verbreiten ließ, zur Glaubwürdigkeit zu verhelfen. Doch mit der Hand umklammerte er immer noch den Dolch.

In diesem furchtbaren Zustand von Angst und Sorge verbrachte er einige der finstersten Stunden seines Lebens und zitterte jedes Mal, wenn er hörte, dass sich Schritte seiner Tür näherten. Er nahm nur etwas zu essen zu sich, von dem Giacomino geschworen hatte, dass er es persönlich in einem Geschäft weit entfernt vom Vatikan gekauft habe und auch erst, nachdem der Diener vor ihm davon gekostet hatte.

Am Ende dieser leidvollen Mahlzeit hatte er etwas frischen Mut gefasst, und es gelang ihm irgendwie, die Einzelheiten seiner Abreise zu planen.

Er würde sich von Lucrezia nur mit einer Ausrede entschuldigen. In diesem Schlangennest konnte er ihr nichts sagen, er würde es ihr später erklären. Er musste sie endgültig davon überzeugen, mit ihm nach Pesaro zu gehen, fort von der drückenden Atmosphäre im Vatikan, von der krankhaften Nähe zum Vater und den schlüpfrigen Annäherungen der Brüder. Dort würde er die richtige Art und die passenden Worte finden, sie auf seine Seite zu ziehen.

Er ließ nach seinen Sekretären rufen, damit sie ein Schreiben an seine Frau aufsetzten, und legte mit ihnen den genauen Zeitpunkt fest, zu dem sie den Botschafter von Ludovico Sforza, dem Moro, über seine Abreise in Kenntnis setzen sollten.

Als er sie entließ, war es schon fast Nacht. Mit Giacominos Hilfe steckte er Geld und Schmuck in zwei Säcke und verstaute sie so, dass es nicht nach einem Abschied für immer aussah.

Die Anspannung den Tag über hatte ihn seiner ganzen Energie beraubt. Er legte sich ins Bett, konnte aber nicht einschlafen. Im Lauf der schier endlosen Nacht ging er noch mal durch, auf welche Art und Weise die Borgia ihn umbringen könnten, und quälte sich damit, für jede eine Art des Entkommens zu finden.

Er konnte es kaum erwarten, diesen Ort der Pein zu verlassen, aber er wusste genau, dass er mit der Flucht Stellung und Privilegien für immer einbüßen würde. Aber von welchen Vorteilen hatte er bisher wirklich profitiert? Der Papst hatte ihm bloß ein paar lächerliche Dukaten als Vorschuss auf Lucrezias Mitgift gegeben, was er ihm obendrein noch ständig unter die Nase rieb.

Er wälzte sich im Bett herum und dachte, dass er schnellstens eine Entscheidung treffen musste. Mit heiler Haut davonzukommen erschien ihm schließlich das Wichtigste; er würde dann immer noch herausfinden, wie er Pesaro und den ganzen Rest behalten konnte, sofern das möglich war.

Bei Tagesanbruch war er bereits auf den Beinen. Er zog sich an, diesmal ohne auf Eleganz zu achten – vielmehr dachte er an den langen Weg zu Pferd, der ihn erwartete. Es war Karfreitag.

Äußerlich von einer Selbstsicherheit und Ruhe, die er nicht hatte, begab sich Giovanni in die Gemächer der Gemahlin.

Lucrezia empfing ihn in ihrem privaten Salon mit einem blassen Lächeln. Sie trug einen malvenfarbigen Morgenrock, und eine Flut leuchtend blonder Haare reichte ihr bis zur Taille.

Giovannino sah sie voller Bewunderung an, dann nahm er ihre Hand und küsste sie.

»Ich bitte um Verzeihung für diesen Besuch zu so früher Stunde.«

Der Ton war gelassen, doch der Gedanke, seine Schwäger könnten plötzlich auftauchen und ihn angreifen, raubte ihm fast alle Kraft.

»Es freut mich, dass das Unwohlsein, das Euch gestern heimgesucht hat, bereits vorüber ist.« Lucrezia schien von seiner Aufwartung weder überrascht noch besonders beeindruckt zu sein.

Giovanni sah ihr eindringlich in die goldbraunen Augen; sie waren nicht schön, auch nicht sehr lebhaft oder ausdrucksstark. Lucrezia mochte viele Gefühle auslösen, Angst gehörte nicht dazu. Sie machte einen naiven und gleichgültigen Eindruck, Komplotte und Ränke waren ihr fern. Und doch war sie eine Borgia, sie entsprang demselben giftigen Samen, der auch Juan und Cesare hervorgebracht hatte.

Nicht sie war es, vor der er sich schützen musste. Es waren ihre Brüder.

»Ich wollte Euch mitteilen, dass ich aus Anlass des Osterfestes beschlossen habe, in San Grisostomo in Trastevere zur Beichte zu gehen und mich anschließend auf die Sieben-Kirchen-Wallfahrt zu begeben. Macht Euch also keine Sorgen, wenn ich einige Stunden fortbleibe.«

In Lucrezias Blick blitzte ein Begreifen auf. Sie wartete noch einen Augenblick, ehe sie weitersprach, um deutlich zu machen, dass sie verstanden hatte.

»Eure Entscheidung ist zu loben, sie ist eines frommen Mannes würdig. Bis heute Abend also.«

Erneut huschte die Andeutung eines Lächelns über ihre blassen Lippen, dann drehte sich Lucrezia um und begab sich in den angrenzenden Raum.

Ohne weitere Zeit zu verlieren, ging Sforza hinunter zu den Stallungen, wo ihn Giacomino und zwei weitere Männer als Eskorte erwarteten. Er vergewisserte sich, dass seine Habseligkeiten ordentlich festgemacht waren, stieg auf einen Maulesel und verließ den Vatikan in Todesangst.

Nahe der Kirche Sant'Onofrio fand er die kleine Reisegruppe aufbruchbereit vor, die ihn begleiten sollte, sprang in den Sattel eines Pferdes und ritt im Galopp aus Rom hinaus Richtung Pesaro.

Er wollte eiligst und ohne Zwischenhalt in seinem Herrschaftsgebiet ankommen, um so schnell wie möglich von seinen eigenen Mauern umgeben zu sein und von seinen Leuten beschützt zu werden.

Zu Beginn seiner Ehe war er oft in Lucrezias Begleitung in seine Heimatstadt zurückgekehrt. Der Papst ließ jedoch nicht zu, dass die Abwesenheit zu lange andauerte und rief sie schon nach wenigen Monaten nach Rom zurück. Er dachte an den Blick von Lucrezia.

Sie hatte ihm nie besondere Zuneigung erwiesen und erst recht keine Leidenschaft, doch nun forderte sie ihre Familie heraus, indem sie ihn über ihr blutiges Vorhaben informierte. Sie war ein echtes Rätsel.

Seine Gemahlin hatte wie immer ihre Gefühle zu verbergen gewusst. Wenn sie überhaupt welche hatte. Vielleicht wollte Lucrezia ihm ein blutiges Ende ersparen, um sich selbst vor einem Skandal zu bewahren, der ihr junges, schon von vielen Gerüchten begleitetes Leben befleckt hätte, und ihre Brüder davon abhalten, einen Mord zu begehen.

Eine ungute Beziehung verband die Borgia.

Juan war besonders dreist; er ging so weit, die Hände unter den Rock der Schwester zu schieben und sie schamlos zu liebkosen. Ein einziges Mal hatte sie gewagt, sich zu wehren.

An dem Abend hatte Juan sie unter dem Gelächter der Übrigen auf einen Diwan geworfen, sich auf sie gelegt und ihr alle möglichen Anzüglichkeiten zugeflüstert. Giovanni hatte ihn zurechtgewiesen und gesagt, er könne es nicht dulden, dass er in dieser Weise mit seiner Frau spreche. Die anderen hatten höhnisch gelacht. Also hatte er ihn an den Schultern gepackt, um ihn von Lucrezia fortzuziehen. Juan war aufgesprungen. Erst war er ihn nur mit Worten und Drohungen angegangen, dann hatte er den Dolch gezückt und ihn vor ihm kreisen lassen.

Nur mit Mühe hatte Cesare ihn zur Vernunft bringen können, bis Juan schließlich die Waffe zurückgesteckt hatte und, gefolgt von seinen Leuten, gegangen war. Er kam daraufhin wieder zu Atem, doch Cesares verächtlicher Blick war ihm gefährlicher vorgekommen als der Dolch von Juan.

Seither zog er sich schweigend zurück, wenn er Zeuge solcher Szenen wurde, und hegte einen immer größeren Hass.

Und was dachte die stille Lucrezia über die schändlichen Annäherungen ihrer Brüder?

Giovannino wusste nicht, was sie in ihrem Herzen verbarg. Ihre Hochzeit war keine Liebesheirat gewesen, und vor dem gestrigen Tag hatte es in ihrer Beziehung keine Vertrautheit und kein geheimes Einvernehmen gegeben. Die einzigen sorglosen Tage, die sie miteinander erlebt hatten, waren die, die sie nach ihrer Hochzeit in Pesaro verbracht hatten.

Aus Rom entflohen, wo die Pest wütete, hatten sie, obwohl die Halbinsel von Krieg und Unheil erschüttert wurde, einen angenehmen Sommer in den Villen der Sforza verbracht.

Zu den schönsten Erinnerungen, die er an diese Zeit hatte, zählten die an die Jagden in den üppigen Wäldern der Umgebung und die festlichen Abende, an denen Lucrezia, vom ganzen Hof bewundert, mit natürlicher Anmut getanzt hatte.

Der Befehl des Papstes, so schnell wie möglich nach Rom zurückzukehren, hatte diesem heiteren Intermezzo ein Ende bereitet. Wieder daheim war Lucrezia aufs Neue vom betriebsamen Hofleben im Vatikan vereinnahmt worden, und sie hatten sich selten gesehen.

Giovanni spürte den peitschenden Wind im Gesicht, während er das Pferd zum Galopp antrieb.

Er erinnerte sich an seine erste Frau, Maddalena Gonzaga. Ihr war es mit Sanftmut und Sinnlichkeit gelungen, eine Bresche in sein Herz zu schlagen, das sich mit Gefühlen nicht leichttat.

Maddalena, die geliebte Schwester seines Freundes Francesco und Elisabetta d'Urbinos. Wie glücklich sie in ihrer

Jugend gewesen waren! Tragischerweise war diese Zeit sehr kurz gewesen, denn Maddalena war nach nur einem Jahr Ehe gestorben, und mit ihr das Kind, das sie zur Welt gebracht hatte.

Er bemerkte, dass der Anführer der Eskorte zu ihm aufgeschlossen hatte.

»Herr«, sagte er atemlos, »wir müssen das Tempo verlangsamen, die Pferde sind sonst bald völlig entkräftet.«

Giovanni straffte die Zügel und ließ sein Pferd in Trab fallen.

Ihm war Rom immer noch zu nah.

Als der Abend anbrach, beschloss Sforza haltzumachen. Einer der Männer seines Gefolges führte sie zu einem Gasthaus, wo sie die Pferde unterstellen konnten und ein Bett zum Schlafen bekamen.

Noch vor Sonnenaufgang saßen sie wieder im Sattel und ritten über viele Meilen schweigend.

Als sie auf einer Anhöhe ankamen, sahen sie ein weites, von einem Wasserlauf durchquertes Tal. Inmitten dieses Tals lag, umgeben von einer zinnenbewehrten Stadtmauer, Pesaro. Die Stadt der roten Ziegel ragte aus dem Grün der Ebene hervor, die von sanft abfallenden Hügeln umgeben war; dahinter befand sich das Meer. Die morgendliche Brise kräuselte das intensiv türkisfarbene Wasser.

Giovanni seufzte vor Erleichterung. Endlich befand er sich in heimischen Gefilden.

Kurz darauf waren sie bei der Burg angekommen und gaben sich den Wachen zu erkennen, die daraufhin die Zugbrücke herabließen. Sie gingen durch die Stadt zum Palast des Herzogs.

Als sie den zweiten Innenhof erreicht hatten, stieg Giovanni vom Pferd und begab sich hinein. Er konnte es gar nicht erwarten, die schmutzigen Kleider abzulegen und ins Bett zu gehen.

Gerade als er über die Schwelle treten wollte, ließ ihm ein Wiehern das Blut in den Adern gefrieren. Sein Pferd, das der Reitknecht nur mit Mühe halten konnte, wand sich zitternd, weißer Schaum quoll ihm seitlich aus dem Maul. Giovanni kehrte um und ging zu dem Tier, das bebend zusammenbrach.

So wie er neben dem Tier kniete, sah es aus, als suche er in den brechenden Augen nach dem Namen des Schuldigen, doch er konnte nichts weiter tun, als es zu streicheln. Dann stand er jäh auf und entfernte sich wortlos. Er konnte den Anblick des Todes nicht ertragen.

Er gab der Dienerschaft Anweisung, ihn auf gar keinen Fall zu stören; sobald er seine Gemächer erreicht hatte, zog er sich aus, warf sich erschöpft aufs Bett und schlief augenblicklich ein.

Er erwachte erst am späten Abend, ausgeruht und hungrig.

Er rief die Pagen, um sich beim Waschen und Ankleiden helfen zu lassen, und ging hinab in den Saal, wo das Abendessen angerichtet war.

Es war ein weitläufiger Raum, in dem der Tisch für zwei Personen gedeckt war. Giovanni fühlte sich noch nicht imstande, auf Fragen zu seiner Ankunft sofort Rede und Antwort zu stehen. Die Erklärungen konnten warten.

Er blieb in der Tür stehen und beobachtete, wie sein Bruder Galeazzo vor dem Kaminfeuer lag und zwei Jagdhunde um den Knochen kämpfen ließ, den er in der Hand hielt.

Galeazzo, wie er ein unehelicher Sohn von Costanzo Sforza, war siebenundzwanzig, doch seine tiefschwarzen

Haare wurden an den Schläfen bereits grau, und um die Augen hatte er kleine Fältchen. Die Brüder waren beide in der Obhut der Gräfin Camilla von Aragon aufgewachsen, die selbst keine Kinder hatte. Daher hatte sie ihnen besonders viel Zuneigung entgegengebracht, vor allem Galeazzo.

Wenn Giovanni nicht in Pesaro war, vertrat ihn Galeazzo in der Regierung der Stadt, auch wenn er sich lieber in den Jagdrevieren herumtrieb.

Giovanni trat durch die Tür und machte sich bemerkbar.

»Du kommst unangekündigt, was ist geschehen?«, fragte Galeazzo und umarmte ihn.

Giovannino löste sich aus der Umarmung.

»Ich musste fort … Es ging um Leben und Tod.«

Galeazzo sah ihn verblüfft an und wollte etwas sagen, doch Giovanni bedeutete ihm zu schweigen und forderte ihn auf, sich zu ihm zu setzen. Er rief nach dem Mundschenk, ließ ihn Wein einschenken und schickte ihn dann fort.

»Um Leben und Tod?«, wiederholte Galeazzo und setzte den Becher Weißwein an die Lippen.

»Die Borgia wollen mich aus dem Weg schaffen.«

Galeazzo setzte den vollen Becher vor sich ab.

»Wirklich, Bruder. Meine liebe Verwandtschaft hat beschlossen, mich umzubringen. Ich lebe noch, weil Lucrezia mich gewarnt hat und ich sofort geflohen bin.«

Galeazzos Gesichtsausdruck ließ sich nicht deuten, er schwankte zwischen Bestürzung und Amüsiertheit.

»Und was wirst du nun tun?«

»Ich werde hierbleiben, wo sie mir nichts anhaben können.«

Giovanni leerte den Becher in einem Zug, doch er bereute es sofort. Galeazzo hatte noch nichts von dem Wein getrunken. Obwohl er nicht mehr am Tisch der Borgia saß, musste er vorsichtig sein.

»Lucrezia ist in Rom geblieben?«, fragte Galeazzo und setzte den Becher an. Zu Giovannis Erleichterung trank er gierig daraus.

»Erst einmal ja«, sagte er und rief erneut nach dem Mundschenk. »Sie wird bald nachkommen.«

Galeazzo sagte nichts dazu. Auf Giovannis Zeichen hin trugen die Diener große Fleischplatten herein.

Giovanni zeigte dem Truchsess, welches Stück er haben wollte.

»Sie ist meine Frau, sie muss mir gehorchen.«

»Bisher scheint sie das nicht getan zu haben«, sagte Galeazzo und ließ sich den Teller großzügig füllen. »Den Papst wirst du nicht umstimmen. Er will seine Tochter in Rom haben, und auch du sollst dich in seinem Machtbereich aufhalten.«

»Ich werde mich auf das Gesetz berufen. Der Ehevertrag gibt mir das Recht, sie bei mir zu haben.« Er warf die Knochen auf den Teller. »Und ich will Pesaro nicht verlassen, bis ich mich wieder sicher fühle!«

Galeazzo führte eine kleine Wachtel zum Mund. »Nun, da sie dir bei deiner Flucht geholfen hat, werden sie sie nicht mehr gehen lassen.«

Giovanni nahm sich noch ein Stück Fleisch und begann zu kauen.

»Sie ist nicht so naiv, wie es den Anschein hat, und außerdem weiß niemand, was sie für mich getan hat.«

Galeazzo senkte die Stimme. »Hat sie dir etwas von einem Komplott erzählt?«

Giovanni zögerte. Es war nicht leicht, jemandem, der damit keine Bekanntschaft gemacht hatte, die Atmosphäre im Vatikan zu beschreiben.

»Ich kann es dir jetzt gerade nicht erklären«, sagte er und deutete auf die Dienerschaft, von der sie umgeben waren.

Galeazzo wischte sich die Hände am Saum des Tischtuchs ab. »Hast du Ascanio Bescheid gegeben?«

»Ich werde ihm morgen schreiben und Ludovico in Mailand ebenfalls. Sie wollten doch diese Hochzeit? Dann müssen sie mir jetzt auch aus der Patsche helfen. Irgendwann will ich die Mitgift sehen! Bisher bin ich nur mit einem Taschengeld abgespeist worden. Ich werde keine Ruhe geben, bis sie sie mir bis auf den letzten Heller gezahlt haben.«

»Richtig so, nicht nachgeben. Und was willst du dem Moro sagen?«

»Der Name unserer Familie steht auf dem Spiel. Sämtliche Sforza sind in diese Angelegenheit verwickelt.«

»Wenn du den Papst im Krieg gegen die Orsini unterstützt hättest, wärst du in seiner Gunst gestiegen und hättest daraus deine Vorteile ziehen können.«

»Von diesem Krieg hat nur Juan profitiert!«, unterbrach ihn Giovanni. »Weißt du, was Guidobaldo passiert ist? Elisabetta schrieb mir, dass sie sich verschulden musste, um sein Lösegeld bezahlen zu können. Warum hätte ich Geld und Leben riskieren sollen? Ich bin froh, dass die Orsini den Borgia eine Lektion erteilt haben. Sie hassen mich, und ich weiß auch, warum.«

Galeazzo konnte nur mit Mühe seine Neugier verbergen, doch er beschloss, keine weiteren Fragen zu stellen. Sein Bruder hatte einen großen Drang zu reden, und nichts war wirkungsvoller, ihn dazu zu ermuntern, als Gleichgültigkeit vorzutäuschen.

»Ich habe es mit eigenen Augen gesehen«, platzte Giovanni schließlich heraus. »Juan fasst sie an, er küsst sie auf den Mund, er sagt ihr anzügliche Dinge. Lucrezia lässt es lachend geschehen, und auch Cesare …« Er brach mitten im Satz ab und wurde blass. »Und vielleicht sogar …«

Erneut unterbrach er sich abrupt.

»Und obwohl du das weißt, willst du sie zurück? Du würdest eine Frau nehmen, die mit ihren Brüdern ins Bett steigt?«

Galeazzo warf die abgenagten Reste auf den Teller. Das Ganze kam ihm unglaubhaft vor. Soweit er wusste, war Lucrezia ein mageres und farbloses Mädchen, dessen ausdrucksloser Blick nichts Aufregendes verhieß, während Juan und Cesare die schönsten Frauen Roms und Spaniens haben konnten. Vielleicht hatte Giovanni das bloß geträumt, er hatte immer schon eine kranke Fantasie und war außerdem sehr reizbar.

»Du glaubst doch nicht, dass ich sie wiederhaben will, weil ich eifersüchtig bin? Sie kann sich von mir aus vögeln lassen, von wem sie will. Ich will das Geld, verstehst du?«

»Aber wenn du die Verbindung mit ihr aufrechterhältst, riskierst du, dich umbringen zu lassen!«, rief Galeazzo aus und schüttelte den Kopf. »Ich kann mir jedoch nicht vorstellen, dass Lucrezia ...«

»Man zwingt sie dazu. Sie ist nicht so verdorben. Wenn sie nicht gewesen wäre, wäre ich vielleicht schon tot. Du verstehst das nicht, man muss mit ihnen Seite an Seite leben, um zu verstehen, wozu sie fähig sind! Vor ein paar Tagen dachte ich, ich hätte Juan eine Lektion erteilt. Ein minderbemittelter Trottel aus seiner Gefolgschaft hörte nicht auf, mich zu provozieren. Juan hatte ihn auf mich angesetzt, und dieser Mistkerl wollte sich hervortun, indem er mich lächerlich machte. Aber dem habe ich es gründlich heimgezahlt! Ich wusste, dass er an einem bestimmten Abend zu einer Dirne gehen würde, einer von denen, die dir für Geld die eigene Mutter verkaufen. Und als er dort war, habe ich ihm, so nackt wie er da war, die Kehle durchgeschnitten.«

»Richtig so«, pflichtete Galeazzo ihm bei und sah ihn bewundernd an. »Die Katalanen müssen lernen, uns zu respektieren.«

»Doch damit ist die Geschichte leider noch nicht zu Ende.« Mit gesenktem Kopf sprach Giovanni weiter. »Kurz darauf hat Juan drei meiner Reitknechte aufknüpfen und sie drei Tage lang von den Zinnen unterhalb der Engelsburg hängen lassen. Ascanio ist wütend zu mir gekommen und hat mir Beleidigungen an den Kopf geworfen. Als ich ihm erklärt habe, wie es dazu kam, ist er zum Papst gelaufen, um sich zu beschweren, aber erreicht hat er nichts.«

»Du wirst sehen, früher oder später wird jemand Juan den Rest geben.«

Giovannino nahm einen Schluck Wein, stellte den Becher ab und rief mit Nachdruck: »Da hast du recht! Und dieser Tag ist nicht mehr fern!«

Sie lauschten noch ein paar Augenblicke schweigend dem Knistern der Scheite im Kamin. Dann erhob sich Galeazzo.

»Ich erwarte dich morgen früh in meinem Arbeitszimmer, ich will die Rechnungen durchgehen«, sagte Giovanni und sah ihm mit vorwurfsvollem Blick nach.

Geh nur zu deiner Geliebten, dachte er und betrachtete die beiden Jagdhunde, die vor dem Kamin eingeschlafen waren.

Ein Diener kam und wollte einen weiteren Scheit ins Feuer legen, aber Giovanni hielt ihn ab.

»Kein Holz verschwenden, ich werde mich in meine Gemächer begeben. Ruf Giacomino.«

Seit seiner Ankunft in Pesaro waren einige Tage vergangen, und trotz der Ablenkung durch das Leben am Hof hatte sich Giovannis Furcht noch nicht gelegt.

Dieses unangenehme Gefühl der Beklemmung steigerte sich zu einer Mischung aus Angst und Wut, als man ihm die Ankunft von Lelio Capodiferro ankündigte.

Er erinnerte sich an den Gesandten, der während der Eheverhandlungen als Vermittler zwischen ihm und den Borgia aufgetreten war. Er war ein Mann von vornehmen Umgangsformen, und es war ein Vergnügen, mit ihm zu einer Einigung zu kommen, doch in der Situation, die nun entstanden war, verhieß sein Besuch nichts Gutes.

Nachdem sie die Höflichkeiten rasch hinter sich gebracht hatten, übergab der Bote ihm ein gefaltetes Papier mit einem Schreiben des Papstes. Sforza erbrach das päpstliche Siegel und las voll Bangigkeit Borgias Worte: *»... wie sehr uns deine plötzliche Abreise aus der heiligen Stadt betrübt hat, kannst du dir wohl vorstellen. Und da eine derartige Entscheidung nicht anders wiedergutzumachen ist, fordern wir dich, sollte dir an deiner Ehre gelegen sein, auf, unverzüglich hierher zurückzukehren ...«*

Giovanni warf das Blatt auf den Schreibtisch.

»Nach Rom zurückkehren? Kommt mir nicht in den Sinn!«, rief er aus und sah Capodiferro mit entschlossener Miene an. »Ich sehe nicht, aus welchem Grund ich mein Lehensgebiet verlassen sollte. Seit Anbeginn der Welt folgt die Ehefrau ihrem Mann, nicht andersherum. Seine Heiligkeit wird mir sicher erklären, aus welchem Grund er Lucrezia nicht erlaubt, zu mir zu kommen.«

Der Gesandte des Papstes behielt seine Meinung für sich und suchte im Repertoire des diplomatischen Vokabulars nach den richtigen Worten, Sforza wieder zur Vernunft zu bringen, denn die schrille Stimme und die bläuliche Gesichtsfarbe verrieten, dass er nicht ganz bei sich war. Wann hätte jemand es je gewagt, vom Heiligen Vater Erklärungen zu verlangen? Erst recht, wenn der Papst niemals Erklärungen zu seinem Handeln abgab?

Eine gute halbe Stunde lang gab Capodiferro sein Bestes; als ihm dämmerte, dass dieses Treffen nicht ausreichen würde, das Problem zu lösen, schwieg er und wartete ab.

Giovanni setzte der Unterredung schließlich ein Ende, indem er ein Blatt Papier nahm und eigenhändig eine Antwort schrieb.

Borgias Erwiderung ließ nicht lange auf sich warten; es vergingen nur wenige Tage, bis Giovanni einen neuen Brief erhielt. Der Papst teilte ihm ohne Umschweife mit, er werde, wenn er nicht unverzüglich nach Rom zurückkehre, Lucrezia nicht wiedersehen, und Kardinal Ascanio und il Moro, mit denen er sich bereits abgestimmt habe, stünden hinter dieser Entscheidung.

Sich mit ihm anzulegen sei nicht zu empfehlen.

Giovanni sah vor seinem geistigen Auge, wie Rodrigo den Brief diktierte und mit einem Lächeln auf den Lippen die furchtbaren Drohungen formulierte.

Er empfand für Borgia eine Mischung aus Hass und Bewunderung; er fürchtete ihn, wie er noch niemanden gefürchtet hatte, und zugleich wäre er gern wie er. Jetzt gelang es ihm nur deshalb, ihm die Stirn zu bieten, weil er außer Reichweite seines schmeichlerischen Blicks war.

Was ihn jedoch wirklich kränkte, war die Gleichgültigkeit der anderen Sforza.

Seit Tagen bombardierte er die Cousins mit Briefen, doch statt dass diese sich auf seine Seite schlugen, wie er es erwartet hatte, fragten sie unaufhörlich nach den Gründen für seine Flucht.

Gerade wollte er ein weiteres Mal an Ascanio schreiben, als

ihm die Ankunft von Pater Mariano da Genazzano angekündigt wurde.

Der Besuch dieses wortgewandten Predigers, der mehr für den Beruf des Anwalts gemacht war als für den des Geistlichen, ließ in ihm neue Hoffnung aufkommen. Borgia hätte sich nicht an einen für sein logisches Denkvermögen bekannten Mönch gewandt, wenn er nicht befürchtet hätte, irgendwelche Schwachpunkte zu haben. Vielleicht war nicht alles verloren, und es ließ sich noch ein Kompromiss finden.

Für dieses Treffen kleidete sich Giovanni wie ein Prinz und ließ den Audienzsaal mit den schönsten Dingen ausstatten, die er besaß. Er wollte in bestem Licht erscheinen.

Fra Mariano trat gemessenen Schrittes ein und sah sich interessiert um; er war zu Giovannis großer Genugtuung offenkundig beeindruckt von Möbeln und Dekor des Saales.

Der Pater war etwa fünfzig Jahre alt, von normaler bis kräftiger Statur und schon fast kahl. Sein grauer Bart war dicht und gepflegt und umrahmte ein joviales Lächeln. Seine stärkste Waffe war ebendieses vertrauenerweckende Erscheinungsbild, durch das er die erstaunlichsten Bekenntnisse erntete. Seit einigen Jahren fanden seine Brandreden gegen die Häresie von Savonarola großen Zulauf. Seine Auffassungen in Glaubensfragen und seine bestechende Rhetorik trugen nicht wenig zum Niedergang jenes Priors von San Marco bei. Fra Mariano setzte sich auf den Platz, den Giovannino ihm angeboten hatte.

»Nun, Pater, was verschafft mir die Ehre dieses Besuches?«, drängte Sforza voller Ungeduld.

»Die Ehre ist ganz meinerseits, Herr Graf. Diesen Besuch wollte ich Euch lange schon abstatten. Ich danke Seiner Heiligkeit von Herzen, dass er mir gestattet hat, die Schönheit

Eurer Stadt und Eures Palastes zu bewundern, wobei er mich bat, Euch ein Anliegen vorzutragen.«

»Ein Anliegen?«

Giovannino nahm eine leicht herausfordernde Haltung ein, die der Geistliche zu ignorieren schien.

»Im Grunde handelt es sich um eine Kleinigkeit, die Euch eigentlich glücklich machen müsste. Eure männliche Leidenschaft und die Schönheit der Dame Lucrezia hätte dieses Anliegen längst schon überflüssig gemacht haben sollen. Der Heilige Vater wünscht nichts anderes, als dass Ihr Euren Platz an der Seite Eurer Gemahlin einnehmt, wie es Euch gebührt.«

»Ich habe Seiner Heiligkeit diesbezüglich bereits geantwortet. Ich habe keinerlei Einwände dagegen, mich mit Lucrezia zu vereinen, allerdings unter der Bedingung, dass sie es ist, die zu mir nach Pesaro kommt. Doch ich glaube, dass Ihr aufgrund Eurer Nähe zum Pontifex den Inhalt meiner Antwort bereits bestens kennt.«

Giovanni lächelte sarkastisch und stellte sich die geheimen Treffen der beiden vor, die diesem Besuch vorausgegangen waren.

Fra Mariano hingegen setzte sein freundlichstes Lächeln auf.

»Unser geliebter Pontifex, der mich mit seinem Vertrauen ehrt, wie Ihr richtig feststellt, hat mir tatsächlich von dem Brief erzählt. Glaubt mir, er leidet unter Euren Worten und kann sich diese Härte gar nicht erklären. Ihr seid für ihn wie ein Sohn, und wie ein Familienvater wünscht er seine Kinder um sich zu sehen. Für Madonna Lucrezia empfindet er eine grenzenlose, geradezu einzigartige Zuneigung. Ihr könnt von Seiner Heiligkeit nicht verlangen, sich von ihr zu trennen! Ich bin sicher, dass Ihr den Pontifex nicht mehr verstimmen wollt, indem Ihr auf Eurer Weigerung beharrt.«

»Fra Mariano, ich bin der Herr über Pesaro, dies ist mein Herrschaftsgebiet, und hier ist mein Platz, und der meiner Frau ist an meiner Seite.«

»Madonna Lucrezia jedoch war, bevor sie Eure Frau wurde, die Frau, die dem Herzen des Heiligen Vaters am nächsten stand …« Die Stimme von Fra Mariano wurde unmerklich härter. »Und Seine Heiligkeit hat stets eine – ich möchte sagen: biblische – Geduld an den Tag gelegt. Doch ich fürchte, dieses Mal wird er sich, solltet Ihr bei Eurer Weigerung bleiben, gezwungen sehen, zu drastischeren Lösungen zu greifen, auch wenn er dies nicht möchte.«

Giovannino verschränkte die Arme und sah ihn herausfordernd an. Der gönnerhafte Ton des Paters ärgerte ihn. »Werdet deutlicher.«

»Wenn Ihr Euch weiter halsstarrig weigert, zu Eurer Frau zurückzukehren, wird der Heilige Vater die Annullierung der Ehe fordern. Ihr werdet einsehen, dass dies die unausweichliche Konsequenz ist.«

»Was heißt hier unausweichliche Konsequenz? Das ist eine Drohung, eine Erpressung! Und aus welchem Grund verlangt er die Annullierung?«

»Ehe wir dazu kommen, wollt Ihr vielleicht mit Ruhe über das nachdenken, was ich Euch dargelegt habe.« Die Stimme des Paters wurde schmeichelnd. »Seine Heiligkeit sieht darin die äußerste Maßnahme, nur für den Fall, dass Ihr Euch weiterhin weigert, nach Rom zurückzukehren.«

»Ich bin äußerst ruhig, und ich muss über das, worüber wir gesprochen haben, nicht weiter nachdenken! Hört auf, etwas zu verlangen, das kein vernünftiger Mann tun würde. Ich werde nicht nach Rom zurückkehren! Habt Ihr je einen

Verurteilten gesehen, der sich selbst die Schlinge um den Hals gelegt hätte? Sagt Ihr mir stattdessen lieber, aus welchem Grund die Ehe annulliert werden soll!«

Fra Mariano schwieg ein paar Augenblicke, dann erwiderte er mit aufmunterndem Lächeln: »Graf Sforza, warum kooperiert Ihr nicht? Ihr wisst, dass es Seiner Heiligkeit nicht an Möglichkeiten mangelt, um …«

»Antwortet, worauf stützt er sich?«

Das Lächeln auf dem Gesicht des Paters erlosch.

»Es lassen sich verschiedene formale Mängel anführen, was vorangegangene Eheversprechen mit anderen Anwärterinnen betrifft, die noch nicht aufgelöst worden waren. Der Fall liegt bereits einigen Rechtskundigen zur Bewertung vor.«

»Ah, Ihr habt keine Zeit verloren! Der Fall wird bereits geprüft – und ohne dass ich davon weiß! Demnach kann es Seine Heiligkeit, die mich liebt wie einen Sohn, nicht erwarten, mich zum Teufel zu jagen! Meine Verbindung mit Lucrezia wurde ordnungsgemäß geschlossen, und das wisst Ihr ganz genau. Ich verwahre mich gegen diesen Übergriff – auch mir fehlt es nicht an Mitteln, mich gegen solche Absurditäten zur Wehr zu setzen.«

»Was die Entschlossenheit betrifft, Herr Graf«, fuhr Fra Mariano in ironischem Ton fort, »ist der Heilige Vater nicht zu übertreffen, und wenn die Begründung, die ich Euch geliefert habe, Euch nicht ausreicht, gibt es noch eine weitere …« Der Pater machte eine kleine Pause für einen einstudierten Seufzer. »… von recht privater Natur.«

»Und die wäre?«

»Es war nicht meine Absicht, ein solch intimes Detail ins Feld zu führen.«

Fra Mariano sah ihn eindringlich an und schloss dann in trockenem Ton: »Seine Heiligkeit hegt Zweifel daran, ob

Eure Ehe vollzogen wurde, und wenn Ihr bei Eurer Haltung bleibt, sieht er sich gezwungen, wegen Eurer Unfähigkeit, die Pflichten der heiligen Sakramente zu erfüllen, die Annullierung zu beantragen.«

Rot vor Wut schrie Giovanni: »Eine niederträchtige Behauptung, eine Lüge!«

»Eure Worte genügen nicht. Ihr werdet Euch einem Prozess unterziehen und Seiner Heiligkeit beweisen müssen, dass sie sich irrt. Nicht mich müsst Ihr überzeugen, Herr Graf, sondern den Appellationsgerichtshof, das Gericht der Römischen Rota.«

»Das ist unerhört! Seit mehr als drei Jahren ist Lucrezia meine Frau. Eine solche Demütigung werde ich niemals hinnehmen!«

»Erhitzt Euch nicht. Ich habe bloß die bescheidene Aufgabe, Euch in Kenntnis zu setzen und Eurer jungen Braut beschämende Nachforschungen zu ersparen.«

Sforza biss die Zähne zusammen, um nicht ausfallend zu werden, was seine Situation nur verschlimmert hätte.

»Ich möchte jetzt gern allein sein«, sagte er betont kontrolliert, »ich möchte nachdenken.«

Der Blick, mit dem der Pater ihn bedachte, hatte keine Spur von Liebenswürdigkeit mehr.

»Das kann ich verstehen, doch wünscht der Heilige Vater eine rasche Antwort.«

»Gebt mir eine Woche.«

»Ihr habt ja recht, ich teile Eure Vorsicht, doch möchte ich noch einmal betonen, dass Seine Heiligkeit nicht mehr lange warten wird.«

Sforza läutete mehrmals, und als der Diener eintrat, verbeugte er sich kurz vor dem Pater und verließ den Raum als Erster.

Während er den langen Gang hinablief, der zu seinen Wohnräumen führte, versuchte Giovannino, seine Wut abklingen zu lassen. Es war ihm gelungen, ihren Messern zu entkommen, doch nun lief er Gefahr, durch den entehrenden Vorwurf der Impotenz diskreditiert zu werden.

Er glaubte den Chor des höhnischen Gelächters auf der gesamten Halbinsel schon zu hören.

Wieder in seinem Zimmer setzte er sich an den Schreibtisch und griff nach einer Feder, doch seine Hände zitterten so sehr, dass er sie nicht halten konnte. Er rief Giacomino und ließ sich zu trinken bringen. Die Aufregung hatte ihm die Kehle ausgetrocknet.

Als er sich wieder im Griff hatte, setzte er als Erstes ein empörtes Schreiben an den Papst auf. Er war weder zu unverblümt, noch hielt er sich lang mit unnützen Floskeln auf, sondern bekräftigte seine Gründe. Aus der Ferne erschienen ihm die Drohungen der Borgia weniger gefährlich, und er konnte daher leichter für seine Rechte eintreten.

Danach schrieb er einen bewegten Brief an Ludovico Sforza, in dem er um Hilfe und Unterstützung bat, doch vor allem hob er hervor, dass sich hinter dieser Angelegenheit äußerst heikle Umstände verbargen, über die er sich nicht schriftlich äußern könne. Die Sforza konnten ihn unmöglich im Stich lassen – in ihren Adern floss schließlich dasselbe Blut, und er vertraute auf die gegenseitige Verbundenheit und Zuneigung.

Am nächsten Morgen traf Giovanni in den Stallungen Galeazzo in Jagdkleidung an, der vor der Treibjagd das Zaumzeug seines weißen Pferdes kontrollierte.

Er herrschte ihn an: »Ich muss mit dir reden.«

»Muss das jetzt sein?«

Man sah Galeazzo an, wie wenig es ihm passte, doch ein Blick in die Augen des Halbbruders hielt ihn von unnötigen Diskussionen ab.

»Wo hast du dich gestern Abend herumgetrieben?«, fragte Giovanni als Erstes, während sie sich Richtung Garten bewegten.

»Ich habe draußen geschlafen. Gibt es etwas Neues?«

»Der Papst will meine Ehe annullieren lassen. Gestern ist Fra Mariano gekommen, um mir das mitzuteilen.«

»Eine Annullierung? Wieso?«

»Diese Bastarde wollen mich fertigmachen.«

Als Aufmunterung drückte Galeazzo ihm die eisigen Hände. »Beruhige dich, wenigstens wollen sie dich nicht mehr umbringen.«

»Da bin ich mir nicht so sicher. Sie könnten mich auch erst noch demütigen und dann …«

»Hast du einen Verdacht?«

»Ich nehme an, sie wollen Lucrezia jemand anders zur Frau geben, einem Aragon vielleicht.«

»Es ist nicht so einfach, eine Ehe annullieren zu lassen.«

»Für sie ist das kein Problem. Mittlerweile vertreten sie die Auffassung, der Vertrag sei nicht gültig, weil die Eheversprechen mit anderen Anwärterinnen noch nicht aufgehoben gewesen seien.«

»Ist das wahr?«

»Nein, das stimmt nicht. Die Dokumente sind auch von unseren Anwälten vorher geprüft worden.«

»Also brauchst du dir keine Sorgen zu machen.«

»Sie haben noch eine andere Begründung in petto.«

Giovanni blieb stehen. War es zu gewagt, die schmähliche Verleumdung zu gestehen? Nein, bald würde ganz Rom Bescheid wissen.

»Sie behaupten, dass die Ehe nicht vollzogen wurde«, stieß er hervor.

Galeazzo sah ihn eindringlich an.

Giovanni stieg das Blut zu Kopf. Sogar sein Bruder misstraute ihm!

»Sieh mich nicht so an! Ich habe diese Ehe nicht nur einmal, sondern hundert-, ja tausendmal vollzogen! Ich war es, der diesem kalten Fisch gezeigt hat, wie man einen Mann befriedigt, und nun wollen sie sie einem anderen geben!«

»Dieser Mann kann sich glücklich schätzen – mit deinen Unterweisungen und denen ihrer Brüder muss Lucrezia im Bett einfach unschlagbar sein!«, lachte Galeazzo.

Giovanni sah ihn zornig an.

»Das ist nicht der richtige Moment für Scherze! Abgesehen davon, dass meine Haut auf dem Spiel steht, besteht unsere Macht in unserer Ehre. Wir beide sitzen in einem Boot. Mein Unglück wird auch dich mitreißen, vergiss das nicht! Heute annullieren sie meine Ehe, morgen nehmen sie uns Pesaro, wenn wir uns nicht zur Wehr setzen!«

Galeazzo nickte. Sosehr die Angelegenheit auch ans Lächerliche grenzte, durfte man die Konsequenzen doch nicht unterschätzen.

»Da stimme ich dir zu. Sag mir, was du tun willst.«

»Wir werden diesen verdammten Spaniern eine Lektion erteilen.«

»Woran denkst du?«

Giovanni schwieg eine Weile, dann sagte er plötzlich, selbst erstaunt über die Kühnheit seiner eigenen Idee: »Alle aus dem Weg zu räumen, ist nicht möglich. Einen hingegen schon!«

»Wen?« Galeazzos Augen leuchteten.

»Juan! Der Papst wird wahnsinnig, wenn ihm etwas zustößt, und mir wäre es ein Genuss, das alte Schwein heulen zu sehen! Aber allein kann ich das nicht, ich brauche jemanden, der mir hilft! Wenn sie mich ausschalten und sich das Lehen zurückholen, bleibt auch dir nichts.«

Bevor er etwas sagte, ging Galeazzo alle möglichen Konsequenzen durch.

Er dachte an die Möglichkeit, dass Giovannino eines Mordes für schuldig befunden und von den Borgia hingerichtet würde. Er dachte an Pesaro ohne Grafen. Er sah sich selbst die Macht erben – nein, das war ein absurder Traum. Pesaro war ein Lehen der Kirche und würde in Borgias Hände fallen, der es sicher nicht dem Halbbruder des Mörders seines Sohnes geben würde. Er hatte zwei Möglichkeiten. Giovannino an die Borgia auszuliefern oder an seiner Seite zu bleiben. Sein Gefühl riet ihm zum Risiko.

»Wie können wir Juan beseitigen?«

»Wir müssen etwas finden, mit dem wir ihn dazu bringen, sich an einen ungeschützten Ort zu begeben. Er hält sich für unantastbar, und manchmal ist er nur mit kleiner Eskorte unterwegs. Mich kennt und überwacht man, aber du könntest nach Rom gehen und im Blick behalten, wohin er so geht.«

»Du wirst mir von ihm erzählen müssen, von seinen Gewohnheiten, seinen Schwachpunkten. Wir werden äußerst vertrauenswürdige Personen ausfindig machen müssen. Er ist keine leichte Beute, doch die Jagd reizt mich. Wann soll es losgehen?«

»Es besteht kein Grund zur Eile, zunächst will ich noch einen letzten Versuch beim Moro unternehmen. Ich werde nach Mailand gehen und ihm die Fakten darlegen. Wenn er mich unterstützt, soll er meine Sache gegen die Borgia vertreten.«

»Sprich mit Ludovico nicht über dieses Vorhaben.«

»Das habe ich bestimmt nicht vor! Was wir gerade besprochen haben, bleibt unter uns. Dem Moro werde ich von der Annullierung erzählen und davon, wie ich in Rom gelebt habe.«

»Denkst du, Ludovico schaltet sich ein?«

»Das werden wir bald wissen, doch unsere Cousins werden uns nicht unterstützen, das machen wir unter uns aus.«

»Du kannst auf mich zählen.«

Galeazzo lächelte, als er in die Stallungen zurückging.

Mailand – Castello Sforzesco
18. April 1497

Als es an der Tür klopfte, hob Ludovico il Moro den Blick vom Dokument, das er gerade studierte. Tommaso Torniello betrat eilig das Arbeitszimmer.

»Herr Graf, verzeiht, ich wollte Euch nur mitteilen, dass Euer Cousin Giovanni in Mailand angekommen ist. Er hat einen seiner Männer geschickt, um seine Ankunft mitzuteilen.«

»Er ist schon in der Burg?«

»Nein, Herr, er ist in einem Gasthaus vor der Stadt abgestiegen.«

»In einem Gasthaus?«

»Er reist inkognito, verkleidet als Reitknecht.«

Il Moro sah den Sekretär verblüfft an.

»Verkleidet als Reitknecht? Wieso das denn?«

»Er will aus Sicherheitsgründen seine Reise geheim halten.«

»Was denn für eine Sicherheit! Bei all den Spionen, die der Papst in Mailand hat! Dieser Dummkopf tut alles, um mich zu ruinieren! Wenn Borgia erfahren sollte, dass er inkognito angereist ist – wer weiß, welche Intrigen er dahinter vermuten würde. Geht und sagt ihm, er soll sich vernünftig anziehen und anschließend sofort hierherkommen und dafür sorgen, dass man unterwegs Notiz von ihm nimmt. Vielleicht ist es noch nicht zu spät, das Gesicht zu wahren. Und sucht mir noch einmal den Brief heraus, den mir Taverna zur Rückkehr von Giovannino nach Pesaro schrieb. Ich will ihn noch einmal lesen, bevor ich ihn treffe. Und dann schafft mir all die Leute vom Hals, die mich noch sprechen wollen. Heute muss ich mich ausschließlich um meinen Cousin kümmern und um niemand anderen.«

»Ich gehe sofort, Herr, aber es wird nicht leicht sein, Euren ersten Audienzgast fortzuschicken.«

»Wer ist es?«

Ein Mann tauchte in der Tür des Arbeitszimmers auf.

»Oh, Maestro Leonardo, kommt herein!« Il Moro forderte ihn mit einer Handbewegung auf einzutreten. »Ich habe Euch rufen lassen, weil ich Euch dringend sprechen wollte.«

Er entließ Torniello und bot dem Künstler einen Stuhl an.

»Es geht um diese Patres. Ihr müsst sie verstehen, sie möchten Euer Fresko zu gern fertig sehen. Auch ich brenne darauf, es bewundern zu können.«

Il Moro lächelte den Maler wohlwollend an, der dies mit einer ungeduldigen Geste erwiderte, durch die er sein Missfallen zum Ausdruck brachte.

»Ich brauche noch Zeit. Diese Arbeit erfordert äußerste Genauigkeit, und ich kann sie nicht mit zwei Pinselstrichen beenden!«

»Mir ist bewusst, dass es für *Das letzte Abendmahl* einiger Vorarbeit bedarf. Doch soviel ich gehört habe, habt Ihr bislang keine große Beharrlichkeit an den Tag gelegt. Sie sagen, dass Ihr Euch in Santa Maria delle Grazie über Wochen nicht sehen lasst, und dass Ihr Euch, wenn Ihr mal dort seid, auf eben gerade mal zwei Pinselstriche beschränkt.«

»Was wie Müßiggang aussieht, ist keiner. Für einen Künstler gibt es keinen Müßiggang. Er arbeitet an jedem einzelnen Augenblick des Tages und häufig auch in der Nacht. Er lebt mit seinem Werk, er sieht es, denkt es, ändert es, verbessert es. Wenn ich wochenlang das Refektorium nicht betrete, dann weil ich Abstand von diesen zwölf Gesichtern brauche. Ich muss sie nach einiger Zeit mit frischem Blick sehen, um festzustellen, ob sie sich genügend vom einzigen göttlichen Antlitz unterscheiden. Denkt Ihr, ich würde das Abendmahl nicht an einem Tag beenden, wenn ich das wollte?«

Leonardo erhob sich und sprach nun zu sich selbst, den Blick auf wer weiß welche Gedanken gerichtet.

Il Moro beobachtete ihn und dachte bei sich, dass man schwerlich einen seltsameren Menschen finden würde. Er machte Pläne für zweihundert Arbeiten, fing hundert davon an und beendete keine. Seine langsame Arbeitsweise konnte einen zur Verzweiflung bringen. Er verlangte ständig Geld, um seine komplizierten Apparate bauen zu können und wollte immer das letzte Wort haben, doch seine Kunst, sein Genie und sein Scharfsinn wogen all diese Schwächen auf.

»Könnt Ihr mir wenigstens sagen, wie weit Ihr seid?«

»Mir fehlen nur noch zwei Gesichter, die wichtigsten: Christus und Judas Iskariot.«

»Was soll ich also dem Prior sagen?«, fragte Il Moro daraufhin ergeben.

»Dass ich ihn zum Vorbild für den Judas nehme, wenn er nicht aufhört, mich zu hetzen.«

Ludovico brach in Gelächter aus, und Leonardo tat es ihm gleich.

»Ich darf gar nicht daran denken, dass auch ich Euch zur

Eile antreiben wollte, Maestro! Ich bin schon ganz neugierig auf den Wald in der Sala delle Asse.«

»Überlegt nur einmal, wie lange es dauert, bis ein Baum gewachsen ist, und stellt Euch dann vor, wie lange es dauert, bis ein ganzer Wald entstanden ist!«

Kopfschüttelnd begleitete Il Moro den Maler zu Tür.

Es war zwecklos, es mit ihm aufnehmen zu wollen, dachte er, als er sich an seinen Schreibtisch setzte und das Medaillon fest umklammerte, das er um den Hals trug. Es war kein Schmuck, sondern ein Talisman gegen alles Übel und Ungemach, hergestellt vom Astrologen Ambrogio da Rosate.

In letzter Zeit war das Amulett für ihn unverzichtbar geworden. Seit Beatrice gestorben war, war auch sein Glück dahin.

Er dachte an seine junge Gemahlin. Beatrice mit ihrer Lebenslust, die stets nur das Beste verlangte, die sich verwöhnen ließ, war für die herrlichsten Jahre seines Lebens an seiner Seite gewesen und hatte ihm unermessliches Glück gebracht. In letzter Zeit jedoch zerbröckelten die Allianzen, die so mühsam zustande gekommen waren.

Ein Page trat ein und brachte den gewünschten Brief. Ludovico nahm ihn entgegen und las:

Am heutigen Ostersamstag erhielt ich Besuch von zwei Sekretären Eures hochwohlgeborenen Giovanni Sforza.
In letzter Zeit war der Herr über Pesaro sehr beunruhigt wegen seiner Stellung in der Familie Borgia, und ich gestehe, ich fürchtete um seine Gesundheit. Sie waren jedoch gekommen, um mich über seine Abreise tags zuvor, am Freitag, in Kenntnis zu setzen. Ich fragte nach dem Grund für diese Abreise, doch ich erhielt nur vage Antworten, die auf Unstimmigkeiten anspielten, die der Herr Graf mit Seiner Heiligkeit habe. Trotz meiner beharrlichen

Nachfragen konnte ich nur erfahren, dass Euer hochwohlgeborener Cousin in Rom ein Schreiben hinterließ, in dem er seine Gemahlin bittet, bald zu ihm nach Pesaro zu kommen.
Die Situation ist schwerwiegender, als es den Anschein hat, und es steckt etwas Hochskandalöses dahinter, das, wie ich fürchte, die Dame Lucrezia betrifft.

Il Moro legte das Blatt Papier beiseite und fragte sich, was Sforzino wohl so Schwerwiegendes wusste.

»Meine Hochachtung, Herr Graf.« Giovanni blieb abwartend in der Tür stehen, nachdem er die Wachen, die ihn begleitet hatten, fortgeschickt hatte.

Il Moro bedeutete ihm näher zu kommen.

»Was hast du dir dabei gedacht, als Reitknecht verkleidet nach Mailand zu kommen?«, herrschte er ihn ohne große Vorreden an.

»Ich dachte, es sei besser, inkognito zu reisen. Aus Gründen der Sicherheit«, rechtfertigte sich Giovanni.

Deiner Sicherheit, dachte Il Moro, *meiner bestimmt nicht!* Doch er sagte: »Du solltest wissen, dass unsere Straßen für einen einfachen Mann sehr viel gefährlicher sind als für einen Herrn, der mit einer Eskorte reist. Außerdem verstehe ich diese Geheimnistuerei nicht. Wer sollte dir verbieten, deinen Cousin zu besuchen? Wir gehen jetzt hinaus, wir müssen uns zusammen sehen lassen und diesem Besuch etwas Offizielles geben. Ich werde dir die Burg zeigen.«

Die beiden Sforza gingen, gefolgt von der Eskorte, in den Park des Castello di Porta Giovia, das il Moro Tag für Tag reicher ausstattete und stärker befestigte.

Sie gingen bis zum großen Exerzierplatz, wo die Soldaten sich an den Waffen übten. Dort blieben sie ein paar Minuten stehen und sahen den Rittern zu, die einander gegenüber Aufstellung genommen hatten und sich im Zweikampf maßen.

Während Ludovico die Verbesserungen erläuterte, die er vornehmen ließ, die Außenbefestigungen der Rocchetta, des Arkadenhofes, und die Projekte Leonardos, dachte Giovanni neidvoll, dass Pesaro im Vergleich mit Mailand nur ein Kaff war und seine Schätze nichts als Tand.

Nach über einer Stunde kehrten sie in das Arbeitszimmer zurück. Giovannino wartete schon sehnsüchtig darauf, über das reden zu können, was ihm auf dem Herzen lag.

Nachdem sie es sich bequem gemacht hatten, begann il Moro mit scheinheiligem Interesse das Gespräch.

»Nun gut, Cousin, jetzt bin ich bereit, dir zuzuhören.«

»Diese Unterhaltung war mir ein großes Anliegen. Die letzten Monate habe ich so viele Ängste durchgestanden, so viele Demütigungen!«

Il Moro heuchelte großes Mitgefühl, doch seine Gedanken waren ganz anderer Natur.

»Ich habe Furchtbares durchgemacht«, fuhr Giovannino fort. »Ich war gezwungen, diese Schlangengrube zu verlassen, denn mein Leben war in Gefahr.«

Na klar, du hingegen bist ein Heiliger. Als ob du nicht selber wüsstest, dass du ordentlich hinlangen kannst! Du hast schon so manchem eine Lektion erteilt, deine Untertanen können ein Lied davon singen, dachte il Moro.

»Ich versichere dir, dass ich bis zum letzten Moment versucht habe zu bleiben, und ich bin erst gegangen, als ich die Gewissheit hatte, dass sie mir den Garaus machen wollten.«

Er berichtete von der überstürzten Flucht, ließ dabei aus, dass Lucrezia ihm etwas verraten hatte, und hielt sich dafür umso mehr bei den erlittenen Gefahren auf.

»Als ich mich in Pesaro endlich in Sicherheit glaubte, da hat der Papst begonnen, sein Gift aus der Ferne zu verspritzen, indem er Briefe und Gesandte schickte.«

Während er sich die Klagen des Cousins anhörte, hing il Moro seinen eigenen Gedanken nach: *Es war ein Fehler, dass Ascanio und ich diesem Dummkopf vertraut haben. Er wird die jahrelangen Verhandlungen mit den Borgia zunichtemachen.*

»Giovanni, welcher nicht wiedergutzumachende Schaden ist zwischen dir und Seiner Heiligkeit entstanden?«

Ohne den Cousin anzuschauen, rückte dieser schließlich mit der Sprache heraus: »Er deutet an, ich hätte keinen ehelichen Verkehr mit Lucrezia gehabt. Er hat Fra Mariano zu mir geschickt, um mich wissen zu lassen, dass er eine Annullierung wegen nicht vollzogener Ehe erwirken will.«

»Aber du ...«

»Du wirst doch nicht etwa den Borgia glauben?« Lo Sforzino begleitete seine Frage mit einer ärgerlichen Handbewegung.

Il Moro hob besänftigend die Hände und dachte bei sich: *Ich hatte immer Zweifel daran, ob du ein echter Mann bist, aber es gab keinen anderen Sforza, den wir dem Papst für unser Bündnis hätten bieten können, also musste ich mich mit dir zufriedengeben.*

»Tausende Male habe ich diese Ehe vollzogen, und mit Genuss!«, rief Giovanni errötend aus.

Ludovico blinzelte verlegen.

»Du hast mich missverstanden. Ich hab nicht an dir gezweifelt. Aber ich habe gehört, Lucrezia sei gefühlskalt.«

»Sie ist wie alle anderen Frauen auch.«

»Dann wird sie für dich eintreten, da kannst du beruhigt sein. Eine befriedigte Frau ...«

»Sie kann sich dem Willen ihres Vaters nicht widersetzen!«, schrie Giovannino.

Il Moros Ton wurde härter: »Du wusstest, dass wir Sforza

auf deine Heirat angewiesen waren. Du solltest den Pontifex für uns einnehmen und Vorteile für unsere Familie erwirken, doch du hast das Gegenteil getan!«

»Ich habe deine Ratschläge befolgt, glaub mir, und ich habe dir stets von jedem Verdacht berichtet, genau deshalb wollen sie mich nun bestrafen. Du kannst mich jetzt nicht im Stich lassen. Mein Leben ist in Gefahr, weil ich von schrecklichen Dingen weiß.«

Il Moro presste die Lippen aufeinander. Er wollte nicht ausgerechnet jetzt die Fassung verlieren, da es interessant wurde. Er war neugierig zu hören, wie weit die Borgia gegangen waren.

»Willst du mir nicht endlich sagen, was geschehen ist?«

In Giovanninos Blick flammte es auf.

»Willst du die Wahrheit wissen? Die grausige Wahrheit, die ich weder dir noch Ascanio schreiben konnte? Ich bin hierhergekommen, weil man bestimmte Ungeheuerlichkeiten nicht niederschreiben kann, es gibt nicht einmal passende Worte dafür. Rodrigo ist nicht würdig, die Tiara zu tragen – er verdient allein die Hölle! Das Vertrauen der Gläubigen, aller frommen Christenmenschen, ist noch nie so mit Füßen getreten worden!«

Mein Gott, zieht er das in die Länge!, dachte il Moro ungeduldig.

»Also, worum geht es denn nun?«

»Borgia will Lucrezia in Rom haben, um sie besitzen zu können, wann immer er will! Ja, du hast mich richtig verstanden, er treibt es mit seiner Tochter! Nicht bloß diese Schweine von Brüdern vögeln sie. Auch der eigene Vater umarmt sie in einer Weise, die keinen Zweifel lässt. In dieser Familie sind sie alle so!«

Il Moro saß wie versteinert da.

Ich kann mir so etwas nicht anhören, ich darf mich da nicht hineinziehen lassen …

»Giovanni, erzähl nicht so ein absurdes Zeug!«, unterbrach er ihn entschieden. »Du bist aufgewühlt, das kann ich verstehen, aber das gibt dir nicht das Recht zu solchen Anspielungen! Wahre absolutes Stillschweigen, bis der Zeitpunkt zu sprechen gekommen ist – wenn er denn je kommt. Aber im Augenblick kein einziges Wort!«

Giovanni sah, eingeschüchtert vom Blick der raubvogelartigen Augen des Herrn über Mailand, zu Boden.

»Du glaubst mir nicht«, murmelte er enttäuscht.

»Ich will nicht darüber sprechen. Lass uns lieber überlegen, wie wir die Annullierung verhindern.«

Sein Ton war entgegenkommend, doch Giovannis Worte hatten ihn verstört und zwar nicht wegen der Bösartigkeit, die sie enthielten – wenn diese schändliche Geschichte bekannt würde, dann hätte das verheerende politische Konsequenzen.

»Wenn du die Ehe vollzogen hast«, sagte er boshaft, »wirst du ja auch keine Schwierigkeiten haben, dies vor Zeugen zu wiederholen. Es genügt, deine Frau an einen neutralen Ort zu bestellen, nach Nepi zum Beispiel, die Burg von Ascanio. Die Borgia schicken ihre Zeugen dorthin, und du schläfst mit ihr vor aller Augen.«

»Für eine solche Zurschaustellung gebe ich mich nicht her!«, empörte sich Giovanni. »Und Lucrezia noch weniger! Mein Wort muss genügen. Ich bin ein Sforza, verflixt noch mal!«

Du bist bloß ein kleiner Bastard!, hätte Il Moro ihn am liebsten angeschrien, doch er hatte eine bessere Idee.

»Wenn du meinst, dass Lucrezia nicht einverstanden sein wird, kann man auch eine Dirne anheuern. Nicht Lucrezia muss etwas beweisen, sondern du. Hier in Mailand gibt es wunderschöne Damen dieser Art. Lieber Cousin, um dir zu zeigen, wie groß meine Zuneigung ist, bin ich bereit, eine hübsche kleine Demonstration zu organisieren. Ich werde den Legaten Giovanni Borgia dazu einladen und …« Bei der Vorstellung dieser Szene konnte sich Ludovico nur mit Mühe das Lachen verkneifen.

Giovanni sprang auf. »Du machst dich über mich lustig! Ich habe bereits bewiesen, dass ich ein Mann bin. Meine erste Frau ist im Kindbett gestorben.«

»Das ist der erste vernünftige Satz, den ich höre. Es ist der entscheidende Beweis deiner Männlichkeit.«

»Diese Schweine haben das Gerücht in die Welt gesetzt, ich sei nicht der Vater des Kindes! Sie machen vor nichts halt. Die Wahrheit ist nur das, was ihnen in den Kram passt. Sie wollen mich tot sehen … Ludovico, ich habe Angst! Wenn es ihnen nicht gelingt, mich umzubringen, werden sie mich in irgendeiner anderen Weise ruinieren.«

»Solange du hier in Mailand bist, unter meinem Schutz, hast du nichts zu befürchten. Und du wirst sehen – kommt Zeit, kommt Rat.«

»Ja, ich kann ein bisschen Abwechslung gebrauchen, und deine Stadt ist der beste Ort dafür. Und sicher ist er auch.«

Was ist bloß mit diesem Dummkopf los?, fragte sich il Moro verwundert.

»Bleib ruhig so lange in Mailand, wie du willst. Ascanio und mir liegt dein Schicksal sehr am Herzen. Ich bin sicher, du wirst eine Lösung für dein Problem finden.«

Außerdem behalte ich dich so unter Kontrolle, sodass du nicht noch mehr Unheil anrichten kannst.

Er begleitete ihn zur Tür und drückte ihm fest die Hand, dabei schenkte er ihm ein Lächeln, das verständnisvoll sein sollte. Dann kehrte er mit einer strengen Falte auf der Stirn an seinen Schreibtisch zurück.

Giovanni unterdrückte mühsam seine Wut und zog sich in das Zimmer zurück, das ihm zugeteilt worden war.

Il Moro glaubte wohl, er könne ihn täuschen mit seinen schönen Reden, doch die drei Jahre, die er wie in der Löwengrube und von einer Schlangenbrut umgeben am Hofe des Papstes verbracht hatte, hatten ihn gelehrt, auf der Hut zu sein und bloßen Worten nicht zu trauen.

In den Augen des Cousins waren weder Bedauern noch ein Ausdruck von Zusammengehörigkeit zu erkennen gewesen. Dieser Intrigant hatte doch Hunderte von Spionen in ganz Italien in seinen Diensten; der wusste doch schon alles. Er hatte ihn zum Narren gemacht und würde ihn ohne Skrupel opfern, um sich die Gunst von Borgia zu erhalten. Verachtung und Scham trieben ihm die Röte ins Gesicht.

Er setzte sich an den Schreibtisch und begann einige verklausulierte Zeilen zu schreiben, mit Hinweisen, die sein Bruder verstehen würde.

Lieber Galeazzo,
wie ich schon geahnt hatte, bin ich mit der Angelegenheit, die ich zum Abschluss bringen wollte, gescheitert. Ich bitte dich daher, die vereinbarten Maßnahmen zum festgelegten Zeitpunkt zu ergreifen. Ich werde mich einige Zeit in Mailand aufhalten. Halte mich über Giacomino auf dem Laufenden darüber, wie du vorzugehen gedenkst.
Es wird dein Schaden nicht sein.

Giovanni

Er versiegelte das Blatt, drückte sein Wappen in den Siegellack und erhob sich, um Giacomino zu rufen. Nach wenigen Schritten jedoch hielt er inne.

Juan Borgia zu töten war ein Wahnsinnsunterfangen – und was dann?

Kalter Schweiß lief ihm den Rücken hinab. Jeder wusste, wie er unter den Borgia gelitten hatte und wie oft er und Juan aneinandergeraten waren. Dass sie nicht handgreiflich geworden waren, lag nur daran, dass der Papst ihn anfangs schützte. Wenn nun Juan etwas passierte, wäre er unter den Ersten, die man verdächtigen würde. Es wäre das Ende, und was für ein Ende! Er mochte nicht einmal an die Rache denken, auf die die Borgia sinnen würden.

Der Brief brannte ihm förmlich in den Händen. Er musste eine Nacht darüber schlafen. Morgen würde er eine Entscheidung treffen, und zwar ohne es sich dann noch einmal anders zu überlegen.

Erschöpft fiel er ins Bett.

VIII.
Ascanio Sforza

Rom
8. Mai 1497

Botschafter Stefano Taverna warf Hut und Mantel dem Diener zu und eilte in sein Arbeitszimmer.

Mit immer noch zitternden Händen zündete er eine Kerze an und setzte sich an den Schreibtisch. Er nahm Papier und Gänsekiel und begann zu schreiben.

Ill.mo et Ex. mo Signor mio,
Ludovico Maria Sforza, Herzog von Mailand,
es ist meine Pflicht, Euch von einem bedauerlichen Zwischenfall in Kenntnis zu setzen, der sich heute Abend beim Empfang im Palazzo des hochehrwürdigen Kardinals Ascanio zugetragen hat. Außer mir waren noch viele angesehene Personen aus Rom anwesend, und wir alle waren aus Respekt zur angegebenen Zeit erschienen, wohingegen der Ehrengast …

Ascanio Maria Sforza hob den Blick zum Sternenhimmel.

In dieser dunklen Ecke des Gartens suchte er im Funkeln

der Sterne eine Antwort. »Wenn der Mensch die Zukunft wüsste, wie wäre sein Leben?«, grübelte er, »besser, schrecklich, unmöglich?«

»Totum adimit quo ingrata refulget«, lautete sein Motto: »In der Mondfinsternis stiehlt der undankbare Mond der Sonne das Licht, das ihn strahlen lässt.« Es war ihm noch nie so passend erschienen wie jetzt. Rodrigo Borgia stahl ihm das Licht, und diese Finsternis dauerte schon viel zu lange. Er wandte sich den Sternen zu, die in der Ferne ungerührt pulsierten.

Beim Studium antiker Texte hatte er gelernt, die Sterne und Sternbilder zu erkennen, und er würde niemals eine wichtige Entscheidung treffen, ohne vorher die Sterne zu befragen. So hatte er es auch heute Abend gehalten. Die Vorhersagen waren negativ gewesen, aber er hatte den Empfang nicht verschoben. Er blickte ein letztes Mal auf das himmlische Antlitz und verließ den Garten.

Als er die Schwelle zum weitläufigen Vestibül überschritten hatte, fand er sich im Schein der Kerzen wieder, die die Säle seines prächtigen Palastes, dem alten, vatikanischen Sekretariat, erleuchteten.

Er hielt sich abseits und beobachtete die Gäste, die plaudernd dasaßen oder durch die Säle spazierten und die Wandteppiche bewunderten, die die Wände schmückten, sowie die Möbel, Statuen und Kunstobjekte des prachtvollen Wohnsitzes.

Die Diener in weißer, roter und blauer Livree achteten darauf, dass die Kerzen immer brannten, und servierten Kelche mit kühlem Wein, bedacht darauf, die Wünsche aller zu erfüllen.

Das Bankett im Empfangssaal war bereit: Die langen Tische, in Hufeisenform aufgestellt und bedeckt mit Leintüchern, bestickt mit dem Wappen der Sforza, waren geschmückt mit Kompositionen aus Früchten und Blumen der Saison. Das wertvolle Geschirr, die bunten Glaskelche, die vergoldeten Becher waren kunstvoll angerichtet, und das berühmte Silbergeschirr, das auf der Anrichte ausgestellt war, fing viele Blicke ein.

Alles war bereit.

Es fehlte nur der Ehrengast.

Ascanio spürte einen brennenden Schmerz im Bauch, der ihm für einen Augenblick den Atem nahm. Seit ein paar Tagen überfiel ihn immer wieder plötzlich ein Stechen oder auch Schwindel, aber heute Abend durfte er nicht krank sein. Er stützte sich an einer Wand ab und wartete, bis sich der Krampf löste, dann ging er langsam in sein Arbeitszimmer. Bevor er sich dem Abend stellen würde, wollte er noch etwas allein sein.

»Das ist ein einzigartiges Werk lombardischer Kunst«, sagte ein alter Monsignore und zeigte einem jungen Mönch, mit dem er sprach, einen Wandteppich. »Beachtet die präzise Zeichnung.«

Der Mönch berührte mit den Fingern den schweren Stoff, ohne den Blick von den epischen Szenen darauf abzuwenden.

»Kardinal Ascanio besitzt seltene Schätze. Habt Ihr schon von dem Rubin gehört, den man ›die Kastanie‹ nennt? Denkt nur, er wird auf über zehntausend Dukaten geschätzt!«

Die Augen des jungen Mönchs strahlten interessiert.

»Habt Ihr ihn gesehen?«

»Ja, einmal hat seine Eminenz ihn mir gezeigt, und ich kann Euch versichern, dass sein Ruhm gerechtfertigt ist. Er ist von sehr dunkler Farbe und sieht wirklich wie eine dicke Kastanie aus. Wenn Ihr das Vertrauen des Kardinals erwerbt, ist es nicht ausgeschlossen, dass auch Ihr ihn eines Tages bewundern werdet.«

Der junge Mann schüttelte den Kopf.

»Ich bin gerade erst von einer Mission zurückgekehrt und habe nur wenige Male mit ihm sprechen können. Kardinal Sforza möchte mir eine Aufgabe in Neu-Indien anvertrauen. Er scheint mir ein sehr mildtätiger Mann zu sein, ein wahrer Wohltäter.«

»Oh, ja, das ist er, er hilft allen, den Armen wie den Mächtigen. Dass ein Borgia Papst ist, verdankt er ihm und seinen entscheidenden Stimmen, und im Gegenzug für seine Unterstützung hat er diesen Palazzo und all diese Kunstwerke erhalten.« Er machte eine ausladende Handbewegung, die alles umfasste. »Die Stadt Nepi, die Ländereien von Anticoli di Campagna, die mit den Heilquellen und …«, er senkte die Stimme, »es heißt auch, zwei Maultiere beladen mit Gold und Juwelen, die vom Haus der Borgia direkt in das der Sforza geführt wurden.«

»Waren sie schon immer Verbündete?«

»Nein, es gab auch viele Konflikte. Während des Einmarschs von Karl VIII. standen sie auf gegnerischen Seiten, als dann dieses Höllenspektakel zu Ende war, einigten sie sich. Meiner Meinung nach verstehen sie sich seitdem jedoch nicht mehr wie zuvor, sagen wir, sie respektieren einander. Ihr wisst, wie die Politik ist. Verbündete wechselt man schneller als die Kleider! Das, was ich Euch sagen kann, ist, dass der Kardinal ein weiser Mann ist und dass er sein Amt des Vizekanzlers voller Ernst ausfüllt … Da kommt er ja.«

Ascanio Sforza ging mit einem zufriedenen Lächeln und wie immer in seinem roten Seidentalar durch den eleganten Saal. Im edlen Gesicht strahlten die dunklen, länglichen Augen mit einem kühlen Glanz.

»Lieber Monsignore, ich danke Euch für Euer Kommen und Eure Gunst. Es lohnt sich, ihm zuzuhören, er hat schon viele Länder gesehen, und nun wird er nach Neu-Indien reisen.«

Der schmale und gut geschnittene Mund des Vizekanzlers öffnete sich für ein Lächeln. Dann wandte er sich an den jungen Mann und sagte: »Ihr habt Glück! In diesen Ländern warten viele Menschen darauf, den wahren Gott kennenzulernen. Versprecht mir, dass Ihr mir oft Berichte zukommen lasst.«

Er wechselte noch ein paar Worte mit den beiden Geistlichen, dann ging er weiter und dachte, wie viel Mühe es ihn doch kostete, zu plaudern und ruhig zu bleiben.

Der Ausgang dieses Abends könnte die zukünftigen diplomatischen Beziehungen zwischen den Sforza und den Borgia entscheidend beeinflussen. Er durfte sich keinen Fehler erlauben.

Unter den Gästen entdeckte er Kardinal Bernardino Lonati und eilte auf ihn zu. Während sie sich warmherzig die Hände drückten, bemerkte er das ausgemergelte und leidende Gesicht des Freundes. Nach der Niederlage von Soriano hatte er sich nicht mehr erholt. Die Anstrengungen des Krieges und vor allem die Enttäuschung, nicht den Erwartungen des Papstes entsprochen zu haben, hatten seine ohnehin bereits schwache Gesundheit ruiniert.

Ascanio kannte ihn seit über zwanzig Jahren, seit Lonati blutjung in den Dienst des Mailänder Hofes getreten und Sekretär geworden war. Die Treue und das große diplomatische Talent dieses Adeligen aus Pavia waren ihm sofort aufgefallen, und um ihn zu belohnen, hatte er Rodrigo darum gebeten, dass er im Konsistorium von 1493 zum Kardinal gewählt wurde.

Als er seinen intelligenten Blick traf, erinnerte Ascanio sich daran, wie oft er in kritischen Momenten seiner kirchlichen Karriere auf seinen Rat vertraut hatte.

Er hakte sich bei ihm ein und führte ihn in einen etwas abgelegenen Saal.

»Danke, dass Ihr gekommen seid, ich brauche jetzt Vertrauenspersonen.«

»Ich konnte nicht fernbleiben, auch wenn ich sehr müde bin. Ich weiß schließlich, wie wichtig der gute Ausgang dieses Abends für Euch und für Mailand ist. Ich möchte Euch helfen, sagt mir, wie.«

»Wie stets habt Ihr den Nagel auf den Kopf getroffen. In seinen Briefen fordert Ludovico mich auf, eine Einigung mit dem Herzog von Gandia zu suchen.«

»Das habe ich mit aller Kraft versucht, während der Belagerung von Bracciano, aber es ist nicht einfach, die Freundschaft dieses Jungen zu gewinnen.«

»Vor allem, wenn man keine hübsche Frau ist oder beträchtliche Mengen Gold besitzt, die man in seine Taschen stopfen könnte!« Ascanio lachte bitter. »Es ist besser, mit Rodrigo aneinanderzugeraten, als seinen Sohn zu unterstützen.«

»Vor einigen Tagen habe ich mir erlaubt, dem Heiligen Vater vorzuschlagen, etwas strenger mit Juan zu sein. Doch er hat zugegeben, dass er es nicht schafft, ihm etwas abzuschlagen.«

»Das kann zu ernsten Problemen führen. Und als wäre das nicht bereits genug, mischt sich Juan jetzt auch noch in die Geschichte zwischen Giovannino und Lucrezia ein.«

»Und wie?«

»Indem er Zwietracht sät! Er und Sforzino konnten sich noch nie leiden. Giovanni hat keinen guten Charakter, das wissen wir … Er hat sich in etwas hineingesteigert, er will Juan nacheifern und verärgerte ihn schließlich. So ist es unter Trotz und Klagen, von den echten Konfrontationen ganz zu schweigen, zur Flucht von Giovanni aus Rom gekommen.

Ludovico wütet, er wirft mir vor, einen Unfähigen ausgewählt zu haben, um die Tochter des Papstes zu heiraten. Andererseits beschwert sich mein Cousin, dass wir ihn nicht gegen die Anklagen der Borgia verteidigen. Es ist wirklich ein dunkler Moment für mich! Sagt mir, wie ich Juan für mich gewinnen kann?«

»Vorsicht, Ascanio! Juan ist impulsiv und liebt die Provokation, lasst Euch nicht in eine seiner Fallen locken. Ich schlage Euch dagegen vor, ihm zu schmeicheln, ihn zu ermuntern oder wenigstens so zu tun, als schätztet Ihr seine Talente, aber lernt Eure Rolle gut, denn er ist nicht dumm.«

»Ich weiß nicht, ob ich das schaffe!«

»Analysiert die Situation. Was ist heute für die Sforza politisch das Wichtigste?«

»Zweifellos das Bündnis mit den Borgia. Wir dürfen die Unterstützung des Papstes nicht verlieren, er verlagert seine Gunst auf die Aragona. Wir sollten den Titel von Ludovico bewahren.«

»Also müsst Ihr etwas oder jemanden opfern. Das sage ich mit großem Bedauern, aber die Politik erfordert immer Opfer. In diesem Fall jedoch wird es keine geben, denn mir scheint, Giovannino ist in Pesaro in Sicherheit.«

»Er ist jetzt in Mailand. Ich hoffe, dass Ludovico ihn zum Nachdenken bringt.«

»Der Herzog wird sicher einen Weg finden, ihn zu überzeugen, zum Wohle aller zu handeln. Ihr beißt die Zähne zusammen und behaltet Euer Ziel im Auge.«

»Ich hoffe, in den nächsten Tagen Rodrigo treffen zu können. Jetzt muss ich mich um die Gäste kümmern, aber wir reden später weiter. Mit Euch zu sprechen tröstet mich immer.«

Ascanio sah ihn mit ehrlicher Zuneigung an und verabschiedete sich von ihm.

Als er den Salon betrat, kam ein junger, blonder Mann auf ihn zu.

»Kardinal, ich muss mit Euch über meine Hochzeit sprechen.«

»Ich habe meine Verpflichtungen nicht vergessen, Jaches, Ihr bekommt diese zehntausend Dukaten.«

»Darum geht es nicht, Eminenz«, murmelte Jaches besorgt.

Ascanio konnte ein verärgertes Aufseufzen nicht unterdrücken. An diesem Abend gab es schon genug Probleme.

»Verzeiht mir, aber ich kann Euch jetzt nicht die Zeit widmen, wie ich gern möchte. Wir sprechen noch darüber.«

Mit einem Lächeln ließ er den jungen Mann stehen.

Nur jemand, der ihn sehr gut kannte, hätte anhand des häufigen Blinzelns und daran, wie er seinen Talar mit einer bestimmten Geste glatt strich, erkennen können, wie nervös er war.

Erneut spürte er einen brennenden Schmerz im Bauch.

Er schob es auf die letzten, sehr anstrengenden Treibjagden. Vielleicht sollte er mit zweiundvierzig Jahren den Geist und Körper nicht mehr in diesen ermüdenden Rhythmus zwingen. Doch er wollte auf diese Leidenschaft, die ihm schon von Kind an im Blut lag, nicht verzichten. In seinem Revier, das in den antiken Thermen von Diokletian lag, ließ er Hirsche aufziehen und Treibjagden veranstalten, die an allen Höfen berühmt waren. Er hatte Vergnügen daran, die Beute aufzujagen, nachdem er sie gehetzt hatte, dafür ließ er seine großartigen Sperber fliegen und sah ihnen zu, wie sie mit ihren weit ausgebreiteten Schwingen in der Luft kreisten, um sich mit der Schnelligkeit eines unausweichlichen Schicksals auf das Opfer zu stürzen. Er hatte ein Vermögen ausgegeben, um die besten Sperber zu besitzen, die am besten ausgebildeten, die grausamsten.

Marino Caracciolo, sein Sekretär, näherte sich ihm ehrfürchtig.

»Kardinal, soll ich jemanden schicken, um nachzufragen, wie es zu dieser Verspätung kommt? Wir warten inzwischen schon seit über einer Stunde auf den Herzog.«

»Nein, das ist nutzlos. Ich glaube jedoch, dass der Grund allein seine verfluchte Arroganz ist.«

»Ich bewundere Eure Geduld, vielleicht liegt es an meinem süditalienischen Blut oder daran, dass ich die Katalanen nicht ertrage, aber ich könnte nicht über einen solchen Affront hinwegsehen.«

Ascanio legte eine Hand auf seine Schulter.

»Nicht so impulsiv, Marino! Ihr wisst, dass der Einsatz heute Abend hoch ist, wir müssen die instinktiven Reaktionen im Zaum halten. Aber habt Dank für Eure Entschlossenheit. Tut mir jetzt einen Gefallen und ruft den Musiker Josquin.«

Der Sekretär lief schnell los, um den Lautenisten zu finden.

Während er wartete, setzte Ascanio sich zu einem alten Prälaten und versuchte, die Bauchkrämpfe zu vergessen.

»Kardinal, wir werden nicht müde, die Pracht Eures Palastes zu loben. Es ist der schönste in ganz Rom!«, rief der Prälat aus, und die anderen nickten zustimmend.

»Dank Euch, Freunde. Es ist mir ein Vergnügen, von Menschen umgeben zu sein, die Kunst zu schätzen wissen. Ich hoffe, dass Euch auch das Essen gefallen wird, das ich für Euch habe zubereiten lassen, und die Künstler, die noch auftreten werden. Verzeiht das lange Warten, nur noch ein bisschen Geduld, dann wird der Herzog von Gandia zu uns stoßen. Lauschen wir bis dahin unserem Josquin Desprez, der uns mit seiner Kunst unterhalten wird.«

Der Musiker verbeugte sich und begann, Laute zu spielen

und zu singen, während Ascanio sich einer anderen Gruppe seiner Gäste zuwandte.

Kardinal Uberto Roncaglini näherte sich einem jungen Mann, der schmollend in einer Ecke des Salons stand, und sah ihn forschend an.

»Baron Ippolito, Ihr scheint mir nachdenklich.«

»Es wird wohl die bevorstehende Ankunft von Juan Borgia sein, die mir die Laune verdirbt.«

»Hoffen wir, dass sie kurz bevorsteht, wir haben schon lange genug gewartet. Es ist jedoch eine Ehre, an einem Bankett teilzunehmen, an dem auch der Sohn seiner Heiligkeit teilnimmt.«

Die Ironie war so gut verborgen, dass der junge Mann sie nicht bemerkte und erwiderte: »Eine Ehre, sagt Ihr? Da bin ich mir nicht sicher.«

»Mögt Ihr unseren Generalkapitän nicht?«

»Nein, überhaupt nicht, und ich verberge es auch nicht. Ich wäre nicht hier, hätte mein Vater mich nicht gebeten, ja fast gezwungen, diese Einladung anzunehmen, und das auch nur, weil wir Ascanio respektieren und mögen.«

»Um so zu sprechen, müsst Ihr ihn wirklich hassen«, flüsterte Uberto.

»Jeder in Rom hat einen Grund, Juan Borgia zu hassen.«

»Ich rate Euch, nicht so offen darüber zu sprechen, dieser Mann hat überall seine Spitzel.«

»Es widert mich an, dass die Sforza gezwungen sind, diesen Eindringlingen die Ehre zu erweisen! Mit den Spaniern dürfen wir keine Einigung anstreben, sondern müssen uns verbünden, um sie zu vertreiben.«

»Einigungen sind in der Politik entscheidend.«

»Nun, dann werde ich nie ein guter Politiker. Für mich ist rot rot und schwarz schwarz.«

»Ihr seid noch jung. Eines Tages werdet Ihr begreifen, dass Politik die Kunst ist, so zu tun als ob.« Uberto lächelte selbstzufrieden über seine Weisheit.

»Solange Borgia herrscht, herrschen auch seine Kinder, und wir Römer haben keine Chance zu überleben.«

»Ruiniert Euch nicht den Abend! Mit Eurer Feindseligkeit werdet Ihr sie nicht vertreiben. Erzählt mir lieber etwas von Eurem Bruder Andrea?«

»Was soll ich Euch von ihm erzählen?«

In den kleinen Augen von Kardinal Uberto blitzte boshafte Neugier.

»Es ist mir zu Ohren gekommen, dass er im Herzen der Kurie hohe und enge Verbindungen hat.«

»Andrea hat sicher viele Freunde in der Kirche, aber ich wüsste nicht, was daran seltsam sein soll.«

»Ihr wisst also nichts?«

Ippolito sah den Kardinal hart an.

»Nein, und ich will auch nichts wissen. Mein Bruder kann seine Freunde aussuchen, wie er will.«

»Regt Euch nicht auf, lieber Ippolito, ich wollte Euch bloß raten, in der Nähe dieses Jungen zu bleiben. Er ist sehr sensibel und riskiert, sich von gewissen verdrehten Geistern beeinflussen zu lassen.«

»Danke für den Rat«, schloss Ippolito.

Dann nahm er einen Weinkelch von einem Tablett, das ein Diener ihm entgegenhielt, hob ihn an und prostete dem alten Prälaten zu, bevor er sich entfernte.

Unruhig betrachtete Ascanio den Eingang zum Salon. Eine so große Verspätung musste nun als ein echter Affront gelten; seine Gastfreundschaft wurde ihm mit berechnender Dreistigkeit vergolten.

Er sah zu den Gästen, die gelangweilt durch die Säle gingen, und die Künstler, die ungeduldig auf ihren Auftritt warteten.

Er wird schon noch kommen. Er hat sein Wort gegeben, wie viel das auch wert sein mag, dachte er. Heute Abend werde ich auch das ertragen, aber es wird mein letzter Einigungsversuch sein.

Sich in der Politik zu engagieren war für ihn ein vergnügliches Glücksspiel, und er wusste, wann das Spiel zu Ende gehen musste. Oft hatte er mit Ludovico gestritten, dann hatten sie beide begriffen, dass es keinen Sinn ergab, gegeneinander zu kämpfen. Es war ihm auch fast immer gelungen, mit Rodrigo zu einer Einigung zu gelangen, bis Juan nach Rom zurückgekehrt war …

Ascanio hatte gehofft, dass er für immer in Spanien bleiben würde, und während seiner ersten zügellosen Monate in diesem Land hatte er ihm geschrieben und zu Vorsicht und Weisheit geraten.

Vergebliche Worte.

Juan hörte auf niemanden und mischte sich in politische Fragen ein, die ihn nichts angingen. Und jetzt kam noch seine krankhafte Anhänglichkeit an seine Schwester Lucrezia dazu …

Er schreckte auf, als er bemerkte, dass jemand mit ihm sprach.

Kardinal Roncaglini stand vor ihm und schaute ihn mit einem gewissen Lächeln an.

»Eminenz? Entschuldigt, ich habe Euch aus Euren Gedanken gerissen! Ich wollte Euch für Eure Einladung danken. Ich war zwei Monate lang nicht in Rom, und das ist mein erster Empfang seit meiner Rückkehr …« Er hielt inne und musterte ihn mit wachem Blick. »Ich kann mir vorstellen, was

Euch durch den Kopf geht. Der junge Borgia respektiert nie die Regeln einer guten Erziehung!«

»Er bliebe zweifellos lieber bei seinen ihm ebenbürtigen Kameraden, anstatt sich zu uns zu gesellen, aber ich kann meinen Ruf nicht ruinieren, indem ich eine Spielhölle oder eine Orgie organisiere, um seine Sympathie zu erringen!«

»Er muss die Verpflichtungen seines Ranges akzeptieren und auch seinen Hochmut ablegen. Apropos, man hat mir zugetragen, dass vor Kurzem etwas Unschönes zwischen Euch geschehen sei …«

In Roncaglinis Augen blitzte geradezu krankhafte Neugier auf.

Ascanio antwortete nicht sofort, denn diese alte Schlange wusste, was geschehen war. Dennoch wollte er auch seine Version hören, um dann mit anderen darüber zu sprechen, oder besser zu lästern.

»Ja, eine hässliche Geschichte«, sagte er mit einem berechnenden Seufzer, »das kann ich versichern, die als Streit zwischen drei Jungen begann. Als mein Cousin Giovanni gerechterweise einen Katalanen bestrafen ließ, der es sich erlaubt hatte, unseren Namen zu beleidigen, hat Juan aus Rache drei unserer Reitknechte aufhängen lassen.«

»Ein wahrer Affront!«

Uberto nickte und dachte eigentlich, dass der Affront beidseitig gewesen war, aber in diesem Moment schien es ihm unpassend, die Wahrheit anzusprechen. Die Sforza waren ihm noch nie auf die Füße getreten, und er zog sie den Borgia vor.

»Diese Katalanen wollen uns eine Lektion in Ritterlichkeit erteilen, dabei sind sie die schlimmsten Verräter der Welt! Unsere Empörung ist mehr als gerechtfertigt. Ist der Pontifex informiert worden?«

»Ich habe mich sofort darum gekümmert, meine Rechte geltend zu machen. Ich habe eine öffentliche Entschuldigung verlangt, aber wie Ihr wisst, wenn es um Juan geht, trägt der Papst Samthandschuhe, und ich frage mich noch, wie man sie ihm ausziehen kann.«

»Es ist nicht leicht, mit Rodrigo zu verhandeln, wenn sich seine Kinder einmischen, und ich frage mich, wie weit er es mit seiner väterlichen Narrheit noch treiben will. Findet Ihr nicht, dass er übertreibt?«

Die Frage war mit eingeübter Gleichgültigkeit gestellt, aber es war allzu deutlich, wie sehr er Sforzas Absichten herausfinden wollte.

Ascanio hätte gerne geantwortet, ja, Borgia übertreibt sehr, beschloss jedoch, verfänglichen Gesprächen aus dem Weg zu gehen. Jetzt war sicherlich nicht der richtige Moment für Polemiken, und ganz besonders nicht mit dem giftigen Roncaglini.

»Hoffen wir, dass der liebe Gott Seine Heiligkeit zu einer größeren Zurückhaltung in seinen Entscheidungen anhält. Doch nun erzählt mir ein bisschen von Euch, Ihr habt eine Reise erwähnt, die Ihr kürzlich unternommen habt …«

Kardinal Uberto erstarrte, das war genau das Thema, das er vermeiden wollte.

»Ach, eine anstrengende Reise, über die ich noch mit Euch reden werde, aber erlaubt mir nun … Ich habe unter den Gästen einen alten Mitbruder gesehen, den ich schon seit Jahren nicht mehr gesprochen habe.«

Er drehte sich rasch um und verschwand unter den Gästen.

Dieser Mann ist furchtbar, dachte Ascanio kopfschüttelnd. Wenn er erreicht hatte, was er wollte, vergaß er die guten Manieren.

Sforza bat einen Diener um Wasser; vielleicht würde etwas

Kühles zu trinken gegen das quälende Brennen im Magen helfen.

»Was für prächtige Hunde!« Ippolito zeigte Jaches, der vor ihm stand, drei Jagdhunde, die durch den Saal liefen. »Ich habe sie noch nie gesehen.«

»Sie kommen aus Frankreich, sind schnell und robust und haben einen hervorragenden Spürsinn, das jedenfalls sagt Ascanio. Ich habe sie noch nicht in Aktion gesehen, es ist schon eine Weile her, seit ich ihn das letzte Mal zur Jagd begleitet habe.«

Jaches kniete sich hin und pfiff, um einen der Hunde zu sich zu locken.

»Bei der letzten Treibjagd ist einer seiner Sperber ein wirklicher Meister gewesen. Denkt nur, er …«

Ippolito konnte seinen Satz nicht beenden, schallendes Gelächter verkündete die Ankunft des lang erwarteten Gastes.

Groß und durch einen weiten Umhang, der ihn zu umfließen schien, noch majestätischer trat Juan Borgia sicheren Schrittes in den Salon.

»Signori, die Langeweile ist zu Ende! Ich bin hier, um diese Beerdigungsrunde aufzumuntern!«, verkündete er großspurig und trat lächelnd an den Tisch.

Kardinal Ascanio ignorierte die Beleidigung und belohnte ihn mit einem breiten, allerdings sehr angestrengten Lächeln.

»Willkommen, lieber Herzog. Setzt Euch hierher, neben mich. Signori, nehmt Platz!«

Juan sah alle Tischgäste abschätzig an, warf seinen Umhang einem Diener zu und setzte sich.

»Ich habe Euch warten lassen, aber es war es wert! Seid fröhlich!«

Jemand lachte, andere, die meisten, verbargen mit ihrem Schweigen ihr Befremden.

Ascanio gab dem Haushofmeister ein Zeichen, damit das Bankett begann, und bat die Musiker, sich neben Josquin zu stellen, um die Tischgenossen zu unterhalten.

Die Diener näherten sich mit großen Platten voller Essen, die sie zuerst präsentierten, bevor der Truchsess sie in Portionen aufteilte. Wie von Ascanio angewiesen, erklärten sie allen, dass die besten Stücke für Juan waren.

Zwei Pagen kamen zum Borgia, sie trugen ein Tablett, auf dem eine erlesene Komposition aus Wildbret thronte.

Juan pfiff anerkennend.

»Nicht mal die Tafel des Pontifex ist so gut versorgt! Seine Heiligkeit hasst die Gefräßigkeit, und seine Gerichte sind frugal. Er sagt oft, dass ein Mann Gottes Maß halten muss.«

Ascanio rührte keine Wimper bei diesem Vorwurf.

»Ich bemühe mich, den Geschmack und die Wünsche meiner Gäste zu befriedigen, so gut ich kann. Es ist meine Pflicht, denjenigen, die ich ehren möchte und die zeigen, dass sie es zu schätzen wissen, das Beste anzubieten«, sagte er und beobachtete voller Ironie, wie der Borgia sich übermäßig bediente.

»Wart Ihr vor Kurzem auf der Jagd?«, fragte Juan und wechselte damit das Thema. »Ich habe hier ungewöhnliche Hunde gesehen, und ich weiß, dass Ihr gute Sperber besitzt.«

Ascanio zeigte ein kleines Lächeln, während er sich eine winzige Portion Fleisch nahm.

»Wenn Ihr mich auf eine der nächsten Jagden begleiten wollt, könnte ich Euch zwei sehr gut ausgebildete Sperber zeigen. Es heißt, Ihr seid ebenfalls ein sehr guter Jäger.«

»Von welcher Jagd sprechen wir, Kardinal? Sagen wir, dass ich mich auf allen Feldern ganz gut schlage, aber auf einem

Gebiet bin ich unübertroffen!« Er warf lachend den Kopf in den Nacken. »Heute Abend kann ich es Euch nicht demonstrieren, weil meine Lieblingsbeute nicht anwesend ist!« Dann sprach er mit leiser Stimme weiter. »Doch nach allem, was ich so gehört habe, behauptet auch Ihr Euch bei dieser Art von Jagd …«

Ascanio tat so, als hätte er diese Vulgarität nicht gehört, und aß weiter.

Gandia drehte sich abrupt um und schrie einen Pagen an.

»He, du, ich bin noch nicht fertig, wo gehst du hin? Eure Diener wissen nicht, wie man Gäste behandelt!«

Der getadelte Page kehrte rasch zurück, konnte jedoch nicht anders, als einen Blick auf den vollen Teller zu werfen, der vor dem Borgia stand.

Juan packte sein Tablett und schleuderte es zu Boden.

»Was schaust du, Dummkopf?«

Ascanio erstarrte und wollte schon eingreifen, da sah er zu Lonati. In seinem Blick las er den Rat, die Dinge einfach geschehen zu lassen, und beschloss, diesen Rat zu befolgen.

Juan betrachtete hochmütig die Gäste und sagte: »Ihr habt großartige Hunde, Kardinal Sforza, aber für meinen Geschmack zu stille Gäste.«

Niemand gab ein Wort von sich, und er biss wieder in ein saftiges Rebhuhn.

Ippolito wandte sich flüsternd an Jaches, der neben ihm saß. »Er vergleicht uns mit Hunden, ich hätte Lust, ihm zu antworten, wie er es verdient hat.«

»Bitte schweigt! Es steht uns nicht zu …«

Ippolito warf ein Stück Fleisch auf den Teller und sah ihn verächtlich an.

»Habt Ihr Angst?«

Jaches senkte den Blick.

»Nein, aber wir sind nur Gäste«, murmelte er und aß weiter.

»Lieber Herzog!«, rief Ascanio aus. »Es ist Zeit für das Intermezzo, mit Künstlern aus Frankreich.«

»Ihr seid also immer noch in dieses Land vernarrt. Hoffen wir, dass sie unterhaltsam sind. Als Narren haben die Franzosen ja durchaus ein gewisses Talent!«

Im Saal wurde etwas gelacht.

Nun wurden neue Delikatessen serviert, Kaviar, Neunaugen, Spanferkel, allerlei gebratenes Wild sowie unendlich viele Süßigkeiten und frisch gepflücktes Obst.

Die Künstler traten auf, kunterbunt gekleidet, und begannen mit ihrem Auftritt, was die Spannung etwas löste. Besonders zwei Tänzer zogen die bewundernden Blicke der Anwesenden auf sich: Einer mit einem silbrigen Kostüm stellte den Mond dar, der andere strahlte in seinem goldfarbenen Kostüm wie die Sonne. Die zwei Tänzer boten die Sonnenfinsternis dar, zur Feier von Ascanios Motto, und erhielten viel Applaus.

Sforza achtete dagegen kaum auf die Künstler und behielt Juan im Auge. Der junge Borgia nahm von allen Gerichten, und sein Glas wurde stetig von Pagen aufgefüllt, sie waren sehr darauf bedacht, ihm nicht zu missfallen.

»Wie findet Ihr diesen Wein?« Ascanio stellte sein Glas zurück auf den Tisch, nachdem er bloß einen kleinen Schluck getrunken hatte; er schmeckte ekelhaft bitter – wie alles an diesem Abend.

»Der Wein ist gut, Eminenz«, er drehte das Glas geringschätzig zwischen den Fingern. »Aber ich finde dieses Glas gewöhnlich. Man hat mir von Eurem Geschirr erzählt wie von einem Kunstwerk, aber Gläser wie dieses findet man überall.«

Ascanio war außer sich und blickte zum Haushofmeister, der Gandia sofort einen Kristallkelch mit Goldverzierung und dem Wappen der Borgia überreichte. Ein einzigartiges Stück, das er aufgehoben hatte, um damit auf den Frieden anzustoßen.

»Ich hoffe, dass dieser hier Euer würdig ist, Herzog. Ich habe ihn extra für dieses Fest von einem Goldschmied aus Florenz anfertigen lassen. Es gibt nichts Vergleichbares.«

Juan ließ sich Wein servieren und trank, ohne sich für das Geschenk zu bedanken.

Du provozierst mich ohne Unterlass, Verfluchter, dachte Ascanio nun, aber du wirst keinerlei Befriedigung erhalten.

»Was sagt Ihr zu unserem lange erwarteten Kapitän, Eminenz?« Ippolito wandte sich ironisch an Lonati. »Findet Ihr, dass er sich wie der große Herr benimmt, der er zu sein glaubt?«

»Ich habe schon früher mit ihm bei Seiner Heiligkeit zu Abend gegessen. Der Herzog hat dort stets gezeigt, dass er alle Regeln des höflichen Lebens kennt, aber heute Abend muss er etwas im Sinn haben.«

»Er hat im Sinn zu provozieren, wie immer. Mich wundert, dass Kardinal Sforza es schafft, seine Beleidigungen zu ertragen. Vielleicht erwartet er von uns eine Reaktion.«

»Ippolito, macht keine Dummheiten. Denkt daran, wenn Ascanio schweigt, dann weil er gute Gründe dafür hat. Und Ihr solltet dasselbe tun.« Lonati machte eine ablehnende Geste mit der Hand, als ein Page ihm ein Tablett hinhielt.

Gleichgültigkeit vorzutäuschen war unmöglich für Ippolito. Er ließ Gandia nicht aus den Augen, in der Hoffnung, dass dieser merkte, wie sehr er ihn hasste.

Als ihm auffiel, dass er beobachtet wurde, erwiderte Juan den Blick mit einem gleichgültigen Gesichtsausdruck.

Du hast mich also gesehen, Verfluchter!, dachte Ippolito. Heute zähle ich nichts, aber eines Tages wirst du mich wahrnehmen!

Ascanio bemerkte diesen angespannten Blickwechsel und versuchte dazwischenzugehen.

»Signori, nun tritt ein Jongleur auf. Beachtet, mit welcher Meisterschaft er seine Nummer beherrscht.«

Alle wandten sich dem Künstler zu, auch Ippolito und Juan.

Gefahr abgewendet, dachte Ascanio, aber werde ich diesen katastrophalen Abend noch retten können?

Ihm war aufgefallen, dass Ippolito seine scharfe Zunge gerade so im Zaum hielt. Er war ein kluger, junger Mann, aber zu impulsiv. Er seufzte erst erleichtert auf, als er sah, dass Juan, vom Wein und dem Essen weicher geworden, die Darbietung interessiert betrachtete.

Doch heute Abend war ihm das Glück nicht hold. Der Jongleur rutschte aus, alle bunten Bälle rollten durch den Saal und weckten das Interesse der Hunde, die hinter ihnen herliefen und dabei Pagen mit Tabletts umstießen.

Gandia stellte seinen Kelch ab und fing zu lachen an.

»Und so einen Meister habt Ihr extra aus Frankreich kommen lassen? Komm her, gieß mir Wein ein.« Er packte den Mundschenk am Arm. »Ich muss trinken, um diese Langeweile zu ertragen!«

»Don Juan, ich bin untröstlich.«

»Dieser Abend bringt mir wirklich keine gute Laune, dabei braucht es dafür gar nicht viel! Ein paar Huren, ein Ringkampf, ein Spieltisch, und ich sehe, dass ich auch jemanden gefunden hätte, den ich hätte ausnehmen können.« Er blickte zu Jaches, der knallrot wurde.

Ascanio hielt sich mit Mühe zurück, um ihm nicht an die Gurgel zu springen. Dieser derbe Humor zerrte an seinen Nerven.

»Mir ist sterbenslangweilig, ich habe noch nie ein so ödes Bankett erlebt! Keine Frau, ungeschickte Artisten, unfähige Diener, und hier am Tisch sitzt eine Horde Faulenzer!«

»Jetzt reicht es! Schweig, Bastard!« Ippolito war aufgesprungen und Juan gegenübergetreten.

Gandia stand ruckartig auf, sodass der Stuhl umfiel, und kochend vor Wut fixierte er Ippolito.

»Wer bist du denn, du Lump, du Hundesohn?«

Ascanio war so überrascht, dass er erstarrte und sprachlos war.

Die Musik hörte abrupt auf, und alle standen auf, in Erwartung des unausweichlichen Duells.

»Du weißt sehr gut, wer ich bin, Gandia, und jetzt ist der Moment gekommen zu kämpfen!« Sforza versuchte vergeblich dazwischenzugehen.

»Signori! Ich bitte Euch!«

»Du weißt nicht, auf was du dich da einlässt!«, schrie Juan und drohte Ippolito mit geballten Fäusten.

»Feigling, schlag dich! Zeig doch mal, ob du so viel Mut hast, obwohl du ein Bastard bist!«, brüllte der junge Mann und lehnte sich zu Gandia.

Juan fluchte auf Katalanisch, ballte die Fäuste und verließ dann überraschend den Saal, gefolgt von seinen Männern.

Mit einem Sprung überwand Ippolito den Tisch, um ihm nachzueilen, aber Jaches und zwei weitere junge Männer hielten ihn mit Gewalt zurück.

Man hörte, wie die Türen des Palazzo zufielen und die Pferde des herzoglichen Gefolges davongaloppierten.

Ascanio bemühte sich, wieder Ruhe herzustellen.

»Signori, Signori! Ruhe! Nicht schreien, ich bitte Euch! Ippolito! Signori!«

Doch den jungen Mann zu beruhigen dauerte, und als endlich alle wieder saßen, ergriff Sforza erneut das Wort.

»Ippolito, ich kenne Euren Vater und Eure Familie seit vielen Jahren, ich verstehe Eure Empörung und danke Euch. Ihr hättet jedoch abwarten sollen, bevor Ihr auf diese Weise reagiert. Juan war betrunken und hat zu viel geredet.«

Das sagte er, was er aber dachte, war: Du hast absolut recht, aber du hast die Arbeit von Wochen ruiniert! Du bist wie dein Vater, ein Löwe, aber mit den Borgia ist heute alles ein Kompromiss, und ich musste mich einmischen!

»Eminenz, er hat Euch mit vulgären Worten beleidigt und uns darüber hinaus Faulpelze genannt!«, verteidigte sich Ippolito.

Kardinal Lonati warf mit seiner ruhigen Stimme ein:

»Baron, Eure Absichten waren gut, und ich stimme Euch zu, dass Juan die Grenzen überschritten hat. Wisst, auch ich habe mich während des Krieges mit ihm abgemüht. Der Herzog hat ein gewalttätiges Wesen. Außerdem fühlt er sich geschützt, aber vielleicht …«

»Mehr hätte ich nicht ertragen!«

»Ihr habt recht, und ich selbst wollte deutlich auf seine Provokationen reagieren«, gab Ascanio zu. »Wenn ich es nicht getan habe, dann nur, weil ich als Gast nicht den Abend für Euch alle ruinieren wollte.«

»Ippolito, Ihr müsst bedenken, dass der Kardinal politische Gründe hat, um den Herzog zu ehren«, sagte Lonati und legte ihm eine Hand auf die Schulter.

Der junge Mann, ganz rot im Gesicht, unterbrach ihn erneut und ließ all den Hass heraus, den er in sich trug.

»Habt Ihr nicht gemerkt, dass Borgia die Herrschaft für

seinen Bastard bereiten will? Der Kampf gegen uns Barone ist noch nicht beendet. Glaubt mir, sie wollen uns von unserem Land verjagen. Wenn wir uns nicht wehren, wird hier bald nur noch Katalanisch gesprochen!«

»Er will alles: Ehren, Reichtum, sogar unsere Frauen«, meldete Jaches sich, »aber diese Probleme lösen wir nicht, wenn wir ihn direkt angreifen.«

»Wäre er nicht wie ein Hase geflüchtet, hätte ich ihn zusammengeschlagen!«

»Ihr glaubt doch nicht, dass es so geendet hätte! Für Euch geht der Ärger gerade erst los«, erwiderte Lonati. »Ihr müsst fliehen, so bald wie möglich. Heute Abend hat Euch das hohe Amt von Ascanio gerettet, aber der Kardinal wird Euch nicht ewig schützen können. Verlasst Rom und bleibt ihm fern, bis dieser Zwischenfall vergessen ist. Geht sofort, gebt ihm keine Zeit, Euch zu finden, sonst erfahrt Ihr, wie hart die Reaktion der Borgia ist!«

Lonati hatte gerade zu Ende gesprochen, als die Tür des Saals aufgerissen wurde und päpstliche Wachen in großer Zahl einmarschierten. Die herbeigeeilten Diener stießen sie brutal zur Seite.

»Ihr könnt nicht auf diese Weise mein Haus betreten, denkt an die Kardinalsimmunität«, rief Ascanio empört und stellte sich vor die Soldaten.

Der Kommandant der Truppe sah ihn entschlossen an.

»Eminenz, auf Befehl des Heiligen Vaters müssen wir einen Eurer Gäste abholen. Euch wird nichts geschehen. Reagiert nicht, für Euer eigenes Heil und das der anderen.«

Er zeigte seinen Wachen Ippolito, die ihn am Arm packten und fortschleppten.

»Das ist ein Übergriff«, wehrte sich Ascanio. »Ich verlange mit dem Heiligen Vater zu sprechen, bevor Ihr ihn abführt!«

Der Soldat schüttelte bloß den Kopf.

»Ich führe nur Befehle aus, Kardinal Sforza. Und nun, Signori …«

Der Kommandant verbeugte sich und befahl den Wachen hinauszugehen. Ippolito hatte kein Wort gesagt.

Auch Lonati folgte ihm, er bedeutete Ascanio, dass er versuchen würde, seinen Einfluss geltend zu machen, um Ippolitos Befreiung zu erreichen.

Zum x-ten Mal an diesem unglückseligen Abend herrschte Schweigen im Salon. Ascanio ließ sich in einen Sessel fallen. Sein Geist raste. So weit war es noch nie gekommen! Wachen in meinem Haus! Die Situation war schlimmer, als vorherzusehen war. Ich muss mir etwas einfallen lassen, um den Papst zur Vernunft zu bringen! Wer weiß, was ihm dieser Schuft erzählt hat.

Jaches trat betroffen vor.

»Eminenz, ich hatte eine schreckliche Vorahnung. Seit dem Beginn des Banketts habe ich versucht, Ippolito zu beruhigen, aber er wollte nicht auf mich hören.«

»Er war impulsiv, ja, aber der Herzog war boshaft! Er wird wohl zum Vater gelaufen sein, um Vergeltung zu ersuchen, da er sie nicht selbst einfordern kann.«

Niemand antwortete, die Angst lähmte die Zungen.

Abermals öffneten sich die Türen des Salons, dieses Mal, um Lonati einzulassen. Die Gäste drehten sich zu ihm um.

Schwankend kam der Kardinal auf Sforza zu. Er öffnete ein paarmal die trockenen Lippen, ohne dass ein Ton herausdrang.

»Sie haben ihn erhängt«, murmelte er schließlich. Das Flüstern hallte im Salon wider, gefolgt vom bestürzten Wispern der Anwesenden. Dann blickten alle auf Ascanio.

Sforza drehte in der rechten Hand den Kelch, aus dem Juan

getrunken hatte. Er betrachtete den Gegenstand und dachte an seine eigene Naivität: Zu glauben, dass er diese Bestie mit Schmeicheleien und Geschenken zähmen könnte, war eine dumme, unverzeihliche, verrückte Naivität gewesen, was sonst? Mit diesem blutigen Akt hatte Rodrigo deutlich gemacht, dass er keinen Frieden mit den Sforza anstrebte. Doch dieses Mal würde er den Kopf nicht neigen.

Er öffnete die Hand und ließ den Kelch zu Boden fallen. Die Kristallscherben barsten mit einem Knall, der die Stille des Saals unterstrich.

»Ich bin untröstlich wegen dem, was geschehen ist«, sagte Ascanio wie zu sich selbst. »Nun bin ich gezwungen, das zu beenden, was als vergnügliches Gastmahl gedacht war und stattdessen zu einer Tragödie wurde. Kardinal Lonati, bleibt, und auch Ihr, Taverna«, sagte er. »Caracciolo, geht voran.«

Der Sekretär führte sie ins Arbeitszimmer.

Eilig verließen die anderen Gäste den Palazzo und verschwanden in den Straßen Roms.

Mit hochrotem Gesicht und schweißbedeckt ging Ascanio nachdenklich im Zimmer auf und ab.

Caracciolo folgte ihm mit dem Blick und wartete auf Befehle.

»Ich kann nicht in Worte fassen, was ich empfinde«, sagte Sforza mit zusammengebissenen Zähnen. »Ich würde die Tatsachen gern kühl betrachten, aber ich schaffe es nicht. Die Wut verwirrt mich.«

Lonati setzte sich und legte den Kopf in die Hände.

»Oh, dieser arme Ippolito! Wer wird es seinem Vater sagen? Und seine Frau erwartet ein Kind.«

»Rodrigo hat eine Grenze überschritten: Wachen in meinem Haus! Für das Wohl der Sforza habe ich mich bemüht, eine Übereinkunft mit ihm zu erreichen, doch dieser Undankbare … Dieses Mal werde ich auf den Affront reagieren!«

»Kardinal, wir müssen eine neue Art der Einigung mit den Borgia suchen«, schlug Taverna mit gesenktem Blick vor.

»Ich verstehe den Wert der Vermittlung, aber sie scheint mir an diesem Punkt nicht mehr möglich. Solange Juan in Rom ist, wird es für die Sforza unmöglich sein, günstige Verbindungen mit dem Papst zu knüpfen. Dieser Unglücksmensch hat einen negativen Einfluss auf seinen Vater. Er muss verschwinden!«

Kardinal Lonati hob abrupt den Kopf.

»Ascanio, was meint Ihr?«

»Er muss eliminiert werden! So schnell wie möglich.«

»Ihr seid nicht Ihr selbst«, sagte Lonati mit aschfahlem Gesicht.

Caracciolo dagegen betrachtete Sforza entschlossen.

»Viele in Rom wären Euch dankbar, wenn Ihr es schafft, uns von diesem Übeltäter zu befreien. Seit seiner Rückkehr hat er nichts getan, als Zwietracht gesät!«

Lonati sah ihn erstaunt an.

»Marino, Ihr auch?«

»Lonati, Ihr kennt mich seit vielen Jahren.« Ascanio sah ihn wohlwollend an. »Ihr wisst, dass ich nicht schnell zornig werde und dass ich mich bei Entscheidungen nicht von kurzfristigen Gefühlen leiten lasse. Das, was Ihr von mir gehört habt, ist das Ergebnis langen Nachdenkens.«

»Kürzlich habt Ihr mir jedoch gesagt, dass es für Euch das Wichtigste sei, sich beim Papst einzuschmeicheln!«

»Und ich bekräftige das! Ich habe immer einen Weg gefunden, mit Rodrigo zu verhandeln, aber die Botschaft, die wir heute Abend erhalten haben, ist klar. Wer sich seinem Sohn nicht unterwirft und es wagt, ihm zu widersprechen, und sei es nur mit Worten, wird hingerichtet. Solange Juan lebt, wird es nicht möglich sein zu verhandeln.«

»Eminenz, ich rate Euch, Euren Bruder Ludovico zu konsultieren«, warf Taverna ein.

»Lieber Botschafter, ich denke, dass ich gewisse Entscheidungen auch allein treffen kann. Außerdem ist es kein Geheimnis, dass Ludovico vom Verhalten der Borgia entsetzt ist. Rodrigo versucht, ein Abkommen mit Aragon zu schließen, um die spanischen Majestäten zufriedenzustellen. Er benutzt seine Kinder, um Allianzen zu schließen, die ihm passen, und wenn sich der politische Wind dreht, löst er sie wieder. Wie er meinen Cousin behandelt hat, ist ein Beispiel dafür. Giovannino zählt zum alten Eisen und wird weggeworfen und wir mit ihm. Juan hätte sich ein solches Verhalten wie heute Abend niemals erlaubt, wenn er nicht wüsste, dass wir am Ende sind.«

»Ich stimme Eurer Analyse zu«, gab Lonati erschöpft zu.

»Am allermeisten liegt mir die Zukunft der Sforza am Herzen. Diese unglückselige Affäre wird weitere Übel nach sich ziehen, und ich gebe zu, dass ich mir große Sorgen mache.« Ascanio legte eine Hand auf den Magen, dann wandte er sich an Lonati und fuhr fort: »Vorhin habt Ihr gesagt, dass die Politik ihren eigenen Regeln folgt und dass man manchmal jemanden opfern muss. Nun, die Eliminierung von Juan Borgia ist durch die Politik gerechtfertigt. Er wird geopfert, um etwas Größeres als ihn und uns alle zu retten: die Geschichte!«

Lonati senkte den Kopf.

»Ascanio, versprecht mir, dass Ihr noch einmal darüber nachdenkt, im Moment sind wir alle zu erschüttert.«

»Wirke ich wie jemand, der falsch urteilt?«

»Nein, was sagt Ihr da? Ihr schlagt jedoch eine sehr gewagte

Lösung vor, und es ist nicht sicher, dass das Ergebnis vorteilhaft für Euch sein wird.«

»Ich habe es mit den Spaniern versucht, und das ist die letzte Karte, die ich ausspielen kann.«

Plötzlich wurde sein rotes Gesicht ganz bleich. Er wurde von starkem Zittern geschüttelt und fiel stöhnend zu Boden.

Taverna und Caracciolo liefen zu ihm, um ihm beizustehen, während Lonati Hilfe rief.

»Der Bauch!«, rief Ascanio und beugte sich vornüber. »Mein Gott, welche Schmerzen!«

»Nicht sprechen, strengt Euch nicht an!«, bat ihn Caracciolo und wies die herbeigeeilten Diener an, ihn in sein Schlafzimmer zu tragen. »Ich hole jetzt einen Arzt.«

»Ruft Zerbi, rasch«, murmelte Ascanio.

Nach diesen Worten verdrehte er die Augen und wurde ohnmächtig.

»Glaubt Ihr, es ist etwas Schlimmes?«, fragte Marino Caracciolo und sah Taverna besorgt an.

Seit einer halben Stunde warteten sie vor dem Zimmer, in das der Kardinal gebracht worden war. Lonati und der persönliche Kammerdiener Sforzas waren an seinem Krankenlager geblieben.

»Ich hoffe nicht. Ich kann nicht verbergen, dass ich mich erschreckt habe, als ich ihn so gesehen habe«, rief Taverna aus, der im Zimmer hin und her lief.

»Diese schrecklichen Schmerzen und die Blässe erinnern mich an …«

Der junge Mann hielt inne.

»Gift?«, fragte Taverna. »Habt Ihr dafür einen Verdacht?«

»Der Kardinal ist ein prominenter Mann, beneidet, gefürchtet …«

Er schwieg einen Augenblick lang.

»Ein Kompromiss mit den Borgia ist jetzt unvorstellbar«, schloss der Sekretär kopfschüttelnd.

Taverna saß vor ihm.

»Das hoffe ich nicht«, sagte er seufzend. »Es gab schon früher hässliche Konfrontationen zwischen Ascanio und dem Papst, aber am Ende fand sich immer eine Lösung.«

»Sie waren jünger und noch unsicher. Heute sind sie sich ihrer Macht bewusst. Sie wissen, dass sie nicht vernünftig bleiben müssen, besonders Borgia.«

»Ihr seid ein aufmerksamer Beobachter.« Bewundernd sah Taverna ihn an. »Ich verstehe, warum Ascanio so hohe Stücke auf Euch hält. Wenn Ippolito Gianani Euren Scharfsinn besäße, wäre er noch am Leben.«

Die Zimmertür öffnete sich, und Lonati kam heraus. Sein Gesichtsausdruck war entspannter.

»Dem Kardinal geht es besser«, sagte er mit einem kaum sichtbaren Lächeln. »Der Arzt hat mich beruhigt, es scheint an der Aufregung zu liegen. Ihr müsst wissen, dass Ascanio einen empfindlichen Magen hat, der sich verschlimmert, wenn er sich aufregt.«

Taverna sah ihm fragend in die Augen.

»Andere Ursachen können also ausgeschlossen werden?«

»Ich verstehe, worauf Ihr anspielt. Daran habe auch ich sofort gedacht. Der Arzt hat die Theorie, dass der Kardinal etwas zu sich genommen hat, jedoch verworfen.«

»Und nun?«, fragte der Sekretär.

»Er muss sich ausruhen und den Anweisungen des Arztes folgen. Seht, er kommt heraus.« Gabriele Zerbi näherte sich ihnen.

»Der Kardinal ist robust. Die Krise ist vorüber. Ich komme in zwei Stunden noch einmal, um ihn mir anzusehen.«

Dann wandte er sich an Lonati.

»Ihr dagegen müsst auf Euch aufpassen. Eure Gesichtsfarbe gefällt mir nicht. Ich möchte Euch so bald wie möglich besuchen, aber nun geht nach Hause und ruht Euch aus.«

Er verbeugte sich und ging.

»Messer Zerbi, wartet!« Taverna schloss zu ihm auf. »Ich möchte sichergehen, dass es nichts Schlimmes ist. Ihr wisst, ich muss alles nach Mailand melden.«

»Der Kardinal hat nichts Besorgniserregendes. Ich habe ihn zur Ader gelassen, und die Schmerzen haben jetzt nachgelassen. Ich habe ihm Tränke verschrieben, die er alle zwei Stunden trinken muss. Und sollten sich in den nächsten Tagen dieselben Symptome erneut zeigen, werde ich ihn noch einmal zur Ader lassen.«

»Also nichts Verdächtiges?«

»Wenn Ihr an ein Gift denkt, nein.«

»Wenn Ihr Euch mit einem anderen Arzt beraten wollt, dann habt keine Skrupel, mich darum zu bitten. Il Moro kann Euch aus Mailand Messer Ambrogio da Rosate schicken.«

»Ich denke, das ist im Moment nicht nötig. Aber Ihr könnt sicher sein, wenn ich es für richtig halte, werde ich es Euch mitteilen. Gute Nacht.«

Taverna bemerkte eine leichte Verärgerung in Zerbis Stimme. Ihm fiel wieder ein, dass er Rosate verachtete, ein Astrologe, der Glück gehabt hatte, ein paar Diagnosen erraten zu haben. Er war von den Sforza mit Ehren überhäuft worden.

Inzwischen hatte Lonati sich Caracciolo genähert.

»Der Kardinal will Euch sehen«, sagte er zu dem jungen Mann, der sich sofort erhob. »Aber bleibt nicht lang und lasst ihn nicht zu viel sprechen. Er ist sehr mitgenommen.«

Der Sekretär begab sich sofort in das Zimmer.

Kaum hatte Caracciolo sich ihm genähert, schlug Ascanio die Augen auf und flüsterte mit matter Stimme:

»Ihr habt recht, ich kann nicht mehr nachgeben. Wenn ich mich erholt habe, werden wir überlegen, wie wir ihn aus dem Weg räumen.«

Der Sekretär nickte.

»Strengt Euch nicht an, Kardinal. Wenn es Euch besser geht …«

Ascanio erhob sich von den Kissen und küsste ihn.

»Dieses Mal lasse ich es nicht durchgehen!«

Er fiel zurück auf das Bett, das Gesicht von einem Krampf verzerrt, während Caracciolo hinausging.

»Warum seid Ihr eingetreten? Der Kardinal muss sich ausruhen!«, empfing Taverna ihn vorwurfsvoll.

Lonati erklärte: »Ich habe ihn hereingelassen. Ascanio wollte ihn sehen.«

Marino Caracciolo schwieg einen Augenblick und fragte sich, ob er von den Absichten des Kardinals erzählen sollte, aber dann zog er es vor, vage zu bleiben.

»Er hatte einige dringende Aufträge für mich.«

Er senkte den Blick und fügte nichts mehr hinzu.

»Signori, es ist spät geworden, und es ist besser, nach Hause zu gehen.« Lonati stand mühsam auf. »Es war kein einfacher Abend, und morgen wird kein heiterer Tag. Ich hoffe, dass der liebe Gott uns hilft. Gute Nacht.«

Er schickte einen Pagen, um seine Eskorte zu rufen, und ging langsamen Schrittes zum Ausgang des Palazzo.

Auch Taverna und Caracciolo bewegten sich zum Ausgang.

»Seid Ihr ohne Eskorte gekommen?«, fragte ihn der Sekretär, da er keine anderen Diener sah.

»Es ist nicht weit, und ich trage keine Wertsachen bei mir.

Was die Feinde angeht, so dürfte ich mir noch keine gemacht haben. Gute Nacht, wir sehen uns bald wieder.«

Taverna trat durch das Tor, vor ihm ging ein Diener mit einer Fackel.

Die schreckliche Nachricht, dass Baron Ippolito erhängt wurde, hat Euren Bruder sehr erzürnt. Ich befürchte, mein Herr, dass Kardinal Ascanio die Versuche, sich beim Herzog von Gandia einzuschmeicheln, aufgeben wird und dass die Hoffnung, die Ehe Eures Cousins Giovanni zu regeln, immer weiter schwindet.
Das Geschehene hat, meiner Einschätzung nach, die guten Beziehungen Eurer Familie zu Seiner Heiligkeit im Ganzen beschädigt.
Der Kardinal verlangt eine Entschuldigung und scheint entschlossen, dem Herzog von Gandia eine Lektion zu erteilen.
Sicher ist nur, dass ein Tod weitere Tode nach sich zieht …
Ich werde Euch über die Entwicklungen in dieser unglückseligen Sache weiter auf dem Laufenden halten.

Seid Gott empfohlen, mit untertänigsten Grüßen
Euer Botschafter
Stefano Taverna

Inzwischen war es pechschwarze Nacht und die Kerze auf dem Schreibtisch abgebrannt.

Taverna las den Brief noch einmal und faltete ihn erneut. Jetzt konnte er sich hinlegen. Er hatte nur noch wenige Stunden bis zum Morgengrauen, wenn der Bote kam, der seine Nachricht in wenigen Tagen Ludovico Sforza aushändigen würde.

Er lag im Bett, die Augen im Dunkeln weit offen, und sah die Bilder des tragischen Abends vor sich. Er dachte an Caracciolos Gesichtsausdruck, als er ihn zum Tor geleitet hatte. In den Augen dieses jungen Mannes hatte er eine außergewöhnliche Aufregung gesehen. Wer weiß, was Ascanio ihm gesagt hatte, als er ihn in sein Zimmer gerufen hatte.

Die Vergänglichkeit des Lebens war ihm noch nie realer erschienen als in dieser Nacht.

Und der Morgen war unsicher und finster.

IX.
Baron Gianani

Rom
11. Mai 1497

Das Herz des alten Barons war unendlich müde.

Der Saal, in den er geflüchtet war, war fast dunkel; nur ein schmaler Lichtstrahl fiel durch die Vorhänge an den Fenstern.

Auf seinem Sessel suchte der Alte etwas Frieden in der Einsamkeit, bevor er seinen Kindern gegenübertrat. Er schloss die Augen und lehnte den Kopf an die Rückenlehne. Sein Körper hatte keine Kraft mehr, doch sein Geist schon. Der arbeitete unermüdlich und verwehrte ihm das ersehnte Vergessen des Schlafs. Seine Gedanken kreisten ohne Logik, ohne Anfang und Ende, sie tauchten auf wie plötzliche Bilder, und wie Meteore verschwanden sie und vermischten sich mit vielen Erinnerungen an die Vergangenheit. Er sah sich als Jungen an einem Felsenriff, an das die stürmische See schlug. Gerade und fest wie ein Baum mit robusten Wurzeln, die Haare vom Wind zerzaust, der konzentrierte Blick verlieh dem kindlichen Gesicht einen bereits reifen Ausdruck. Dann legte sich über das eigene Bild das des Vaters, der ihn mit Härte für seine Unverschämtheit bestrafte. Er erinnerte sich nicht mehr an das Gesicht dieses strengen Mannes, sondern nur noch an die erhobene Hand, bereit zuzuschlagen.

Er ergriff mit den mageren Händen die Armlehnen des Sessels, um nicht in die endlose Spirale der Erinnerungen abzustürzen. Doch dann hörte er seine Stimme, wie er Ippolito anwies, zum Festmahl zu gehen, und dann, weit entfernt, den Schrei einer Frau …

Der Baron öffnete die Augen und sah Isabella vor sich.

Er streckte eine Hand aus, um sich zu vergewissern, dass sie real war, und befahl dem Kammermädchen, das sie begleitete, die Vorhänge zu öffnen. Die helle Maisonne fiel ins Zimmer. Isabella nahm die Hände des Alten in ihre und setzte sich schweigend neben ihn.

»Bald kommen auch die anderen«, murmelte Gianani und sah seine Schwiegertochter an.

Die junge Frau, die unnatürlich blass war, hatte vom Weinen gerötete Augen; ihre blutleeren Lippen waren zu einer bitteren Linie verzogen. Die dünnen braunen Haare lagen unter einer Haube, die bis zur Taille reichte, und ihre durch die Schwangerschaft schwere Figur war in bedrückend schwarzen Kleidern eingeschlossen.

Mit schwerem Herzen fühlte der Alte sich wahrhaft verantwortlich für den Tod seines Sohnes und für die Verzweiflung dieser kleinen Frau.

Aber jetzt konnte nichts mehr die Vergangenheit ändern, keine Gebete, keine Tränen oder Vorwürfe. Was für ein Schicksal!

Als sie seinen Sohn in den Umhang gewickelt nach Hause gebracht hatten, war es finstere Nacht.

Das überraschende und beharrliche Klopfen am Tor hatte den ganzen Palazzo geweckt. Mit einer bedrückenden Vorahnung war er die Treppe hinabgestiegen zur Leiche von Ippolito. Eine Fackel erleuchtete sein Gesicht, und in diesem Augenblick hatte Isabella geschrien. Ihr Schrei hallte noch nach, unauslöschlich, wie es die Stimmen des Unheils sind.

Vergebens hatte Jacopo ihr die Augen zugehalten: Sie hatte bereits die vom Leiden verzerrten Züge von Ippolito gesehen, die Zunge, die seitlich heraushing, und die grauenhaften blauen Flecken um seinen Hals.

Die junge Frau war in Jacopos Arme gesunken und hatte seitdem nicht mehr gesprochen.

Der Baron sah sie mitfühlend an, während sie sich mühsam hinsetzte und dabei ihren Bauch umfasste.

Sie hatte mit sechzehn Jahren geheiratet. Die Ehe war mithilfe des Kardinals Ascanio Sforza eingefädelt worden, der Isabellas Familie gut kannte: kein hoher Adel, aber finanziell solide. Dank dieses Mädchens war wieder etwas Freude in den Palazzo eingezogen, der sonst nur von Männern bewohnt wurde.

Was wird nun aus ihr?, fragte sich der Baron. Und aus mir?

Während dieser Tage und der letzten endlos langen Nächte hatte er sein ganzes Leben Revue passieren lassen, den Ruhm und die Niederlagen, die Liebe und die Leiden, die Träume und die Enttäuschungen. Er suchte nicht nach Entschuldigungen. Er war bereit, seine Schuld anzuerkennen, aber der absurde Tod seines Sohnes, nein, den konnte er nicht akzeptieren!

Ein stolzes Schaudern schien ihm verlorene Kraft wiederzugeben, aber das war nur ein kurzer Augenblick. Er spürte ein Stechen in seiner Brust, das ihm den Atem nahm.

Warum prüfte ihn Gott immer noch?

War das immer noch derselbe allmächtige und gnädige Gott, von dem die Priester auf ihren Kanzeln sprachen? Wie konnte er den Worten der unwürdigen Geistlichen glauben, die die spirituelle Macht mit derselben Skrupellosigkeit behandelten wie ihre unermesslichen Reichtümer? Gerade der Stellvertreter Christi auf Erden hatte einem jungen Mann das Leben genommen, dessen einzige Schuld die Impulsivität war? Die Verrücktheiten seines Lieblingssohnes vergab er dagegen, ja er rühmte sie sogar.

Ippolito hatte gute Gründe gehabt, Juan zu hassen.

Der Katalane hatte die Herausgabe eines Lehens der Kirche gefordert, das seit Generationen ihrer Familie gehörte, um es einem seiner Günstlinge zu geben. Es war ein harter Schlag für die Gianani gewesen. Ippolito war ungestüm, stolz und wollte sich diesem Übergriff widersetzen, und er, er selbst hatte dessen Leidenschaft nicht mit seinem Alterszynismus bremsen wollen.

Dabei hätte er es tun sollen.

Das Geräusch von Schritten und der sich öffnenden Tür rissen ihn zurück in die Gegenwart. Einer nach dem anderen traten seine Söhne ein.

Als Erster Jacopo, der Älteste, dessen wütender Gesichtsausdruck seine grauen und durchdringenden Augen düster wirken ließ. Der Alte seufzte, als er ihm zusah, wie er Isabella die Hand küsste. Dann strich er den braunen Wuschelkopf von Mario, seinem Zweitgeborenen, der sich verbeugt hatte, um ihn zu umarmen. Mario hatte ein großes Herz, aber sein ungestümes Wesen bescherte ihm oft Schwierigkeiten.

Als Letzter kam Andrea hinein, der Hübscheste. Von Kindesbeinen an unterschieden ihn seine Eleganz, seine Sensibilität und seine Leidenschaft für die Kunst von seinen Brüdern, die sich für Waffen und den Kampf interessierten.

Einen Moment lang sah der Baron sie als Kinder vor sich: Jacopo, der die Spiele organisierte, Ippolito, lebhaft und provokant, Mario, der alle herausforderte, Andrea, der bei der Mutter Schutz suchte. Im Wesentlichen hatten sie sich seitdem nicht verändert.

»Meine Söhne …« Seine Stimme zitterte, sodass er nicht weitersprechen konnte.

»Es reicht! Ippolito ist seit drei Tagen tot, und wir reden bloß! Ich steche ihn mit meinen eigenen Händen ab, diesen Bastard, lasse ihn in seinem eigenen Blut ertrinken!«

»Hör auf, Mario!«, schaltete sich Jacopo bestimmt ein. »Wir leiden alle.« Sein Blick suchte Isabellas Augen, die ins Nichts starrten.

»Überlasst mir diesen Hurensohn! Ich schlage mich mit ihm«, rief Mario erneut aus.

»Du tust gar nichts auf eigene Faust«, wies ihn der Baron an.

»Ein Duell würde unsere Ehre wiederherstellen.«

»Juan ist ein Feigling, er würde es nie annehmen. Er hat ja auch die Herausforderung von Ippolito nicht angenommen. Außerdem verdient er kein würdevolles Ende.« Jacopo betrachtete den Vater, der eine Hand auf die Brust legte. »Nutzen wir stattdessen lieber die Tatsache aus, dass viele ihn tot sehen möchten, und stellen wir ihm eine Falle.«

Betroffen sah Andrea ihn an.

»Du willst einen der mächtigsten Männer Roms umbringen? Der Papst wird uns vernichten. Es wird nicht einmal die Erinnerung an uns bleiben, und ich will nicht wie Ippolito enden!«

Mario trat vor seinen Bruder und schrie ihm ins Gesicht:

»Bringt dir das dein perverser Freund, der Kardinal, bei? Ein Schwächling zu sein?«

Andrea sprang auf.

»Wie kannst du es wagen?«

Der Baron schlug mit der Faust auf die Armlehne des Sessels, um sich durchzusetzen.

»Mario, von wem sprichst du? Andrea, ich will eine Erklärung!«

Die beiden jungen Männer ignorierten ihn.

»Welcher Mut?«, rief Andrea zornig aus. »Und die Unglücksseligen, die du schwängerst? Und die, die du prügelst, wenn du getrunken hast? Um die Schulden, die du machst, gar nicht erst anzusprechen. Du bist ein Schuft und ein Hurenbock!«

»Ich bin ein Mann!«

»Deswegen füllst du die Dörfer mit Bastarden und verprasst unser Geld in Spielhöllen?«

Ein bitterer Sarkasmus erschien auf Marios Gesicht.

»Auch dein Kardinal spielt gern, weißt du. Ich treffe ihn oft, aber im Vergleich zu ihm bin ich ein Dilettant. So hoch wie er spiele ich sicher nicht!«

»In Wahrheit bist du nur in der Lage, dich betrügen zu lassen«, antwortete Andrea voller Ironie. »Was für ein Mann!«

Jacopo ging zwischen sie.

»Schweigt! Es reicht!«

»Du bist nicht der Beste von uns!«, schrie Andrea außer sich. »Warum bringst du deinen Bastard denn nicht her? Hast du Angst vor dem gehörnten Ehemann? Alle wissen, dass es dein Sohn ist – außer ihm!«

Jacopos Augen wurden zu scharfen Schlitzen. Er packte den Bruder am Wams und hob ihn fast hoch.

»Bewirfst du andere mit Schlamm, du kleine Schlange?«

Andrea schlug die Hände des Bruders weg und rief:

»Ihr und eure falschen Werte! Ihr widert mich an!«

Der Alte erhob sich aus dem Sessel. Seine magere Figur wirkte wie ein drohender Geist.

»Schämt euch! Ihr alle! In dieser Stunde der Trauer und des Schmerzes könnt ihr nur Gift spucken! Dabei müssen wir vereint sein. Wenn wir uns trennen, vernichten wir niemals die Borgia!«

Einen Augenblick lang bewegte sich niemand, bis Andrea auf die Tür zuging und sagte: »Ich gehe. In dieser Familie ist kein Platz mehr für mich.«

»Andrea, bleib. Ippolito hat dich geliebt, und ich liebe dich auch.«

Die Überraschung, plötzlich Isabellas Stimme zu hören, beruhigte die Gemüter. Andrea kehrte zurück, Mario setzte sich neben den Alten, und Jacopo begann wieder zu sprechen, als wäre er nicht unterbrochen worden.

»Ich habe mir alle Möglichkeiten angesehen, und die erste, die ich verworfen habe, war eben, mich auf Juan zu stürzen, um ihn zu schlagen. Das würde nur damit enden, dass ich von seiner Eskorte massakriert und die Wut des Papstes angestachelt würde.« Er sah Mario an, der den Blick senkte. »Aber es erscheint mir auch unmöglich, einen Mord straflos hinzunehmen und einfach weiterzuleben.« Er lenkte seinen Blick auf Andrea, der rot wurde. »Es gibt jedoch eine Möglichkeit, die Frage zu klären, ohne …«

»Die Frage zu klären?«, rief Andrea aus und suchte Zustimmung in den Augen des Vaters. »Nennen wir es beim Namen. Mord! Ich bin nicht dafür, Rechnungen auf diese Art zu begleichen.«

Der Alte kommentierte es nicht.

Die Beleidigungen, die seine Söhne einander an den Kopf warfen, waren für ihn wie Messerstiche ins Herz. Was sollte er auf Jacopos Vorschlag erwidern? Vor wenigen Jahren noch hätte er keinerlei Zweifel gehabt – und es wäre nicht das erste Vergehen seines Lebens gewesen. Heute jedoch empfahl ihm etwas Tiefsitzendes, seine Söhne zu bremsen. Etwas Mysteriöses, gegen das er nicht ankämpfen konnte, bedeutete ihm, den Schmerz und die Unwägbarkeit des Lebens anzunehmen und die Rache auszuschlagen.

»Wir brauchen deine Zustimmung nicht, Andrea«, entgegnete Jacopo kühl.

»Sicher, ich zähle nicht. Ja, ich bin das schwarze Schaf der Familie, weil ich nicht an Gewalt glaube! Auch Ihr, Vater, verachtet mich! Sagt, dass Euch lieber wäre, wenn ich tot wäre anstelle von Ippolito!«

Der Baron schüttelte den Kopf, ohne zu antworten.

»Um dich geht es bei diesem Treffen nicht«, warf Mario verärgert ein.

»Anscheinend traut sich niemand zu sagen, dass Ippolito unverschämt war!«, rief Andrea, der vor Zorn bebte. »Er hat die Konsequenzen seiner Worte nicht bedacht, und jetzt müssen wir wegen seines Leichtsinns unser Leben riskieren?«

»Ippolito ist gestorben, weil er unsere Ehre verteidigt hat, du dagegen …«, begann Mario und stieß ihm den Zeigefinger in die Brust.

»Juan einen Bastard zu nennen hat uns unsere Ländereien nicht zurückgebracht und unsere Privilegien nicht verteidigt, er wurde einfach nur umgebracht!«

»Ich weiß nicht, warum wir dich reden lassen«, wetterte Mario. »Du hast dich nie um die Familie gekümmert.«

»Und du? Du kümmerst dich um die Familie?«, lachte Andrea höhnisch. »Seit wann das denn?«

Der Baron begriff, dass er nicht länger schweigen durfte.

»Meine Söhne, ich bitte euch! Für mich seid ihr alle gleich und der einzige Grund, warum ich lebe. Ich kannte den Schmerz bereits«, instinktiv umklammerte er mit der rechten Hand das Medaillon mit dem Bildnis seiner Frau, das er um den Hals trug. »Aber ich wünsche euch, dass ihr diesen niemals empfinden müsst. Andrea hat nicht unrecht: Ippolito war unverschämt, aber jetzt ist es zu spät, um es ihm vorzuwerfen, und er hat einen hohen Preis dafür bezahlt. Wenn er so gehandelt hat, dann nur, um Ascanio zu verteidigen. Denken wir daran, dass unsere Familie sich ohne seine Unterstützung in einer noch schlimmeren Lage befinden würde. Ippolito hatte ihm die Treue geschworen, und als Ehrenmann hat er ihn verteidigen wollen.« Der Baron schwieg und betrachtete Andrea, der entmutigt zustimmte. »Ich sollte euch vorschlagen, was zu tun ist, aber ich will mich nicht von einem unvernünftigen Wunsch nach Rache leiten lassen. Ich muss noch weiter nachdenken.«

Er schaute seine Söhne einen nach dem anderen fest an und fügte hinzu:

»Solange ich am Leben bin, werdet ihr tun, was ich will. Noch befehle ich, vergesst das nicht!«

Isabella begann leise zu weinen, während die anderen schweigend die Köpfe senkten.

»Es geht nicht bloß darum, Ippolito zu rächen«, begann Jacopo und hielt dem Blick des Vaters stand. »Sondern darum, gegen die Spanier aufzubegehren, und das hat unser Bruder tun wollen. Wer sich den Borgia nicht beugt, wird früher oder später ausgelöscht. Wir müssen sofort handeln und einen perfekten Plan ausarbeiten. Es wäre ein Fehler zu warten. Mario, stimmst du mir zu?«

»Ja, dieses Schwein eines Pfaffensohnes verdient es, sofort niedergemetzelt zu werden!«

Plötzlich stöhnte Isabella auf. Die junge Frau wollte aufstehen, sank jedoch von Wehenschmerzen gekrümmt auf die Knie. Sie schrie vor Schmerzen auf und drückte ihren Bauch.

»Das Kind! Schnell, helft mir!«

Andrea lief aus dem Zimmer und rief laut nach der Dienerin. Mario half Isabella auf und führte sie durch den Korridor in ihre Gemächer.

Der Alte griff den Stock und versuchte, zur Tür zu gehen, aber Jacopo hielt ihn zurück.

»Wartet. Wir lassen die Hebamme rufen, den Arzt, falls nötig. Es kommt früher als erwartet, das hätten wir uns denken können. Ich bleibe hier, bei Euch.«

Der Baron setzte sich wieder in den Sessel und schloss die Augen.

»Jacopo, ich brauche dich«, murmelte er. »Du wirst die Familie verteidigen müssen, sollte ich …«

Er legte ihm eine Hand auf die Schulter.

»Macht Euch keine Sorgen. Wir werden alles auf die beste Art lösen. Denkt jetzt nur daran, dass Ihr bald Euren ersten Enkel sehen werdet.«

Der Alte sah ihn gerührt an.

»Es ist nicht mein erstes Enkelkind, richtig?«

Jacopo zögerte. Dann beschloss er, ihm die Wahrheit zu sagen.

»Ich habe es Euch nie gesagt, um Euch nicht in Verlegenheit zu bringen. Sie ist verheiratet. Das Kind ist von mir, aber es trägt den Namen ihres Ehemannes. Wenn ich zugeben würde, der Vater zu sein, würde es sie ruinieren und auch dem Kleinen schaden.«

Der Baron nickte, sagte jedoch nichts.

Eine unendliche Müdigkeit verhinderte, dass er seinen Sohn an die Brust drückte und ihm sagte, dass ihm heute alle Prinzipien, an die er einst geglaubt hatte, banal erschienen. Das Ende von Ippolito hatte alle Sicherheiten hinweggefegt und ihm enthüllt, wie nutzlos die sozialen Konventionen waren. Nur die Liebe zählte.

Jacopo wechselte das Thema, um die Spannung abzubauen. »Erinnert Ihr Euch, wie Mario und ich Ippolito erzählt haben, dass Isabella hässlich sei und hinke? Wir haben ihm die Zeichnung einer schrecklichen Frau gezeigt, mit einer flachen Nase und einem Buckel. Wir waren dabei so überzeugend, dass Ippolito Euch eine riesige Szene gemacht hat.«

Der Baron lächelte. Er hatte verstanden, dass Jacopo ihm die Zeit des Wartens erleichtern wollte, und er war ihm dankbar dafür, aber die Erinnerung tat ihm immer noch sehr weh.

Die Stille wurde gebrochen, als es zweimal an die Tür klopfte.

»Signor Baron, Seine Exzellenz, der Bischof Giovanni Marradès bittet darum, empfangen zu werden.«

Der Page wartete auf eine Antwort.

»Wenn Ihr ihn nicht sehen wollt, kann ich mich darum kümmern«, sagte Jacopo, der befürchtete, dass der Besuch des päpstlichen Kammerherrn ihn noch weiter aufregen würde.

»Nein, ich möchte mit ihm sprechen, aber allein«, entgegnete der Alte in einem kategorischen Tonfall und bat den Sohn zu gehen.

»Nehmt Platz, Exzellenz.« Der Baron deutete auf den Sessel vor sich. »Entschuldigt, wenn ich nicht aufstehe, aber mein Gesundheitszustand erlaubt es mir nicht.«

»Das verstehe ich«, erwiderte Marradès und setzte sich.

»Welchem Umstand verdanke ich diesen Besuch?«

Bevor er antwortete, atmete der Prälat tief ein. Er hatte eine undankbare Aufgabe: Er sollte für den Papst herausfinden, ob diese temperamentvolle Familie nach Rache strebte. Über die vielen Jahre, die er neben Rodrigo Dienst getan hatte, hatte Marradès gelernt, dessen Handlungen nicht zu beurteilen. Und auch dieses Mal hatte er sich vorher davon zu überzeugen versucht, dass der Papst nur einen Akt der Gerechtigkeit ausgeübt hatte: Juan war beleidigt worden, und er und sein ehrwürdiger Vater waren vor den Gästen von Ascanio Sforza infrage gestellt worden.

In seinem Inneren jedoch konnte der Kammerherr ein solches Verhalten vom Stellvertreter Christi nicht akzeptieren.

Es verstörte ihn, den alten Gianani so niedergeschlagen zu sehen. Er wollte ihn trösten.

»Baron, ich bin zutiefst betrübt, glaubt mir, und meine Worte sind keine Floskeln«, begann er mit gesenktem Kopf.

»Die Wahrheit ist, dass Rodrigo Borgia uns verachtet und meine Familie verfolgt. Er hat das Leben meines Sohnes beendet, indem er ihn wie ein unbedeutendes Insekt zermalmt hat! Was will er noch von mir? Wenn er Euch geschickt hat, dann aus einem Grund, denn wir stehen uns nicht so nah, als dass wir uns Höflichkeitsbesuche machen würden.«

»Ich unterschätze Eure Intelligenz nicht und auch nicht Euren Schmerz.«

»Dann geht nur und berichtet dem, der Euch geschickt hat, wenn er mich leiden lassen wollte, so hat er es geschafft. Ja, ich leide, und Seine Heiligkeit kann sich vorstellen, wie sehr!« Die Stimme des Alten war hoch und fest. »Aber wenn er geglaubt hat, mich zu vernichten, dann sagt ihm, dass er sich getäuscht hat! Ich und meine Familie werden auch diesen Augenblick überstehen und weiterhin stolz in unserer Stadt leben. Ich bin nicht am Ende, und ich bin nicht allein.«

Marradès dachte einen Moment nach. Bedeutete dieses »ich bin nicht allein«, dass der Baron und Sforza sich bereits auf eine gemeinsame Rache geeinigt hatten?

»Manchmal ist das Schicksal grausam, aber oft machen die Menschen es bei dem Versuch, es zu verbessern, nur noch schlimmer«, beschied er.

»Nennt Ihr den unbesonnenen Willen eines Mannes Schicksal?«

»Er ist provoziert worden, Baron!« Die Worte entwischten ihm.

»Seid Ihr gekommen, um eine unentschuldbare Tat zu entschuldigen? Seid Ihr gekommen, um meinen Freispruch zu erhalten? Wenn das der Grund Eures Besuches ist, dann muss ich Euch bitten, sofort mein Haus zu verlassen.«

Die Augen des Barons blitzten.

Marradès schwieg. Er hatte das Gefühl, sich in einem Sumpf zu befinden; was auch immer er sagte, zog ihn hinab.

»Nein, Ihr habt mich missverstanden. Es ist nicht meine Aufgabe, die Worte Eures Sohnes zu beurteilen oder die Entscheidung des Papstes.«

»Ihr habt es gerade getan!«

»Mein Bedauern ist aufrichtig, und ich habe keinen Grund, es vorzuspielen. Ich hätte mir das Kondolieren sparen können, wenn ich gewollt hätte.«

Der Baron betrachtete ihn streng, dann nickte er.

»Ich glaube Euch, Marradès, und nehme Euer Beileid an. Aber Ihr seid nicht nur deswegen hier.«

»Würde ich Euch sagen, dass es dem Heiligen Vater leidtut, würde ich Euch beleidigen. Aber Ihr irrt Euch, wenn Ihr glaubt, er wolle den Untergang Eurer Familie. Das Letzte, was Seine Heiligkeit will, ist eine Fehde. Daher bittet er Euch, jede Entscheidung wohl zu überlegen und Euch nicht von anderen, die weniger weise sind als Ihr, zu unbedachten Handlungen hinreißen zu lassen.«

»Jetzt ist mir alles klar. Er will sicher sein, dass meine Familie nichts tut, und er lädt mich ein, alles abzuwägen. Er, der nicht einmal eine Minute abgewogen hat!« Traurig schüttelte er den Kopf. »Wisst Ihr, Marradès, diese Enthüllung hat mich beruhigt. Schaut mich nicht so überrascht an, ich erkläre Euch, warum. Dieser Mann ist so unsicher, dass er sich vor einem armen Alten wie mir fürchtet! Er, der ganz Rom in seiner Hand hält, dem Tausende Spanier unterstehen, hat Angst vor meiner Familie! Es bereitet mir großen Kummer, weil er weit von dem Paradies, von dem er predigt, entfernt ist. Sagt ihm, dass ich die Zukunft nicht kenne und dass ich ihm auch nicht sagen kann, ob jemand in seinem Leben oder dem seines Sohnes Schicksal spielen möchte.«

Marradès sah ihn voller Bewunderung an. Es brauchte Mut, diese Worte auszusprechen, aber es war eindeutig, dass Gianani vom Zweifel gequält wurde und noch keine Entscheidung getroffen hatte. Jetzt hatte er die Antwort, die er gesucht hatte.

»Baron, schenkt mir noch etwas Eurer Zeit. Ich spreche als unwürdiger Diener unseres Herrn zu Euch. Die Prüfungen, die Gott uns schickt, sind manchmal schrecklich, übersteigen unsere Kräfte so sehr, dass wir befürchten, sie nicht ertragen zu können. Aber der Glaube kann uns helfen, das anzunehmen, was geschieht. Ich sage nicht, es zu verstehen. Alles ist Teil eines göttlichen und universellen Plans, der so groß ist, dass er mit unserem beschränkten Blick nicht zu erfassen ist, an dessen Anfang und Ende aber nur Gottes Liebe zu uns steht.«

»Bittet mich in diesem Augenblick nicht darum, die Liebe Gottes zu empfinden. Ich kann den Schmerz in meinem Herzen nur als eine Strafe für meine bösen Taten annehmen, aber nicht mehr.«

Marradès machte ein Kreuzzeichen, senkte den Kopf und murmelte:

»Ich würde Euch gerne helfen, aber ich habe nur diese Worte: Seid bereit, Gott zu empfangen, wenn er sich zeigt.«

»Nun geht«, wies der Baron ihn an und schloss die Augen. »Ich bin zu erschöpft, um weiterzusprechen.«

Jacopo ging langsam durch den Flur und dachte, dass der Schmerz über Ippolitos Tod in seiner Seele jetzt durch eine eisige Ruhe ersetzt worden war.

Er war ganz klar, betrachtete und beurteilte die Realität, ohne sich im Nebel der Gefühle zu verlieren, und er hörte keine innere Stimme, die ihn zu Mitleid aufrief. Was er plante, war eine chirurgische Operation: Wie ein Wundarzt eine entzündete Eiterbeule öffnen würde, um die Infektion zu heilen. Die Welt würde Juan nicht vermissen, vielleicht würde seine Familie und wenige andere um ihn weinen.

Andrea hatte ihn einen Zyniker genannt, und vielleicht hatte er recht. Sein Vater dagegen kämpfte gegen zwei gegensätzliche Impulse, aber bei ihm, der sich bereits entschieden hatte, war das nicht so. Der Tod des Borgia war sein Ziel, und er war entschlossen, es sofort zu erreichen, bevor jemand anderes daran dachte. Er wollte nicht die Früchte des Zorns anderer ernten, er wollte es selbst erledigen.

Als er Marradès aus der Tür kommen sah, beeilte er sich, ins Arbeitszimmer zurückzukehren, setzte sich vor den Alten, begierig, ihm zuzuhören.

In seinem Zimmer dachte Andrea an die Diskussion von vorhin. Dass er anders war als seine Brüder, wusste sein Vater, denn seit der Jugend hatte er ihm einen strengen Präzeptor an die Seite gestellt, durch den er jegliche Form von Gewalt nur noch mehr hasste. Er verabscheute Waffen und Schlachten, stattdessen lebte er für die Kunst, die Literatur und die Träume. Was die Frauen anging – bisher hatte ihn noch keine vor Leidenschaft seufzen und erschauern lassen.

Mario akzeptierte sein Desinteresse nicht. Es erschien ihm unnatürlich, dass er nicht hinter den Röcken herlief, wie er es seit seiner Jugend tat, daher hatte er ihm einmal eine Kurtisane mitgebracht, aber das hatte Andrea nur widerlich gefunden. Er hatte sich ganz zurückgezogen, hatte sich seinen Studien gewidmet und dabei Lorenzo getroffen, einen Liebhaber des Schönen in jeder außergewöhnlichen Fassette und empfindsam wie er.

Es war eine tiefgehende Freundschaft, beeinträchtigt nur von der Befürchtung, dass Lorenzo ihn verführen wollte, aber er war nicht an der griechischen Liebe interessiert. Lorenzo war immer auf der Suche nach neuen Bekanntschaften. Eines Abends hatte Andrea ihn bei einem Bankett gesehen, wie er den plötzlich aufgetauchten Juan anhimmelte. Er hatte ihn überrascht, als er ihm eindeutige Blicke zuwarf, und hatte gehört, wie er mit seiner sanften Stimme dem jungen Katalanen Versprechungen machte.

Aber Juan hatte Lorenzo verhöhnt, ja er hatte ihn beleidigt, hatte ihn mit einem heftigen Stoß von sich weggeschubst.

In diesem Augenblick hatte Andrea ihn gehasst. Lorenzo hatte diese Erniedrigung nicht verdient, diese vulgäre Behandlung. So wie Ippolito es nicht verdient hatte, wegen eines Witzes zu sterben!

Er war sein Bruder, eine edle Seele, der Einzige, der ihm Zuneigung und Verständnis gezeigt hatte. Er vermisste ihn so sehr.

Vielleicht war es dumm gewesen, seine Brüder nicht zu unterstützen. Außerdem hatte Jacopo gesagt, dass das Risiko, entdeckt zu werden, nicht so groß war. Viele hassten Juan, und andere könnten verdächtigt werden …

Mario ging in die Stallungen, um zu überprüfen, ob sein Pferd, ein grauer Dreijähriger, gestriegelt wurde.

Er war wütend, ungeduldig und wusste, dass der Zorn das Übel an der Wurzel packen musste, um den Schmerz zu stillen.

Er streichelte den glänzenden Rücken des Pferdes und schwor sich, dass er keine Zeit mehr mit nutzlosen Diskussionen verlieren würde. Würde Jacopo sich ohne die Zustimmung des Vaters nicht rühren? In dem Fall würde er ohne ihn handeln!

Bei der ersten passenden Gelegenheit würde er den niederträchtigen Katalanen mit einer Gruppe treuer Gefährten angreifen.

Das Zimmer lag im Halbdunkel.

Auf Isabellas linker Schulter schlief der Kleine ruhig in weiche Decken gehüllt. Sie schaute ihn an, konnte gar nicht glauben, dieses Wunder geschaffen zu haben.

Der Baron trat näher, auf Jacopo gestützt. Als er sich neben Isabella befand, nahm er ihre Hand und drückte sie an seine Brust.

»Meine Tochter, ich danke dir für dieses Geschenk. Hoffen wir, dass das Schicksal für dieses Kind ein langes Leben vorgesehen hat …« Die Rührung ließ ihn nicht weitersprechen.

Tränen liefen ihm über die hageren Wangen, und er konnte sie nicht zurückhalten. Er erinnerte sich nicht mehr, wann ihm das das letzte Mal passiert war – nicht beim Tod seiner Frau, die er doch viele Jahre geliebt hatte, nicht als er Ippolitos leblosen Körper in den Armen gehalten hatte, da hatten Schmerz und Wut die Tränen zurückgehalten. Jetzt, im Angesicht des Wunders eines neuen Lebens, konnte er endlich weinen.

Nach einem Moment des Schweigens sagte Isabella mit fester Stimme: »Juan Borgia hat verhindert, dass Ippolito seinen Sohn sieht, nicht das Schicksal.«

Der Gesichtsausdruck des Alten verdüsterte sich.

»Ihr habt nichts zu befürchten. Ich und meine Söhne werden immer an Eurer Seite sein und Euch beschützen.«

Er streichelte zart die Stirn des Kleinen und ging zur Tür.

Jacopo näherte sich Isabella, sah ihr in die Augen und flüsterte: »Wir werden ihn rächen.«

Dann ging er zu seinem Vater, stützte ihn, und beide verließen den Raum.

Draußen traf der Baron auf Andrea, der ihn erwartete.

»Ich möchte mit Euch sprechen, Vater.«

Jacopo drehte sich um, um zu gehen, aber Andrea hielt ihn auf.

»Bleib auch du. Ich war vorhin impulsiv und egoistisch. Ich hasse die Gewalt, und ich bin nicht davon überzeugt, dass Rache das richtige Mittel ist, um die Rechnung zu begleichen, aber ich habe Ippolito geliebt und liebe auch seinen Sohn. Ihr seid meine Familie, und ich bleibe hier bei Euch, egal, welchen Beschluss ihr fällt.«

Der Alte sah ihn mit feuchten Augen an und sagte: »Ja, wir sind eine Familie, und nichts darf uns auseinanderbringen. Du darfst jedoch nichts tun, was gegen dein Gewissen verstößt. Das erlaube ich nicht.«

Berührt drückte Andrea seinem Vater die Hand und küsste ihn.

»Darf ich eintreten, um das Kind zu sehen?«

»Isabella wird sich darüber freuen. Danke für deine Worte, mein Sohn.«

Er drückte ihn fest an sich, bis Andrea sich aus der Umarmung löste und das Zimmer betrat.

»Armer Junge«, sagte der Baron und ging langsam den Korridor entlang. »Ich hätte versuchen sollen, ihn zu verstehen, anstatt ihn verändern zu wollen. Auch um ihn mache ich mir Sorgen. Mit wem ist er verbündet?«

Jacopo sprach beruhigend auf ihn ein.

»Gebt nichts auf die Andeutungen von Mario. Wenn er sich provoziert fühlt, weiß er nicht mehr, was er sagt. Heute ist Andrea ein Mann, der für seine Entscheidungen verantwortlich ist. Ihr müsst Euch keine Sorgen machen. Soll ich Euch in Euer Schlafzimmer bringen?«

»Ja, ich muss mich ausruhen, aber wir müssen noch mehr miteinander sprechen.« Er sah ihn mit unendlicher Traurigkeit an.

Jacopo zog den Vorhang zu, um das Zimmer zu verdunkeln.

»Versprich mir, dass du Mario daran hinderst, Dummheiten zu machen, und fange auch du nichts an, ohne mir Bescheid zu sagen.«

»Nun ruht Euch aus.«

»Sobald ich mich wieder besser fühle, werden wir alle gemeinsam noch einmal über alles sprechen, und dieses Mal ohne Streitereien.«

Jacopo nahm seine Hände, drückte sie, dann schloss er die Tür und ging fort.

Als er allein war, wollte der Baron seine Gedanken ordnen.

Instinktiv wollte er sich rächen: Er hatte es vor seinen Söhnen verborgen, aber er konnte es nicht vor sich selbst verleugnen. War es möglich, dass die harten Prüfungen des Lebens ihn trotz der grauen Haare und des von Gebrechen gequälten Körpers immer noch nicht besänftigt hatten? Das Alter hätte seinen Durst nach Rache doch dämpfen sollen. Und jetzt musste er auch noch seinen Enkel beschützen ... Die Freude, diesen Kleinen zu sehen, war enorm gewesen. Er konnte den Verlust von Ippolito nicht ausgleichen, aber es lebte trotzdem ein Teil seines Sohnes in ihm auf. Nach dem Schmerz dieser Tage hatte er geglaubt, keine Zärtlichkeit mehr zu empfinden. Dem Sohn von Ippolito beim Aufwachsen zu helfen wäre eine Erlösung für ihn. Er musste eine Ehefrau für Mario finden, um so die Raserei dieses Zügellosen einzudämmen, und er musste Andrea verstehen lernen, ohne von ihm etwas zu verlangen, was dieser ihm nicht geben konnte.

Der Verstand zügelte langsam seine Leidenschaft, aber nicht bloß deswegen missbilligte er den Vorschlag von Jacopo. Da war noch etwas.

Der Papst war alt, wie er, noch rüstig, aber trotzdem alt.

Dieser Schurke Juan wurde von ihm geliebt, ihn ihm wegzunehmen würde vielleicht seinen Untergang bedeuten, menschlich und politisch. Das verdiente er sicherlich, als Mensch wie als Papst.

Er erinnerte sich an die Worte von Marradès. Ein Blutbad würde sein Leiden nicht lindern und ihm Ippolito nicht zurückbringen; er würde seine Selbstachtung verlieren, ohne seine Schmerzen zu mildern.

Wie kann ein Alter, der eben wegen seiner Weisheit das Leben lieben sollte, es einem Jungen nehmen?

Er würde nicht mehr dem Ruf nach Vergeltung lauschen, der sich wie ein vielgestaltiges Monster als Gerechtigkeit, als Opfer oder als zu verteidigende Ehre maskieren konnte.

Er hatte verstanden, dass es weder ihm noch sonst wem zustand, über das Schicksal eines anderen zu bestimmen, auch wenn dieser ein Schurke war. Er hatte endlich die lange gesuchte Antwort gefunden. Nun musste er es seinen Söhnen erklären und verhindern, dass sie dieselben Fehler machten wie er.

Ein Stechen schoss durch sein Herz. Er musste sich beeilen, ihm blieb nicht mehr viel Zeit.

X.
Antonio Pico della Mirandola

Rom
30. Mai 1497

Die Totenmesse war zu Ende, und die Kirche Santa Maria del Popolo leerte sich langsam.

Die meisten der trauernden Gläubigen auf dem Platz vor der Kirche blieben noch in kleinen Gruppen stehen und sprachen über das Geschehene.

Graf Antonio Pico della Mirandola ging durch die Menge, sah sich um und antwortete auf Grüße mit einem knappen Nicken. Er suchte jemanden und wollte nicht aufgehalten werden. Er wollte gerade umkehren, als er einen jungen, blonden Mann entdeckte, der eilig die Kirche verließ. Er schickte einen Diener zu ihm, um ihn aufzuhalten, und lud ihn mit einer Handbewegung ein, ihn zu begleiten. Zusammen mit der Eskorte entfernten sie sich vom Platz.

In den verlassenen und sonnigen Straßen warfen sie im strahlenden Licht der Maisonne klar umrissene Schatten.

Mirandola überragte die anderen um eine Handbreite. Sein rüstiges Gesicht, eingerahmt von einem weißen Bart, wirkte finster, der Mund streng. Die Augen waren unter den schweren Lidern kaum zu sehen.

Er fühlte sich unangenehm erhitzt, und die Kleider, die er trug, wogen so schwer wie die Gedanken, die seine Laune verdüsterten. Er beschleunigte seinen Schritt, um der Hitze der offenen Straße zu entkommen.

»Eine vom Unglück verfolgte Familie«, sagte er zu Jaches, der neben ihm ging. »Zwei Trauerfälle innerhalb weniger Tage. Zuerst Ippolito und jetzt der Baron.«

»Der Alte ist vor Schmerz gestorben, da gibt es keinen Zweifel. Ist Euch der wahnsinnige Blick von Mario aufgefallen? Andrea war bleich, und Jacopo …«

»Jacopo wird nicht vergessen, da bin ich mir sicher«, sagte der Graf bestimmt. »Aber da Ihr anwesend wart, war Ippolito wirklich nicht zu retten gewesen?«

Jaches schüttelte den Kopf.

»Nein, es ging alles so schnell. Kardinal Sforza war außer sich. Ich habe noch nie gesehen, dass er die Fassung verloren hat.«

»Die Reaktion des Papstes erstaunt mich. Normalerweise ist er nachsichtig bei denen, die sich darauf beschränken, ihm nur mit Worten zu widersprechen. Diese Grausamkeit und auch die Eile ist nicht zu erklären.«

Jaches machte eine wütende Geste.

»Eine Erklärung, lieber Graf gibt es, und sie heißt Juan! Er bekommt von seinem Vater immer alles, was er will«, sagte er leise und bitter.

Sie bogen in eine enge Gasse ein und würden bald die Piazza erreichen, an der sich der Palazzo Mirandola befand. Die beiden Wachen, die rechts und links des Eingangs standen, beeilten sich, die schweren Türflügel zu öffnen.

Nachdem sie einen großen Hof, umgeben von einem Säulengang, durchquert hatten, betraten die beiden das Atrium, von dem eine Treppe ins obere Stockwerk führte.

»Endlich etwas Frische!«, rief der Graf aus. »Die Hitze heute ist unerträglich. Folgt mir in mein Arbeitszimmer, dort können wir reden, ohne gestört zu werden.«

Als er seinem jungen Begleiter den Weg wies, sah er Donna Anna, die Gesellschaftsdame seiner Tochter Ginevra, die so schnell die Treppe hinaufgelaufen kam, wie es sonst gar nicht ihre Art war.

Dieses ungewöhnliche Verhalten ließ den Grafen stutzen; er wollte sie schon rufen lassen, aber das Gespräch mit Jaches war so dringend, dass er die Erklärung für Donna Annas Benehmen verschob.

»Ihr habt sicher einen genauso trockenen Hals wie ich«, sagte er zu dem jungen Mann, »dagegen hilft ein guter Wein von meinen Ländereien bei Ferrara.«

Er befahl dem Diener, der sie begleitete, Wein zu holen, und ließ seinen Gast in sein Arbeitszimmer eintreten.

Er wischte sich den Schweiß mit einem großen Taschentuch vom Gesicht, setzte sich auf einen Sessel und bedeutete Jaches, er solle ihm gegenüber Platz nehmen.

Der junge Mann setzte sich jedoch nicht, stattdessen bewunderte er einige Jagdtrophäen, die an den Wänden hingen. Er hatte eigentlich verschwinden wollen, nachdem er die Kirche verlassen hatte, aber die Einladung des Grafen konnte er nicht ausschlagen, und jetzt musste er ein heikles Gespräch führen. Er näherte sich dem Fenster, das auf den Hof blickte, und schaute in den Himmel. Die Sonne strahlte noch, auch wenn sich dicke Wolken ballten; vielleicht würde es noch regnen, und mit dem Regen würde die drückende Hitze dieses außergewöhnlich trockenen Frühlings verschwinden.

Der Diener trat mit Kelchen und einer Flasche ein.

»Nehmt, das wird uns wieder gute Laune bringen«, verkündete Mirandola, hielt seinem Gast einen Kelch hin und probierte mit offensichtlicher Genugtuung den Wein.

»Großartig, wirklich großartig! Meine Reben tragen immer ausgezeichnete Trauben. Irgendwann werde ich Euch meine Weinkeller zeigen«, sagte der Graf und entließ den Diener. »Kommen wir nun zum Grund dieses Gesprächs. Würdet Ihr mir erklären, warum Ihr das Hochzeitsdatum immer wieder verschiebt? Wir waren uns doch über alle Details einig, ich verstehe nicht, warum Ihr jetzt solch ein Theater macht. Seid Ihr mit der Mitgift noch nicht zufrieden?«

»Nein … nein«, stammelte Jaches mit zittriger Stimme.

»Bis vor Kurzem habt Ihr ein teuflisches Tempo an den Tag gelegt, so sehr, dass ich Euch bremsen musste, und nun? Ich glaube, ich habe Euch doch bereits gesagt, wenn meine Tochter verheiratet ist, kann sie auf eine hübsche Summe zugreifen, die mein Bruder ihr hinterlassen hat, der immer eine Schwäche für sie gehabt hatte. Das, was ich Euch geben werde zusammen mit Giovannis Erbe, sind mindestens zwölftausend Dukaten. Das ist eine beachtliche Mitgift, aber wir können trotzdem noch einmal darüber sprechen.«

Mirandola goss sich noch ein Glas ein und trank es in einem Zug leer.

Auch Jaches trank erneut, aber langsam, weil er nach den richtigen Worten für die Antwort suchte. Die Summe war ansehnlich und würde viele seiner Probleme lösen, auch ohne die zehntausend Dukaten, die Ascanio ihm versprochen hatte, wenn er Ginevra heiratete. Er wurde rot vor Zorn.

»Nein, es geht nicht um die Mitgift«, antwortete er schließlich und setzte sich Mirandola gegenüber.

»Was ist es dann? Sagt mir nicht, dass Euch Ginevra nicht gefällt?«

»Ginevra ist wunderschön.«

»Wieso dann?«

»Es ist nicht leicht zu erklären.«

»Versucht, es so schnell wie möglich zu tun, denn meine Geduld ist langsam aufgebraucht.«

Jaches stand auf und ging wieder im Zimmer hin und her.

»Als Kardinal Sforza mir diese Hochzeit vorgeschlagen hat, war ich glücklich. Teil Eurer Familie zu werden wäre eine große Ehre für mich, aber jetzt, nach dem, was geschehen ist …« Jaches beendete den Satz nicht.

»Ihr sprecht, als sei die Hochzeit abgesagt! Und hört auf, im Zimmer herumzulaufen!«

»Ich habe Angst!«, schrie ihm Jaches ins Gesicht.

Der Graf sah ihn bestürzt an.

»Angst? Wovor habt Ihr Angst?«

»Eher vor wem?«

»Vor wem also?«

»Vor Juan Borgia.«

Jaches presste den Namen zwischen den Zähnen hervor.

Mirandolas Gesichtsausdruck verdüsterte sich.

»Hört, ich will nicht Rätselraten«, sagte er, »erklärt Euch ein für alle Mal.«

Als wäre das so einfach, dachte Jaches, bevor er antwortete. Er hatte immer und immer wieder darüber nachgedacht, wie er sich aus dieser Verpflichtung lösen könnte. Die Klauseln des Ehevertrags waren eindeutig, und auch Ascanio, der die Verbindung befürwortete, hatte einen echten Grund verlangt, um sie zu lösen. Während des tragischen Abends, an dem Ippolito umgekommen war, hatte er versucht, mit ihm darüber zu sprechen, hatte es aber nicht geschafft. Es gefiel ihm nicht, als Feigling dazustehen, aber er würde sein Leben niemals wegen einer Hochzeit, die ihm nur finanziellen Vorteil brachte, aufs Spiel setzen.

»Wenn ich so lange gewartet habe, dann, weil es ein peinliches Thema ist«, begann er vorsichtig. »Ich war glücklich, Ginevra zu heiraten, aber habt Ihr gesehen, was mit Ippolito passiert ist nur wegen eines Witzes?«

»Ich sehe keine Verbindung zwischen dem Ende von Ippolito und der Hochzeit meiner Tochter.«

»Dann wisst Ihr nicht, dass Borgia ein Auge auf Ginevra geworfen hat? Er will sie zu jedem Preis, und er wird alle Mittel einsetzen, um sie zu gewinnen, wenn er es nicht bereits geschafft hat.«

»Bereits geschafft?«, fragte Mirandola verdutzt. »Ginevra wird gut geschützt und verlässt das Haus nie ohne Wache!« Er donnerte mit der Faust so fest auf den Schreibtisch, dass dieser zitterte. »Wer behauptet so etwas? Woher habt Ihr das, und habt Ihr Beweise?«

»Ich kann keine Namen nennen, aber glaubt mir, die Quelle ist sicher.«

Der Graf sah ihn drohend an, legte die Hand an den Dolch.

»Ihr beleidigt meine Tochter!«

Jaches wich eingeschüchtert zurück.

»Ich erzähle Euch nur, was ich weiß.«

Der Graf goss sich noch ein Glas Wein ein.

»Seid besser überzeugend, sonst lasse ich Euch mit Fußtritten aus meinem Haus werfen.«

»Seit zwei Monaten macht Juan Ginevra den Hof«, platzte Jaches heraus.

»Warum habt Ihr mir nicht sofort davon erzählt?«

»Weil Borgia der Hälfte der Frauen in Rom den Hof macht, da war es nur natürlich, dass er sie ebenfalls ins Auge fasste.

Ich hätte jedoch nicht gedacht, dass Ginevra seine Aufmerksamkeiten erwidern würde.«

»Wieder diese Anschuldigung!«

»Das hat man mir erzählt.«

»Glaubt Ihr allen Tratsch, den Ihr hört? Ihr, ein Mann von Ascanio Sforza, einem geschätzten Ehrenmann, kommt hierher in meinen Palazzo und sprecht von meiner Tochter, als wäre sie eine Hure! Für wen haltet Ihr mich? Sagt mir jetzt, wer es wagt, solche Schweinereien zu verbreiten!«

»Ich wiederhole, es sind keine Verleumdungen! Ich hänge an meinem Leben, und ich weiß, dass Borgia nicht zögern würde, mich aus dem Weg zu räumen, wenn ich mich zwischen ihn und Ginevra stellen würde. Verlangt nicht von mir, meine Haut zu riskieren und dazu noch vor der Hochzeit betrogen zu werden. Das geht gegen meine Ehre!«

»Und die Ehre meiner Familie? An die denkt Ihr nicht? Weiß Ascanio Bescheid? Antwortet!«

»Nein, jedenfalls nicht von mir. Aber selbst, wenn er es wüsste, angesichts ihres Verhaltens …«

»Hütet Euch, Jaches, ich bin kein geduldiger Mann, und Ihr provoziert mich weiter mit Euren Anspielungen. Ihr behauptet, Ginevra sei nicht mehr rein, aber ich will Beweise!«

Jaches antwortete nicht sofort. Der Graf brauchte ihn, nicht umgekehrt.

»Ich hätte unserem Gespräch aus dem Weg gehen können«, schloss er. »Stattdessen bin ich Euch gegenübergetreten. Das sollte beweisen, wie sehr ich Euch schätze. Ich habe keine Beweise für das, was ich Euch erzählt habe, aber ich kann nicht leugnen, einen Verdacht zu hegen.«

Mirandola strengte sich enorm an, um sich nicht auf ihn zu stürzen.

»Gerüchte reichen mir nicht, ich gehe direkt an die Quelle,

um die Wahrheit zu erfahren. Ich werde Ginevra fragen, und ich garantiere Euch, dass sie sie mir sagen wird und Ihr sie sofort erfahren werdet. Wartet in der Bibliothek. Wenn ich mit ihr gesprochen habe, lasse ich Euch rufen. Ich will diese Geschichte so schnell wie möglich aufklären.«

Donna Anna stützte sich auf das Geländer der großen Treppe, um wieder zu Atem zu kommen. Sie wollte das höhnische Lachen dieses Mannes aus dem Gedächtnis streichen und das widerwärtige, kalte Gefühl, das seine Hände hinterlassen hatten.

Sie stieg langsam die letzten Stufen hinauf, vor dem Zimmer angekommen klopfte sie und trat ein.

Ginevra saß vor einem Spiegel und flocht sich ein Band in die Haare.

»Ich habe auf Euch gewartet«, sagte sie und drehte sich lächelnd um. Als sie jedoch sah, wie bleich Donna Anna war, rief sie aus: »Geht es Euch nicht gut? Was ist geschehen?«

Donna Anna schloss die Tür und ließ sich auf einen Stuhl fallen.

»Ich wurde überfallen!«

»O Gott. Von wem?«

»Ich kam aus der Messe, und zwei Männer näherten sich mir, um mich etwas zu fragen, doch stattdessen haben sie mich in eine Gasse gestoßen.«

»Wer waren sie? Was wollten sie?«

»Ich habe sie vorher noch nie gesehen. Einer hinkte und trug eine Maske, der andere ist ein hässlicher Halunke. Ich weiß aber, wer sie geschickt hat.« Donna Anna strich mit einer Hand über ihren Hals und sagte deutlich:

»Juan Borgia.«

Schlagartig wurde Ginevra rot.

»Der Verbrecher hat mir die Arme auf den Rücken gedreht«, die Kammerfrau schaute auf ihre roten Handgelenke, »er hat mir mit einer Hand den Mund zugehalten, während der andere mir das Messer an den Hals drückte.«

»Du wirst doch nicht schreien, oder? Ich will nicht unhöflich zu einer schönen Frau sein.« Das Gesicht des maskierten Mannes war so nah, dass seine Lippen sie berührten. »Aber sie muss mir gehorchen.«

Donna Anna nickte und sah ihn mit aufgerissenen Augen an. Der Verbrecher nahm die Hand von ihrem Mund, hielt jedoch weiterhin ihre Arme fest.

»Gut so. Mein Herr möchte Gräfin Ginevra treffen. Sie lieben sich, was soll man da tun! Und wir werden ihrer Liebe nicht im Weg stehen!«

Donna Anna atmete schwer, während die Dolchklinge auf ihre Kehle drückte.

»Du bist die Einzige, die uns helfen kann. In der ersten Nacht, in der der Graf nicht in Rom weilt, wirst du mir Bescheid sagen, und ich organisiere es so, dass mein Herr die junge Gräfin besuchen kann. Währenddessen leiste ich dir Gesellschaft.« Er ließ das Messer hinabgleiten, um ihre Bluse zu öffnen, und mit der anderen Hand begann er, ihre Brust zu streicheln. »Du wirst dich mit mir amüsieren, aber Vorsicht!«, flüsterte er ihr ins Ohr. »Ich habe deinen Sohn gesehen, ein kräftiges Kind. Er müsste neun, vielleicht zehn Jahre alt sein. Es war gut, ihn weit weg von Rom unterzubringen, das Land ist gesünder.«

Donna Anna versuchte, sich aus dem Griff des höhnisch lachenden Gauners zu lösen.

»Verfluchter! Lasst meinen Sohn in Ruhe!«

»Wenn du mir hilfst, werde ich ihn vergessen, ansonsten …«

Der Hinkende drückte die Klinge fester an die Kehle der Frau, die nach hinten strauchelte.

»Das wirst du der jungen Gräfin geben.« Er zog einen Brief mit gelb-schwarzem Band aus dem Wams, steckte ihn in ihr Dekolleté und ließ die Hände noch etwas auf ihrem Busen. Dann fuhr er fort:

»Ich will sofort eine Antwort.«

Er sah sie einen Augenblick lang lüstern an, dann sagte er zu seinem Komplizen:

»Lass sie gehen!« Danach verschwanden die beiden um die Ecke in einer Gasse.

Donna Anna versuchte, auf schwankenden Beinen ein paar Schritte zu gehen; sie stützte sich an der Mauer ab, um nicht hinzufallen. Sie sah sich um, um sicherzugehen, dass die beiden verschwunden waren, und in dem Augenblick sah sie ihn: Es war der Sohn des Papstes, der mit seiner Eskorte aus der gegenüberliegenden Gasse trat. Er sprach mit dem Hinkenden, der grinsend auf einen Maulesel gestiegen war. Donna Anna ging zurück auf die Straße, drehte sich noch einmal um und sah, wie die Gruppe davonritt, dann rannte sie zum Palazzo.

»Er wird meinem Sohn etwas antun, wenn Ihr ihn nicht trefft!«, rief Donna Anna und packte Ginevra an der Schulter. »Schaut mir in die Augen und sagt mir die Wahrheit: Habt Ihr ihn ermuntert?«

Ginevra befreite sich aus ihrem Griff

»Nein, ich … ich nicht, nein!«

»Lügt nicht! Dieser Mann hat gesagt, dass auch Ihr ihn liebt und das hier«, sie nahm den Brief aus ihrem Ausschnitt, »habt Ihr vielleicht nicht erwartet?«

Ginevra wollte den Brief nehmen, aber Donna Anna zog sofort die Hand zurück.

»Erklärt es mir! Das ist kein Spiel. Diese Leute machen keine Scherze. Sie haben mich und meinen Sohn mit dem Tode bedroht!«

Abrupt drehte sie sich zur Tür um.

»Ich gehe sofort zu Eurem Vater und erzähle ihm alles.«

Ginevra stellte sich ihr in den Weg, sodass sie das Zimmer nicht verlassen konnte.

»Nein! Mein Vater darf nichts wissen! Ich flehe Euch an, sagt ihm nichts, ich werde es erklären«, schloss sie und begann zu weinen.

Donna Anna wartete schweigend, bis die Tränen versiegten und Ginevra wieder sprach.

»Ein paar Monate ist er jeden Abend zur Messe in die Kirche gekommen. Er hat mich nie aus den Augen gelassen«, erzählte Ginevra leise. »Ich habe ihn ebenfalls angesehen und dann, vor zehn Tagen, erinnert Ihr Euch an das Fest? Mein Vater wollte unbedingt, dass die ganze Familie teilnimmt. Juan war unter den Gästen. Bei der ersten Gelegenheit habe ich den Garten verlassen und den Palazzo betreten. Er ist mir gefolgt …«

Juan schloss die Tür des kleinen Zimmers.

»Endlich …«

Er umarmte sie, drückte sie fest an seine Brust, fuhr mit einer Hand durch ihre Haare und presste seine Lippen auf ihre.

»Öffne den Mund, ich bringe dir bei, wie man küsst.«

Ginevra öffnete die Lippen und spürte, wie sich Juans Zunge um ihre legte.

»Lass dich streicheln … Gott, wie schön du bist!«

Er streichelte sanft ihre Brust, zog den Ausschnitt ihres Kleides etwas hinunter, legte seine Lippen zwischen ihre Brüste und sagte:

»Du duftest.«

»Don Juan … ich …«

Ginevra drückte seinen Kopf fest an sich und nahm wahr, wie seine Lippen ihre Haut befeuchteten. Eine merkwürdige Mattigkeit ließ sie schaudern.

»Du lernst schnell«, murmelte Juan, »du wirst eine gute Geliebte.«

Er zog den Ausschnitt noch weiter hinunter, öffnete das Kleid und entblößte ihren Busen vollkommen. Er bewunderte ihn und nahm ihn zärtlich in die Hand, dann beugte er sich vor und nahm eine Brustwarze in den Mund.

»Du gefällst mir. Lass mich dich streicheln, hab keine Angst, du bist so rein, und ich liebe dich.«

Er küsste sie weiter auf die Lippen, legte einen Arm um ihre Taille, dann hob er den Kleidersaum und streckte eine Hand zwischen ihre Oberschenkel. Ginevra schrie erstickt auf, spürte seine Erregung und ließ sich davon anstecken.

»Lass mich nur machen, es wird dir gefallen …« Juan sprach keuchend, den Kopf an ihre Schulter gelehnt. Seine Hand wurde immer kühner, und Ginevra konnte diesem bisher unbekannten Vergnügen nicht widerstehen.

Das Geräusch von Schritten und Stimmen brachten sie abrupt zurück in die Wirklichkeit. Sie löste sich mit Schwung von ihm und versuchte, die Tür zu öffnen.

Borgia packte ihre Hand an der Klinke und hielt sie am Arm fest.

»Was machst du denn? Sei nicht dumm, willst du so hinausgehen?«

Ginevra sah ihn mit angsterfüllten Augen an, noch immer erschüttert von dem Vergnügen, das sie empfunden hatte.

»Warte.« Juan half ihr, das Kleid zu richten, und strich eine

Haarsträhne zurück. »Niemand wird etwas merken. Du bist eine Mairose, und ich werde dich bald pflücken.«

Ginevra schaute ihn zitternd an. Sie wollte ihn noch einmal küssen und dass er sie berührte, wie vorhin, aber kaum beugte sich Juan wieder über sie, floh sie.

Sie blieb nur stehen, um nach Luft zu schnappen. Sie stützte sich an einer Wand ab und überlegte, dass sie schnell zum Fest zurückkehren musste und unter all den Leuten so tun musste, als wäre nichts geschehen.

»Ist das alles?«, fragte Donna Anna.

»Ja, das schwöre ich Euch. Den restlichen Abend bin ich neben meiner Mutter geblieben und habe den Blick nicht mehr gehoben.«

»Habt Ihr ihn wiedergesehen?«

»Nein, seit diesem Tag haben wir uns nicht mehr allein gesehen. Er hat mich weiterhin verfolgt und mich betrachtet, aber ich ihn nicht. Ich habe mich nicht mehr getraut.«

Donna Anna ging ein paar Schritte durch das Zimmer, dann blieb sie vor Ginevra stehen.

»Dieser Mann begnügt sich nicht mit Küssen.«

Ginevra schluchzte nicht mehr und sah sie mit glänzenden Augen an.

»Ich liebe ihn«, flüsterte sie schlicht.

»Verwechsele Leidenschaft und Liebe nicht. Sie gleichen sich, sind aber nicht dasselbe. Borgia will das, was er begonnen hat, nur beenden.«

»Er hat mich zu nichts gezwungen, ich wollte es auch.«

»Denkt an Eure Pflicht.«

»Was ich fühle, ist stärker.«

»Wir müssen mit Eurem Vater sprechen.«

»Nein! Ich bitte Euch, ich würde vor Scham sterben!«

»Ich setze das Leben meines Sohnes und mein eigenes aufs Spiel, wenn ich Euch nicht diesem Betrüger ausliefere. Das versteht Ihr doch?«

Zwei feste Schläge an die Tür ließen die beiden Frauen aufschrecken.

»Der Graf möchte mit der Gräfin sprechen«, verkündete die Stimme von Mirandolas Kammerdiener.

»Sie kommt sofort«, beschied Anna ihm laut, dann drehte sie sich langsam zu dem Mädchen um.

»Los, geht, Ihr wisst, dass Euer Vater nicht gern wartet.«

Ginevra fing wieder an zu weinen.

»Und wenn er etwas entdeckt hat?«

»Ihr wisst noch gar nicht, was er will, und seid bereits verzweifelt! Benehmt Euch wie eine Frau, auch wenn das nicht einfach ist.« Sie wischte ihr die letzten Tränen ab und strich das verknitterte Kleid glatt. »Wir sprechen später weiter.«

Entschlossen schob sie sie aus dem Zimmer.

Die Tür zum Arbeitszimmer öffnete sich, und Ginevra erschien zögernd auf der Schwelle. Hinter dem großen Schreibtisch wirkte ihr Vater noch mächtiger. Sein Blick musterte sie bis in ihre Seele hinein.

»Tretet näher«, wies Mirandola sie an, missmutig bemerkte er die roten Augen und den verwirrten Gesichtsausdruck seiner Tochter.

Ginevra starrte zu Boden, unfähig sich zu bewegen oder etwas zu sagen.

»Ihr rührt Euch nicht? Dann komme ich zu Euch!«

Der Graf stand wütend auf, dabei stieß er den Sessel nach hinten, dann gab er ihr eine brutale Ohrfeige.

»Seit wann habt Ihr eine Übereinkunft mit ihm?«

Ginevra fiel schluchzend zu Boden. Sie versuchte mit ihren

Händen, das Blut aufzuhalten, das aus ihrer Nase lief und ihr Kleid beschmutzte.

»Ich verstehe nicht … ich«, stammelte sie, während ihr Herz aus ihrer Brust zu springen schien.

Mirandola packte mit seinen großen Händen ihren Arm.

»Tut Ihr so, als wüsstet Ihr nicht, von wem ich spreche?«

Ginevra grübelte verzweifelt, was sie vor dem Zorn ihres Vaters retten könnte, aber der Schmerz im Gesicht und am Arm ließ sie nicht klar denken.

»Er macht mir seit zwei Monaten den Hof«, murmelte sie.

»Das weiß ganz Rom! Das, was ich dagegen wissen will, ist, ob Ihr auf seine Aufmerksamkeiten eingegangen seid und seinen Schmeicheleien nachgegeben habt.«

Ginevra schluchzte heftig und verzweifelt.

»Wie konntet Ihr?«, brüllte Mirandola und verpasste ihr eine weitere heftige Ohrfeige. »Habt Ihr nicht an unsere Familienehre gedacht? Ihr habt unser Leben ruiniert!«

»Es ist nichts passiert«, sagte Ginevra tränenerstickt.

»Hat er Euch geküsst?«

Ginevra nickte.

»Hat er Euch angefasst?«

Ginevra nickte erneut.

»Ich verstehe, hat er Euch intim angefasst?«

Ginevra schwieg und spürte, dass sie errötete.

»Antwortet, um Himmels willen!«

»Ja.« Die Antwort war kaum zu hören.

»Ah, der Bastard! Ich werde ihn ruinieren! Und dann? Was hat er noch getan?«

»Nichts weiter. Ich wollte nicht … Ich hatte Angst …«

»Schwört, dass er Euch nicht besessen hat! Schwört auf Eure Mutter!«

»Ja! Ja! Ja! Ich schwöre auf meine Mutter, aber lasst mich gehen.«

Mirandola ließ seine Tochter los, sie schleppte sich zu einem Stuhl.

»Was Ihr getan habt, ist schrecklich, aber wenn, wie Ihr sagt, nichts geschehen ist, dann müsst Ihr keine erniedrigende Untersuchung ertragen.«

»Ich habe die Wahrheit gesagt«, flüsterte Ginevra kraftlos.

»Juan ist verdorben, lasterhaft und außerdem ein Mörder. Wisst Ihr das? Ihr könnt Euch nicht einmal vorstellen, wozu er fähig ist! Ich hoffe, dass Ihr ihn auf keinen Fall ermutigt habt, aber darüber sprechen wir später. Habt Ihr vergessen, dass Ihr Jaches versprochen seid? Was wird Eure Mutter sagen?«

»Ich bitte Euch, sagt ihr nichts. Tut, was Ihr wollt, ich gehe auch in ein Kloster, aber sie darf nichts erfahren. Ich schäme mich zu sehr.«

Ginevra begann wieder zu weinen.

»Nein, ich werde Euch nicht in ein Kloster schicken, aber Ihr müsst alles tun, was ich Euch befehle, alles!«

»Ja, ja!«, rief Ginevra aus, die nur noch wollte, dass diese Qual endete.

»Zuallererst darf niemand, und vor allem nicht Jaches, etwas davon erfahren, niemals! Ihr werdet bis zum Hochzeitstag den Palazzo nicht mehr verlassen. Eure Zimmer werden immer von einer Eskorte bewacht werden, und Ihr dürft nur lesen, was ich erlaube. Was Donna Anna angeht, werde ich jetzt mit ihr sprechen!«

»Sie wusste nichts!«

»Wusste? Seit wann weiß sie es?«

»Seit heute.«

»Und was ist heute passiert?«

Der Graf erinnerte sich an das panische Gesicht der Frau und wie sie so merkwürdig die Treppe hinaufgelaufen war.

»Sie ist von einem Schergen Borgias bedroht worden.«

»Bedroht? Sprecht!«

»Er will, dass Donna Anna Juan in mein Zimmer lässt, in einer Nacht, in der Ihr nicht hier seid, sonst würden sie ihrem Sohn die Kehle durchschneiden.«

Im selben Augenblick, in dem Ginevra die Worte ausgesprochen hatte, bereute sie es. Sie hatte auch das enthüllt, was sie eigentlich verschweigen wollte.

Der Graf sank auf seinem Sessel zusammen. Jaches hatte recht: Juan Borgia war zu allem bereit.

»Wolltet Ihr mir auch das verschweigen?«

»Nein, Donna Anna wollte sofort zu Euch gehen, aber ich habe sie zurückgehalten, aus Angst …«

»Ihr habt Angst vor demjenigen, der Euch wohlgesinnt ist, aber nicht vor diesem Schwein? Ihr seid ein Dummkopf! Ich hoffe, dass Euch klar ist, in welch schwierige Situation Ihr mich gebracht habt. Nun kehrt auf Euer Zimmer zurück und schweigt. Schmutzige Wäsche wäscht man in der Familie.«

Nach diesen bitteren Worten läutete er eine Glocke und ließ Donna Anna rufen.

Donna Anna betrat das Arbeitszimmer, und als sie Ginevra sah, allein auf einem Stuhl, das Gesicht blutverschmiert und der Blick leer, lief sie zu ihr. Sie umarmte sie, murmelte tröstende Worte und wollte sie auf die Füße ziehen, aber das Mädchen hatte nicht die Kraft aufzustehen.

Mirandola stand reglos am offenen Fenster und betrachtete den Himmel, an dem sich dunkle Wolken ballten.

Er drehte sich jäh um und durchbohrte Donna Anna mit seinem Blick.

»Jetzt erklärt mir alles.«

Mit belegter Stimme berichtete Donna Anna, was geschehen war.

»Ich weiß, dass ich meiner Aufgabe nicht mit der benötigten Aufmerksamkeit nachgekommen bin, und das tut mir leid«, endete sie. »Aber heute habe ich meine Nachlässigkeit teuer bezahlt. Zu hören, wie dieser Mann meinen Sohn mit dem Tod bedroht.« Sie senkte den Kopf und biss sich auf die Lippen, um nicht zu weinen. Ginevra dagegen begann erneut zu schluchzen.

»Hört mit dieser Heulerei auf!«

Mirandola lief nervös im Zimmer auf und ab und blieb schließlich vor Donna Anna stehen.

»Eure Leichtsinnigkeit ist unentschuldbar, aber macht Euch keine Sorgen um Euren Sohn. Ich werde ihn noch morgen holen lassen, er wird unter meinem Schutz stehen.«

»Danke, Herr Graf«, murmelte sie und hielt die Tränen zurück.

»Dankt mir nicht. Ich bin ein Ehrenmann, und niemand darf ungestraft die Frauen meines Hauses bedrohen! Aber jetzt dürft Ihr vor allem nicht mehr auf eigene Faust handeln. Ihr werdet nicht mehr ausgehen, bis ich etwas anderes entscheide, und auch keine Briefe oder Besuche empfangen. Nun geht!«

Donna Anna gehorchte, half Ginevra beim Aufstehen und ging zur Tür. Der Graf trat auf der Schwelle zu ihr und flüsterte ihr ins Ohr:

»Später werde ich Euch rufen, ich muss unter vier Augen mit Euch sprechen.«

Donna Anna nickte, sie stützte das Mädchen und ging mit angsterfülltem Herzen weg.

Mirandola knallte die Tür heftig zu.

Er hatte seine Ehre gerade noch retten können, aber jetzt musste er sich etwas überlegen, um die Pläne dieses Verfluchten zu vereiteln.

Ginevra musste heiraten.

Dass Jaches kein großer Mann war, hatte er schon lange begriffen. Dieser junge Mann verbarg seine wahre Natur hinter einem kalten Gesicht. Er war ein aalglatter, hochmütiger und etwas falscher Geselle, aber ein Schützling der Sforza, und die Freundschaft dieser Familie war unverzichtbar. Außerdem waren die Verhandlungen wegen der Hochzeit schon weit fortgeschritten, und eine Absage wäre kompromittierend für das Mädchen.

Überraschend leuchtete hinterm Fenster ein Blitz auf.

Dieser Elende hatte seine lüsternen Hände nach Ginevra ausgestreckt und wollte sie unter seinem eigenen Dach besitzen, um dann damit zu prahlen!

Plötzlich ergriff er einen Dolch und rammte ihn in den Schreibtisch.

Er musste ihn dafür bezahlen lassen, und das ging nur auf eine einzige Art: Indem er ihn umbrachte!

Gewiss, das war riskant. Borgia zeigte sich nicht im Freien, und Juan war sicher, zu sicher seiner selbst, seiner Kräfte, seiner Eskorte. Vielleicht jedoch würde gerade diese Überzeugung, unverwundbar zu sein, zu seinem Ruin führen. Eine Schwachstelle hatte er auf jeden Fall: Ginevra.

Er hatte bisher nur den Duft dieser wohlriechenden Frucht genossen, und jetzt wollte er seine spitzen Zähne in das zarte Fruchtfleisch hauen. Bloß um sie zu bekommen, würde er Fehler machen … Man musste sie ausnutzen.

Der Lärm eines Donners ließ ihn aufschrecken.

Er ging zum Fenster und schaute nach unten in den Hof des Palazzo. Ein Reitknecht bemühte sich, einen weißen

Hengst, der sich vor dem Krach des Donners erschreckt hatte, in den Stall zu führen. Das Pferd bäumte sich auf, wieherte und schlug nach jedem, der sich ihm nähern wollte. Der Graf sah zu, wie sich sein Vertrauensmann vor das Tier stellte und auf es einredete. In wenigen Sekunden beruhigte sich das Pferd und ließ sich brav in den Stall führen.

Er würde Jaches nichts von seinen Absichten erzählen. Er brauchte nicht die Hilfe eines Feiglings, um seine Ehre zu verteidigen. Er verfügte über andere, wagemutige Männer, die ihm helfen konnten.

Er läutete.

»Nehmt Platz«, bot Mirandola Jaches an, der jedoch vor ihm stehen blieb.

»Ich habe mit Ginevra gesprochen.« Sein Tonfall war ruhig, aber in seinen Augen brannte ein verräterischer Zorn. »Und wie ich vermutet hatte, sind die bösen Zungen, auf die Ihr gehört habt, nur Lügen, boshafte Lügen.«

Jaches hörte reglos zu und starrte auf den Dolch, der im Schreibtisch steckte.

»Sie hat nicht geleugnet, dass dieser Mensch ihr beharrlich und völlig unangebracht den Hof macht, aber sie ist rein, intakt! Es gab keinen Kontakt mit dem Borgia!«

Mirandola stand auf, öffnete die Tür und schrie: »Bringt Kerzen, man sieht nichts mehr!«

Er wartete schweigend darauf, dass die Diener Kandelaber brachten, und kaum waren sie gegangen, sprach er weiter:

»Ihr habt mein Wort, dass das Mädchen eine Jungfrau ist. Das muss Euch reichen, es ist das Wort eines Pico della Mirandola.«

Der Graf sprach mit übertriebener Emphase, als wollte er die unangenehme Wahrheit verbergen.

»Vielleicht schweigt eine unerfahrene, junge Frau aus Schüchternheit«, vermutete Jaches.

»Ausgeschlossen! Ich habe offen mit ihr gesprochen. Sie hat verstanden, wonach ich gefragt habe, und hat weder zögerlich noch ängstlich geantwortet. Dessen wolltet Ihr Euch doch versichern, oder nicht?«

»Aber das, was Juan noch nicht getan hat, könnte er auch in Zukunft immer noch tun.«

»Ihr haltet mich also wirklich für einen Schuft, der seine Frauen, seinen Besitz, seine Ehre nicht beschützen kann! Ihr beleidigt mich!«

Ich ertrage diese Schreierei nicht mehr, dachte Jaches. Wenn ich noch Zweifel gehabt habe, ob ich Ginevra heiraten soll, dann hat das aggressive Verhalten des Grafen sie vertrieben.

»Signore, Ihr beleidigt mich!«, sagte er empört. »Ihr vergesst, dass nicht ich im Unrecht bin. Wer würde ohne Zögern ein Mädchen heiraten, über das so viel geredet wird? Wie ich Euch bereits gesagt habe, macht mir dieser Mann Angst. Die Borgia sind Mörder, sie benutzen Gift und Dolche mit großer Leichtigkeit.«

»Und Ihr lasst Euch das, was Euch zusteht, wegnehmen, ohne zu reagieren? Es ist die Schuld von Männern wie Euch, dass die Katalanen sich alles nehmen!«

»Und wer sich auflehnt, bekommt was? Was hat Ippolito bekommen? Ich will nicht wie er enden.«

Mirandola war konsterniert. Jaches war nicht nur ein Feigling, sondern auch gerissen und stur. Er spielte seine letzte Karte.

»Falls dieses Hindernis für immer aus dem Weg geräumt würde«, er klang fast gleichgültig, »falls dieses Problem nicht mehr existiert, würdet Ihr dann Ginevra heiraten?«

Überrumpelt öffnete Jaches den Mund, ohne etwas zu antworten. Der Graf interpretierte diese Unsicherheit als Zustimmung, lächelte ihn an und stand auf.

»Gut. Dann hoffen wir, dass das Schicksal Juan Borgia aus unserem Leben entfernt. Wer weiß? Er könnte nach Spanien zurückkehren, schließlich sind sein Herzogtum und seine Familie dort. Eine mögliche Lösung.«

Mirandola hatte den Tonfall radikal verändert und wirkte fast entspannt.

»Ja, kann sein«, erwiderte Jaches, klang jedoch nicht sehr überzeugt.

»Wir wollen nichts dramatisieren, ich bin viel älter als Ihr und kenne die Welt. Bisher hat er ihr nur den Hof gemacht, mehr nicht. Ihr habt es selbst gesagt, Juan macht allen hübschen Mädchen Roms den Hof. Vielleicht verguckt er sich morgen in eine andere.«

Der Graf lächelte ihn an, legte ihm einen Arm um die Schulter und begleitete ihn zur Tür.

»Besucht uns in ein paar Tagen. Ihr trefft Ginevra, Ihr sprecht miteinander und vergesst Eure Ängste.«

Der junge Mann spürte, dass das Gespräch beendet war und dass der Graf ihn schnell verabschieden wollte. Er selbst konnte es kaum erwarten zu gehen und sagte daher nichts mehr.

Mirandola öffnete die Tür und rief einen Diener.

»Dieses aufziehende Gewitter hat uns alle nervös gemacht. Wir sprechen ein anderes Mal darüber und regeln dann alles. Bis bald.«

Er gab ihm die Hand, ohne ihm in die Augen zu sehen, und kehrte in sein Arbeitszimmer zurück.

Jaches warf einen letzten Blick auf den Dolch, der im Schreibtisch steckte, und ging.

»Es ist nur noch ein kleiner Fleck. Der ist schnell verschwunden, Ihr werdet schon sehen«, sagte Donna Anna und wischte über Ginevras Gesicht.

»Er hat es von Jaches erfahren! Mein Vater hat mit ihm gesprochen, bevor er mich gerufen hat.«

»Und woher wusste Jaches es?«, fragte Donna Anna, während sie ihr aus dem blutverschmierten Kleid half. Ginevra blieb auf dem Bett sitzen und wartete auf ein sauberes Kleid.

»Vielleicht hat Juan mit jemandem darüber gesprochen, und dann ist die Geschichte bis zu ihm gelangt. Glaubt Ihr, dass viele in Rom wissen, dass ich und Juan ...?« Das Mädchen wurde rot und schwieg.

»Jetzt ist es ein bisschen spät, um sich diese Fragen zu stellen«, entgegnete Donna Anna und half ihr, sich anzukleiden. »Wir können nicht wissen, wie viele davon wissen, aber es ist sicher, dass die Geschichte die falschen Ohren erreicht hat. Jetzt müssen wir aber nur noch an die Zukunft denken.«

Ginevra sah sie intensiv an.

»Wart Ihr je verliebt?«

Donna Anna senkte den Blick und sagte:

»Ja, aber lasst mich nicht an die Vergangenheit denken.«

»War es eine glückliche Liebe?«

»Nein, meine Familie hatte mich einem anderen versprochen.«

»Habt Ihr diesen Verzicht nicht bereut? Habt Ihr nicht mehr an ihn gedacht?«

Donna Anna wartete einen Augenblick, bevor sie etwas erwiderte, auch wenn die Antwort offensichtlich direkt von Herzen kam.

»Nein, ich habe ihn nie vergessen, aber man muss halt leben. Das Schicksal von uns Frauen ist es, den Vätern und Brüdern zu gehorchen.«

Ginevra stand abrupt auf.

»Ich will nicht so enden! Ich will das Leben genießen und weigere mich, Jaches zu heiraten!«

»Selbst wenn Ihr ihn nicht heiratet, werdet Ihr Juan nicht bekommen. Die Männer können zwischen Vergnügen und Interesse unterscheiden, und Ihr seid für den Borgia bloß die Leidenschaft eines Augenblicks. Wenn er Euch leid hat, wird er Euch verlassen, und Ihr seid ruiniert.« Sie streichelte über ihren Arm. »Macht Euch keine Illusionen.«

Ginevra ließ den Kopf hängen und murmelte:

»Die Frauen sind also zur Untreue verdammt.«

»Für viele ist das so, aber nicht für Euch. Jaches ist ein hübscher, junger Mann, kultiviert, reich und ein Schützling der Sforza. Werft nicht all das weg, was Ihr haben könnt, bloß wegen einer Laune!«

»Und wenn mir die kurze Leidenschaft von Juan genügt?«

»Denkt zunächst daran, dass Juan Borgia verheiratet ist. Außerdem ist er ein brutaler Mann, und die Liebe zeigt man nicht durch Gewalt.«

»Das hat er nur getan, um mich zu bekommen. Mein Vater hat sich auch nicht anders verhalten. Schaut nur, wie er mich zugerichtet hat! Ist das etwa keine Gewalt? Ist das vielleicht Liebe?« Sie fuhr mit einer Hand über die geschwollene Lippe.

»Der Graf hat nur geschlagen, um Euch zur Raison zu bringen. Er denkt an Eure Zukunft.«

»Das, was mein Vater will, ist nicht das, was ich will.«

»Macht keine Dummheiten, Ginevra. Ruht Euch jetzt aus.«

Donna Anna schüttelte die Kopfkissen auf, küsste sie leicht aufs Haar und verließ das Zimmer.

Als sie allein war, setzte sich Ginevra auf die Bettkante, die Hände im Schoß.

Die bedrohlichen Wolken, die sich am Himmel geballt hatten, verdeckten die Sonne und verdunkelten das Zimmer.

Ginevra ging zum Schreibtisch und zündete eine Kerze an. Sie betrachtete den Brief von Juan, den Donna Anna, ohne es zu bemerken, hatte fallen lassen, und hob ihn auf. Ungeduldig öffnete sie das Band, das ihn zusammenhielt: Eine leicht zerknitterte rote Rose fiel zu Boden. Ginevra nahm sie und führte sie an die Lippen. Dann ging sie zum Kerzenständer, um zu lesen.

O Mairose an duftender Ranke,
gepflückt von zitternder Hand eines zärtlich Liebenden,
schönste aller Rosen,
wirst du an ihrem bezaubernden Busen
ihr von meinem bebenden Herzen erzählen?

Meine Liebste, diese Verse sind für Euch, wunderschöne Rose, die ich hoffentlich bald pflücken werde. Ich habe Euch seit vielen, zu vielen Tagen nicht mehr gesehen und verzehre mich nach Euch. Ich denke oft an unser Treffen, an Eure Lippen, samtig wie die Blütenblätter dieser Blume, die ich Euch heute sende. Behaltet sie immer an Eurer duftenden Brust: Ich will sie dort finden, wenn ich komme … mit Eurer Hilfe, an einem Abend, sobald es möglich ist.

Die Worte waren so leidenschaftlich, wieso sollten sie nicht aufrichtig sein? Sie dachte an Juans Streicheln, an seine Augen …

Sie berührte ihre immer noch schmerzende Wange und hasste ihren Vater: Er war nicht anders als alle anderen! Alle nutzten ihre Töchter für ihre eigenen Ziele, ohne sich um das Unglück zu scheren, das sie auslösten.

Sie fühlte sich leer, einsam. Vielleicht hatte Donna Anna recht: Auch Juan war ein Machtmensch und würde ihr nicht das Glück bieten, das sie suchte. Sie musste den Brief verbrennen und damit auch ihren unmöglichen Liebestraum. Sie hielt das Blatt Papier nahe der Kerzenflamme, aber ihre Hand bewegte sich nicht weiter vor. Sie zog sie hastig zurück, faltete den Brief, legte die Rose hinein und beeilte sich, ihn in ein Versteck zu legen.

Es musste doch einen Weg geben, um zu bekommen, was sie wollte. Sie konnte nicht einfach aufgeben.

Sie ging zum Fenster und sah hinaus. Die ersten Regentropfen machten das verdorrte Gras im Garten nass.

Kaum war er aus dem Palazzo nach draußen getreten, atmete Jaches erleichtert auf.

Weit entfernt von Mirandolas bohrenden Blicken, von den peinlichen Fragen und seinen scharfen Waffen atmete er leichter, aber er war überhaupt nicht beruhigt.

Er wünschte sich, dass diese Geschichte nie begonnen hätte. Er wollte nicht von den Schergen der Borgia erstochen werden und auch nicht vor ganz Rom als Gehörnter dastehen.

Nur ein Dummkopf konnte glauben, dass zwischen Ginevra und Juan nichts passiert war. Dieses Schwein begnügte sich nicht mit Blicken und Seufzern, um seinen Appetit zu sättigen, brauchte es ganz anderes.

Der Graf wusste es. Er hatte eine Komödie vorgespielt, um ihn zu überzeugen, aber er hatte seine Entscheidung bereits getroffen: Auch wenn »das Hindernis aus dem Weg geräumt« war, würde er Ginevra nicht heiraten.

Mirandolas Versuch, ihn glauben zu machen, dass Juan von ehelichen Pflichten gerufen wieder nach Spanien zurückkehren würde, war erbärmlich gewesen. Man konnte seine

Rachegelüste in seinen Augen lesen, er würde dem Geschehen nicht tatenlos zusehen, wenn seine Ehre auf dem Spiel stand.

Gott sei Dank hatte er ihn nicht gebeten, sich dem wahnwitzigen Vorhaben anzuschließen. Um diese Gipfel zu erreichen, brauchte es die Macht von Ascanio oder auch blinde Verzweiflung, wie sie die Söhne von Baron Gianani zerfraß. Wenn sie eine solche Verzweiflung gegenüber den Katalanen fühlten!

Je mehr er darüber nachdachte, umso überzeugter war er, dass es vielleicht besser wäre, für einige Monate aus Rom zu verschwinden. Er würde die Einladung eines Verwandten annehmen, der ihn schon lange in Paris erwartete, um eine Erbschaftsangelegenheit zu regeln. Schon morgen würde er abreisen.

Er blieb an einer Straßenkreuzung stehen und sah sich um. Er bedeckte den Kopf mit der Kapuze und beschleunigte seinen Schritt auf der Straße nach Hause.

Inzwischen regnete es heftig auf die staubige Straße.

Graf della Mirandola goss sich ein Glas Wein ein und leerte es in einem Zug.

Er hatte angeordnet, ihm das Abendessen auf seinem Zimmer zu servieren, damit er allein nachdenken konnte. Er dankte dem Himmel, dass seine Frau weit weg war, so musste er ihr nichts erklären.

Was hatte es genutzt, dem Borgia gedient zu haben, nach seiner Wahl seine Standarte bei Prozessionen durch die Straßen Roms getragen zu haben, wenn es ihm jetzt so gelohnt wurde?

Alles änderte sich schlagartig, die Gefallen und die Ungnade wechselten sich ab wie die Tarotkarten auf dem Tisch einer Wahrsagerin. Die Sforza und die Gianani hatten schwerwiegende Gründe, um diesen Bastard des Papstes zu hassen, und um das zu erreichen, was er im Sinn hatte, könnte er sich mit ihnen verbünden.

Mehrere Donner hintereinander erschütterten die Mauern des Palazzo.

Falls Ascanio jedoch erneut eine Einigung mit dem Papst erreicht hatte und die Söhne der Gianani sich fügten und sich damit begnügten zu retten, was noch zu retten war? Dann würde er seine verlorene Ehre und seine Absichten unnötigerweise offenbaren.

Er musste nachdenken, das Terrain gut sondieren, bevor er einen falschen Schritt machte.

Er stand auf und öffnete die Tür zum Garten. Frische, feuchte Luft traf ihn. Er sog den Geruch der feuchten Erde ein und lehnte sich etwas in den Säulengang vor, um die Blitze, die am Himmel zuckten, besser zu sehen.

Als er den Blick hob, sah er seine Tochter im ersten Stock am Fenster. Ihre Blicke trafen sich. Er betrachtete sie einen Augenblick lang, dann verschwand Ginevra im Zimmer. Der Graf schaute finster ein letztes Mal zum leeren Fenster und ging wieder hinein. Auf dem Tisch erwartete ihn ein dampfendes Abendessen und eine Kanne mit seinem besten Wein.

Genau das brauchte er, um Magen und Geist zu beruhigen.

XI.
Jofrè Borgia

Rom
25. April 1497

Schwankend verließ Jofrè Borgia den Bankettsaal.

Die Gäste hatten sich seit Stunden den Bauch vollgestopft mit den Delikatessen, die die Diener ohne Unterlass auftischten, und jetzt, satt und angetrunken, lachten und tanzten sie, während die Mundschenke die Kelche mit aromatischen Weinen füllten. Der großzügige Gastgeber hatte keine Kosten und Mühen gescheut: Es gab Narren, Zwerge, Schauspieler und Musiker, die die Gäste mit Spielen, Gesängen und Tänzen unterhielten.

Jofrè hatte zu viel getrunken, ihm war heiß, und er wollte einfach nur an die frische Luft, weg von allen.

Er löste die Schnüre an seinem Wams und näherte sich den blühenden Hecken im Garten. Das rauchige Licht der Fackeln beleuchtete die Pfade, die sich durch Gras und Pflanzen schlängelten. Die Musik des Festes hörte man kaum noch. Jofrè ließ sich unter einen Baum fallen.

Durch die Blätter, die von einer nächtlichen Brise bewegt

wurden, sah man die Sterne hoch am Himmel und den Vollmond. Der junge Mann atmete die duftende Nachtluft tief ein und schloss die Augen.

Wenn Sancia hier wäre, in seinen Armen, aber sie würde das Fest nicht mal für einen Augenblick verlassen. Er sah sie vor sich, wie sie lauthals lachte, wild und verführerisch tanzte, die hübsche Brust gerade so vom Kleid gehalten.

»Jofrè, seit Tagen will ich mit dir sprechen!«

In einen Umhang gehüllt, das Gesicht hinter einer Maske verborgen, kam ein Unbekannter auf ihn zu. Borgia stand abrupt auf, instinktiv legte er die rechte Hand auf seinen Dolch. Er wich zurück und versuchte, die Person im Halbschatten zu erkennen.

»Erkennst du mich nicht?« Die Stimme klang jung und spöttisch. »Dabei haben wir viele Stunden zusammen verbracht.«

Jofrè zückte die Waffe und zielte auf die Brust des Mannes, damit er von ihm fortblieb. Seine Eskorte war zu weit entfernt, und selbst wenn er sie gerufen hätte, hätten seine Männer ihn nicht gehört.

Er beschloss, sich etwas Zeit zu lassen, und sah sich nach einem Fluchtweg um.

»Wer bist du? Ich erinnere mich nicht an dich«, sagte er laut.

»Hast du auch das vergessen?«

Der junge Mann warf seinen Umhang ab und zog den Hemdsärmel hoch, um eine violette Narbe am Unterarm zu zeigen.

Jofrè ließ den Dolch sinken und umarmte den Freund.

»Pedro!«

»Genau der! Für immer von deinem Schwert gezeichnet.«

Er nahm die Maske ab und lachte. Er war gerade mal zwanzig Jahre alt, aber sein markantes Gesicht und die sicheren Gesten ließen ihn reifer wirken.

»Du bist immer noch derselbe, du liebst das Risiko. Ich hätte dich abstechen können!«

Pedros dunkle Augen blitzten im Dunkeln.

»Ich war sicher, dass du mich wiedererkennen würdest.«

»Wir haben uns seit Jahren nicht mehr gesehen. Seit wann bist du wieder hier?«

»Hier in Rom bin ich seit ein paar Tagen.«

»Verbirgst du etwas vor mir? Du willst doch nicht den Geheimnisvollen spielen?«

»Nein, Jofrè, vor dir niemals. Unsere alten Pakte gelten immer noch: keine Geheimnisse zwischen uns.«

Sie umarmten sich freundschaftlich.

»Ich bin nach Rom gekommen, um meine zukünftige Frau kennenzulernen«, sagte der junge Mann. »Jedenfalls ist das die Ausrede, die ich bei meinem Vater benutzt habe, damit er mir die Reise bezahlt. Tatsächlich bin ich hier, um ein bisschen Geld zu machen. Ich hatte beim Spiel ein bisschen Pech.«

»Heiratest du eine Italienerin?«

»Nein, eine Spanierin. Du kennst doch die Familientradition. Es ist eine entfernte Cousine, von der ich nur weiß, dass sie eine hübsche Mitgift bekommt. Sie ist hier in Rom, um eine kranke Tante zu pflegen, die ihr etwas hinterlassen sollte.«

»Wann soll die Hochzeit sein?«

»Bald, glaube ich. Sie weiß noch nicht, dass ich hier bin, aber in den nächsten Tagen werde ich die Alte besuchen und hoffe, dass ich dann auch die Junge sehe. Dann werde ich wissen, ob ich im Bett mit ihr nur an ihre Mitgift denken muss!«

Wieder lachten beide laut auf.

»Du dagegen hast großes Glück, ich habe Sancia gesehen.«

Jofrè lächelte etwas traurig.

»Beginnen wir mit deiner eigenen Ehe«, sagte Pedro, »wieso hast du so ein Glück?«

Die beiden Männer setzten sich nebeneinander.

»Glück? Ich wollte nicht, ich war erst dreizehn und sie vier Jahre älter. Ich wollte nicht heiraten, aber als ich sie sah, habe ich meine Meinung geändert. Das Bündnis zwischen den Borgia und dem Königreich Neapel interessierte mich dann plötzlich auch.«

»Und wie läuft es im Bett?«

»Du willst wohl vor allem den interessanten Teil der Geschichte hören, was?«

Pedro nickte und zwinkerte verschmitzt, während Jofrè zu erzählen begann …

Neapel
11. Mai 1494

Sancia saß auf dem Bett, die Beine an die nackte Brust gezogen, und sah ihn an.

»Sind sie gegangen?« Ihre Stimme war tief und sinnlich.

Jofrè stützte sich unter der Decke auf die Ellbogen, während die Schritte sich im Korridor entfernten.

»Ist dir kalt?«, fragte sie ihn.

Eigentlich konnte ihm nicht kalt sein: Die Nacht war schwül, die Luft drückend feucht. Er verbarg sich nur aus Scham. Bis zu diesem Augenblick war alles gut gelaufen, und das Zeremoniell war respektiert worden. Ein paar Hofdamen hatten sie ins Hochzeitszimmer begleitet und sie ausgekleidet, sodass ihre Oberkörper frei waren. Dann waren sein Cousin, Kardinal di Monreale, und der Thronerbe von Neapel, Sancias Vater, eingetreten, hatten sie mit ein paar eher vulgären Witzen aufgezogen, bevor sie sie alleine ließen.

Es fehlten nur noch wenige Stunden bis zum Morgengrauen.

Jofrè hörte die ersten Regentropfen, die auf die geschlossenen Fensterläden prasselten.

Wieder sprach Sancia ihn an.

»Versteckst du dich?«

Jofrè schluckte stumm. Er wollte sie nicht anschauen, ihre Augen, grün wie das Meer, machten ihm Angst. In den vorangegangenen Tagen war er stolz auf seine Rolle gewesen, aber jetzt wusste er nicht, wie er sich ihr nähern sollte. Er spürte plötzlich, wie verletzlich er mit seinen dreizehn Jahren war.

Brüsk warf Sancia ihn nach hinten auf die Decke und lachte, als sie ihn ganz zusammengekauert sah.

»Was machst du? Hör auf!«, rief er verärgert.

»Jetzt hast du wieder diese dünne Stimme! Du bist witzig, weißt du das? Zuerst sprichst du mit einer tiefen Stimme zu mir, um wie ein Mann zu wirken, und dann kreischst du wie ein Kind.«

»Mach keine Witze.«

»Nicht? Und wieso nicht?«

Sancia kam näher und begann, seine langen mahagonibraunen Haare zu streicheln.

»Du hast so schöne Haare.«

Er ließ sie machen, änderte seine Haltung jedoch nicht.

Ihre dunklen, schön geformten Hände ringelten weiter seine Locken um die Finger, und ihre Stimme erinnerte immer mehr an ein einschmeichelndes Flüstern.

»Jofrè, jetzt musst du es mir sagen …«

»Was denn?«

»Ob du es schon getan hast.«

Jofrè biss die Zähne zusammen und schloss die Augen. Sancia sprach direkt. Sie wusste sehr gut, wie sie sich in der Öffentlichkeit zu benehmen hatte, und hatte die Rolle der kleinen, keuschen und gehorsamen Braut bis zum Ende gespielt, aber ihn hatte sie nicht täuschen können. Jofrè hatte sie während des Tages vor Langeweile schnauben gehört und hatte ihre Blicke gesehen, die über das Publikum glitten, besonders über die Männer, auf der Suche nach Bestätigung. Sie war weder naiv noch unerfahren.

»Los, sag mir, wie war dein erstes Mal?«

Jofrè erschauerte. Ihre Hand lag auf seiner Stirn, und die weichen Finger massierten seine geschlossenen Augenlider, seine gerade Nase und seine halb geöffneten Lippen.

Er erinnerte sich an andere Finger, weniger zart, und an das abscheuliche Lachen von Juan, das im Zimmer widerhallte. »Na los, Brüderchen, mach mal! Deswegen haben wir sie kommen lassen.« Er war elf Jahre alt gewesen – nein, er hatte es nicht tun können. Sein weicher Kinderkörper, der sich an den üppigen der Dirne klammerte, reagierte nicht.

»Ich will nicht! Das ist nichts, was ich dir erzählen sollte«, sagte er barsch zu Sancia.

Ihre Hände glitten derweil von den Wangen zu den Lippen, zu den Ohrläppchen und bis zum Hals.

»Nun gut, dann erzähle es mir nicht, ich weiß sowieso, wie es gewesen ist.«

Jofrè riss die Augen auf.

»Du weißt es?«

»Ich kann es mir vorstellen!«

Jofrè kauerte sich erneut zusammen. Sie war schamlos,

sprach von Dingen, die sie gar nicht wissen dürfte. Und dann war sie eine Fremde. Bis zu diesem Moment hatten sie nur wenige Worte gewechselt, und das immer in Gesellschaft anderer. Ihr Spanisch klang anders, ihr Verhalten war zu hemmungslos. Aber ihre Hände berührten ihn weiter, wanderten nach unten, auf die mageren Schultern, auf die unbehaarte Brust, auf den angespannten, verkrampften Bauch.

»Und du, von wem hast du es gelernt?«

Er hatte viele skandalöse Gerüchte von ihr und dem Hof in Neapel gehört.

Sancia lachte auf. Die perfekte Reihe der kleinen Zähne kontrastierte mit der braunen Haut ihres Gesichts.

Sie rückte noch näher an ihn heran.

»Warum streichelst du mich nicht auch?«

Sie nahm seine Hand und legte sie auf ihren Busen. Jofrè zog sie sofort zurück.

Sie sollte so etwas nicht tun, sie ist keine Dirne, sie ist meine Ehefrau! Dieses Wort wirkte einschüchternd, es erschien ihm unmöglich, eine Ehefrau zu haben.

Sancia seufzte und berührte ihn weiter langsam, dabei rutschte sie immer weiter nach unten.

Er erschauderte unter ihren zarten Berührungen.

»Jofrè, hörst du den Regen? Ich mag das Geräusch, ich würde gern zwischen den Pfützen hin und her laufen, aber heute Nacht geht das nicht. Entspann dich, damit du dich ganz kennenlernst. Ich liebe deine Haare, deine Hände, deine Haut … Du riechst gut, wie vom Tau benetztes Gras.«

Sancias schmeichelnde Stimme beruhigte ihn, und ihre schamlosen Hände waren inzwischen an seinem jetzt prallen Geschlecht angekommen.

»Lass mich machen, so … Entspann dich.«

Jofrè schloss die Augen, genoss die Berührungen, und als

er die Augen wieder aufschlug, sah er Sancia nackt auf ihm. Die Schönheit ihres Körpers, bisher nur fantasiert, überwältigte ihn. Ihre schwarzen, welligen Haare streiften ihre Brustwarzen, die frech abstanden, während ihr Bauch sich langsam bewegte. Jofrè konnte den Blick nicht von ihrem Nabel wenden, der wie ein Knopf aussah.

Er streckte eine Hand aus, um sie zu berühren, aber sie hatte sich inzwischen gebückt und küsste ihn zwischen den Oberschenkeln. Die Welle eines nie gekannten Vergnügens verwirrte ihn.

Er konnte seine Bewegungen nicht mehr kontrollieren, er packte sie um die Taille, hob sie auf sein Geschlecht und drang in sie ein.

Sein Vergnügen explodierte sofort mit einem erstickten Stöhnen.

Sancia löste sich hektisch von ihm und streckte sich auf ihrer Seite aus.

Er schloss die Augen, wie er es immer tat, wenn ihn etwas störte. Er fühlte sich nicht wohl, aus Scham, wegen der Emotionen, wegen der Mattigkeit nach dem Orgasmus.

Ich hatte es erwartet, sie ist eine Nutte!, dachte er.

»Du bist keine Jungfrau mehr!«, rief er verärgert aus.

Sancia lachte neckisch auf.

»Was weißt du denn von der Jungfräulichkeit? Hast du es schon mit Jungfrauen gemacht?«

»Hältst du mich für so dumm?«

»Hör mal, manchmal passiert nicht das, was man erwartet.«

»Veräpple mich nicht! Du bist keine Jungfrau!«

Sie streichelte seinen Mund mit ihren Fingerspitzen.

»Wirst du es Papa sagen?«

Grob schob er ihre Hand weg und setzte sich im Bett auf, den Kopf in die Hände gelegt.

»Nein, du wirst es ihm nicht sagen, weil du weißt, dass er dir nicht zuhören würde«, fuhr Sancia fort. »Es ist wichtig für ihn, dass unsere Ehe funktioniert. Das, was hier geschieht, zwischen dir und mir, geht nur uns beide etwas an. Ihnen«, sie zeigte zur Tür, »genügt der Schein, und wir werden sie glücklich machen. Komm her, es ist egal, wenn du vorhin etwas schnell warst, ganz egal.«

Und wieder ließ er sich von ihrem Katzenschnurren schmeicheln, legte sich auf ihre Brust und dachte, er würde es noch lernen, ihr Vergnügen zu bereiten.

Pedro hatte die ganze Zeit schweigend zugehört.

»Und dann?«, fragte er und sah Jofrè schelmisch an.

»Haben wir es noch zweimal in dieser Nacht getan, und es ging besser. Seitdem begehre ich sie jeden Tag, aber ich weiß nie, ob …«

»Ob es ihr gefällt, mit dir ins Bett zu gehen.«

»Ja, das ist es. Mir scheint, als genüge das, was ich mache, nicht, als empfinde sie nicht genug Vergnügen.«

Pedro lachte höhnisch.

»Wichtig ist dein Vergnügen!«

»Nein, ich will, dass sie mit mir zufrieden ist, dass sie sich keinen anderen sucht«, sagte Jofrè verlegen. »Ich habe gehört, dass viele Männer ihre Gemächer in Neapel besucht haben sollen, aber das waren bloß Lügen. Auch der Papst musste seine Meinung ändern, nachdem er den Brief von Guerrea erhalten hat.«

Pedro wurde ernst.

»Guerrea? Wer ist das?«

»Der Haushofmeister von Neapel. Er hat dem Papst geschrieben, dass es sich nur um üble Nachrede handelt. Sein Brief ist von allen Höflingen unterzeichnet worden, auch vom Kaplan. Sancias Gemächer betrat nur Messer Cecco, ein alter Mann, und ich kann dir garantieren, dass von ihm keine Gefahr ausgeht.«

»Seit wann glaubst du den Höflingen? Du kennst die Wahrheit, spiel mir nichts vor.«

Jofrè ließ den Kopf sinken. Pedro hatte recht, aber er schaffte es nicht, seine Ängste hinter sich zu lassen. Von Vannozzas sanften Zärtlichkeiten zu den lasziven von Sancia zu wechseln, war nicht leicht gewesen. Bei seiner Mutter konnte er seine Ängste noch zeigen, Sicherheit und Verständnis suchen, aber bei seiner Ehefrau musste er sich als der selbstsichere Mann zeigen, den sie wollte und der er noch nicht war.

Pedro reichte ihm die Hand.

»Jofrè, ich bin dein Freund.«

»Dann quäle du mich nicht auch noch. Ich liebe sie, so wie sie ist, und auch sie liebt mich, auf ihre Art.«

»Ob sie dich nun liebt oder nicht, sie darf dich nicht lächerlich machen.«

Jofrè drückte fest Pedros große Hand, die ihm Sicherheit gab.

»Vielleicht bist du im richtigen Moment gekommen, mein Freund.«

Der Schwindel überfiel Sancia im Wirbel des Tanzes.

Sie stützte sich an einer Säule ab, atmete tief durch und legte eine Hand an die Schläfen. Ihr Kopf wollte nicht anhalten und drehte sich, drehte sich …

Schwankend erreichte sie den Tisch. Sie griff nach einem Kelch, führte ihn mit beiden Händen an den Mund und trank. Dieser Wein war berauschend und köstlich. Sie leckte sich die vollen Lippen. Ihr war schwindelig, sie war betrunken, und sie amüsierte sich.

Sie wusste, dass sie schön war und dass in ihren Adern blaues Blut floss. Ihre Mutter war eine neapolitanische Adelige und ihr Vater Alfonso D'Aragona war der Thronerbe Neapels. Auch wenn sie unehelich war, so war sie bei Hof erzogen worden wie die ehelichen Kinder, ohne Unterschied, aber ihre Stellung war nur durch eine ausgezeichnete Heirat wirklich zu festigen.

Deswegen hatte sie keine Freudensprünge gemacht, als sie erfuhr, dass sie Jofrè heiraten sollte; dieser dreizehnjährige Ehemann, der nicht dem Hochadel entstammte, schien nicht passend. Mit sechzehn Jahren wollte sie ihre Jugend in vollen Zügen genießen, weil sie schon früh erfahren hatte, wie kurz das Leben sein konnte und wie schrecklich die Todesqualen.

Als Kind hatte sie die Leichen der von ihrem Großvater, König Ferrante, hingerichteten Feinde von den Schlosstürmen baumeln gesehen. Später konnte sie die armseligen, mumifizierten Überreste in Schaukästen betrachten, wo der Alte sie zu seiner Unterhaltung aufbewahrte. Sie hatte nicht vergessen können, dass diese ekelhaften, vertrockneten Figuren einmal unbekümmerte Männer gewesen waren.

Das einzige Mittel, das sie kannte, um dieses Entsetzen zu vergessen, war, sich mit Vergnügungen zu betäuben und sich zu nehmen, was das Leben bot.

Ihr Vater hatte ihr als Mitgift das Fürstentum Squillace sowie die Grafschaft Coriata mit Land und Festungen übertragen. Das waren Ländereien, die im Jahr zehntausend Dukaten abwarfen. Jofrè wurde am neapolitanischen Hof erzogen und trat in den Dienst des Königs, wofür er zwanzigtausend Dukaten pro Jahr erhielt.

Ihr jugendlicher Ehemann war mit großem Pomp angekommen, begleitet von Virginio Orsini und beladen mit Geschenken für sie.

Als der Gouverneur Ferrando Dixer, der dem Hof von Jofrè vorstand, die Truhe mit den wertvollen Geschenken des Papstes öffnete, war Sancia ein Aufschrei der Bewunderung entwischt: Ketten aus makellosen Perlen, Schmuck aus Rubinen, Diamanten und dicken, länglichen Perlen, vierzehn Ringe mit Diamanten, Rubinen, Türkisen und allen möglichen Edelsteinen wurden vor ihr ausgebreitet. Zusätzlich zu den Juwelen hatte der Papst Goldbrokat, Samt, Seide und raffinierte Ornamente für Kleider geschickt.

Das war schon mal ein Trost.

Jofrè war hübsch und lieb, sicherlich auch unerfahren, aber sie würde ihm die Liebe schon beibringen. Im Grunde hatte ein junger und noch nicht machtvoller Ehemann den Vorteil, dass man keinem absoluten Herrn Rechenschaft schuldig war.

Und so hatte sie weiter auf ihre Art gelebt, ohne auf irgendetwas zu verzichten. Als der Papst sie jedoch nach Rom rief, hatte sie befürchtet, dass ihr freies Leben nun zu Ende ginge. Sie erwartete einen förmlichen Hof, der nur von Geistlichen und Langweilern bevölkert war, aber so war es nicht.

Am Morgen, an dem sie und Jofrè in Rom eingezogen waren, hatte sie sich schwarz gekleidet, nach der südlichen Mode, es war ein Kleid mit großen, gepufften Ärmeln. Kerzengerade auf einem mit schwarzem Samt und Satin geschmückten Pferd führte sie einen langen Festzug an, dem sechs Narren vorausgingen. Sie wollte alle mit ihrer extravaganten Finesse beeindrucken, Römer wie Spanier.

Lucrezia Borgia war ihr entgegengekommen, auf ihrem Pferd mit einem Gefolge von zwölf Zofen und zwei Pagen in goldenem und rotem Brokat zu Pferd. Von ihr hatte Sancia gehört, dass sie sich mit gelehrten Männern auf Latein unterhalten konnte, dass sie der Liebling des Papstes und ihrer Brüder war und vor allem, dass sie schön war. Sie erwartete eine geschmückte Rivalin, die entschlossen war, weiterhin Herrscherin am vatikanischen Hof zu bleiben.

Stattdessen waren sie und Lucrezia sich auf den ersten Blick sympathisch gewesen und hatten sich verstanden. Lucrezia half ihr beim komplizierten Hofzeremoniell, und sie half ihr dabei, sich zu amüsieren, ganz ohne jegliche Rivalität.

Vor ein paar Tagen hatten sie sich sogar in der Kirche an einen eigentlich verbotenen Platz gesetzt, um der Langeweile einer endlosen Predigt zu entrinnen, und hatten alle Anwesenden genarrt, zum Entsetzen der Gläubigen und dem toleranten Vergnügen des Papstes.

Lucrezia war jedoch nicht die einzige Überraschung, die ihre neue Familie bot.

Sie hatte Cesare getroffen.

Er sah sie ernst und kalt mit seinen unergründlichen schwarzen Augen an. Seine leicht animalische Ausstrahlung hatte sie sofort erregt. Ihr gefiel sein männlicher Duft, seine dunkle, glänzende Haut, aber vor allem gefiel ihr die Eroberung.

Dieses eine Mal war er die Beute und nicht der Jäger.

Zunächst schien Cesare nicht interessiert, ihre Aufmerksamkeiten und einladenden Blicke ärgerten ihn fast. Dann jedoch hatte er sich als unermüdlicher Liebhaber herausgestellt, vielleicht ein bisschen zu brutal, aber etwas Heftigkeit in der Liebe missfiel ihr nicht. Die zärtlichen Küsse von Jofrè befriedigten nur einen Teil ihrer Bedürfnisse.

In letzter Zeit war Cesare allerdings aufdringlich geworden, er wollte sie die ganze Zeit. Er scherzte nicht, er sprach nicht gefühlvoll mit ihr und machte ihr auch nicht den Hof. Zwischen ihnen herrschte eine ständige Herausforderung: Inzwischen wollte er sie beherrschen.

Sie fand es jedoch nicht mehr vergnüglich, ihn zu treffen, weil er vorhersehbar geworden war. Es genügte, ihn herauszufordern, und schon war er erregt. Das Spiel hatte an Biss verloren. Und dann gab es da inzwischen einen anderen in ihrem Leben.

Sie trank noch einen Schluck und lächelte.

Als sie hinter sich ein Rascheln hörte, drehte sie sich nicht um. Sie hatte Juans Atem nah an ihrem Ohr gehört.

»Was machst du hier so ganz allein?«

»Ich ruhe mich aus, ich habe zu viel getanzt.«

»Dein Kelch ist leer, ich fülle ihn dir wieder auf.«

Juan nahm einem Pagen einen Krug ab und schenkte ihr ein.

Sie drehte sich um und lächelte ihn provozierend an.

»Trink, wie du es vorhin getan hast«, flüsterte Juan ihr zu, »ich will dir dabei zusehen.«

Sancia erwiderte nichts, aber ohne den Blick von ihm zu wenden, leerte sie den Kelch und leckte sich aufreizend die Lippen.

Juan fuhr mit einem Finger über ihren feuchten Mund.

»Ist er gut?«

»Sehr gut.«

Juan beugte sich vor, wie um ihr ins Ohr zu sprechen, doch stattdessen nahm er ihr Ohrläppchen zwischen die Lippen und sog sanft daran.

Sancia hielt Ausschau nach Jofrè, fand ihn jedoch nicht; vielleicht war er betrunken und schlief seinen Rausch woanders aus.

Abrupt drehte sie sich zu Juan um.

»Ich will dich.«

»Warte ein paar Minuten, dann folge mir. Ich werde dort hinten sein.«

Juan zeigte auf eine dunkle Ecke des Gartens und ging schnell fort.

Sancia wartete eine angemessene Zeit, dann machte auch sie sich auf den Weg. Wenn sie trank, überkam sie immer heftig das Bedürfnis, sich einem Mann hinzugeben. Wer weiß, ob dem Papst bewusst war, dass er dreifacher Schwiegervater war, dachte Sancia und lachte lauthals.

Sie legte sich auf das Gras und schloss die Augen. Es hier zu tun, wo sie praktisch jeder sehen konnte! Genau wie sie würde Juan diese riskante Situation erregen – ihr Begehren war dasselbe.

Sie hörte seine Schritte und roch seinen unverwechselbaren Duft.

»Juan …« Sein Name entwich ihren Lippen wie ein Hauch.

Er antwortete nicht und kniete sich zu ihren Füßen. Er griff nach ihrem Fußgelenk, langsam zog er ihr den bestickten Schuh aus und massierte den nackten Fuß, dann führte er ihn an den Mund und begann, die schmalen Zehen zu lutschen. Sancia bog den Rücken nach hinten und stöhnte auf.

»Ich will dich nackt.«

»Wie soll ich mich dann wieder anziehen?«

»Das wirst du nicht, ich lege dir einen Umhang um. Du wirst direkt nach Hause gehen und nur meinen Geruch tragen.«

Juan nahm auch den zweiten Schuh vom Fuß, dann löste er die Bänder und zog ihr das Kleid aus.

Die frische Luft dieser verzauberten Nacht auf ihrer nackten Haut zu spüren erregte Sancia unwahrscheinlich. Juan begann, ihr die Oberschenkel zu streicheln, dann beugte er sich vor, um sie zu küssen.

»So bringst du mich um … Ich will dich, ich will dich.« Sancia vergaß sich ganz, verloren im Genuss.

Juan zog sich ebenfalls aus.

»Du bekommst, was du willst.«

Ineinander verschlungen rollten sie über das Gras.

»Du wurdest geboren, um mir Vergnügen zu bereiten … Ja, so, hör bitte nicht auf …«

Pedro und Jofrè drehten sich gleichzeitig um, als sie hinter sich Geräusche hörten.

Neugierig standen sie auf und sahen zwischen den Sträuchern zwei Körper auf dem Boden. Der Mann war halb bekleidet, die Frau ganz nackt.

»Die beiden amüsieren sich mehr als wir! Schauen wir mal hin.«

Sie näherten sich den Liebenden, bis sie ihr Keuchen hörten. Pedro packte Jofrè am Arm, um ihn wegzuziehen. Ein schrecklicher Verdacht war ihm gekommen.

»Ich will nicht hierbleiben und zusehen. Gehen wir lieber.«

»Nein, lass uns schauen, wie er es ihr besorgt.«

Die Frau stöhnte und atmete schwer.

»Juan … du bringst mich um … weiter, weiter, weiter …«

»Hast du gehört? Es ist mein Bruder, dieses Schwein. Darauf hätte ich wetten können«, flüsterte Jofrè augenzwinkernd.

»Lass uns gehen.«

»Warte, lass mich zusehen.« Jofrè beobachtete gierig die Szene.

Die Stimmen der beiden Liebenden waren deutlich zu hören.

»Das gefällt dir, was, das bietet mein Brüderchen dir nicht.«

»Nein, nein … nur du befriedigst mich, nur du …«

Pedro sah, wie Jofrès Gesichtsausdruck versteinerte.

»Gehen wir!«

Er wollte ihn weiter wegziehen, aber der junge Mann hielt sich kaum auf den Beinen.

Er brach auf dem Gras zusammen und musste würgen, dann stand er mühsam auf und wischte sich das Gesicht sauber.

»Erzähle niemandem, was du gesehen hast.« Jofrè machte zwei Schritte, dann blieb er stehen und lachte hysterisch auf, danach seufzte er erstickt. »Es ist nutzlos. Alle wissen es!«

Pedros Augen blitzten auf.

»Wie kann er dir das antun? Du bist sein Bruder!«

»Bruder? Nein! Ich bin der größte Bastard aller Bastarde des Papstes. Geboren durch Betrug meiner Mutter an ihrem rechtmäßigen Ehemann!«

»Genug, Jofrè!«

»Ich hätte es ertragen, sie auch noch mit dem geringsten Diener des Hauses zu sehen, aber nicht mit ihm!« Er heulte vor Zorn, ohne es selbst zu bemerken. »Ich habe Cesare ertragen, weil seine Leidenschaften nie lange anhalten und sie schnell genug von seinen Launen haben würde, aber ich ertrage es nicht, dass sie mich mit Juan betrügt!«, schrie er verzweifelt. »Der Papst sieht ihm alles nach, Lucrezia betet ihn an, ich dagegen zähle nicht, ich bin das ewige Kind, der Unfähige, ich bin keiner von ihnen.« Vor Schmerz verzog er das Gesicht. »Aber jetzt ist das Kind erwachsen!« Jofrè trocknete sich das Gesicht und richtete sein Wams. »Ich werde mich jetzt auch wie ein Borgia benehmen, und du wirst mir dabei helfen. Du bist der einzige Freund, den ich je hatte, dir kann ich vertrauen.«

»Was willst du tun?«, fragte Pedro neugierig.

Jofrè sah ihn fest an.

»Ich will ihn umbringen.«

»Es ist nicht so einfach, einen Mann umzubringen«, murmelte Pedro.

»Er ist bloß Abschaum.«

»Er ist immer noch dein Bruder!«

»Nein, er ist nicht mehr mein Bruder.«

»Dann geh hin, jetzt! Er ist noch da und vergnügt sich mit deiner Frau! Schlag ihn! Das Recht ist auf deiner Seite. Das würde ein Mann tun.«

»Nein, nicht jetzt. Ich will nicht, dass sie mich entdecken, ich werde im Verborgenen handeln. Wenn du mir hilfst, wirst du höher belohnt, als du dir vorstellen kannst.«

Pedro betrachtete den intensiven Blick des Freundes und überlegte, dass das vielleicht die Chance war, all seine Schulden zu bezahlen und mit viel, sehr viel Geld in Rom zu bleiben.

»Was soll ich tun?«

»Wir legen ihm einen Köder aus, der ihn anzieht«, antwortete Jofrè. »Er wird gar nicht wissen, wer ihn umgebracht hat.«

»Du hast viele Männer, die dir dabei helfen könnten.«

»Ich vertraue keinem. Ich weiß, dass du mich nie verraten würdest. Es passt nicht zu dir.« Jofrès Blick in diesem Moment ähnelte dem von Rodrigo Borgia. »Ich habe dich schon töten gesehen.«

Pedro erbleichte.

Es war etwas, das vor vielen Jahren geschehen war, ein Kinderspiel, aus dem eine Tragödie hervorging. Niemand außer ihnen beiden wusste, was sich wirklich zugetragen hatte.

»Du hast seinen Kopf unter Wasser gedrückt«, sagte Jofrè ernst. »Er wehrte sich, und du hast ihn noch tiefer hineingedrückt, mit Gewalt. Sein Vater und seine Brüder weinen noch heute um ihn.«

»Du weißt sehr wohl, dass wir scherzten. Ich hätte nicht gedacht, dass er so schnell …« Pedro sprach vor sich hin, als würde er die Szene erneut erleben.

»Du hast gelogen und gesagt, er wäre gefallen, hätte sich schlecht gefühlt, und wir hätten ihn nicht mehr retten können.«

»Du hast mich nicht aufgehalten, ja, du hast dich sogar amüsiert.«

»Wir waren danach vereint, haben immer dieselbe Version erzählt und haben es geschafft davonzukommen. So wird es auch dieses Mal gehen, das wirst du schon sehen.« Er lächelte ihn aufmunternd an. »Es wird sogar noch leichter gehen.«

Pedro begriff, dass er auf der Hut sein musste. Jofrè hatte sich verändert. Er war nicht mehr der zerbrechliche und freche Junge von früher. Heute bediente er sich ungeniert einer Waffe, die in seiner Familie oft genutzt wurde: der Erpressung.

»Ich muss darüber nachdenken«, sagte er und tat unbekümmert. »Da kommen Leute, besser wir schweigen.«

Eine Gruppe betrunkener und lauter Gäste umringte sie und lud sie ein, mit ihnen zu tanzen.

»Komm morgen früh in meinen Palazzo«, flüsterte Jofrè ihm zu, während er ihn an einem Ärmel festhielt. »Verlass mich nicht, mein Freund. Ich glaube nur an dich!«, rief er, als er im Tanz weggezogen wurde.

Pedro nickte und verschwand im Durcheinander des Festes.

Jofrè betrat das Zimmer ohne Ankündigung. Er betrachtete sie einen Augenblick lang schweigend. Sancia ließ sich die Haare kämmen, und sie war atemberaubend schön, mit ihren rabenschwarzen Haaren, die auf ihre Schultern fielen, und den Augen, die von der gerade erst erlebten Lust noch glänzten.

Mit einer Kopfbewegung schickte Jofrè das Kammermädchen hinaus.

Verärgert drehte sich Sancia zu ihm um.

»Wieso? Sie war noch nicht fertig!«

Jofrè trat zu ihr und hob eine Haarsträhne an. Zwischen den ungekämmten Locken steckten Grashalme, die er herauszog und ihr zeigte, bevor er sie zu Boden fallen ließ.

Sancia stand schnell auf und zog sich ein rotes Überkleid an.

»Heute Abend nicht, ich habe keine Lust.«

Jofrè sah sie sarkastisch an.

»Du hast keine Lust? Du bist meine Ehefrau, du kannst dich nicht weigern!«

Sancia bemerkte ein merkwürdiges Leuchten in seinen Augen, das ihr Unbehagen bereitete.

»So hast du noch nie mit mir gesprochen. Bist du betrunken?«

Jofrè lachte laut auf.

»Ich habe dich satt, Hure«, zischte er sie an, sein Blick war eiskalt.

Sancia unterdrückte einen empörten Aufschrei. Vor ihr stand nicht mehr der naive Junge, den sie geheiratet hatte. Jofrè meinte es ernst, und sie musste sich etwas einfallen lassen, um die Situation zu retten.

»Ich habe schreckliches Kopfweh, ich muss wohl zu viel getrunken haben. Aber wenn du unbedingt willst.«

Sie sah ihn mit verführerischem Blick an, nahm seine Hand und legte ihre Hand hinein.

Jofrè stieß sie brutal zurück.

»Du verzauberst mich nicht mehr. Du hast mich jahrelang

verhöhnt, jetzt reicht es! Ich habe dich auf dem Rasen gesehen, nackt wie eine läufige Hündin.«

Sancia senkte einen Augenblick lang den Blick, aber als sie wieder aufsah, war die Sanftheit aus ihren Augen verschwunden.

»Hast du geglaubt, dein Streicheln würde mir genügen? Ich bin eine Frau, ich brauche Männer, keine Jungen!«

»Dein Techtelmechtel mit Juan kann nicht ewig dauern.«

»Und wer soll es beenden? Du vielleicht?«

»Ich habe dich aufrichtig geliebt.« Jofrès Stimme zitterte kurz. »Ich habe gar nicht verlangt, dass du mich genauso liebst. Ich bin nicht so dumm, als dass ich das erwarte, aber ich dachte, dass du wenigstens den Schein wahrst. Du selbst hast mir gesagt, dass unsere Ehe funktionieren sollte.«

»Und ich bin doch hier! Habe ich dich nicht verteidigt, wenn es nötig war? Habe ich dich nicht jahrelang verwöhnt?«

»Du hattest Mitleid mit mir, und meine Unerfahrenheit rührte dich, aber du hast mich nie geliebt.«

»Man kann Liebe nicht erzwingen.«

»Da hast du recht, das kann man nicht. Nun liebe auch ich dich nicht mehr, ja, ich verachte dich. Du hast mich enttäuscht, und ich sehe jetzt, wer du wirklich bist, eine nicht sehr intelligente Hure. Du hättest weiter das tun können, was du wolltest«, fuhr Jofrè fort und ignorierte Sancias flammenden Blick, »doch mit deiner Dummheit hast du dich ruiniert.«

»Wie kannst du es wagen, so mit mir zu sprechen?«

»Du zählst gar nicht mehr für mich.«

»Was soll's! Wer bist du denn schon so Wichtiges? Du bist eine Null, du bist im Vergleich zu deinen Brüdern nichts wert!«

»Ich bin auch ein Borgia, vergiss das nicht.«

»Ein Borgia?« Sancia lachte kehlig auf. »Du hast nicht mal einen Tropfen Blut der Borgia!«

»Du vergisst, dass ich diesen Namen trage«, antwortete Jofrè mit eisiger Ruhe. »Der Papst hat mich als seinen Sohn anerkannt, und auch für dich ist es besser, dass ich ein Borgia bin. Wen hättest du denn sonst geheiratet, du, eine Prinzessin von Aragon? Den Sohn einer Gastwirtin?«

Zum ersten Mal, seit sie ihn kannte, sah Sancia ihn ängstlich an.

»Was willst du von mir?«

»Tu, was man von dir verlangt, und schweig. Denk daran, dass du nur eine Frau bist. Wenn ich Lust dazu habe, werde ich noch zu dir kommen, wie zu einer der vielen Huren Roms.«

Er sah sie gleichgültig an, und ohne ihr Zeit für eine Erwiderung zu geben, verließ er das Zimmer.

Von seinen Männern begleitet trat Jofrè auf die dunkle und stille Straße.

Er empfand eine unbändige Raserei, die ihn nicht würde schlafen lassen. Rom bot ihm Gesellschaft. Er gefiel ihm, wie er Sancia behandelt hatte. Er hatte mit ihr gesprochen, ohne zu heulen oder hysterisch zu werden, genauso, wie es ein Mann tun muss, und von diesem Augenblick an würde er sich wie ein Mann benehmen!

Diese Hündin verdiente eine Lektion.

Er lächelte selbstgefällig, er war zufrieden mit sich, vielleicht zum ersten Mal in seinem Leben. Sein Bruder würde nicht mehr lange leben, und das wäre die erste Strafe für Sancia und die letzte für Juan.

Wenn das Schicksal ihm an genau diesem Abend Pedro geschickt hatte, musste es dafür einen Grund geben. Die Zeit, im Schatten zu bleiben und Erniedrigungen zu ertragen, war zu Ende.

Er ging weiter, mit etwas Abstand folgten ihm seine Männer.

Plötzlich überquerte eine schwarze Katze die Straße. Jofrè bückte sich.

»Komm her, Mieze, schau mal, was ich für dich habe.«

Die hungrige Katze kam näher, hoffte auf etwas zu fressen, doch als sie in Reichweite war, packte Jofrè sie am Nacken und hob sie hoch.

Er schlug das Tier mit enormer Brutalität gegen eine Hauswand. Als die Katze sich nicht mehr wehrte, schleuderte er sie über die Mauer in einen Garten.

»Verschwinde, Unglücksvieh!«, schrie er. »Stirb!«

Dann befahl er seinen Männern, ihn ins nächste Freudenhaus zu führen.

XII.
Cesare Borgia

Rom
13. Juni 1497

Cesare Borgia betrat die Arena.

Er bewegte sich auf dem glühend heißen Sand, berechnete jede Bewegung wie bei einem Tanz.

Er und der Stier waren allein.

Das riesige schwarze Tier stand keuchend vor ihm und fixierte ihn mit brennenden Augen. Es trampelte mit dem rechten Huf in den Staub und senkte den Kopf, bereit zum Angriff.

Cesare sah es näher kommen, die Hörner auf ihn gerichtet, und er spürte die Hitze, die ihm vorauseilte. Er zog den Degen, sprang ihm entgegen und durchbohrte ihn. Die Klinge drang durch die ledrige Haut und die angespannten Muskeln, durch die Halswirbel und zerrissen das Herz.

Das Tier ging in die Knie, brach am Boden zusammen, während aus der offenen Wunde Blut strömte.

Cesare kniete sich neben dem Stier hin, und in seinen glasigen Pupillen sah er sein Spiegelbild.

Er hob begeistert den Arm gen Himmel.

Er hatte wieder gewonnen!

Er ließ den Degen fallen.

Nein! Das Tier war verschwunden, und an seiner Stelle lag Juan ausgestreckt auf dem Boden und sah ihn flehend an. Er hob die blutüberströmten Hände, packte ihn am Wams und zog ihn nach unten. Cesare schaffte es, ihn weit von sich zu stoßen. Er sah, wie er nach hinten fiel, in den roten Matsch der Arena.

Er versuchte erneut, sich zu erheben, aber er konnte sich nicht bewegen, und die Welle aus Blut riss ihn jetzt mit …

Er wachte auf und schlug die Augen im Dunkeln auf.

Einige Augenblicke blieb er reglos liegen, entsetzt, der Schweiß lief ihm von der Stirn übers Gesicht.

Im Raum herrschte tiefe Stille. Man hörte nur das Atmen der Kurtisane, die nackt neben ihm schlief.

Cesare stand auf, nahm einen Krug Wasser und kippte ihn über seinen Kopf, um sich vom Schweiß und dem widerlichen Gefühl, schmutzig zu sein, zu säubern. Er trocknete sich mit einem Leintuch ab, kehrte zurück ins Bett und umarmte die Frau. Fiammetta war jung, die blonden Haare fielen in Locken auf ihre weißen Schultern, ihr üppiger Busen hob und senkte sich im regelmäßigen Atemrhythmus. Er hatte sie gerade erst besessen, aber jetzt hatte das Treffen mit dem Tod seine Lust wieder geweckt.

Er biss in ihre glatte Haut auf den Schultern und begann, an ihrer warmen Brust zu saugen. Die Kurtisane wachte auf, lächelte ihn an und umfasste seinen Hals. Cesare musste schnell das Feuer löschen, das ihn verbrannte. Er warf sich auf die Frau und drang brutal in sie ein.

»Sancia …« Der Name entwischte ihm.

»Ihr tut mir weh, aufhören, ich bitte Euch!«

Cesare stieß sie brüsk weg und legte sich keuchend aufs Bett.

»Du wirst dafür bezahlt.«

Er hatte sie Sancia genannt, dachte er wütend. Diese Hexe schlich sich oft in seine Gedanken.

Kaum war er aus Neapel eingetroffen, hatte sie ihm bei der rituellen Verbeugung einen lasziven, einladenden Blick geschenkt, und in den folgenden Tagen hatte sie ihn immer weiter gereizt. Sie zu befriedigen war dann vergnüglicher gewesen als erwartet.

Sie war eine Expertin, wie eine Dirne, sie bewegte sich auf erregende Art und lehnte keinen Vorschlag ab.

Manchmal hatte er sie mit Gewalt genommen, sie sogar zum Schreien gebracht, aber sie liebte die Gewalt, genau wie er, und spielte mit. Er hatte diese Frau, die ihm in den Vergnügungen der Liebe ebenbürtig war, bändigen wollen und hätte es auch geschafft, wenn Juan nicht aufgetaucht wäre.

Der Gedanke an Sancia in den Armen seines Bruders ließ ihn zornesrot anlaufen. Er stellte sich vor, wie sie lachte, die Schenkel öffnete, sich auch ihm anbot.

Plötzlich drehte er sich zur Kurtisane um.

»Ich habe Hunger, bereite mir etwas zu.«

Die Frau schlüpfte in eine leichte Tunika und verließ das Zimmer.

Cesare zog ein langes Gewand aus Golddamast an und zündete ein paar Kerzen an. Auf einem Tisch, neben den Kämmen und Parfümampullen, entdeckte er einen kleinen, ovalen Spiegel mit einem Griff aus Elfenbeinintarsien. Er nahm ihn und betrachtete sich. Ein junges Gesicht, gerahmt von einem dunklen Bart und braunen Haaren, die bis zu den Schultern reichten. Er wusste, dass er nicht so gut aussah wie Juan, aber er war sich trotzdem seiner Ausstrahlung bewusst. Sein Mund verzog sich zu einem zufriedenen Lächeln.

Wenn er sich unter Menschen befand, zeigte er seine

Gefühle nie; er hatte früh gelernt, seine Gedanken hinter einem undurchdringlichen Gesichtsausdruck zu verbergen. Es amüsierte ihn fast, höflich zu denen zu sein, die er hasste, und Kritik mit scheinbarer Unterwerfung anzunehmen, um dann ohne Eile, die Rechnung zu begleichen.

Rodrigo hatte ihm beigebracht, den richtigen Augenblick zur Tat zu nutzen. Er hatte ihm gezeigt, dass es weder unbestechliche Menschen gibt noch wahre Freunde, sondern nur vorübergehende Verbündete, Komplizen, Menschen, die für Geld zu allem bereit waren.

Cesare legte den Spiegel hin und betrat das Nebenzimmer.

Auf dem Tisch lag eine weiße, mit ockerfarbenen Motiven bestickte Decke, in der Mitte standen zwei silberne Kerzenständer, daneben verziertes Geschirr, Gläser aus wertvollem Kristall und der Weinkrug.

Sofort trugen zwei Pagen Wildbret auf.

Die Kurtisane begann, eine Laute zu zupfen und mit klarer und sanfter Stimme eine beliebte Ballade zu singen. Cesare aß gierig, ohne den Blick von der Frau zu lösen.

Lucrezia hatte ebenfalls eine zarte Singstimme, dachte er, und sie konnte elegant tanzen. Im Moment war sie im Kloster von San Sisto eingesperrt, weit weg von den Gerüchten über ihre Ehe.

Cesare erinnerte sich an den Tag, an dem er einer ungewöhnlichen Zärtlichkeit nachgegeben und sie vor ihrem Ehemann fest umarmt hatte, Lucrezia hatte ihm im Gegenzug sanft die Haare gestreichelt. Juan, der überraschend eintrat, hatte sich ihrer Umarmung angeschlossen und, um Giovannino zu ärgern, der die Szene missbilligend beobachtete, hatte er seine Schwester auf den Mund geküsst.

Bei dieser Erinnerung konnte Cesare eine wütende Geste

nicht unterdrücken und warf den Weinkelch um. Rotwein ergoss sich über den Tisch.

Er hatte Juan oft Lucrezias Gemächer betreten sehen und lange dort bleiben ... Nein, das konnte nicht sein! Sie hätte es ihm erzählt, sie verschwieg nichts.

Cesare warf die Essensreste auf den Teller und wischte sich die Hände ab. Seine Gedanken hatten ihn weit weggeführt. Fiammetta hatte aufgehört zu singen und lud ihn wieder in den Alkoven ein.

»Bring mich zum Höhepunkt«, sagte Borgia zu ihr und zog sie heftig an sich. »Nutz all deine Künste, sodass ich noch mal komme.«

Die Kurtisane lächelte.

Befriedigt löste er sich von der Frau.

Fiammetta strich ihm eine Haarsträhne aus der Stirn und betrachtete ihn. Auch ihre Augen waren so schwarz wie die des Stiers oder wie die von Juan.

Cesares Herz begann heftig zu pochen. Der Albtraum war noch lebendig.

Ihn überkam das dringende Gefühl, fliehen zu müssen. Er zog sich hastig an, verabschiedete sich von der Kurtisane und lief die Treppen hinunter.

Er pfiff das Signal, das Micheletto Corella rief, und suchte in der Dunkelheit nach der großen Gestalt seiner rechten Hand.

Er blieb abrupt stehen.

Der Hausflur war einsam und still. Cesare ging langsam bis zum geschlossenen Holztor und schaute durch einen Riss hinaus.

Das schummrige Licht einer Fackel beleuchtete fünf Männer, die nicht weit weg standen. Er konnte die Gesichter unter den Kapuzen nicht erkennen, aber die Waffen unter den Umhängen, die von einer nächtlichen Brise bewegt wurden. Er wich zurück und legte seine rechte Hand auf seinen Dolch.

»Hier bin ich, Signore.« Micheletto tauchte in der Finsternis auf. »Ich habe eine Eskorte gerufen, heute Nacht fühle ich mich in diesem Quartier nicht sicher.« Er öffnete das Tor.

Cesare lachte düster. Er trat auf die Straße und bestieg einen Maulesel.

Die Dunkelheit der Gasse verschluckte ihn.

14. Juni 1497
Morgengrauen

Es war früh am Morgen. Ein Sonnenstrahl fiel auf seine geschlossenen Augenlider.

Von Weitem hörte er das aufgeregte Bellen der Hundemeute. Die Jagdgesellschaft wartete ungeduldig und unruhig auf dem Platz. Cesare stand auf.

Er liebte die Jagd, und das Jagdverbot des Kirchenrechts für Kardinäle zu ignorieren machte es umso aufregender. Er hatte das Gefühl, den Raubtierinstinkt eines Panthers zu besitzen, er hatte dessen körperliche und geistige Kraft, unentbehrlich für die Herrschaft.

Er zog sich an und setzte als Letztes einen auffälligen Hut auf, der die kleine Tonsur verbergen sollte.

Er hasste dieses Zeichen und noch mehr das, wofür es stand.

Er nahm die Handschuhe, überprüfte, ob der Dolch fest

in der Scheide steckte, die er seitlich trug, dann eilte er die Treppe hinab und trat aus dem Palazzo in das samtige Licht des Morgengrauens.

Die Anwesenden bildeten ein Spalier um ihn herum, Cesare schritt hindurch und nickte grüßend.

Ein Reitknecht brachte ihm das Pferd. Bevor er in den Sattel stieg, legte Cesare das Gesicht an die Nüstern des Tieres, streichelte seine Mähne und vor allem seinen muskulösen Hals. Mit einem Sprung schwang er sich in den Sattel und gab das Signal zum Aufbruch.

Die Jagd hatte begonnen.

Die Juninacht hatte eine leichte Brise gebracht, die das Blut der Jäger unruhig werden ließ.

Sie erreichten ein nahe gelegenes Jagdrevier, wo die Treiber begannen, die Wege der Wildschweine zu suchen. Mit trockenen Ästen und Blättern markierten sie ihren Pfad. Die Hunde, die von den Leinen gelassen wurden, liefen ungeduldig herum und erschnupperten mit der Nase am Boden die ersten Spuren.

Plötzlich tauchte ein Wildschwein auf. Es lief verängstigt zwischen den Bäumen herum, und sofort hefteten sich die Spürhunde an seine Fersen.

Es war alt, ziemlich dick und verstört. Seine durchdringenden Schreie mischten sich mit dem Gebell der Hunde, dem Wiehern der Pferde und den Rufen der Menschen. Obwohl es aufgespürt war, schaffte es das Tier, über mehrere Minuten den Angriffen der Hunde auszuweichen. Schlagartig blieb es stehen, stürzte sich auf einen Jagdhund und schlitzte ihn auf. Aus der Wunde traten die Eingeweide hervor sowie Ströme von Blut.

Cesares Aufregung verstärkte sich.

Er hielt das Pferd zurück, das verängstigt war, stieg ab und kämpfte sich durch die Hunde, die eng um das Wildschwein versammelt wie verrückt bellten.

»Die Lanze, rasch!«, rief ein Jäger, aber Cesare lehnte sie ab. Es war seine Beute, und er wollte sie auf seine Art töten. Sofort griff das Wildschwein ihn frontal an, aber er wich ihm aus, ging auf die Knie und packte das Tier am gewaltigen Hals, warf es zu Boden und blockierte seine Beine.

Die Jäger standen verblüfft daneben.

Das Wildschwein wehrte sich, grunzte panisch, aber Cesare zögerte keinen Moment, zückte seinen Dolch und schlitzte ihm die Kehle auf.

Der Anblick des Blutes und dessen Geruch berauschten ihn. Er schaute in die erloschenen Augen des Wildschweins … und sah Juan!

Vor Verwunderung rührte Cesare sich nicht.

Dann, um die schreckliche Halluzination zu vertreiben, hob er unter den bewundernden Ausrufen seiner Kameraden den bluttriefenden Dolch mit einer Siegesgeste.

Er bestieg erneut sein Pferd und ritt in den Wald, auf der Suche nach weiterer Jagdbeute.

Die Sonne stand bereits hoch am Himmel, als die Jäger beschlossen, an dem schattigen Ort haltzumachen, an dem die Diener die Tische aufgestellt hatten.

Cesare ordnete an, kühlen Wein und Wasser für seine Kameraden zu bringen.

»Exzellenz, Ihr wart großartig bei diesem Wildschwein!«, rief ein Höfling aus.

Cesare wiegelte ab.

»Es war alt, eine leichte Beute. Es ist nur eine Frage der Übung.«

Er trocknete sich das Gesicht mit einem Tuch ab, dabei verbarg er, dass er bei der Erinnerung an die Halluzination leicht verstört war.

»Na dann! Wieso schafft Diego, der so viel übt wie nur möglich, es nicht mal, eine Katze zu erlegen?«

Die Jäger lachten, während Diego, ein Spanier mittleren Alters und ziemlich dick, energisch antwortete:

»*Perdone usted,* ich bin vielleicht kein großer Jäger, aber«, er griff nach einer Ziegenkeule und biss herzhaft hinein, »was nutzt Euer Jagdglück, wenn ich nicht den Großteil Eurer Beute essen würde?« Die Männer waren gut gelaunt, sie lachten und aßen mit Appetit.

Nach dem Essen zogen sie sich in den Schatten unter den Bäumen zurück.

»Diego, erzähl uns von Velletri«, bat ein junger Mann.

»Schon wieder? Das habe ich euch doch schon hundertmal erzählt! Lasst mich in Ruhe, ich will schlafen.«

»Los, Diego, lass dich nicht bitten! Ich habe es noch nie gehört.«

Als selbst Cesare ihn aufforderte zu erzählen, stand der Spanier auf, um seine Geschichte besser in Szene zu setzen, und begann in einem singenden Tonfall.

»Stellt euch das große Heer von Karl VIII. vor, das Rom verlässt. Der König selbst an der Spitze, der großspurig auf seinem Ross reitet.« Diego imitierte das finstere Gesicht des Franzosen, indem er lauter Grimassen schnitt. »Er lacht, weil er davon überzeugt ist, raffinierter als der Papst gewesen zu sein, aber vor allem, weil er Neapel erreichen wird. Neapel, das gelobte Land, Neapel, voller schöner Frauen, Neapel, das Schlaraffenland! Er strahlt, der französische Frosch.« Unter dem Hohngelächter der Jäger quakte Diego und hüpfte wie ein Frosch. »Hochmütig reitet er mit diesem riesigen, monströsen Kopf, den nicht einmal hundert Kronen verbergen könnten, gen Neapel und denkt so für sich: ›Was ich doch für ein Genie bin, sieh mal an, nicht einmal ich selbst habe mich für so intelligent gehalten!‹«

Alle platzten vor Lachen. Und der Erzähler, der den französischen Akzent parodierte, fuhr fort:

»Jetzt, da ich den Papst im Sack habe, kann ich mir mein Reich holen. Ich habe den fetten Sultan Cem als Geisel, der ist mehr wert als sein Gewicht, und er wiegt nicht wenig! Und auch seine Eminenz Cesare Borgia!« Diego näherte sich Borgia und schaute ihn mit rollenden Augen an.

Cesare zwinkerte komplizenhaft, und Diego sprach weiter:

»Um sicherzustellen, dass die Geisel sich immer hinter ihm befindet, dreht sich der Franzose ständig zu ihm um. Der Kardinal hebt seinen Hut und lächelt ihn an, was bedeuten soll: ›Ich bin ein bescheidener Sklave, sieh nur, wie brav ich bin …‹«

Cesare bemühte sich, den von Diego beschriebenen Gesichtsausdruck anzunehmen.

»Der große König lächelt zurück und zeigt dabei seine Pferdezähne.« Diego wieherte, stampfte mit den Füßen und bäumte sich auf. »Gut, gut und schau nur, welche Schätze er mitgenommen hat! Achtzehn Karren voller Silber, Gold, Edelsteine. Er hat sie mit Seidendecken bedeckt und will nicht verraten, was darunter steckt, aber ich weiß sehr wohl, was sie transportieren, denn ich bin ein Genie! Und so reitet der Valois weiter. Doch als er Velletri erreicht, sieht er seine Geisel nicht mehr! *Mon Dieu,* sollte er mir etwa entwischt sein? Er ist so wütend, dass es aussieht, als sei er etwas gewachsen …« Diego drehte sich zwischen den Jägern, als wäre er ein Hund. »Er ist mir zwar entwischt, aber mir bleiben noch die Karren! Was gibt es denn in meinem ersten Karren! Lumpen? Aber was sagt ihr

Bauerntölpel denn, lasst mich mal sehen, ich bin intelligent, lasst mich mal sehen, ich kenne mich aus! Es wird wohl Brokat sein … *Mais non:* Es sind tatsächlich Lumpen! Öffnet den zweiten! Noch mehr Lumpen! Der König wirft sich hinein, trampelt darin herum, zerreißt sie und frisst sie. Beim achtzehnten Wagen ist der König selbst zum Lumpen geworden!«

Beim letzten Witz seiner Erzählung verbeugte sich Diego vor Cesare.

»*Beso a usted las manos,* und ich danke Euch für diesen Witz, wenn ich ihn nicht erzählen könnte, würde mich niemand zur Jagd einladen.«

Cesare reichte ihm die Hand.

»Auf meinen Jagden seid Ihr immer willkommen.«

Diego bedankte sich und legte sich unter einen Baum.

»Jetzt habe ich mir eine Siesta redlich verdient!«, rief er aus und schob seinen Hut vors Gesicht. »*Dios los sabe.*«

Während Cesare sich mit Micheletto entfernte, unterhielten sich die anderen Jäger weiter.

»Und, Pablo, habt Ihr Heimweh nach Spanien?«

»Heimweh? Kein bisschen! Das Leben hier ist für uns Spanier ein Traum. Ich habe noch nie so hübsche Huren gesehen und Wälder so voller Wild. Ich bleibe noch mindestens drei Monate in Rom.«

»Es ist wahr, hier fühlt man sich wohl. Lang lebe unser Pontifex!«

Die Kelche wurden erhoben.

»Wo ist Valenza?«

»Ich habe gesehen, dass er sich mit Micheletto zurückgezogen hat.«

»Wird er zurückkommen?«, fragte Pablo.

»Wer weiß das schon! Wolltet Ihr ihn vielleicht um einen Gefallen bitten?«

Pablo nickte.

»Wenn ich Euch etwas raten darf, vergesst es. Im Moment ist er unleidlich.«

»Weswegen?«

Die Jäger tauschten wissende Blicke, aber nur einer sprach.

»Es ist besser, wenn Ihr Bescheid wisst. Auch ein kleiner Fehler kann Euch teuer zu stehen kommen. Seit der Herzog von Gandia nach Rom zurückgekehrt ist, ist der Kardinal beunruhigt.«

»Don Juan hat es genauso gemacht wie Ihr, Pablo«, ergänzte ein anderer. »Er hat die Frau in Spanien zurückgelassen, die Kinder und die Freundschaft des Königs, für diese Wälder und die Fauna, die auf diesen Ländereien lebt ...« Er verstummte und zeichnete mit den Händen einen Frauenkörper nach.

»Wenn er all seine Pläne vollenden kann, wird Rom von kleinen Gandia nur so wimmeln«, fuhr ein anderer fort.

»Wieso? Gefallen dem Kardinal keine Frauen?«, fragte Pablo.

»Das ist es nicht. Das Problem ist, dass sie beide dieselbe begehren.«

»Die außerdem mit einem Dritten verheiratet ist. Was für eine einige Familie!«

Alle brachen in schallendes Gelächter aus.

»Ein Dritter? Was meint Ihr?« Pablo sah sie verblüfft an. »Wieso ist Cesare so verärgert über seinen Bruder?«

Die Jäger waren fröhlich und hatten laut gesprochen, ohne zu bemerken, dass Cesare und Micheletto, die nicht weit entfernt waren, alles gehört hatten.

Als sie weiter weg waren, stieg Cesare vom Pferd und versetzte einem Baum einen Peitschenhieb.

»Ich hatte gehofft, wenigstens hier nichts von Juan zu hören!«

»Er ist nicht sehr beliebt«, sagte Micheletto und stieg ebenfalls ab, während Cesare sich an den Baum setzte.

»Nicht bei diesen vier Höflingen, beim Papst allerdings schon.«

Er schloss die Augen und sah erneut den aufmerksamen Blick seines Vaters, der auf ihnen ruhte, als sie noch Kinder waren. Jedes lobte er, aber nur Juan schaffte es, ihm ein Versprechen abzuringen. Der geschmeichelte Rodrigo vergaß die anderen Kinder, die schweigend warteten, und hatte nur noch Augen für ihn.

Cesare spürte immer noch die kindliche Wut auf den Bruder wie einen Stich in der Brust.

»Ich bemühe mich, ihn zu ignorieren, aber ich höre, wie man über ihn redet. Wenn ich ihn doch bloß nie wiedersehen müsste!«

Er stand auf und ging im hohen Gras umher und schlug wütend mit der Peitsche auf die Büsche ein. Micheletto saß auf dem Boden und ließ ihn sich abreagieren.

»Nach Spanien kehrt er sicher nicht zurück. Der König und die Königin wollen ihn dort nicht«, sagte er.

»Hier dagegen könnte er König von Neapel werden.« Cesare schüttelte den Kopf und fuhr fort: »Juan begreift nicht, dass er keine Fehler machen darf. Unsere Zukunft liegt noch in den Händen unseres Vaters.«

»Auch Ihr habt viel Macht.«

»Seine ist erblich, während ich nichts besitze. Alles gehört der Kirche!«, rief er erstickt aus. Er spürte, dass seine Kehle brannte. »Ich habe Durst, gib mir zu trinken.«

Micheletto stand auf, holte die Wasserflasche aus seiner Tasche und reichte sie ihm.

Cesare trank und löschte seinen Durst, aber nicht das Feuer, das ihn innerlich verbrannte.

»Wenn ich an der Stelle Juans wäre, hätte ich es den Orsini nicht erlauben, uns zu verspotten«, sagte er und schaute Micheletto mit wutentbrannten Augen an. »Ich kann mein Leben nicht in einem verdammten Priestergewand verschwenden!«

»Werdet Juan los. Befehlt und ich eliminiere ihn, dann …«

Corella zertrat ein Insekt unter seinem Stiefelabsatz.

Cesare betrachtete Michelettos versteinertes Gesicht; er hatte seine Gedanken erraten.

Ohne ein weiteres Wort stieg er in den Sattel und gab dem Pferd die Sporen. Er spürte, wie der Wind ihm ins Gesicht peitschte, er spürte den Körper des bebenden und angespannten Pferdes im Lauf. Er trieb es weiter an. Die Spannung, Grenzen zu überschreiten, verfolgte ihn. Er war der Beste, und er musste es beweisen, vor allem sich selbst.

An einer Lichtung lockerte er die Zügel und ließ das Pferd anhalten. Micheletto erreichte ihn, als er sich auf den Rückweg machte.

In den ersten Nachmittagsstunden lag Rom in fauler Trägheit.

Die breiten, gepflasterten Straßen, Überreste der großartigen Vergangenheit, aber auch die majestätischen Palazzi, die erst kürzlich gebaut worden waren, bezeugten ihre Pracht. Die Stadt war der Schmelztiegel der Welt, die notwendige Passage für die Elenden, die Hoffnung suchten, und für die Adeligen, die um göttliche Bestätigung ihrer Macht baten. Elend und Größe lebten dort in einem schwierigen Gleichgewicht nebeneinander.

Rom zu beherrschen bedeutete, die Welt zu beherrschen, dachte Cesare, als er im Vatikan ankam. In diesem Augenblick sah er Juan, der an der Spitze eines Wachtrupps aus dem Palazzo trat.

Juan kam auf ihn zu, verächtlich und prachtvoll, der Blick gleichzeitig ironisch und kindisch.

Cesare wechselte die Richtung, um ihm nicht zu begegnen.

Er lief die Treppe hinauf, dabei fluchte er leise auf Katalanisch und schubste einen Pagen beiseite, der ihm entgegengekommen war, dann betrat er sein Zimmer.

Er zog die Handschuhe, den Hut und das Wams aus und schleuderte sie von sich, dann, immer noch voller Staub und verschwitzt, warf er sich aufs Bett.

Ein leises Winseln und eine feuchte Zunge an seiner Hand ließen ihn aufschrecken. Hermano, sein Hund, war zu ihm gekommen und bettelte um Streicheleinheiten.

Cesare erhob sich und betrachtete aufmerksam die rechte Pfote mit ihrer genähten Wunde.

»Sobald es dir besser geht, kannst du wieder mit mir auf die Jagd gehen.«

Mit diesen Worten streichelte er ihn, er schaute auf seine robusten Kiefer und die spitzen Zähne. Auf sein Kommando würde dieser Hund innerhalb von Sekunden jeden angreifen und töten.

Hermano gab sich ihm ganz hin, ohne etwas dafür zu verlangen. Das war wahre Liebe, nicht wie die der Frauen, labile und eitle Wesen. Er hatte nie die Freuden und Qualen empfunden, von denen die Dichter sangen. Er konnte nie genug Sex bekommen, das schon, aber das Wort Liebe langweilte ihn nur. Außerdem sollte ein Kardinal nur Gott lieben. Cesare grinste.

Der einzige Gott, den er liebte, war derjenige, den er im Spiegel erblickte.

Er wollte sein eigenes Schicksal formen; er hatte keine Angst vor Risiken und auch nicht davor, sich über die Moral zu erheben. Was war die Moral denn schon? Eine Reihe von Regeln, die die Angst diktierte und die nur von Schwachen befolgt wurden. Ohne diese enge Kette um das Gewissen konnte man auch die natürlichsten Triebkräfte vergessen.

Er hatte sich entschieden. *Alea iacta est,* die trockenen Worte des großen Julius Cäsar, die er auf sein Schwert hatte gravieren lassen, waren eine Mahnung für seine Zukunft.

Er rief seinen Kammerdiener, zog die schmutzigen Kleider aus und frische an.

Auf dem Schreibtisch fand er eine Einladung seiner Mutter zu einem Bankett in ihrem Weinberg für diesen Abend. Er wäre lieber allein geblieben, aber er konnte nicht absagen.

Zuerst jedoch musste er Ascanio Sforza treffen, eine unausweichliche Besprechung. Von einem Kleriker begleitet ging er zur Sala del Pappagallo, wo das Treffen stattfinden würde.

»Ich habe auf deine Pünktlichkeit gezählt, Cesare«, empfing ihn Rodrigo und zeigte ihm, wo er Platz nehmen sollte. »Wir müssen miteinander reden, bevor Ascanio kommt.«

»Ich habe dich eben ankommen sehen. Wie war die Jagd?«, fragte ihn Juan, der rechts neben ihrem Vater saß.

»Großartig«, antwortete Cesare, ohne ihn anzusehen.

Rodrigo machte eine ungeduldige Handbewegung.

»Wir sollten keine Zeit verlieren, bald wird Sforza hier sein. Wir müssen ihn davon überzeugen, dass er Giovanni dazu überredet, die Zustimmung zur Annullierung der Ehe zu unterschreiben.«

»Wir hatten zu viel Geduld mit den Sforza!«, rief Juan aus.

Rodrigo legte eine Hand auf die Schulter seines Lieblingssohnes.

»Du wirst noch lernen, dass Eile sich nicht mit Politik verträgt. Wir dürfen ihre Macht nicht unterschätzen, und solange sie sich vernünftig zeigen, werden wir tolerant mit ihnen sein.«

»Ein Bündnis mit ihnen bringt uns nichts. Ihr Abkommen mit den Franzosen hat sie für immer verurteilt.«

Cesare bemerkte verärgert, dass Juan den väterlichen Tonfall imitierte.

»Geschwätz«, sagte er. »Wir werden dem kleinen Sforza diese letzte Chance geben. Entweder er unterschreibt, oder wir eliminieren ihn.«

»Daran hätten wir denken sollen, bevor er nach Pesaro geflohen ist, jetzt macht er keinen Schritt mehr ohne eine Eskorte.«

»Im Moment ist es sinnlos«, warf Rodrigo ein. »Außerdem ziehe ich eine diplomatische Lösung vor. Ascanio ist nicht dumm, und auch il Moro hat mir zugesichert, das zu tun, was ich möchte. Es geht nur darum, es zu beschleunigen.«

Der Papst bat die Söhne zu schweigen und wies die Wachen an, Sforza hineinzulassen.

Ascanio betrat den Saal mit langsamen Schritten. Er war dünner geworden, aber das rote Gewand trug er mit großer Vornehmheit, und die schwarze Kopfbedeckung verlieh seinen Zügen etwas Königliches. Er beugte sich vor, um Rodrigos Ring zu küssen, nickte Cesare zum Gruß zu und auch Juan, kaum sichtbar, dann setzte er sich vor dem Papst hin.

»Was macht Eure Gesundheit? Wir haben von Eurem Schwächeanfall gehört«, sagte Rodrigo und zeigte bewusst eine übertriebene Anteilnahme.

»Ich danke Euch, Heiligkeit. Es war weniger schlimm, als es schien.«

»Ihr dürft Euch nicht zu sehr anstrengen, die Gesundheit leidet darunter. Euer Ratschlag und Eure Anwesenheit sind uns unersetzlich.«

Ascanio zeigte sich dankbar.

Cesare beobachtete ihn aufmerksam. Er war blass, fuhr mit einer Hand nervös über seinen Bauch, und über seiner Oberlippe glänzte Schweiß. Ihm fiel auf, dass er nie zu Juan sah, und als er dazu gezwungen war, wandte er kaum den Hals, schaute ihm nicht in die Augen.

»Wie geht es mit Euren astrologischen Studien voran?«, fuhr Rodrigo fort.

»Es sind leidenschaftliche Studien, Heiligkeit. Wenn man die Sterne ernsthaft analysiert, zeigen sie uns unser Schicksal. Im Augenblick sind die Sterne mir zum Beispiel nicht freundlich gesinnt.«

»Was meint Ihr?«

»Für mich ist der Moment nicht günstig. Trotz meiner Mühen, früher und heute, habe ich Eure Gunst verloren und damit jeglichen Vorteil und jegliches Glück.«

Rodrigo nahm den Schlag hin, sein Gesicht verdüsterte sich.

Cesare verstand Ascanios Taktik: Er wollte die Dankbarkeit ausspielen, die der Papst ihm schuldig war, weil er seine Wahl unterstützt hatte, obwohl er dafür bereits ausgiebig bezahlt worden war.

»Wir haben Euch immer als einen Bruder angesehen und üppig entlohnt.«

»Vielleicht früher einmal, Heiliger Vater, aber heute …«

»Bezieht Ihr Euch auf das, was in Eurem Haus geschehen ist?«, platzte Juan heraus, ohne sich um den missbilligenden Blick von Rodrigo zu scheren.

»Ich hätte nie davon gesprochen, aber da Ihr es tut.« Ascanio drehte sich kaum zu ihm um. »Auch dieser Affront, der in meinem Haus geschehen ist, zeigt deutlich, dass ich nicht mehr Eure Freundschaft genieße.«

Rodrigo hob einen Arm.

»Nein, nein, nein! Darum geht es nicht! Außerdem war das, was Ihr einen Affront nennt, nicht gegen Euch gerichtet, sondern gegen einen Unverschämten, der den Herzog von Gandia beleidigt hat!«

»Es ist nicht bloß die schreckliche Strafe, die meinen Gast getroffen hat, die mich verletzt, sondern das Verhalten des Herzogs, das ich mir bis heute nicht erklären kann.« Er schaffte es, Juan anzusehen. »Ich habe mich bemüht, ihn auf jede Weise zu ehren.«

Abschätzig hob Juan das Kinn, antwortete jedoch nicht.

»Wenn Ihr uns wirklich ehren wollt, dann wählt Eure Gäste beim nächsten Mal besser aus, dann werdet Ihr auch keine Schwierigkeiten bekommen«, schloss Cesare lapidar.

Es gefiel ihm nicht, seinen Bruder zu verteidigen, aber im Augenblick musste die Familie gegenüber dem listigen Sforza geschlossen auftreten. Er hatte willentlich ohne den geringsten Respekt weder für sein Alter noch für sein Amt mit ihnen gesprochen. Er wollte ihm klarmachen, dass auch er sehr gefährlich sein konnte.

Ascanio entgegnete nichts; er spitzte die dünnen Lippen, um seinen Missmut zu verbergen.

»Wie bereits gesagt sind wir nicht hier, um über diesen Abend zu sprechen. Unsere Freundschaft hat schon schlimmere Momente überstanden, Ascanio.« Rodrigos Blick wurde schmeichelnd. »Wir haben viele Missverständnisse vergessen, und wir werden auch dieses vergessen.«

Ascanio senkte den Kopf und legte eine Hand auf die Brust.

»Ich bin Euer Diener, Heiligkeit«, sagte er, aber in seinem Blick war keinerlei Unterwerfung zu sehen.

»Kardinal, könnt Ihr erklären, wieso Euer Cousin Giovanni aus Rom geflohen ist?«

Cesare war zum offenen Angriff übergegangen, wie es seine Art war. Zu viele Höflichkeiten waren ihm lästig.

»Mein Cousin hat mir geschrieben, dass er Eurer Schwester die Gründe für seine Abreise erklärt hat und dass sie sie billigt.«

»Sie billigt sie?«, hakte Juan nach. »Was bedeutet das?«

»Meint Ihr vielleicht, dass sie glücklicher ist, wenn der Ehemann weit weg ist?«, fragte Cesare sarkastisch.

»Sicher nicht, Kardinal, Ihr habt meine Worte sehr wohl verstanden. Mein Cousin hat Rom verlassen, um sein Leben zu schützen.«

»Wir sterben alle, früher oder später, erklärt das Giovanni. Und da Ihr in den Sternen lest, helft Ihm, sein Schicksal zu erkennen.«

Cesares Worte, die halb ironisch, halb resigniert klangen, trafen Ascanio.

»Eine traurige Wahrheit, die uns jedoch nicht von unseren Zielen ablenken darf. Wir Sforza glaubten, dass die Ehe zwischen Lucrezia und Giovanni unsere Freundschaft besiegelt hat, die, wie Eure Heiligkeit bestätigen kann, immer unerschütterlich war, trotz vieler Schwierigkeiten.«

»Er hat seine Frau verlassen, nicht umgekehrt.« Rodrigos unschuldiger Blick hätte jeden getäuscht – außer Ascanio.

»Heiliger Vater, Giovanni schreibt mir Briefe, in denen er tiefe Gefühle für seine Ehefrau beschreibt. Wieso sollte er die Auflösung einer Ehe akzeptieren, die ihn in jedem Aspekt befriedigt und ehrt?«

»Nicht in jedem Aspekt. Lucrezia ist noch Jungfrau, nach über drei Jahren!«, erklärte Cesare.

»Giovanni bestätigt, die Ehe mehrfach vollzogen zu haben. Er kann mich nicht so schamlos anlügen!«

Juan sah Ascanio in die Augen.

»Ihr denkt also, dass meine Schwester lügt?«

»Es verletzt mich, dass Ihr weiterhin einen Rebellen verteidigt«, schaltete sich Rodrigo ein. »Giovanni hat uns enttäuscht. Er wurde wie ein Sohn behandelt und zahlt es uns, indem er Lügen verbreitet. Ascanio, sucht nicht nach einer unmöglichen Schlichtung. Wir werden unsere Meinung nicht ändern, und Eure Bemühungen, ihn zu verteidigen, sind verlorene Liebesmüh. Auch Ihr wisst, dass Euer Cousin seine Rolle nicht wirklich ausfüllt. Das Bündnis mit den Sforza ist für uns immer noch gültig, wir möchten nur ihn entfernen. Wir hatten in letzter Zeit zu viele Unstimmigkeiten und trauern stattdessen den glücklichen Momenten unserer Freundschaft nach. Wenn wir dieses kleine Problem lösen, wird alles wieder wie früher.«

»Heiligkeit, ich wünsche nichts mehr, als Euch zu gefallen und Eure Gunst wiederzuerlangen. Aber vergesst nicht, dass ich diese Ehe gestiftet habe, daher fühle ich mich verpflichtet, mich um eine Versöhnung zu bemühen.«

»Wir sehen, dass Ihr Euch dafür engagiert. Es geht jedoch nicht um einen Streit zwischen Eheleuten, sondern um eine nicht vollzogene Ehe.«

Ascanio wurde blass, als er ein Stechen im Magen verspürte.

»Verzeiht, wenn ich darauf beharre, und nehmen wir nur einmal an, dass Giovanni einen Fehler begangen hat, als er Rom verlassen hat, ohne sich zu verabschieden. Aber warum hat Lucrezia es vorgezogen, sich an einen ungesunden Ort wie San Sisto zu flüchten, anstatt zu ihm zu reisen? Wir kennen den Ruf dieses Klosters, viele unerwünschte Kinder sind dort geboren worden.«

Juan sprang auf.

»Wie könnt Ihr es wagen, vor dem Heiligen Vater so etwas anzudeuten?«

»Juan, wir sollten uns darüber nicht aufregen«, warf Cesare ein. »Der Kardinal hat recht. Viele Mädchen ziehen sich nach San Sisto zurück, um dort im Geheimen niederzukommen, aber ich glaube nicht, dass Lucrezia schwanger ist. Unsere Schwester ist Jungfrau, eine Jungfrau, die mit einem impotenten Mann verheiratet ist.«

»Ich habe nur um eine Erklärung gebeten. Das ist mein Recht, aber wenn Ihr mir keine geben könnt.«

Rodrigo hob den Blick gen Himmel und rang die Hände.

»Eine Frau, die von ihrem Ehemann verlassen wurde, was sollte sie tun, um nicht das Opfer von Gerüchten zu werden? Im Kloster wartet Lucrezia nur darauf, dass über ihr Schicksal entschieden wird, und betet zur Madonna um Hilfe.«

»Hoffen wir, dass die Madonna uns alle erleuchten wird«, parodierte Ascanio Rodrigos Ausdruck mit offensichtlicher Ironie, dann sah er ihm in die Augen und sagte:

»Da gibt es noch etwas, das wir noch nicht besprochen haben: die Mitgift.«

»Und?«

»Die Mitgift ist meinem Cousin nie ausgezahlt worden, doch er hatte beträchtliche Kosten, um seine Frau und ihr Gefolge auszuhalten.«

»Ab wie viel Dukaten ist er bereit, der Welt seine Impotenz zu verkünden?«, mischte sich Juan barsch ein.

Ascanio und Rodrigo sahen ihn überrascht an: Das war wenig diplomatisch formuliert, traf aber den Punkt. Es wäre besser gewesen, nach langen Wortwechseln dorthin zu gelangen, aber Juan, mit seinem mangelnden Takt und politischer Erfahrung, hatte die Verhandlungen abgekürzt.

Ascanio lächelte kaum merkbar.

»Wenn wir zu einer befriedigenden Einigung kommen, kann ich Euch mein Wort darauf geben, dass Giovannino das unterschreibt, was Ihr wollt.«

Der Papst nickte, ohne jedoch den Gesichtsausdruck zu ändern.

»Es ist eine Lösung, die besprochen werden will, Kardinal. Zu wissen, dass es eine Möglichkeit für eine Einigung gibt, erfüllt uns mit Freude.«

Sforza stand ohne ein weiteres Wort auf. Er verbeugte sich vor dem Papst, verabschiedete sich nickend von Cesare und blieb vor Juan stehen.

»Ich reiche Euch die Hand, Herzog. Die Interessen der Kirche und unserer Familien sind wichtiger als jeglicher Disput.«

Juan nahm die Hand des Kardinals und drückte sie wenig begeistert.

»Ich wünsche Euch Glück«, sagte Ascanio. »Das brauchen wir alle. Vergesst das nicht.«

Sforza ging schnell mit gebeugtem Kopf hinaus.

»Er wird unterschreiben, Ihr werdet sehen!«, spottete Juan zufrieden. »Giovanni ist bereit, sich zu verkaufen, und Ascanio hat sich bei mir entschuldigt!«

»Das schien mir keine Entschuldigung zu sein«, sagte Cesare kopfschüttelnd. »Heiligkeit, was habt Ihr vor? Die Summe, die sie fordern werden, wird enorm hoch sein.«

»Ein Krieg gegen die Sforza würde uns viel mehr kosten. Es ist besser, sie zu bezahlen, das ist die beste Lösung.«

»Ascanio war merkwürdig …«

»Er steckt in Schwierigkeiten«, sagte Juan.

»Cesare hat recht: Der Geist dieses Mannes ist mindestens so gefährlich wie der von il Moro«, bemerkte der Papst nachdenklich. »Bezahlen wir sie und werden wir Giovanni ein für alle Mal los.«

»Ich kann es kaum erwarten!«, rief Juan aus. »Früher oder später will ich das Vergnügen haben, diese verdammten Sforza zu zermalmen!« Er sah den Papst hochmütig an, doch dieser antwortete nicht.

Cesare stand auf, um sich zu verabschieden, und bückte sich, um den Ring des Pontifex zu küssen

»Seien wir auf der Hut«, schloss er im Gehen.

»Gott segne Euch, meine Söhne.«

Rodrigo streichelte Juans Gesicht, der ihn umarmen wollte. Er folgte ihnen mit dem Blick, bis sich die Tür hinter ihnen schloss.

Als er hinausging, dachte Cesare an das gezeichnete und erschöpfte Gesicht seines Vaters.

Die Jahre wogen langsam schwer. Er hatte der Erpressung durch Ascanio schnell nachgegeben, ohne zu verhandeln oder weniger teure Alternativen vorzuschlagen. Er hatte Juans Arroganz nicht unterstützt, war aber auch nicht vorgeprescht, um seine absolute Macht einzusetzen. Es war der Moment gekommen, ihm bei wichtigen Entscheidungen zu helfen, näher bei ihm zu bleiben, bis er unverzichtbar geworden war.

Er ging hinab in die Stallungen, wo die Eskorte mit den Mauleseln auf ihn wartete, und ritt in Richtung Esquilino. Hufgeklapper ließ ihn sich umdrehen.

Juan kam reitend näher. Seine Umrisse hoben sich vom roten Himmel ab.

»Wartet auf mich! Es ist besser, gemeinsam zu reisen«, rief Juan und lächelte, als er ihn erreichte.

Dieses entwaffnende Lächeln, das dem seines Vaters so ähnlich war, weckte in Cesare eine Welle der Zuneigung. Er vergaß seinen Groll und hatte das Bedürfnis, Juan vor dem Bösen, das ihn umgab, zu beschützen.

Aber das währte nur einen Augenblick.

Juan begann erneut hochtrabend von seiner Zukunft zu reden, während Cesare ihm zerstreut zuhörte. Er dachte, dass alles vergänglich war und das Schicksal für jeden bereits unauslöschlich geschrieben war. Es gab nur einen Weg, um dem Schicksal ein Schnippchen zu schlagen. Jeden Augenblick hemmungslos auszuleben – bis zum Sensenhieb.

Juan konnte alle Pläne der Welt schmieden, aber sein Leben wäre zu kurz, um zu erreichen, was er wollte.

Das abnehmende Abendlicht verbarg das rätselhafte Lächeln auf Cesares Gesicht.

XIII.
Der Mord

Rom
14. Juni 1497, in der Dämmerung

Vannozza Cattanei betrat den Garten.

Von einer Mauer geschützt öffnete sich der kleine Park voller hoher, üppiger Bäume links von der Villa, die oben auf dem Hügel Esquilino thronte.

Rasenflächen mit bunten Blumen und grüne Sträucher rahmten die Kieswege, die sich überschnitten und ein Labyrinth bildeten. An der Kreuzung dieser Pfade sprühten einige Springbrunnen Wasser aus Bronzekrügen, aus Steinfaunen oder weißen Marmorgöttern. Andere Statuen, Säulen und Überreste aus dem antiken Rom tauchten hier und da im geschnittenen Gras auf. An den Garten schloss sich ein großer Gemüsegarten an, der von Obstbäumen umstanden war. Dahinter lag ein Weingarten mit einem hohen Turm in der Mitte; die Reben reichten bis an die Felder.

Vannozza erreichte die von Wein umschlungene Pergola, unter der ein langer Tisch aufgebaut war.

Die intensiven Düfte, die in der Luft lagen, führten sie

zurück zu einem lange vergangenen Abend, an dem sie Rodrigo zum ersten Mal begegnet war.

Sie erinnerte sich noch an seinen Blick, als sie auf dem Bett lag, nur von roten Rosen bedeckt. Er war zu ihr gekommen und hatte die Blütenblätter nacheinander ohne ein Wort entfernt. Als das letzte gefallen war, hatte er sie umarmt und leidenschaftlich geliebt.

Diese Zeiten waren vorüber, und sie hatte nicht mehr den biegsamen Körper von damals und auch nicht die fantasievolle Raffinesse, die den Borgia verführt hatte. Sie war noch schön, aber die Herrlichkeit der Jugend war vergangen.

Sie seufzte auf und ließ die Erinnerung ziehen. Bald würden ihre Kinder mit weiteren Freunden erscheinen, und sie wollte, dass alles perfekt war.

Sie ging zu den Dienern, die dem Tisch den letzten Schliff verliehen, richtete die Kelche sorgfältig neben den Tellern und ordnete an:

»Ich will andere Blumen hier und eine Schüssel mit Obst in der Mitte.«

Sie hatte beschlossen, die Gäste zu überraschen und heute Abend die Tischdecken dreimal auszutauschen, mit jedem Gang. Zuerst Wild, dann Fisch und schließlich Dessert und Obst, erfrischendes Sorbet und mit Likör gefülltes Konfekt. Die Musiker würden spielen und singen, und um die Gemüter zu erfreuen, würde es den besten Wein geben, den ihr Ehemann, Carlo Canale, aus ihrem Keller auswählte. Carlo war jedoch noch nicht aufgetaucht, er war wohl wie immer in seine Gedichte vertieft und hatte es sicher vergessen. Sie schickte einen Diener, um ihn an das Versprechen zu erinnern, und sagte den anderen:

»Stellt drei Kandelaber auf den Tisch, dann bringt die Fackeln und verteilt sie an dieser Mauer.« Die Abenddämmerung würde bald beginnen und der Garten dunkel werden, aber sie zählte auf die Magie des Vollmonds.

»Verzeih mir, Vannozza!«, rief Canale aus, als er angelaufen kam. »Ich schrieb gerade an einem schwierigen Vers und …«

Sie sah ihn mit gespielter Missbilligung an.

»Du hast den Wein vergessen.«

»Ja, aber das ändere ich sofort. Der trockene Weiße von Marino müsste gut passen oder ein Frascati und zum Abschluss einen Süßwein aus Orvieto. Ja, ich glaube, der ist am besten.«

»Findest du den Tisch so gut?«

Canale ging an den Plätzen vorbei und kontrollierte sorgfältig. »Ja, alles perfekt«, stimmte er lächelnd zu.

»Werden meine Kinder zufrieden sein?«, fragte Vannozza mit großen, immer noch schönen Augen.

Carlo nahm ihre Hand und legte sie an seine Brust. Er liebte sie wirklich, und alle, die behaupteten, er habe sie nur geheiratet, um seine Schulden begleichen zu können, und habe die Augen gnädig vor ihrem stürmischen Leben verschlossen, lagen falsch.

»Ja, da bin ich mir sicher«, antwortete Canale. »Werden alle kommen?«

»Nein, Lucrezia wird nicht kommen. Sie ist noch in Sisto. Morgen werde ich sie besuchen, auch wenn sie es nicht will. Sie war in letzter Zeit so schweigsam.«

»Dir vertraut sie sich sicher an.«

»Sie ist jung, sie muss glücklich sein!«

Carlo küsste ihre Hand, die er nach wie vor in seiner hielt.

»Du möchtest, dass alle glücklich sind. Heute Abend werden sie nicht bloß das Essen loben, sondern auch deine Schönheit. Du glänzt wie eine Königin! Ich werde später ein Gedicht vortragen, das ich für diesen Anlass geschrieben habe. Ich gehe jetzt, um es zu vollenden, aber vorher der Wein!«

Er wechselte die Richtung und ging zum Keller, gefolgt von zwei Dienern.

Vannozza lächelte und zupfte an den weiten Ärmeln des roten Seidenkleides, dessen tiefes Dekolleté ihre üppige Brust betonte, richtete ihre dicken blonden Haare, in die Bänder in der Farbe des Kleides geflochten waren. Sie trug ihren schönsten Schmuck, vor allem Ringe an jedem Finger ihrer weißen Hände. Sie stand auf und spazierte über die Gartenpfade, dabei dachte sie an ihre Kinder.

Schon als kleine Kinder waren sie Adriana Mila, der Cousine von Rodrigo, anvertraut worden, die sie besser als sie selbst auf ihre anspruchsvolle Zukunft vorbereiten konnte. Sie hatte darunter gelitten, aber sie hatte akzeptiert, zur Seite zu treten.

Cesare hatte sie als Erster verlassen. Dieser harte und introvertierte Junge liebte sie, da war sie sich sicher, vielleicht mehr als seine Geschwister, aber von ihm eine Umarmung oder ein nettes Wort zu erhalten, war schwierig. Sie hatte das Abendessen vor allem organisiert, um seine nächste Aufgabe zu feiern: den neuen König von Neapel zu krönen. Es war eine große Ehre, und er war ihrer würdig.

Sie sah ihn vor sich als kleines Kind. Wenn er spielte, konnte niemand mit ihm mithalten. Wenn er sich wehtat, stand er auf, ohne zu weinen, und war bereit, wieder von vorn zu beginnen, immer hemmungslos und immer auf der Suche nach neuen Herausforderungen, um seine Überlegenheit zu beweisen.

Juan dagegen … Er umarmte gern, und er erzählte ihr mit glänzenden Augen von seinen Erfolgen. Wie gut er aussah! Wer weiß, ob seine Kinder in Spanien ihm ähnelten. Es rührte sie, an die Enkel zu denken, die sie nie gesehen hatte, an die spanische Schwiegertochter, die ihr einen höflichen Brief geschrieben hatte, um die Geburt des kleinen Erben des Herzogtums Gandia zu verkünden.

Und Jofrè … so unsicher, mit dieser heißblütigen Frau! Als sie sich das letzte Mal gesehen hatten, hatte er ihr weinend erzählt, welche Gerüchte über Sancia kursierten. Es war nicht einfach, ihm zu erklären, dass im Leben immer der Stärkste oder der Verschlagenste gewann. Die bösen Zungen hatten sogar gewagt, an Rodrigos Vaterschaft zu zweifeln, und Jofrè litt darunter.

Als sie an den letzten Reihen des Weingartens angekommen war, hörte Vannozza den Glockenturm von San Pietro in Vincoli schlagen. Die Gäste würden bald ankommen. Schnellen Schrittes kehrte sie zurück zum Haus.

Eine Stunde später

»Signora Madre!« Juan küsste Vannozza die Hand, dann hielt er sie an ausgestreckten Armen, um sie besser zu betrachten.

»Die Farbe Eures Kleides betont Eure Augen. Wenn Ihr nicht meine Mutter wärt, würde ich Euch den Hof machen!«, rief er aus, dabei warf er lässig seinen Umhang ab und enthüllte ein schwarz-gelb gestreiftes Wams aus Atlas. Er richtete seinen gefiederten Hut auf seinen braunen Haaren und ging in Richtung Garten.

Hinter ihm tauchte Cesare auf, im schwarzen Gewand, das nur durch eine schwere Goldkette aufgeheitert wurde. Jetzt küsste er seiner Mutter die Hand und warf ihr einen bewundernden Blick zu. Vannozza lachte vor Freude und nahm ihn an der Hand.

»Komm in den Garten, dort ist es frischer.«

Heute Abend wollte sie eine entspannte und familiäre Stimmung, daher nutzte sie nicht das bei offiziellen Angelegenheiten übliche, förmliche »Ihr«.

Sie ging ihren älteren Kindern voran und empfing mit einer Umarmung Giovanni Borgia Lançol, einen jungen Kardinal und Neffen von Rodrigo.

Sie nahmen auf den Bänken Platz und warteten auf die anderen Gäste.

Vannozza setzte sich zwischen Cesare und Juan, um keine Sekunde ihrer Gesellschaft zu verpassen.

»Signora, Ihr könnt Euch nicht vorstellen, wie angenehm die Frische Eures Gartens ist«, sagte Lançol, »die Hitze in Rom ist unerträglich.«

»Es ist eine Freude, Euch an meinem Tisch zu sehen, Ihr solltet häufiger kommen«, erwiderte Vannozza strahlend.

Carlo Canale gesellte sich zu ihnen und sagte:

»Willkommen, Signori! Wenn Vannozza Euch sieht, wird sie noch schöner und auch nachsichtiger mit mir!«

Nach seinen Worten wurde gelacht und geprostet.

Inzwischen waren weitere Gäste angekommen: Kardinal Borgia di Monreale, Rodrigos Cousin, und ein neapolitanischer Notar, ein Freund von Carlo Canale, in Begleitung eines jugendlichen Neffen. Während Vannozza die Neuankömmlinge begrüßte, erklang ein Frauenlachen.

Cesare und Juan drehten sich gleichzeitig um.

Sancia fuhr wie ein Wirbelwind in die Gruppe der Gäste, lobte Vannozzas Kleid und die Eleganz der Tafel. Sie grüßte Cesare knapp und warf Juan einen vielsagenden Blick zu.

Jofrè folgte ihr mit einem kaum sichtbaren Lächeln auf den Lippen. Vannozza stand auf, um ihn zu umarmen, und platzierte ihn zwischen seinen Brüdern.

»Mir scheint, du bist schlechter Laune, Brüderchen!«, sprach Juan ihn an und klopfte ihm auf die schmale Schulter.

Jofrè sah ihn ausdruckslos an.

»Da liegst du falsch, mir geht es großartig.«

Juan betrachtete Sancia, ohne seine Bewunderung zu verbergen, und sagte ironisch:

»Du bist so erschöpft. Du übertreibst es doch nicht mit deiner Frau? Andererseits kann ich dir das nicht übel nehmen!«

»Rührend, deine Sorge«, antwortete Jofrè mit zusammengebissenen Zähnen. »Aber ich kann mich schon um mich selbst kümmern. Du dagegen solltest lernen zu schweigen, wenn dir dein Leben lieb ist!«

Ohne ihm Zeit für eine Erwiderung zu geben, wandte er ihm den Rücken zu.

Juan lachte laut los.

»Cesare, hast du gehört? Der Kleine wird hochnäsig!«

Cesare warf ihm einen eisigen Blick zu.

»Hör schon auf. Er ist kein Kind mehr.«

»Oha, darf man keine Scherze mehr machen? Kaum dass man von Sancia spricht, werdet Ihr rot!«

Cesare legte ihm eine Hand auf die Schulter und drückte fest.

»Du hast schon genug gesagt.«

Der Druck wurde zum Griff einer Schraubzwinge. Juan presste die Lippen aufeinander, aber schließlich stöhnte er vor Schmerz auf und senkte den Kopf.

Daraufhin ließ Cesare von ihm ab und ging fort, mit kühler Gleichgültigkeit sah er seinem Bruder in die feurigen Augen. Er ging zu dem jungen Mann, der den Notar begleitete, und begann ein Gespräch mit ihm.

Vannozza rief die Diener, die mit Schüsseln voller dampfendem Wildbret aus der Küche herbeigelaufen kamen.

Juan und Cesare wurden als Ehrengäste als Erste bedient.

Vannozza sah beide zärtlich an.

»Heute Abend, meine Söhne, werde ich euch nicht aus den Augen lassen, weil ich euch so lange nicht gesehen habe.«

»Wann reist Ihr ab, Kardinal?«, fragte der Notar.

»Schon bald«, antwortete Cesare und zeigte dem Truchsess ein Stück Braten.

»Für uns Neapolitaner ist es eine Ehre, dass es der Kardinal von Valenza persönlich ist, der König Friedrich krönen wird«, ergänzte der Notar an Vannozza gewandt.

»Für Seine Heiligkeit bietet es dagegen die Chance, die ausstehenden Tributzahlungen des Königreichs Neapel an die Kirche einzukassieren!«, verkündete Juan und blickte ihn sarkastisch an, bevor er sich auf ein Stück Fleisch stürzte.

Der Notar errötete und sprach mit einem verlegenen Lächeln weiter: »Hoffen wir, dass die Anwesenheit des Kardinals ein gutes Omen ist. Nach vier Herrschern in kurzer Zeit täte etwas Stabilität Neapel gut.«

»Friedrich wird ein guter König«, warf Jofrè ein. »Er ist ein Mann von großem Geist.«

Sancia brach in ihr typisches Lachen aus.

»Jofrè ist in meinen Onkel Friedrich vernarrt. Er hat mich bei der Hochzeit *per procurationem* vertreten, und es heißt, er wäre als Braut sehr verführerisch gewesen!«

»Ich musste ihn sogar auf den Mund küssen!«, bestätigte Jofrè unter allgemeinem Lachen.

Der Notar begann erneut, die zukünftige Aufgabe von Cesare zu loben und ihm einige Orte zu empfehlen, die er besuchen sollte.

Juan wandte sich inzwischen seiner Mutter zu, die neben ihm saß, und flüsterte ihr ins Ohr:

»Ein ausgezeichnetes Bankett.«

Vannozza streichelte die gut gepflegte Hand ihres Sohnes.

»Seit du zurückgekehrt bist, habe ich dich so selten gesehen. Und du hast mir noch gar nichts von deinen Kindern und deiner Frau erzählt.«

»Ihr wisst doch schon alles, Maria hat Euch doch geschrieben?«

»Sie muss eine liebevolle Ehefrau sein. Wie schade, dass sie dich nicht begleitet hat, ich hätte sie gern kennengelernt.«

»Maria wird Spanien nie verlassen. Ihr Vater will sie in seiner Nähe wissen, und sie muss in Gandia bleiben, um sich um unser Herzogtum zu kümmern. Außerdem hätte ich in Rom keine Zeit gehabt, mich um sie zu kümmern.«

Juan nahm einen Kelch und leerte ihn in einem Zug.

Vannozza blickte ihrem Sohn forschend in die Augen. Sie wusste, dass er seine Frau nicht liebte und sie nicht vermisste, aber vielleicht dachte er an seine Kinder, die er in Spanien zurückgelassen hatte.

»Bist du glücklich, Juan?«

»Ich habe meine Pflicht doch erfüllt?«

»Da hast du recht, und ich bin dir dankbar, weil du immer danach strebst, deinem Vater zu gefallen.«

»Das ist nicht schwer.«

»Da gibt es etwas, das ich dich fragen möchte«, sagte Vannozza. Sie sprach nun leiser und achtete darauf, dass die anderen Gäste sie nicht hörten.

Juan bedeutete einem Diener, sein Glas wieder zu füllen.

»Es heißt, zwischen dir und Cesare gebe es Unstimmigkeiten«, murmelte Vannozza. »Ich will nicht, dass ihr untereinander streitet. Wir müssen immer vereint sein, wir sind doch eine Familie, dasselbe Blut.«

Juan löste sich vom intensiven Blick seiner Mutter und seufzte auf.

»Ich habe seine überhebliche Art noch nie ertragen. Dass er ein Jahr älter ist als ich und ein Kardinal, gibt ihm nicht das Recht, mir zu erklären, wie ich zu leben habe.«

Er massierte sich die immer noch schmerzende Schulter.

»Er mag dich, deswegen will er dir Ratschläge geben.«

»Nein, Cesare mag niemanden, weder mich noch sonst wen. Er ist unfähig zu lieben!« Er hob den Kelch an den Mund und leerte ihn. »Seht ihn Euch an. Er schweigt immer, mustert alle von Kopf bis Fuß, als wäre niemand würdig, sich ihm zu nähern, aber bei mir funktioniert seine Ausstrahlung nicht! Als er erfahren hat, dass ich nach Neapel reisen werde, um meine neuen Ländereien in Besitz zu nehmen, hat er sofort eine Aufgabe für sich gesucht.«

Vannozza spürte, wie ihr die Tränen kamen.

»Sprich nicht so über deinen Bruder.«

»Ihr habt die Wahrheit wissen wollen.«

»Versuch ihn zu verstehen, er mag den Talar nicht. Er wurde ihm aufgezwungen, deswegen ist er immer unruhig …«, sie unterbrach sich, weil sie sah, wie Jofrè Sancia durchdringend anstarrte. »Ich bitte dich, sei auch nicht immer so hart zu Jofrè.«

»Ich will ihn nur zum Mann machen, aber meine Bemühungen werden nicht geschätzt.«

Vannozza seufzte unwillkürlich auf.

»Seien wir ehrlich. Ich weiß, dass Sancia ihn betrügt und auch mit wem.«

Juan lachte laut auf.

»Kennt Ihr alle Männer Roms?«

»Die anderen sind mir egal, aber ich möchte, dass du die Ehre deines Bruders respektierst.«

»Meine Leidenschaften vergehen schnell. Auch diese ist bereits Vergangenheit, glaubt mir.«

»Pass auf, mein Sohn, die Gefühle anderer mit Füßen zu

treten ist gefährlich. Du kannst nie vorhersagen, wie die Menschen reagieren werden.«

Juan lachte wieder, dann beugte er sich zum Ohr seiner Mutter und flüsterte:

»Ihr haltet mir eine Predigt, die eines Bischofs würdig ist.«

Vannozza schwieg. Wie ihr ein von ihr sehr geschätzter Priester einmal gesagt hatte: Manchmal schreit die Stille am lautesten.

Juan führte die Hand seiner Mutter an den Mund und küsste sie heißblütig. »Ihr und Seine Heiligkeit seid die einzigen Menschen, von denen ich Ratschläge annehme. Ich bitte Euch um Verzeihung, wenn ich zu offen gewesen bin, aber ich versichere Euch, dass es nichts zu befürchten gibt. Die römische Kirche zu verteidigen ist eine sehr ernste Aufgabe, manchmal muss man die Anspannung mit einem Abenteuer verjagen.«

Vannozza sah ihn bang an.

»Ich habe von dem Angriff auf dich vor wenigen Tagen gehört und der Jungfrau gedankt, dass sie dich beschützt hat. Hat man herausgefunden, wer der Wahnsinnige gewesen ist?«

»Nein, aber wir werden ihn finden. Ich habe eine merkwürdige Nachricht von Fabrizio Colonna erhalten, der mir rät, mich vor einem Mann vorzusehen, der mir nahesteht. Sobald wie möglich werde ich herausfinden, wen er meint und was er weiß.«

»Vertraue niemandem. Diese Stadt ist voller Hinterhalte.«

»Nicht für denjenigen, der von Seiner Heiligkeit und Euren Gebeten geschützt ist!«

Vannozza lächelte, in der Hoffnung, dass ihr Sohn recht hatte.

»Eine Sache noch, Juan. Warum ist Lucrezia im Kloster San Sisto?«

»Weil sie von den Gerüchten fernbleiben soll.«

»Vielleicht ist sie unglücklich. Sie will nicht einmal, dass ich sie besuche. Ich hätte sie heute Abend gern hier gehabt.«

»Ihr müsst Euch keine Sorgen machen. Lucrezia leidet nicht im Kloster, und sie ist in Sicherheit. Wir kümmern uns aufs Beste um sie.« Er küsste sie, um deutlich zu machen, dass er nicht weiter darüber sprechen wollte.

Vannozza sagte nichts dazu. Stattdessen bat sie die Gäste, sich zu erheben, damit die Diener die Tischdecke für den neuen Gang auswechseln konnten, dann ging sie zu Jofrè, der abseitsstand.

»Ich habe dich lange nicht mehr gesehen.«

Sie hakte sich bei ihm unter und führte ihn zum Weinberg. Als sie weit genug weg waren, sodass man sie nicht mehr hörte, fragte sie besorgt:

»Du bist blass, bedrückt dich etwas?« Sie führte ihn zu einem steinernen Sitz.

»Nein, nichts, Mutter.«

»Hör mir zu.« Vannozza streichelte ihm übers Gesicht. »Ich weiß, was dich bedrückt.«

»Nein, das könnt Ihr nicht wissen.«

»Deiner Mutter kannst du alles sagen. Was ist geschehen?«

»Ihr habt gesagt, Ihr wüsstet, was mir auf dem Herzen liegt, dann los, sagt es selbst.«

»Der Grund für deine schlechte Laune ist Sancia.«

»Zu leicht! Aber da ist noch mehr, da ist noch jemand.«

»Glaub nicht, was man sich erzählt.«

»Das, ›was man sich erzählt‹? Ich habe sie mit meinen eigenen Augen gesehen, auf der Erde wie zwei Straßenhunde. Juan und …« Jofrès Stimme wurde brüchig.

Vannozza unterdrückte mit Mühe den Impuls, ihn in den Arm zu nehmen.

»Jofrè, du bist jetzt ein Mann. Was auch immer du gesehen hast, musst du vergessen. Es ist nur eine Laune der Leidenschaft. Es wird nicht mehr geschehen. Glaub mir.«

»Ihr wusstet, dass sie eine Affäre haben, und habt mir nichts gesagt?«

»Nein!«, unterbrach Vannozza ihn bestimmt. »Ich habe Gerüchte gehört, dass …«

»Die Wahrheit!«

»Klatsch oder Wahrheit, jetzt ist es vorbei. Es war schwer für dich, das verstehe ich, aber jetzt ist es Schnee von gestern, und das ist, was zählt.«

»Wieso seid Ihr sicher? Hat er es Euch gesagt?«

Vannozza wurde rot.

»Gerade eben hat er mir versichert, dass zwischen ihnen alles vorbei ist.«

»Aha, mein Bruder und meine Frau betrügen mich, und meine Mutter spricht leichthin darüber, als wäre das ganz normal!«

»Ich spreche nicht leichthin davon, ich will dich nur beruhigen. Weiß Sancia, dass du sie gesehen hast?«

»Sie ist mir egal. Aber er … Er ist ein Scheusal, ich kann ihn nicht mehr als meinen Bruder sehen. Ich will nur noch, dass er verschwindet, dass er dorthin zurückkehrt, wo er hergekommen ist!«

Vannozza seufzte traurig. Sie hätte ihm gern erzählt, wie oft sie in ihren zwölf Jahren mit Rodrigo die Hölle der Eifersucht erfahren hatte. Mit der Zeit hatte sie gelernt, ihn zu lieben trotz seiner Untreue, seinen Forderungen, seiner Eigenwilligkeit. Doch als Giulia Farnese aufgetaucht war, so jung, so schön, da brannte der Schmerz.

Sie sah zu Carlo Canale, der die Gäste unterhielt, und dankte im Herzen Rodrigo, weil er ihr diesen Mann gegeben hatte. Die Zärtlichkeit, die sie für Carlo empfand, hatte nichts von der intensiven Leidenschaft, die sie für Rodrigo gefühlt hatte, aber sie gab ihr Heiterkeit und entschädigte sie für viel Unglück.

Jofrè war zu jung, er konnte es noch nicht begreifen. Sie fasste ihn an den Schultern.

»Er wird nicht verschwinden. Du darfst ihm nicht erlauben, sich das zu nehmen, was dein ist! Und mit Sancia solltest du andere Methoden nutzen. Lass sie aus Rom verschwinden, bestrafe sie oder versuche, sie wiederzuerobern. Vergiss nicht, warum eure Ehe geschlossen wurde.«

»Ich soll akzeptieren, betrogen worden zu sein, um eine politische Einigung zu retten?«

»Das gehört zu deinen Pflichten, und du bist nicht der Einzige, der seine Gefühle der Politik opfern muss. Auch Juan hat die Frau geheiratet, die man ihm ausgesucht hatte. Der Heilige Vater behandelt euch alle gleich, bei Ehren wie bei Pflichten.«

Jofrè wurde rot vor Wut.

»Ihr wisst, dass das nicht wahr ist!«

»Seine Heiligkeit hat dir eine Prinzessin zur Frau gegeben.«

»Und Juan hat sie sich zur Geliebten genommen!«

Vannozza spürte einen Stich im Herzen. Dieser Sohn hatte nicht dieselbe Härte wie die anderen beiden, er war unsicher und verletzlich.

»Ich will dir nur sagen, dass es zwischen den beiden aus ist und dass dein Vater …«

»Mein Vater?« Jofrè sah sie ironisch an. »Und wer ist das? Das frage ich Euch.«

Vannozza stand abrupt auf.

»Ich werde mir das nicht mehr anhören, Jofrè! Du lässt es an Respekt mir gegenüber fehlen. Hör auf, dich zu quälen, und verlass Rom für einige Zeit. Du bist müde und nervös. Bitte deinen Arzt, dir einen beruhigenden Tee zu mischen, und gib niemandem die Befriedigung, dich in diesem Zustand zu sehen. Morgen kommst du noch einmal hierher, wir sprechen in Ruhe, und ich werde dir helfen, eine Lösung zu finden.«

Jofrè ließ den Kopf hängen; er schämte sich für seine Tränen.

»Verzeiht mir, ich weiß nicht, was ich tun soll. Mutter, liebt Ihr mich?«

»Daran darfst du niemals zweifeln!«

Sie drückte ihn beruhigend an sich, schluckte ihren Schmerz hinunter und kehrte zu den Gästen zurück.

Die Gesellschaft war vom Tisch aufgestanden und umkreiste die Musiker, die eine komische Ballade angestimmt hatten, während Sancia Tanzschritte andeutete. Nur Cesare stand abseits und trank Wein.

Vannozza ging zu ihm.

»Gefällt dir die Musik nicht?«, fragte sie ihn und reichte ihm eine Schüssel mit Konfekt.

Cesare lehnte die Süßigkeiten ab und antwortete:

»Sie gefällt mir sehr.«

»Langweilst du dich? Ich hätte jemanden einladen sollen, der für dich interessanter ist.«

»Ich langweile mich gar nicht.«

»Ich würde einiges dafür geben, dich lächeln zu sehen.«

Cesare stellte das leere Glas ab.

»Macht Euch keine Sorgen, mir geht es ausgezeichnet.«

»Bist du bereit für deine Reise?«

»Ja.«

Es war unmöglich, die Gedanken dieses Sohnes zu erraten, dachte Vannozza. Sie beschloss, ihm direkte Fragen zu stellen.

»Warum ignorierst du Juan und er dich? Gibt es da ein Problem?«

»Ignorieren wir uns? Das scheint mir nicht so. Wir sind einfach nur unterschiedlich. Du müsstest uns doch kennen.«

»Oh ja, ich kenne euch besser, als ihr glaubt! Und ich weiß auch, dass du dir wegen seines Lebensstils Sorgen machst.«

»Ich muss mich um mich selbst kümmern.«

»Könntest du nicht weniger hart mit ihm sein? Biete ihm deine Freundschaft an.«

»Juan braucht meine Freundschaft nicht, er hat schon alles, was er braucht.«

Vannozza musterte die dunklen Augen ihres Sohnes. Vielleicht hatte Juan recht, etwas Neid nagte sicher an ihm, er war immer bereit zum Handeln gewesen, und dieses schwarze Gewand schränkte ihn ein.

»Entschuldige, wenn ich dich verärgert habe«, sagte Vannozza und senkte den Kopf.

»Nein, das habt Ihr nicht, Mutter«, antwortete Cesare und wurde knallrot.

Zuneigung und Sanftheit irritierten ihn immer, dachte Vannozza und strich ihm zärtlich übers Gesicht. Er hatte »Mutter« mit anderer Stimme gesagt, tiefer, langsamer. Mehr bekam sie von ihm nicht, und sie wusste, dass sie nie mehr bekommen würde.

Sie verließ ihn mit einem Lächeln und ging zu den anderen.

Alonço ließ Juan nie aus den Augen.

Seit der Papst ihm befohlen hatte, sich auf gar keinen Fall von ihm zu entfernen, hatte er das Gefühl, eine Aufgabe direkt von Gott erhalten zu haben. Seine adelige katalanische Familie war den Borgia loyal, und er zitterte beim bloßen Gedanken daran, dass Juan etwas geschehen könnte.

Vor ein paar Tagen hatte sich ein Verrückter auf einem Schimmel vor der Staatskanzlei auf die Eskorte des Herzogs gestürzt und Beleidigungen gebrüllt. Alonço hatte nicht gezögert und sich vor Borgia geworfen, um ihn mit seinem Körper zu beschützen. Dem Himmel sei Dank, dass auch die anderen Männer schnell gewesen waren und den Angreifer abgewehrt hatten, der angesichts dieser Gegenwehr die Sporen gegeben hatte.

Dieser Fiesling sollte nur versuchen, noch einmal näher zu kommen, dann würde er die Kraft seines Arms und die Klinge seines Dolches zu spüren bekommen.

Er warf einen Blick auf die Tafel. Carlo Canale deklamierte Verse mit großer Emphase, und die Gäste schienen fröhlich. Juan zwinkerte Sancia zu und erhob sein Glas, um ihr zuzuprosten. Alonço lächelte, in Frieden mit Gott.

Er drehte sich zum Eingang des Gartens und sah Neco, der, maskiert wie immer, mit seinem hinkenden Gang auf ihn zukam.

Seit ungefähr einem Monat stand der Hinkende in Juans Diensten, und Alonço hatte auch begriffen, wieso. Er hatte immer einen Witz auf den Lippen und kannte vor allem die besten Freudenhäuser und Spielhöllen Roms, was mehr als tausend Empfehlungen wert war. Wer er war und woher er kam, war jedoch ein Rätsel. Zweifellos war er Römer, angesichts seines umfassenden Wissens über die Stadt und ihre Spelunken. Seine kameradschaftliche Art und die Wunde am Bein deuteten darauf hin, dass er mal Soldat gewesen war. Er musste gekämpft haben, und zwar oft, seiner Beherrschung des Schwerts und seinem Gefühl für Gefahren nach zu urteilen. Er nahm nie die Maske ab, neugierig hatte er Juan gefragt, wieso. Die französische Krankheit hatte Narben hinterlassen, für die er sich schämte, hatte Borgia geantwortet.

Als er bei ihm angekommen war, verbeugte Neco sich rasch und sagte ihm leise:

»Ihr müsst Don Juan Bescheid sagen, dass ich hier bin und ihn sprechen muss.«

In diesem Moment deckten die Diener den Tisch ab, um das Tischtuch zum letzten Mal zu wechseln, und Juan sprach in einer Ecke des Gartens an einem Brunnen mit dem Notar. Alonço ging zu ihm.

»Don Juan, Neco fragt nach Euch«, sagte er leise. »Er wartet dort.«

Juan entschuldigte sich beim Notar, gab Alonço ein Zeichen, dass er etwas entfernt auf ihn warten solle, und ging zum Hinkenden, der ihn abseits, fast in einer dunklen Ecke verborgen, erwartete.

»Nun?«, fragte Juan ihn.

»Verzeiht, Signore, aber es ist wichtig.«

»Sprecht!«

»Ich habe eine Nachricht von Donna Anna erhalten, der Kammerzofe von Gräfin Ginevra.«

In Juans Augen blitzte Interesse auf.

»Heute Nacht ist Mirandola nicht in Rom«, fuhr Neco fort, »und kommt erst morgen zurück. Im Haus befinden sich nur die Frauen und Diener. Es ist die richtige Nacht.«

Juan schwieg einen Augenblick, dann strich er eine Haarsträhne aus dem Gesicht und fragte:

»Können wir dieser Frau vertrauen?«

»Ich habe ihr ordentlich Angst eingejagt. Außerdem habe ich es so verstanden, dass die Gräfin dieses Treffen ebenfalls wünscht.«

»Hat sie es dir gesagt?«

Neco zog eine rote Rose aus seinem Wams und reichte sie Juan.

»Die schickt sie Euch. Ich würde sagen, dass sie es kaum erwarten kann, Euch zu sehen. Es wäre eine Schande, diese Chance nicht zu nutzen …«

»… und diese Rose verblühen zu lassen«, schloss Juan und sog den Duft der Blume ein. Er legte Neco eine Hand auf die Schulter.

»Also, was müssen wir tun?«

»Es ist sehr einfach. Donna Anna lenkt die Wache ab und lässt uns eintreten. Auf ihr Signal hin geht Ihr zur Gräfin, und ich stehe Schmiere.«

»Und meine Eskorte?«

»Die können wir nicht mitnehmen, das wäre zu auffällig. Wenn die Diener des Grafen bemerken, dass Ihr Euch im Haus befindet, wird alles kompliziert.«

»In Ordnung, dann folgt mir nur Alonço.«

»Ich habe versprochen, dass nur wir zwei kommen, aber Donna Anna hat deutlich gemacht, dass nur Ihr eintreten dürft und ich draußen bleibe, um aufzupassen. Sie hat Alonço noch nie gesehen, ich will nicht, dass sie Verdacht schöpft und alles auffliegen lässt. Je weniger Männer dort draußen warten, umso weniger gibt die Wache acht.«

»Du hast recht. Alonço könnte sogar meinem Vater zutragen, wohin wir gegangen sind, und das ist das Letzte, was ich möchte. Mirandola ist für seine Wutanfälle berühmt.«

»Dann hängt Alonço ab.«

»Ich muss ihn mit einer Ausrede loswerden. Er ist schlimmer als eine eifersüchtige Ehefrau. Nie lässt er mich in Ruhe.«

»Ich glaube, ich weiß, wie, wenn Ihr zustimmt. Ich warte an der Cancelleria Vecchia auf Euch. Dort trennt Ihr Euch von der Eskorte, und wir gehen mit Alonço zum Freudenhaus an der Piazza Giudea. Ihr lasst Alonço draußen Wache stehen, und wir beide gehen durch die Hintertür, wo ich den Maulesel anbinden werde, wieder hinaus.«

Juan nickte. Er steckte die Rose in sein Wams, und mit vor Erregung glänzenden Augen kehrte er an den Tisch zurück, der inzwischen wieder gedeckt worden war.

Sancia sah ihn schelmisch an.

»Hattest du Besuch?«

Juan zog die Augenbrauen hoch.

»Besuch?«

»Dieser Kerl mit der Maske. Ich habe ihn doch gesehen, als er in den Garten gekommen ist.«

»Das ist ein Diener.«

»Das ist ein Zuhälter«, warf Cesare unbeteiligt ein. »Du hättest es dir sparen können, ihn sogar ins Haus unserer Mutter mitzunehmen.«

Juan lachte ausgelassen.

»Du hättest eine andere Antwort verdient, aber ich bin zu gut gelaunt, um beleidigt zu sein. Ich nehme mit, wen ich will und wohin ich will!«

Cesare sah ihn abschätzig an, erwiderte jedoch nichts.

Stumm grüßte Neco Alonço, verließ den Garten, stieg die Treppe hinab und ging in Richtung Forum Romanum.

Seit Wochen arbeitete er auf diesen Abend hin, nichts durfte schiefgehen.

Er dachte an alle Einzelheiten, überprüfte, dass er nichts vergessen hatte.

Er riskierte sein Leben und durfte nichts dem Zufall überlassen. Er war für seine Verabredung zu früh dran, daher ging er ohne Eile und kehrte in Gedanken an diesen Abend vor ungefähr einem Monat zurück, als er einen alten Freund getroffen hatte …

Pisa
April 1497

Neco gähnte gelangweilt.

Es war ein ermüdender Abend, wenige Stammgäste, die man ausnehmen konnte, und keine neue Dirne, um die Sinne zu kitzeln. Von den Tischen her hörte er fluchende Kartenspieler. Eine Kellnerin kam auf ihn zu.

»Dort verlangen sie nach dir«, sagte sie und zeigte auf den Tisch auf der anderen Seite.

Neco beobachtete die Spieler. Zwei kannte er, es waren Stammgäste, während der dritte das Gesicht unter einer schwarzen Maske verbarg.

Es war ein großer Mann mit schwarzen Haaren, elegant gekleidet.

Neco stand auf und murmelte vor sich hin: »Da ist ja der Dummkopf, der meinen Abend rettet.« Lächelnd ging er zum Tisch, grüßte die beiden und verbeugte sich vor dem Unbekannten.

Als sein Blick auf die grauen Augen unter der Maske traf, zuckte er zusammen. Vielleicht würde es doch nicht so einfach …

»Messer, setzt Euch und spielt mit uns«, schlug ihm der Unbekannte vor. »Es heißt, dass Ihr ein echtes Ass im Kartenspiel seid.« Er hob den Krug an, der auf dem Tisch stand. »Kann ich Euch guten Wein anbieten?«

»Nein, ich trinke nie, wenn ich spiele.«

Der Mann stellte den Krug ab und teilte die Karten aus.

»Mal sehen, ob das Glück auf Eurer Seite ist.«

So war es. Eine Partie folgte auf die andere, und Necos Gewinne erreichten eine hübsche Summe. Der andere verlor und zuckte nicht mit der Wimper.

Der maskierte Mann hatte von Beginn des Spiels an wenig gesprochen, hatte ihn aber nachdrücklich angesehen.

»Noch eine Partie?«, fragte er leichthin.

»Für mich gern, Ihr verliert«, antwortete Neco und hielt seinem Blick stand.

»Ich kann meine Schulden bezahlen und will das Schicksal noch einmal herausfordern.«

»Mir dagegen reicht's«, sagte einer der anderen beiden. »Ich kann nichts mehr setzen.«

Er warf das Geld, das er verloren hatte, auf den Tisch und stand auf.

»Ich folge dir«, ergänzte der andere. »Wir überlassen Euch Eurem Glück. Gute Nacht.«

Die beiden gingen und diskutierten die Partien.

Neco betrachtete den Mann und sagte leise:

»Ich freue mich, dich froh und munter zu sehen, auch wenn es mir leidtut, dich nicht weiter ausnehmen zu können. Ich war gerade dabei, mir ein schönes Sümmchen zusammenzuspielen!«

Der Mann nahm die Maske ab, blieb aber im Halbschatten sitzen.

»Mir wurde gesagt, dass ich dich hier finden würde. Ich erinnere mich, dass du unverschämtes Glück hast, aber ich wollte es trotzdem versuchen«, sagte er mit einem ironischen Lächeln.

Neco lächelte nicht zurück.

Der Mann hatte absichtlich verloren, und jetzt würde er den Grund dafür erfahren.

»Du hast dich in den letzten drei Jahren nicht verändert«, sagte er ihm.

»Du dagegen warst früher nicht so dünn.«

»Mir geht es nicht so gut, ich habe inzwischen das Erbe

meines Vaters aufgebraucht, und dieses Bein lässt mich verzweifeln. Erinnerst du dich, wie schlimm es aussah?« Neco seufzte und legte eine Hand auf seinen rechten Oberschenkel. »So übel zugerichtet ist es für mich nicht einfach weiterzumachen. Du dagegen scheinst mir wohlgenährt und auch gut gekleidet. Und du lässt dich beim Kartenspiel ausnehmen wie ein Grünschnabel. Wieso hast du nach mir gesucht?«

Der Mann hörte auf zu lächeln und stand auf.

»Besser, wir reden nicht hier darüber.«

Neco erstarrte und hielt ihn am Arm fest.

»Bist du gekommen, um meine Schuld einzutreiben?«

Der Freund nickte.

Vor Jahren hatte dieser Mann ihm im Krieg das Leben gerettet, und Neco hatte ihm geschworen, dass er jederzeit einen ebenso großen Gefallen von ihm einfordern könne. Das war die Vereinbarung. Zwischen ihnen hatte eine tiefe Freundschaft bestanden, dann hatten die Umstände sie getrennt, und drei Jahre lang hatten sie sich nicht mehr gesehen. Wenn er nach so langer Zeit bis nach Pisa kam, um ihn zu finden, dann aus einem wichtigen Grund, der sogar lebensgefährlich sein könnte.

»Ich werde nicht kneifen.«

»Das weiß ich. Wenn alles klappt, dann wirst du nicht nur deine Schuld bei mir getilgt haben, sondern auch noch einen Haufen Geld verdienen. Du bist der Beste für diese Art Arbeit, und du kannst schweigen. Deswegen habe ich an dich gedacht.«

»Gehen wir nach draußen, da können wir freier sprechen«, sagte Neco, während ihm ein kalter Schauer über den Rücken lief.

»Lass mich zuerst deinen Gewinn ausbezahlen.«

Der Mann warf einen Beutel auf den Tisch.

»Das ist zu viel.«

»Das ist wenig im Vergleich zu dem, was du verdienen wirst. Nimm es und sieh es als Anzahlung auf deinen Lohn.«

Er wandte ihm den Rücken zu und verließ das Wirtshaus.

Neco steckte den Beutel ein und folgte ihm. Wenn es um Geld ging, war er nicht allzu großzügig, und er wusste, dass sein Freund genauso war. Wenn er ihm so viel bezahlte, dann weil das Spiel riskant war.

Vor der Spelunke traf sie die frische Nachtluft.

Der Mann pfiff, und aus der nächsten Gasse tauchten vier Männer auf, die sich an ihre Fersen hefteten.

»Oha, du bist gut geschützt!«

»Komm, gehen wir, mit ihnen als Rückendeckung sind wir sicher.«

»Dann sag mir, was du von mir willst?«

»Ich habe eine Mission für dich.«

»Auf wessen Rechnung?«

»Stell nicht zu viele Fragen. Du wirst nur mit mir sprechen.«

»Fahr fort, ich höre zu.«

»Du musst dich bei einem bestimmten Herrn einschmeicheln und sein vollstes Vertrauen gewinnen.«

Neco grinste.

»Um ihn dir dann auf dem Silbertablett zu servieren, nehme ich an.«

»Vielleicht, zu gegebener Zeit. Im Moment sollst du nichts anderes tun, als ihn unterhalten.«

»Kenne ich ihn?«

Der Mann ging ein paar Schritte, ohne ein Wort zu sagen. Dann blieb er abrupt stehen.

»Jeder kennte Juan Borgia!«

Neco erstarrte.

»Da verlangst du zu viel von mir. Ich bin bei solchen Dingen geschickt, das stimmt, aber ich kann mich nicht so weit nach oben trauen. Es tut mir leid, mein Freund, ich glaube, ich kann dir da nicht helfen. Bitte mich um alles andere, aber nicht darum! Hier, ich gebe dir dein Geld zurück.« Er wollte den Beutel mit Münzen vom Gürtel lösen, aber der Mann hielt seinen Arm an.

»Hast du deine Schuld vergessen? Du schuldest mir dein Leben. Ich verlange viel weniger von dir.«

»Das, was du mir vorschlägst, ist ein verdammtes Wagnis. Wer dem schaden will, ist ein toter Mann.«

»Du musst ihm ja nicht schaden.«

»Für wen hältst du mich? Willst du mir erzählen, dass dein Herr mich nur bezahlt, um ihn zu unterhalten?«

»Du musst dir die Hände nicht schmutzig machen.«

»Gut, aber wieso gerade ich? Du bist in solchen Dingen genauso geschickt wie ich.«

»Ich bin in der Stadt bekannt, und er ist sehr vorsichtig. Du dagegen bist seit Jahren nicht mehr in Rom gewesen, niemand erinnert sich mehr an dich. Außerdem kannst du immer eine Maske tragen. Du wirst alle Informationen über neue Wirtshäuser bekommen, über die besten Huren und die Häuser, in denen man mit hohem Einsatz spielt. Es wird ein Kinderspiel sein, dich in das Umfeld von Borgia einzuführen. Er war lange weit weg und kennt die Neuigkeiten nicht, die du ihm zeigen kannst. Nur zu, Neco, du verstehst dein Handwerk!«

Der Mann packte ihn fest am Arm, sodass er nicht wegkonnte. Die vier Männer kreisten ihn bedrohlich ein.

»Ich sehe, ich habe keine Wahl.«

»Ich dachte mir, dass ich dich recht schnell würde überzeugen können.«

Neco merkte, dass er rot wurde.

Der Mann ließ ihn los, die anderen zogen sich auf eine Geste hin zurück.

»Du wirst nie allein sein. Ich werde dir helfen, aber ich werde alles nach und nach erläutern. Jetzt musst du erstmal nur mit mir nach Rom kommen. Ich werde dir sehr viel bezahlen.« Er flüsterte eine Zahl.

Neco nickte zustimmend.

»Was soll ich tun, wenn ich mit dir sprechen muss?«

»Ich werde dich schon finden, keine Angst. Ich werde dich keinen Augenblick aus den Augen lassen.«

»Glaubst du, ich könnte dich betrügen und dem Katalanen alles verraten?«

»Daran habe ich nie gedacht. Ich weiß, dass du das nicht tun würdest.«

»Du dagegen könntest mich verschwinden lassen … hinterher.«

Neco nahm die Hand des Freundes, drückte sie fest und sah ihm in die kalten Augen.

»Ich habe bereits bewiesen, dass dein Leben einen Wert für mich hat.«

Der Mann erwiderte den Händedruck und den Blick.

Dieses Treffen hatte sein Leben verändert. Neco schüttelte die Erinnerung daran ab. Mit dem Geld, das er gewonnen und das der Freund ihm großzügig gegeben hatte, hatte er sich neue Kleider gekauft, wieder gegessen, wie er es seit Jahren nicht mehr konnte. Die Tage verschlief er, und die Nächte verbrachte er in Freudenhäusern.

Die Aufgabe, die ihm in dieser Aprilwoche ganz unmöglich erschienen war, hatte sich als viel einfacher denn vorhergesehen herausgestellt. Es war nicht schwierig gewesen, sich dem Herzog vorstellen zu lassen und seine Gunst zu gewinnen.

Seit etwas über einem Monat organisierte er für ihn Abende und die damit verbundenen Vergnügungen.

Neco blieb stehen; er hatte den Treffpunkt erreicht. Er stützte sich an einer überwachsenen Ruine ab, brach einen Ast von einem Busch ab, und mit knappen, präzisen Bewegungen begann er mit seinem Dolch die feuchte und grüne Rinde zu entfernen.

Die Stadt lag in der Dämmerung, hier und da blitzte von ferne ein Licht auf.

Hufgetrappel war zu hören, dann tauchte ein Reiter auf.

»Und, Neco, läuft alles wie geplant?«

Er stieg schwungvoll ab und ließ das Pferd neben sich grasen.

»Ja, Ihr werdet sehen«, entgegnete Neco.

»Bist du sicher, dass er keinen Verdacht schöpft?«

»Absolut sicher.«

»Dann gehen wir noch einmal die Einzelheiten durch.«

»Ich werde ihn an der Ponte Sant'Angelo erwarten und ihn ins Freudenhaus an der Piazza Giudea bringen, um dort Alonço loszuwerden.«

»Gut, meine Männer und ich werden dir unauffällig folgen. Wenn ihr den verabredeten Punkt erreicht habt, kannst du gehen.«

»Einen Moment.«

»Was gibt es noch?«

»Wann bezahlst du mich?«

»Keine Eile, nimm das für den Augenblick. Wenn alles erledigt ist, bekommst du den Rest.«

Er warf ihm einen Beutel mit Geld zu und ritt davon.

Juan stellte den leeren Kelch auf den Tisch und konnte ein Lachen nicht unterdrücken.

»Warum lachst du?«, fragte Sancia neugierig.

»Ich bin zufrieden. Siehst du das nicht?«

»Warum?«, beharrte sie.

»Deine Frau ist neugierig!«, rief Juan aus und sah Jofrè an. »Hast du ihr nicht erklärt, dass Damen gewisse Fragen nicht stellen dürfen?«

Verärgert stand Sancia vom Tisch auf.

»Ich bin müde und will schlafen gehen«, sagte sie zu Jofrè.

»Du musst sie bremsen, Bruder!«

»Ich kümmere mich um meine Frau. Kümmere du dich um deine.«

»Meine ist weit weg und stellt nie Fragen.«

»Umso besser für sie, denn deine Antworten würden ihr nicht gefallen«, schloss Jofrè, stand auf und ging zu Sancia.

Jetzt stand auch Juan auf und gab Alonço ein Zeichen, damit er die Maulesel holte. Er musste die ganze Zeit an Ginevra und ihre Unschuld denken. Heute Nacht wäre sie endlich sein.

Inzwischen verabschiedeten sich die Gäste bei den Gastgebern. Jofrè und Sancia waren bereits mit ihrer Eskorte gegangen.

Juan umarmte Vannozza, drückte Carlo Canale die Hand und stieß zu den Brüdern.

Die Gruppe bewegte sich in Richtung Vatikan, Cesare ging voran, neben ihm sein Cousin Lançol.

Juan drehte sich ein letztes Mal zum Haus um und sah seine Mutter unter der von Blauregen bedeckten Loggia stehen und zum Abschied winken.

Er sah ihr Gesicht nicht, aber aus irgendeinem Grund schien sie ihm traurig.

Dann dachte er an etwas ganz anderes.

»Reiten wir schneller«, befahl Cesare und sah sich um.

»Wieso hast du es so eilig, in den Palazzo zurückzukehren?«, scherzte Juan. »Du hast noch die ganze Nacht, um zu beten!«

Cesare ging auf die Provokation nicht ein. Das Viertel Ponte stand unter der Kontrolle der Orsini, daher fühlte er sich nicht sicher.

»Mir gefällt die Gegend nicht. Beeilen wir uns!«, erwiderte er. »Ich habe Hufgeklapper gehört.«

»Hast du Angst, weil heute Abend Micheletto nicht bei dir ist? Keine Sorge, Bruder, ich bin hier, um dich zu beschützen!«

Cesare ignorierte erneut die Ironie und spornte den Maulesel an, die anderen taten es ihm nach.

Am Palazzo della Cancelleria Vecchia jedoch hob Juan einen Arm und rief Alonço.

Auch die anderen blieben stehen.

»Was ist?«, fragte Cesare.

»Ich gehe«, antwortete Juan und entdeckte Neco, der ihn erwartete. »Ich will mich amüsieren.«

Die Männer seiner Eskorte stellten sich neben ihn, aber Juan entließ sie.

»Ich brauche euch nicht. Kehrt zurück zum Palazzo.«

»Wo gehst du um diese Zeit allein hin?«, fragte ihn Kardinal Lançol erstaunt.

»Für das, was ich vorhabe, brauche ich keine Gesellschaft!«, lachte Juan.

»Sei nicht unvorsichtig, nimm die Eskorte mit«, beharrte Lançol.

»Ich nehme Alonço mit. Er ist so viel wert wie fünf Männer.«

Alonço ließ sich eine Fackel reichen und trat zu seinem Herrn.

»Seine Heiligkeit hat sich ausgebeten, dass …«, begann der Kommandant der Eskorte.

»Seine Heiligkeit wäre gern an meiner Stelle, das könnt ihr mir glauben«, unterbrach ihn Juan. »Geht! Ich befehle es euch!«, rief er seinen Männern zu.

Einen Augenblick lang hallte sein Lachen in der Nacht wider, dann herrschte erneut Stille.

Lançol sah Cesare besorgt an.

»Dieser Kerl mit der Maske begleitet ihn. Wer ist das? Kennst du ihn?«

»Das ist sein Kuppler«, antwortete Cesare trocken. »Ich warte nicht auf ihn, wenn du bleiben willst«, schloss er und lenkte den Maulesel zur Ponte Sant'Angelo.

Lançol drehte sich noch einmal um, aber Juan war bereits verschwunden.

Alonço ging neben Juans Maulesel und trug die Fackel.

Er kannte das Ziel nicht und war recht neugierig und sogar geschmeichelt. Juan Borgia hatte gerade vor allen verkündet, dass er so viel wert war wie fünf Männer.

»Alles in Ordnung, Herr Graf«, fragte Neco. »Seid Ihr bereit?«

»Für diese Dinge bin ich immer bereit.«

Neco bestieg hinter ihm den Maulesel.

Der Vollmond beleuchtete schwach die verlassenen Straßen.

Alonço hatte ein merkwürdiges Gefühl, als durchlaufe ihn ein Schauer. Als er Geräusche hörte, blieb er stehen und drehte sich zur Kontrolle um. Mit der Fackel beleuchtete er die Straße hinter ihnen.

»Verschwinde nicht mit der Fackel!«, rief Juan aus.

»Ich habe hinter uns Schritte gehört.«

»Das ist das Echo des Getrappels des Maulesels! Der Wein von Madonna Vannozza hat eine seltsame Wirkung auf Euch!«, spottete Neco.

»Ich hatte den Eindruck, dass …«

»Ich habe nichts gehört«, unterbrach Neco ihn kopfschüttelnd.

»Ich auch nicht«, ergänzte Juan. »Verlieren wir keine Zeit. Piazza Giudea ist noch weit weg.«

Als sie beim Freudenhaus angekommen und Juan und Neco vom Maulesel gestiegen waren, wollte Alonço die Zügel packen, aber Neco hielt ihn auf.

»Gebt sie mir. Ich binde ihn dort hinten an.« Er zeigte auf eine Gasse. »Da ist es sicherer.«

»Du bleibst bis zum nächsten Glockenschlag hier«, sagte Juan zu Alonço. »Wenn du mich dann nicht herauskommen siehst, kehr zurück zum Palazzo. Das bedeutet, dass ich noch lange bleiben und erst am Morgen nach Hause zurückkehren werde.«

»Ich kann Euch nicht verlassen. Seine Heiligkeit hat mir befohlen, mich nie von Euch zu trennen.«

»Da drinnen brauche ich dich nicht. Du bleibst hier, um aufzupassen, dass niemand eintritt. Niemand, hast du verstanden?«

Neco, der bereits an der Tür des Freudenhauses stand, bat ihn schnell hinein. Die Tür knallte, als sie zufiel.

Die Nacht war heiß. Durchschwitzt von dem langen Weg ging Alonço zum Brunnen in der Mitte der Piazza.

Er war allein in einem dunklen und berüchtigten Stadtviertel. Unnötig es zu leugnen: Er hatte Angst. Ein Gefühl, das er bisher nur selten empfunden hatte.

Wieso wollte Juan nicht, dass er mit hineinging? Das war noch nie vorgekommen. Außerdem hatte Neco weniger gesprochen als üblich. Irgendetwas an alldem gefiel ihm nicht. Dennoch beugte er sich vor, um zu trinken.

Als er sich den Mund mit dem Handrücken abtrocknete, hörte er ein Rascheln. Er drehte sich um, sah jedoch niemanden. Mit dem Dolch in der Hand ging er zur Tür des Freudenhauses, fest entschlossen einzutreten.

Der erste Dolchstoß traf ihn in die Seite.

Er drehte sich schlagartig um, versuchte, blind den Schatten vor sich zu erwischen. Der Wutschrei, der aus seiner Kehle drang, hallte in der Nacht wider, bevor er von einer Hand mit Handschuh erstickt wurde.

Alonço schlug um sich, um sich zu befreien, aber ein heftiger Schlag auf seinen Kopf nahm ihm das Bewusstsein, während ein Dolchstoß in seinen Bauch ging, ein anderer an die Schulter. Der letzte zerfetzte sein Gesicht.

Er fiel rutschend die Mauer entlang, den Dolch immer noch in der Hand.

Das Licht einer Fackel beleuchtete seinen Körper, der in einer rasch größer werdenden Blutlache lag.

»Schnell, fort von hier! Zum Hinterausgang. Macht keinen Krach.«

Die Stimme des Mannes zu Pferde drang gedämpft aus der Kapuze, die sein Gesicht bedeckte.

Am Hinterausgang nahmen sie den Maulesel, Neco und Juan ritten durch die Nacht zur Piazza del Popolo.

Das flackernde Licht der Laterne, die Neco hielt, erhellte die Straße kaum.

Juan berührte das Wams dort, wo sich die Rose von Ginevra befand, und seufzte.

»Wir sind fast da«, sagte Neco leise, »Ihr werdet sehen, dass …«

Borgia unterbrach ihn barsch.

»Was war das? Hast du das nicht gehört? Es klang wie ein Schrei.«

»Nein, ich habe nichts gehört«, erwiderte Neco beruhigend und sah sich um.

Juan zog an den Zügeln, und der Maulesel blieb stehen.

»Trotzdem. Es wäre besser, einen anderen Weg zu nehmen, vielleicht hat uns jemand gesehen.«

Sie standen still und lauschten.

Plötzlich liefen streunende Katzen aus einer nahen Gasse vor ihnen vorbei, sie stritten und miauten.

»Es waren bloß Katzen!«, lachte Neco leise. »Ihr stimmt mir doch zu, einen anderen Weg zu nehmen ist gefährlich, außerdem dauert es dann länger. Es ist schon spät, ich will nicht, dass alles ruiniert ist.« Eine leichte Ungeduld färbte Necos Stimme.

Juan zögerte kurz, dann trieb er den Maulesel weiter auf dem bisherigen Weg.

»Wir müssen wachsam bleiben. Dieses Viertel gehört den Orsini, und wenn die mich ohne Eskorte entdecken …«

Er konnte den Satz nicht beenden.

Zwei Männer kamen auf ihn zu und rissen ihn vom Maulesel. Ein dritter hielt eine Fackel, und der vierte überwachte die Gegend.

Juan versuchte, sich zu befreien, aber eine behandschuhte Hand legte sich auf seinen Mund.

Neco stand abseits und betrachtete die Szene.

Juan, tödlich getroffen, röchelte jetzt, als einer der Angreifer ihm mit einem Schnitt die Kehle durchtrennte.

»Passt auf den Maulesel auf! Er läuft weg!«, rief der andere.

Das Tier, verängstigt vom Tumult, war weggaloppiert, ein

abgerissener Steigbügel schepperte über den Boden, und der Mann, der Schmiere stand, versuchte vergeblich, es zu ergreifen.

Juan lag mit durchschnittener Kehle auf der Straße, das Blut strömte aus seinen Wunden.

Mit einer kleinen Fackel kniete Neco sich neben die Leiche.

»Du wolltest eine unvergessliche Nacht, und nun hast du sie bekommen! Du dachtest, du seist unbesiegbar, dachtest, du könntest alles haben, was, Bastard?«, murmelte er vor sich hin und betrachtete das an Juan verübte Gemetzel.

»Wickelt ihn in seinen Umhang!«

Der Reiter, der gerade angekommen war, gab knappe Befehle und hielt das sich aufbäumende Pferd zurück.

»Wo ist der Maulesel? Dummköpfe! Er ist davongelaufen!« Er blitzte seine Männer mit seinem eisigen Blick an, dann näherte er sich Neco und sagte:

»Folg mir.«

»Nein!« Der Scherge packte das Pferd an der Trense und hielt es fest. »Ich will sofort das, was mir zusteht. So war es abgemacht.«

»Nicht hier, das ist zu gefährlich.«

»Ich muss so schnell wie möglich fliehen. Morgen wird man mich in Rom suchen, und ich will nicht gefunden werden. Es ist noch tiefe Nacht, und ich weiß, wie ich aus der Stadt komme.«

Der Reiter warf ihm das Geld zu.

»Nimm! Jetzt sind wir quitt. Werden wir uns wiedersehen?«

»Wenn es das Schicksal will.«

Neco schob sich die Kapuze ins Gesicht und verschwand in der Nacht.

»Schnell, legt die Leiche aufs Pferd«, befahl der Reiter und sah sich besorgt um. »Und jetzt rasch zum Fluss.«

Der Reiter folgte dem Tiberufer bis zum Palazzo, wo er erwartet wurde.

Die zwei Wachen erkannten ihn und öffneten das Tor, das zum Innenhof führte. Der Mann stieg ab und ging die Treppe in das obere Stockwerk hinauf, wo ein Zimmer neben dem anderen lag, alle frisch, alle prächtig. Er kannte jedes Bild, jedes Möbelstück, jede Statue dieses Palazzo in- und auswendig.

Eine drängende Musik erklang aus dem anderen Flügel des Palazzo. Männerstimmen mischten sich mit Frauenlachen zu den rhythmischen Tönen eines Tanzes. Das Fest ging weiter bis in die Nacht.

Als der Reiter beim letzten Zimmer angekommen war, klopfte er dreimal leicht an die verschlossene Tür, wie immer, dann bat ihn eine Stimme herein.

Am offenen Fenster stand ein Mann und starrte in die Dunkelheit.

Eine leichte Brise aus dem Garten fuhr ihm in die Haare.

»Komm her und schau hin«, sagte er und zeigte mit den schmalen Händen auf die Szene vor ihm. »Ist das nicht ein bewegendes Schauspiel? Diese weit entfernten, schwachen, geheimnisvollen Lichter, die uns beobachten. Die Sterne sind neugierig, das habe ich immer gedacht. Sie mustern unser Leben, erforschen unsere Herzen, um deren Geheimnisse zu verstehen, und vielleicht wissen sie, was uns dazu bringt, gut oder schlecht zu handeln.«

Der Kardinal drehte sich abrupt um.

»Und?«

»Alles wie geplant, Eminenz«, antwortete der Reiter, strich

seine Kapuze nach hinten und wischte sich die verschwitzte Stirn ab. Seine harten Augen verrieten keinerlei Emotion.

»Hat er gelitten?«

»Nein, dafür hatte er keine Zeit.«

Der Kardinal verzog bitter den Mund.

»Dummkopf!«, rief er aus. »Er hat sein Leben verschwendet! Es war notwendig, ihn umzubringen, verstehst du das?« Seine Stimme wurde brüchig.

»Habt ihr ihn in den Fluss geworfen?«

»Ja, wie Ihr befohlen habt.«

»Gott, was für ein Grauen!« Er bedeckte die Augen mit den Händen. »Was für eine unerträgliche Verschwendung!« Er ließ die Arme seitlich hängen. »Jetzt ist alles vorbei …Und dieser Neco, hast du ihm gegeben, was er wollte?«

»Ja, Kardinal.«

»Können wir auf sein Schweigen vertrauen?«

»Er wird nicht reden.«

»Du hast gute Arbeit geleistet, aber deine Aufgabe ist noch nicht beendet. In den nächsten Tagen musst du gut aufpassen, was in der Stadt geschieht, und mir alles berichten.«

Der Kardinal ging zur Tür.

»Ich muss zu meinen Gästen zurückkehren.«

Bevor er hinausging, blickte er ein letztes Mal auf die Sterne, die ihm in ihrer Gleichgültigkeit großartig schienen.

»Bist du sicher, dass er nicht gelitten hat?«

Die Augen des Mörders betrachteten ihn kühl.

»Nein, Eminenz, er hat nicht gelitten.«

Der Kardinal senkte den Kopf, und mit elegantem Schritt ging er zum Salon, in dem das Fest stattfand.

»Jetzt steht nicht so griesgrämig herum, Ihr seid nicht auf einer Beerdigung!«

Uberto stellte sich vor Gherardo Ravelli, der sich, tief in einem Sessel versunken, finster umschaute. Blass und schweißgebadet hatte er keinen Tropfen Wasser trinken können, auch wenn den ganzen Abend über Tabletts voller Speisen und Kelche mit kühlem Wein an ihm vorbeigetragen wurden. Durch die Aufregung hatte er sogar Schwierigkeiten zu atmen.

»Wie könnt Ihr in dieser Situation scherzen?«

»Diese Feier ist unser Alibi; wenn Ihr Euch so benehmt, zeigt Ihr, dass Ihr etwas zu verbergen habt«, sagte Uberto. Mit seinem scharfen Tonfall wollte er ihn aufrütteln.

»Ich werde es mein ganzes Leben lang bereuen!«, rief Gherardo aus und wischte sich die verschwitzten Hände an seinem Gewand ab.

»Redet keinen Unsinn. Ihr habt nicht allein seinen Tod beschlossen. Erleichtert Euch das Gewissen, denn es war bloß eine politische Geste.«

»Und wenn einer der gedungenen Mörder redet? Wenn sich diese Tür plötzlich öffnet und die Wachen des Papstes auftauchen?«

Er sprang auf, als sähe er sie tatsächlich eintreten.

»Mein Gott, wie viele Wenns! Wir haben eine enorme Summe ausgegeben, um alle zum Schweigen zu bringen! Und wieso sollten die Wachen des Papstes ausgerechnet uns suchen? Niemand wird reden, weil es für niemanden gut wäre.«

»Della Rovere weiß Bescheid! Wir waren so dumm gewesen, zu ihm zu gehen, um ihm alles zu erzählen.«

»Giuliano hasst die Borgia mehr als wir, außerdem haben wir nur geredet. Er hat keinerlei Beweis und *verba volant*! Er hat deutlich gemacht, dass er unseren Plan unterstützen wollte. Und er hat es nur aus einem verfluchten Stolz heraus nicht getan, aber zu wissen, dass Rodrigo vom Schmerz zerfressen wird, bereitet ihm Freude.« Er leerte den Kelch in seiner Hand in einem Zug. »Doch wenn der Augenblick gekommen ist, zählt nicht auf meine Stimme!«

Genau in diesem Augenblick betrat Lorenzo Calvi den Saal. Mit einem lockeren Lächeln schritt er zwischen den Gästen hindurch, die zu ihm traten, um ihn aufzuhalten. Nonchalant gesellte er sich zu seinen beiden Komplizen.

»Alles wie geplant gelaufen«, flüsterte er leise.

Ein erleichterter Seufzer entwich Gherardo.

»Er ist wie Unrat im Fluss gelandet?«, fragte ihn Uberto und musterte ihn mit seinem räuberischen Blick.

»Ja«, antwortete Lorenzo nur und senkte den Blick.

»Das hättet Ihr wenigstens vermeiden können«, rief Gherardo aus.

Uberto konnte ein zufriedenes Grinsen nicht unterdrücken.

»Dabei ist es genau das, was ich wollte: dass Rodrigo unsere Meinung über seinen Liebling erfährt.«

»Ich habe schon zu viel gehört. Je weniger ich über all das weiß, umso besser ist es.« Gherardo drehte sich um, um zu gehen.

Lorenzo hielt ihn auf, ohne den freundlichen Gesichtsausdruck, zu dem er sich zwang, aufzugeben.

»Ihr werdet nicht von hier fortgehen! Eure Feigheit wird uns nicht ruinieren!« Er packte ihn brutal an einem Arm. »Trinkt mit uns und setzt ein Lächeln auf.«

Er winkte den Mundschenk herbei, der Wein servierte.

»Wir … wir sollten nicht zusammen gesehen werden«, stotterte Gherardo.

»Wenn Ihr Euch ganz natürlich benehmt, dann werden sie sich nicht einmal daran erinnern, uns gesehen zu haben.«

»Ich will beten.«

»Denkt daran, dass Ihr einen Pakt mit uns geschlossen habt.« Calvis harter Tonfall stand im Gegensatz zur Herzlichkeit seines Gesichtsausdrucks.

»Die Stimme meines Gewissens schreit nur noch«, sagte Gherardo fast flüsternd. »Morgen werde ich Rom verlassen und in ein Kloster gehen.«

»Nein!« Lorenzos Stimme erhob sich so laut, dass sogar ein paar Tänzer sich zu ihnen umdrehten.

»Eure Angst ist ungerechtfertigt«, sagte er ihm und bemühte sich, in einem beruhigenden Tonfall zu sprechen. »Es gibt viele andere, die verantwortlich sein könnten. Die Ermittlungen werden sich auf sie konzentrieren. Niemand wird an uns denken, wenn Ihr tut, was ich Euch sage, denkt immer daran.«

»Erlaubt mir, mich zurückzuziehen.«

»Geht, aber vergesst nicht, was ich Euch gesagt habe.«

Er drückte ihm fest die Hand und lächelte ihn aufmunternd an, während Uberto ihn eindringlich ansah und ihm dann ins Ohr flüsterte:

»Ich komme morgen zu Euch. Erwartet mich am frühen Nachmittag.«

Ein Bein schmerzhaft hinter sich herziehend, schritt Kardinal Gherardo zum Ausgang des Saals.

Als alle fort waren, ging Lorenzo müden Schrittes in sein Zimmer und warf sich erschöpft aufs Bett.

Er empfand überhaupt nicht das, was er erwartet hatte, keine Tränen, keine Reue und auch keine Befriedigung.

Er fühlte nur eine große Leere in sich, eine Leere, die ihn erdrückte, eine Leere, die ihm schrecklicher als der Schmerz erschien.

Der Gedanke an den nächsten Tag war entsetzlich.

Wie sollte er seine Tage verbringen, jetzt, da alles erledigt war? Seit Monaten hatte er mit einem festen Gedanken gelebt, ganz auf dieses Ziel konzentriert und jetzt … nichts.

Morgen war nichts.

Er hatte keine Angst davor, entdeckt zu werden, er war sich sicher, dass niemand sie je dieses Mordes verdächtigen würde. Ja, es könnte sogar aufregend werden, dem zuzusehen, was in den nächsten Tagen passieren würde. Nein, nicht einmal das scherte ihn.

Er hatte immer noch sein Leben, voller Vergnügungen, seine fachkundigen Pagen, neue, junge und verfügbare Körper …

Nichts, nicht einmal dieser Gedanke löste Gefühle aus.

Er hatte Schmerz vorhergesehen, nicht Apathie.

Vielleicht bedeutete Juans Verschwinden das Ende der Freude? Dann wäre sein Mord unnötig gewesen, ja sogar verheerend. Liebte er ihn so sehr?

Es klopfte zweimal leise an die Tür, dann trat sein Lieblingspage ein.

»Eminenz, fühlt Ihr Euch nicht wohl?«

Der junge Mann trat neben sein Bett und sah ihn besorgt an. Er war so schön, dass der Kardinal einen Moment lang seine Sorgen vergaß.

»Nein, ich bin nur sehr müde.«

»Ich ziehe Euch aus und massiere Euch, wie es Euch gefällt.«

Der junge Mann stellte den Kandelaber ab und setzte sich neben ihn aufs Bett.

Behutsam löste er die Bänder des Wamses und öffnete sein Hemd. Kardinal Lorenzo schauderte. Aber nicht vor Wohlgefühl, sondern vor Ärger. Er schloss die Augen und sah erneut das Gesicht von Juan vor sich, der ihn sarkastisch anlächelte.

»Nein! Lasst mich!«

Mit einer barschen Geste schubste er den jungen Mann beiseite, was diesen verblüffte.

»Ich möchte allein sein. Wenn ich dich brauche, rufe ich dich«, sagt er und schloss die Augen voller Tränen.

Der Page nahm den Kerzenständer, löschte die wenigen Lichter, die das Zimmer erhellten, und verließ den dunklen Raum.

Epilog

Carpentras
10. Juli 1497

Kardinal della Rovere betrat das Arbeitszimmer, in das die letzten Truhen für seine Abreise gebracht worden waren.

Er musste unbedingt nach Italien zurückkehren.

Es tat ihm leid, Frankreich zu verlassen, aber die Macht lag in Rom, und der Stadt zu lange fernzubleiben könnte sich für seine Ziele als schädlich erweisen.

Ein Geistlicher trat ein und riss ihn aus seinen Gedanken.

»Eminenz, einer Eurer Gesandten, der gerade aus Italien gekommen ist, bittet dringend, Euch zu sprechen.«

»Lasst ihn sofort herein.«

Der Mann an der Tür verbeugte sich ehrfürchtig.

»Kommt herein«, sagte della Rovere zu ihm, setzte sich an den Schreibtisch und verschränkte die Hände. »Was gibt es Neues aus dem Vatikan?«

»Der Heilige Vater ist zu Tode betrübt«, begann der Bote, »er hat seit Tagen weder gegessen noch geschlafen. Niemand kann ihn trösten …« Er hielt inne, weil er bemerkte, dass der Kardinal etwas verstört aussah, doch der bat ihn weiterzusprechen. »Er hat die päpstliche Polizei auf Rom gehetzt, und seine Spanier haben die Stadt auf der Suche nach dem Schuldigen auf den Kopf gestellt. Der erste Verdächtige war Kardinal Sforza. Wie Ihr wisst, besitzt er einen Weinberg in der Nähe der Stelle, an der man den Herzog gefunden hat.«

»Hat sich etwas gegen ihn ergeben?«

»Nein, nichts. Kardinal Ascanio hat den Wachen des Papstes sogar seine Hausschlüssel überlassen, damit sie das Haus durchsuchen können, doch dann hat er sich in den Palazzo del Taverna geflüchtet und hat sich anschließend im Palazzo della Cancelleria eingeschlossen.«

Der Bote unterbrach seine Erzählung und hustete heftig.

Della Rovere zeigte ihm einen Krug Wasser, und während der Mann sich etwas einschenkte, stellte er sich Ascanios Panik vor. Die Katalanen brachten Verdächtige üblicherweise um, noch bevor deren Schuld bewiesen war. Er lächelte unwillkürlich beim Gedanken an die panische Angst seines Feindes.

Der Bote trank, dann räusperte er sich.

»Danke, Eminenz, jetzt kann ich weitersprechen. Am 19. Tag hat der Heilige Vater ein Konsistorium einberufen. Weinend hat er gesagt, dass ihm kein größeres Unglück hätte geschehen können und dass er drei Tiaren geben würde, um den Herzog von Gandia wieder ins Leben zu holen.«

Giuliano nahm einen Gänsekiel zwischen die Finger und strich darüber.

»Seine Heiligkeit hat seine Familie immer der Kirche vorgezogen«, kommentierte er, »bitte, fahrt fort.«

»Seine Heiligkeit hat um Vergebung seiner Sünden gebeten, hat geschworen, dass er den Vatikan reformieren wird, dass er sich gewissenhaft um die heiligen Angelegenheiten kümmern wird, und vor allem, dass er dem weltlichen Leben entsagen wird. Er hat versichert, seine anderen Kinder aus

Rom zu entfernen und dass Pfründe nur an diejenigen gehen werden, die sie verdient haben.«

Della Rovere versuchte sich Borgia vorzustellen, während er verkündete: »Wir schwören dem Nepotismus ab und beginnen mit den Reformen bei uns selbst.«

Er konnte nicht glauben, dass er es aufrichtig meinte.

»Er hat bereits eine Kommission nominiert, geführt von Kardinal Costa, zusammen mit den Kardinälen Carafa, San Giorgio, Pallavicini, Piccolomini und Riario, um eine große Reform der Kirche zu erarbeiten.«

»Außer Sforza wurde niemand verdächtigt?«

»Viele, Eminenz, aber leider wurde der junge Borgia von vielen gehasst. Es wurden mehrere Namen genannt. Graf Giovanni Sforza, der Herzog von Urbino, sogar der päpstliche Sohn Jofrè, aber der Heilige Vater hat sie öffentlich entlastet.«

»Also?«

»Viele in Rom halten die Orsini für die Schuldigen, auch weil Seine Heiligkeit sie nicht öffentlich entlastet hat, aber bisher gibt es keine Beweise gegen sie. Ein anderer Verdächtiger war Graf della Mirandola. Der Herzog hatte ein Auge auf seine Tochter geworfen, was dem Grafen nicht gefiel. Er riskierte es, in Arrest genommen zu werden, aber auch gegen ihn hat sich nichts gefunden.«

»Welcher Ansicht seid Ihr?«

»Eminenz, ich kann nur mutmaßen. Viele römische Familien, denen Ländereien und Pfründe genommen wurden, haben Juan Borgia gehasst, vielleicht hat sich eine von ihnen gerächt. Wer weiß es schon? Es könnte auch ein eifersüchtiger Ehemann gewesen sein, der Bruder oder Verlobte einer der Geliebten des Herzogs. Das waren nicht wenige. Sicher ist, dass es jemand so Mächtiges war, dass er sich sicher war, ungestraft davonzukommen. In der Stadt heißt es, wer es getan hat, war *ein großer Meister!*«

Der Bote machte eine Geste, die bedeutete, »mehr weiß ich nicht«.

Della Rovere legte den Gänsekiel ab und stand auf.

»Ich danke Euch. Geht nun und ruht Euch aus, wir sprechen später weiter.«

Wieder alleine grübelte der Kardinal weiter.

Wer hatte den Mord begangen?

Wer hatte eine so raffinierte Intelligenz, das perfekte Drama einzufädeln und in vollkommener Sicherheit zu inszenieren? Wer hatte den Willen und die richtigen Männer, um es in die Tat umzusetzen?

Der Bote hatte den Namen Cesare Borgia nicht erwähnt.

Giuliano dachte an dessen unergründliches Gesicht. Was verbarg dieser ehrgeizige junge Mann? Vielleicht den absurden Plan, den Platz seines Bruders als Generalkapitän der Kirche einzunehmen? Valenza war jedoch zu intelligent, um etwas zu tun, das Rodrigos Leben gefährden könnte. So viel würde er nicht riskieren. Er wusste, dass das Ende seines Vaters auch seinen Ruin bedeuten würde.

Außerdem, wieso den Bruder wie Unrat in den Fluss werfen?

Er hatte sich vielleicht dessen Tod gewünscht, vielleicht sogar geplant, aber er hätte sein eigen Fleisch und Blut niemals derart geschändet.

Da gab es aber noch jemanden, der nicht genannt worden war. Einer, der so listig war, dass er vorausgesehen hatte, dass niemand den Schuldigen in der Masse von Feinden der Borgia herausfinden würde. Einer, der so skrupellos war, dass er Situationen ausnutzte, und so tief verletzt, dass er in völliger Verachtung des Lebens handeln konnte. Lorenzo Calvi.

Della Rovere erinnerte sich, wie er vor wenigen Monaten versucht hatte, die anderen beiden Kardinäle und ihn selbst davon zu überzeugen, diesen Mord zu begehen.

Jetzt würde er schweigen, aber er würde diese drei noch an ihren Vorschlag erinnern …

Langsam lehnte er sich im Sessel zurück, ein Lächeln breitete sich auf seinen Lippen aus. Wer auch immer es gewesen war, dieser Mord bereitete ihm das Vergnügen, Rodrigo weinen zu hören, wenn auch nur aus der Ferne.

Rom war kein unerreichbarer Traum, eines Tages würde er Papst werden, das spürte er – es war sein Schicksal.

Er hatte sogar schon einen Namen ausgesucht: Julius, Julius II.

Qui nescit simulare, nescit regnare, dachte er, wer sich nicht zu verstellen versteht, versteht nicht zu regieren. Eine unbestreitbare Wahrheit.

Er nahm ein Blatt Papier, tauchte die Feder in die Tinte und schrieb:

Heiligster Vater,
ich küsse Eure heiligen Füße.
Als ich mich heute nach Rom aufmachte, habe ich die traurige Nachricht vom Tod unseres geliebten Generalkapitäns, dem Herzog von Gandia gehört … Der Verlust eines Bruders könnte mir nicht mehr Schmerz bereiten …

Danksagung

Ein herzliches Dankeschön an unsere lieben »Vorableser«, deren Vorschläge und Ermutigungen für uns von großem Nutzen waren.

Unser besonderer Dank gilt Daniela Pizzagalli. Ihr als versierter und genauer Biografin haben wir viele wertvolle Ratschläge zu verdanken, nicht zuletzt den, diesen Roman Mauro Cerana vorzulegen, der im Weiteren unsere Arbeit mit Enthusiasmus und Professionalität begleitet hat.

Danke auch an Erica De Ponti, die gute Fee im Lektorengewand, sowie an Vivi Omaccini und Ugo Sinigaglia, ohne die dieses Buch nicht veröffentlicht worden wäre.